Elisabeth Häntschel

Die Rosen des Laurin

Elisabeth Häntschel

Die Rosen des Laurin

rosenheimer

www.rosenheimer.com

Titelbild: Franz von Defregger
Lektorat: Gisela Faller, Stuttgart
Satz: Satzpunkt Ursula Ewert GmbH, Bayreuth
Druck und Bindung: GGP Media GmbH, Pößneck
Printed in Germany

ISBN 978-3-475-54188-9

1. Kapitel

Es war am späten Nachmittag des Heiligen Abends 1797, als sich Andreas Heller mit seiner kleinen Tochter von Bruneck aus zum Bauernhof seines Bruders Vitus aufmachte. Zwei Tage zuvor war er mit seinem Einspänner in Innsbruck aufgebrochen, aber die schweren Schneefälle hatten ein Weiterkommen fast unmöglich gemacht. Nun ließ er Pferd und Schlitten beim Schützenwirt und kämpfte sich mit dem Mädchen zu Fuß durch den tiefen Schnee weiter, um noch vor dem Dunkelwerden sein Ziel, den Obersteinerhof, zu erreichen.

Das übermüdete Kind watete zuerst eine Weile hinter ihm her, dann setzte es sich einfach in den Schnee. Als es sah, wie der Vater sich in dem Schneesturm immer weiter von ihm entfernte, schrie es weinend auf. Der Mann ging zurück und nahm das schluchzende Kind auf den Rücken.

»Musst nicht weinen, Maria«, beschwichtigte der Vater, »bald sind wir bei deinem Onkel auf dem Hof.«

»Aber mir ist so kalt«, jammerte die Kleine, »und ich möchte zu meiner Mutter!«

»Deine Mutter ist bei den Engeln im Himmel, das weißt du doch. Aber wer weiß, vielleicht geht sie jetzt neben uns her, und wir können sie nur nicht sehen.«

»Aber darf ich sie denn nie mehr wieder sehen? Nie mehr?«

»Nein, sehen kannst du sie nicht mehr, aber sie sieht dich, das darfst du mir glauben«, tröstete er sie. »Nun dauert es auch nicht mehr lange, dann sind wir bei unseren Verwandten in der warmen Stube.«

Von Zeit zu Zeit blieb Andreas keuchend stehen, sah in die wirbelnden Schneeflocken und hoffte im Stillen, dass er die Orientierung nicht verloren hatte. Er war zwar hier aufgewachsen und kannte jeden Tritt, aber er wusste auch, wie leicht man sich bei Schneesturm oder Nebel verirren konnte. Außerdem begann es bereits dunkel zu werden. Wie lange er schon unterwegs war, wusste er nicht, aber er musste doch wohl ganz nahe bei den zwei untersten Höfen des Weilers sein.

Tatsächlich schälten sich aus der wirbelnden Schneewand bald die Mauern des Erlenhofes. Er klopfte an die Haustür und bat den Knecht, der ihm öffnete, um Feuer für seine Laterne. Als er den Vorraum betrat, kam gerade die Bäuerin aus der Stube, die ihn zuerst in dem Halbdunkel gar nicht erkannte.

»Jesus, der Obersteiner-Andreas!«, rief sie überrascht. »Was hat denn dich weggetrieben von deinen Brotwecken in Innsbruck?«

Andreas Heller war der zweite Sohn vom Obersteinerhof. Er hatte die einzige Tochter eines Innsbrucker Bäckers geheiratet und nach dessen Tod die Bäckerei selber übernommen. Er ließ nun seine Tochter auf den Boden gleiten und erklärte der Frau und dem Gesinde, das sich neugierig um ihn versammelt hatte, dass seine Frau vor drei Wochen gestorben sei. »Darum bin jetzt auf dem Weg zum Obersteinerhof, um meinen Bruder und meine Schwägerin zu bitten, dass sie meine kleine Tochter da eine Weile zu sich auf den Hof nehmen.«

Eine Frau hielt dem erschöpften Kind eine Schale mit warmer Milch an die Lippen und rieb ihm die rotgefrorenen Händchen.

Theresia, die Bäuerin, reichte ihm die Hand: »Das tut mir leid für dich, Andreas, aber wie ich sehe, hast du von meinem Unglück noch nichts gehört.«

Er merkte, dass sie mit den Tränen kämpfte, und sah erstaunt auf die betretenen Gesichter der Leute, die ihn umstanden.

»Ja, unser Bauer ist im Sommer bei den Kämpfen um Bozen gefallen«, sagte Jörg, der Knecht, der mit einem brennenden Holzspan aus der Küche kam und die Laterne ansteckte. Andreas sprach der Bäuerin sein Beileid aus. Dann dankte er für das Licht, lud sich das Kind auf den Rücken, nahm die Lampe und machte sich wieder auf den Weg. Der Sturm hatte nun endlich etwas nachgelassen, es schneite nur noch ein wenig, und der Lichtschein der Laterne durchbrach jetzt die Dunkelheit eine kleine Strecke voraus.

Auf dem Obersteinerhof war die Abendmahlzeit schon vorüber, und Vitus, der Bauer, wollte gerade die Kerzen an der Weihnachtskrippe anzünden, um mit der Familie und dem Hausgesinde den Rosenkranz zu beten, als der erschöpfte Mann mit dem kleinen Mädchen in die Stube trat. Vitus begrüßte seinen Bruder erfreut mit Handschlag, während die Hausmutter sich gleich nach dem Gruß um das durchnässte, zitternde Kind kümmerte.

Müde setzte sich Andreas auf die Ofenbank. »Seit vorgestern sind wir nun auf dem Weg, in Gries am Brenner und in Spinges mussten wir übernachten. Es war fast kein Durchkommen bei dem vielen Schnee.« Dann erzählte er, was ihn hergeführt hatte.

»Seit dem Tod meines Weibes geht alles drunter und drüber«, berichtete er. »Jetzt habe ich zwar eine Wirtschafterin, die mir auch beim Verkauf im Geschäft hilft. Ich selber aber stehe vor Morgengrauen in der Backstube, und keiner hat Zeit für das Kind. Es wäre mir eine große Hilfe, wenn sie eine Zeitlang bei euch bleiben dürfte.«

Die siebenjährige Anna, die jüngste Tochter auf dem Obersteinerhof, stand da und schaute atemlos auf das fremde Kind, das ungefähr in ihrem Alter sein mochte. Eine Weile zuvor hatte es Tränen gegeben, denn der Vater hatte verboten, dass die Kinder heuer mit zur Christmette gingen. »Heute kommen schon wir Erwachsenen bei dem vielen Schnee kaum noch durch«, hatte er erklärt. Aber nun sah es so aus, als sollte sie ein wenig getröstet werden, denn wenn sie nicht mit zur Mette gehen durfte, dann durfte wohl dieses fremde Mädchen, das Maria hieß, auch nicht mitgehen.

»Das ist nun deine Ziehschwester, sie wird bei dir und Regina in der Kammer schlafen«, meinte die Mutter lächelnd.

Anna freute sich noch mehr. »Sie kann bei mir im Bett schlafen!«, bot sie bereitwillig an.

Die Mutter nickte: »Ja das wird einstweilen das Gescheiteste sein; und in den nächsten Tagen füllen wir dann einen Strohsack und stellen noch ein Bett in eure Schlafkammer.«

Anna war froh, die Gesellschaft einer Gleichaltrigen zu haben, denn ihre Schwester Regina war vier Jahre älter, und sie fühlte sich von ihr oft gemaßregelt und herumkommandiert. Und dann war der Rosenkranz immer so endlos lang, der den ganzen Heiligen Abend vor der mit Kerzen beleuchteten Krippe gebetet wurde. Ihr dünkte, die Erwachsenen beteten ununterbrochen immer das Gleiche, obwohl es doch vier verschiedene Rosenkränze sein sollen, wie Regina sie belehrt hatte: der Freudenreiche, der Schmerzhafte, der Glorreiche und der Trostreiche. Anna hoffte, dass ihre Schwester, die gerne und ausdauernd betete, ein nicht zu scharfes Auge auf sie werfen würde, dann konnte sie sich vielleicht heimlich mit Maria hinter den Ofen zurückziehen, um dort ein wenig mit ihr zu flüstern.

Die alte Leni, die schon seit vielen Jahren Magd auf dem Hof war, würde heute das Haus hüten. Da würde es bestimmt nicht langweilig werden, denn die treue Seele steckte voller Aberglauben und Geistergeschichten und sie wusste die verschiedensten Sprüchlein, Stoßgebete und Abwehrmittel gegen etwaige Vorboten eines nahenden Unglücks.

Lange vor Mitternacht machte sich die Hausgemeinschaft auf ihren beschwerlichen Weg in die Kirche. Im ganzen Land erklangen auch schon die Glocken der Christnacht, um die Bevölkerung zur heiligen Mitternachtsmette zu rufen. Einsam lagen die Häuser und Höfe in dieser Nacht, denn nachdem die tiefgläubigen Menschen den Heiligen Abend betend vor der Krippe verbracht hatten, ergriffen sie ihre Kienfackeln und wateten selbst von den entlegensten Bergbauernhöfen ins Tal, um den Weihnachtssegen zu empfangen. Nur ein altes Weiblein blieb meist zurück, um Haus und Vieh und die kleinen Kinder zu hüten. Tief verschneit lagen Berge und Täler in diesem Jahr, aber endlich hatte es aufgehört zu schneien.

Leni und die Kinder, welche auf der Ofenbank eingeschlafen waren und nun durch den Aufbruch der Kirchgänger wieder erwachten, standen vor dem Haus und sahen ihnen nach. Der Schall der Glocken drang bis zu ihnen herauf, und allerorten sah man die Lichter der Fackeln, die sich von den Hängen herab der Kirche zubewegten. Bevor sie wieder zurück in die warme Stube gingen, stellte die alte Magd noch Milch und Brot vor die Haustüre. Auf die Fragen der Mädchen erklärte sie, dass heute Raunacht sei, in der die Perchten ihren Hexentanz aufführten. Und wehe dem Gehöft, bei dem sich die wilde Jagd niederließ und nichts vorfinden würde, um sich zu laben!

»Und lasst euch ja nicht einfallen, dass ihr etwa gar aus dem Fenster schaut, wenn ihr draußen etwas hört!«, mahnte sie sofort. »Ich weiß im oberen Inntal einen Mann, der sich einst im jugendlichen Übermut dazu hinreißen ließ, die Perchten zu belauschen. Aber so gut er sich auch versteckte, sie haben ihn doch entdeckt, und von Stund an war er blind. Und wenn ihn einer fragt, was er denn damals gesehen hätte, beginnt er am ganzen Körper zu zittern, und Tränen fallen aus den toten Augen, und aus seinem Mund kommen nur noch unverständliche Laute.«

Die Kinder hatten sich in der Stube auf die Bank gesetzt, die fast ganz rund um den großen Ofen ging, der vom Flur aus geheizt wurde. Der Raum war warm, jedoch der Schauer, der ihnen bei den Geschichten der Leni über den Rücken lief, ließ sie frösteln, und sie kauerten sich enger zusammen.

»Die Raunacht ist eine Nacht der Geister«, fuhr die Leni fort. »Es sind gute und böse Geister, auch einige Teufel sollen immer darunter sein – und dann sind da die boshaften Geister, die ihren Schabernack treiben mit den Menschen. So musste ein Mann, der das Hexentreiben belauschte, sein ganzes künftiges Leben lang bei jedem fünften Schritt, den er tat, einen Bocksprung machen. Er konnte nicht mehr anders gehen, und es ist ihm im zunehmenden Alter recht schwer geworden. Bei so einem Sprung brach er sich dann auch das Bein und starb dann bald an den Folgen. Oder ein Mädchen, das kurz vor dem Heiraten stand, wollte die wilde Jagd sehen und musste von Stund an immer, wenn die Sonne schien, das Vaterunser beten. Sie kam teilweise aus dem Beten gar nicht mehr heraus und ist dann, soviel ich weiß, in das Kloster zur ewigen Anbetung gegangen. Sie hat sich nach ihrem Verlobten, den sie heiraten sollte, die Augen ausgeweint und ist bald an gebrochenem Herzen gestorben. Ein anderes Mädchen musste jedes Mal, wenn der Wind die Bäume und Sträucher bewegte, laut singen und jodeln. Anfangs lachten die Leute darüber, aber bald nahm ein jeder Reißaus, wenn sie in die Nähe kam. Sie musste solchermaßen noch viele Jahre leben und verbrachte ihre Freizeit in einer Kammer eines Schupfens einsam und allein, denn keiner vermochte mit ihr zu leben, und jedem ging sie mit ihrer Singerei auf die Nerven.«

»Ich bin nicht neugierig, die Perchten zu sehen«, sagte Anna, »aber was machen die Leute, die jetzt in der Kirche sind und danach nach Hause gehen müssen, wenn ihnen die wilde Jagd begegnet?«

Aber auch darauf wusste die Leni eine Antwort: »Der Perchtentanz beginnt ja erst um Mitternacht, da sind schon alle in der Kirche, und nachdem sie den Weihnachtssegen empfangen haben, können die Hexen nichts mehr ausrichten.«

»Mir können sie auch nichts tun, die Perchten«, ließ sich da auf einmal das kleine Häufchen Elend, die Maria, vernehmen. »Meine Mutter schaut vom Himmel auf mich herunter und passt auf, dass mir nichts passiert!«

Den ganzen Abend hatte das Mädchen zuvor noch kein Wort gesprochen, und Anna und Regina sahen sie nun überrascht an. Maria schlug die Hände vor das vom Weinen verschwollene Gesichtchen, spreizte aber die Finger und sah mit einem Auge durch. Die zwei anderen Mädchen machten es ihr nach und plötzlich lachten sie alle, rollten von der Bank herunter und balgten sich auf dem Fußboden, bis die Magd zeterte, sie sollen sich doch wenigstens in dieser heiligen Nacht einmal anständig benehmen.

Die Kinder legten sich nun auf der Bank zurecht, denn sie durften an diesem Abend in der Stube schlafen, bis die Erwachsenen von der Mette kamen. Nach und nach fielen ihnen nun auch die Augen zu. Leni nahm einen Umhang vom Haken und deckte sie zu. Dann nahm sie die

Petroleumlampe und ging hinaus in den Stall, denn es war kurz vor Mitternacht. Jedem Tier streute sie etwas von den getrockneten Kräutern hin, dabei laut das Vaterunser betend. Sie ging auch hinüber zu dem Verschlag, in dem die Schafe waren. Der Widder blinzelte in die Laterne. Leni schaute ihn an und seufzte, denn sie war diejenige, die er besonders gerne anfiel. Wenn er auf der Weide war, brauchte sie nur den Fuß ins Freie zu setzen, und schon stand er bereit, um sie über den Haufen zu stoßen. Dennoch hielt sie ihm ein Sträußlein von dem Kraut hin: »Da, friss, du Mistvieh, damit du gesund und stark bleibst!«

Unwillkürlich griff sie sich an die linke Schulter, die sie sich bei so einem Zusammentreffen mit ihm ausgerenkt hatte und die seither bei jedem Wetterumschwung schmerzte. Dann machte sie ein paarmal das Kreuzzeichen und verließ den Stall. Später zog sie die Suppe über die Feueresse und legte Brot und Butter auf den Tisch, damit etwas zu essen bereit war, wenn die Kirchgänger nach dem beschwerlichen stundenlangen Fußmarsch durch knietiefen Schnee nach Hause kamen.

In dieser Nacht dauerte es etwas länger, bis die Leute auseinandergingen. In Scharen standen sie um die zwei Scheiterhaufen, die vor der Kirche brannten, und besprachen die Neuigkeiten des letzten Jahres. Und immer wieder kam die bange Frage auf: Wie würde es weitergehen? Würden sie in Frieden leben können, oder würden sich die Kämpfe dieses Jahres wiederholen?

Das Ende des 18. Jahrhunderts war eine beklemmende Zeit in ganz Europa. Die Armeen des revolutionären Frankreichs marschierten und erfüllten die Völker mit Schrecken. Auch in Tirol warf der Krieg seinen Schatten bis in die hintersten Täler. Im Frühjahr des Jahres war der französische General Napoleon Bonaparte mit seiner Armee über die Adda bei Lodi gegangen, hatte Mailand besetzt und war unaufhaltsam gegen die österreichischen Kernlande vorgerückt. In dieser Zeit der höchsten Gefahr rief Kaiser Franz die Bevölkerung zur Verteidigung der Landesgrenzen auf. Eine heiße Welle der Begeisterung folgte diesem Ruf. Die Männer Tirols, geübt im Gebrauch der Waffen, eilten zur Verteidigung ihres Landes und lieferten den Franzosen um Bozen die erbittertsten Kämpfe.

Als Napoleon, von dem Ansturm der Landesverteidiger arg bedrängt, in Friedensverhandlungen einwilligte, war die Freude groß gewesen. Die Bauern und Handwerker, die sich tapfer für ihr Land geschlagen hatten, konnten nun nach Hause gehen. Ihre Toten und Verwundeten nahmen sie mit. Vitus und sein Nachbar hatten der Erlenhofbäuerin auf einer roh gezimmerten Trage ihren Mann heimgebracht. Er hatte das Unglück gehabt, noch am letzten Tag bei einem Geplänkel zu fallen.

Ja, so war es gewesen im letzten Sommer – und jetzt wateten sie durch die kalte Winternacht nach Hause, einer hinter dem anderen, während immer einer der jüngeren Männer die Spur austrat. Der harte Weg erlaubte jetzt keine Unterhaltung mehr, sogar die jungen Mägde und Knechte, die sich zuerst beim Kirchgang lachend und kichernd geneckt hatten, waren nun ruhig geworden.

Am Weihnachtstag in aller Frühe machte sich Andreas wieder auf den Weg nach Innsbruck. »Ich weiß ja nicht, wie es mir über den Brennerpass ergeht. Wenn es so weiterschneit, brauche ich wieder zwei Tage, bis ich zu Hause bin«, erklärte er.

Maria hängte sich an ihn und weinte und bettelte: »Vater, nimm mich mit heim ... ich möchte mit dir heim!«

Kathi, die Bäuerin, nahm schließlich das Kind und sagte tröstend: »Nein, jetzt musst du vernünftig sein. Du musst jetzt eine Weile hierbleiben, und dann holt dich der Vater wieder.«

Der Obersteinerhof hatte seinen Namen wohl daher, weil er oberhalb eines Felsens stand, der im Volksmund »der Stein« genannt wurde. Schon seit mehreren Generationen war er im Besitze der Hellers, und fünf waren es, von denen der jetzige Bauer auf Oberstein noch wusste. Einem seiner Vorfahren musste damals vor über hundert Jahren der Gedanke gekommen sein, eine Bibel zu kaufen und sich und seine Familie darin eintragen zu lassen. Seine Nachkommen waren diesem Beispiel gefolgt.

Vitus Heller, so lautete der erste der eingetragenen Namen, kunstvoll verschlungen und verziert der Anfangsbuchstabe jedes Wortes. Selbst des Schreibens unkundig, hatten Mönche einst auf Bitten der jeweiligen Hofbesitzer diesen Auftrag ausgeführt. Wer sonst hätte wohl eine solch schöne und feine Schreibkunst beherrscht?

Auf diese Bibel war Vitus stolz. Manchesmal nahm er sie aus der schweren Eichentruhe, die in der Schlafkammer des Bauernpaares stand und worin sie wohlverwahrt lag, um darin zu blättern und sich die Bilder anzusehen. Zu lesen vermochte er sie nicht, denn die Schrift war lateinisch.

Stets hatte der erstgeborene Sohn auf Oberstein Vitus geheißen.

Ein Sohn. Das dritte Kind, das ihm sein Weib geboren hatte, war zwar ein Sohn gewesen, er hatte aber nur ein paar Stunden gelebt. Die Geburt hatte das Leben seines Weibes bedroht, und so war nun wohl keine Hoffnung mehr auf einen männlichen Nachkommen.

Trotzdem liebte Vitus seine Töchter sehr. Er würde schon dafür sorgen, dass seine Älteste einen tüchtigen Bauern auf den Hof brachte! Öfter schon hatte er mit seinem Nachbarn Karl Widmer vom Hausberghof, der zwei Söhne hatte, lachend und im Spaß davon geredet, dass es wohl das Beste wäre, wenn sie ihre Kinder miteinander verheiraten würden. Verwandt oder verschwägert waren sie in keiner Weise und Linie, denn der Altbauer vom Hochederhof, der zweitgeborene Sohn eines Großbauern aus dem Ridnauntal, hatte den Hof vor dreißig Jahren erst gekauft. Es wäre also schon frisches Blut, das da zusammenkäme. Und wenn es auch immer wie im Scherz dahergeredet war, so ließ doch jeder der Väter durchblicken, dass sie nichts dagegen hätten, sollte es einmal so kommen.

Die Grenze zwischen den Nachbarhöfen bildete ein Graben, dem sich die Felder der beiden in nicht zu steilem Abhang zuneigten. Im Winter verband ein schmaler, ausgetretener Pfad die zwei Bauernhäuser, während man im Sommer hinuntergehen musste bis zur Brücke, vor der die Abzweigung rechts zum Hausberghof führte und links über den Steg zum Obersteiner.

Dieser Graben war ein idealer Spielplatz. Übermannshohe Steinbrocken lagen da umher, und man vermochte sich kaum vorzustellen, dass das harmlose Gerinnsel des Wildbaches so anschwellen konnte, dass solche Felsstücke angeschwemmt wurden. Den ganzen Bach entlang wuchsen Holunder und Haselnussstauden. Die Kinder bauten Dämme, und im Sommer badeten sie in den Tümpeln, die das Wasser im Laufe der Zeit ausgegraben hatte. Jetzt aber war der Bach zugefroren, und eine weiße Schneedecke lag darüber. Da musste sich die übermütige, kleine Schar schon mehr in den Stuben aufhalten, sehr zum Leidwesen des Hofgesindes. Es ging nämlich manchmal recht munter zu, und da war eigentlich nur einer, der sie einigermaßen im Zaum halten konnte. Das war der Martl.

Niemand wusste, wie er sonst hieß oder woher er kam. Eines Tages war er einfach dagewesen und hatte sich droben in der Wolfsklamm, eine knappe Gehstunde unterhalb der obersteinerischen Alm, eine solide Blockhütte gebaut.

Darinnen hauste er nun schon über zehn Jahre. Zwischendurch wohnte er aber wochenlang im Obersteinerhof, wo er ein gerne gesehener Gast war, der sich bemühte, sein Essen redlich zu verdienen. Ja, er ersetzte dem Bauern manchen Sommer einen guten Knecht, denn er arbeitete fleißig und unermüdlich vom frühen Morgen bis zum späten Abend, und man sah und erkannte es bei jedem Handgriff, dass ihm die Bauernarbeit nichts Neues war. Ein besonderes Talent aber entwickelte er beim Malen und Schnitzen, und er verdiente sich oft ein schönes Stück Geld damit, dass er an die Wände der Häuser und Höfe Heiligenbilder malte und die Balken der Dächer und Balkone mit schönen Schnitzereien verzierte. Auch die zwei Sparren, die an der Decke durch die Stube des obersteinischen Wohnhauses gingen, hatte er auf diese Art verschönt und an die Vorderfront des Hauses den heiligen Christopherus gemalt, wie er mit dem Jesuskindlein auf der Schulter durch das Wasser watete. An die Wand der kleinen Hauskapelle, die am Ende des Obstangers stand, malte er eine Muttergottes, die ihren blauen Mantel weit geöffnet hielt, um schutzsuchende Menschen erbarmungsvoll aufzunehmen.

Überall war der Martl beliebt, man hatte sich an seine wortkarge Art gewöhnt, und keiner fragte ihn mehr danach, wo er herkam und wo er zu Hause war. Anfangs war er solchen Fragen immer ausgewichen, und die Leute machten sich ihren eigenen Reim aus seinem Schweigen. Sie meinten, er sei wohl aus dem Nordtirolischen, und zwar dem Dialekt nach aus der Kufsteiner Gegend. Ansonsten sahen sie, dass er ein gottesfürchtiges, arbeitsames und anständiges Leben führte. Das genügte ihnen.

Der größten Beliebtheit erfreute er sich aber bei den Kindern, denn niemand konnte so schöne Geschichten erzählen wie der Martl. Da saßen sie dann mucksmäuschenstill um ihn herum und lauschten gespannt auf jedes Wort, das über seine Lippen kam. Er erzählte ihnen von fremden Ländern und sonderbaren Menschen, von Menschen mit solchen Schlitzaugen – Martl zog mit den Zeigefingern die Augenwinkel nach außen –, diese Menschen seien sehr gescheit und weise, und die Männer trugen lange Zöpfe. Aber wenn ihnen jemand diesen Zopf abschnitt, dann glaubten sie, dass sie nicht mehr in den Himmel kommen könnten. Die Kinder lachten herzlich darüber, denn, so meinte die Anna: »In den Himmel kommt doch jeder, wenn er auf Erden nur brav genug gewesen ist!«

Dann erfuhren sie wieder von einem anderen Land, in dessen riesigen Urwäldern viele wilde Tiere lebten, die sich gegenseitig auffraßen. Und so große Schlangen gebe es dort, dass sie, wenn sie sich um eine Kuh ringeln würden, diese mit Leichtigkeit erdrücken könnten. Die Menschen aber, die in diesen Wäldern wohnen, seien schwarz wie der Ruß auf der Feueresse. Zu Fuß aber oder mit einem Fuhrwerk könne man in dieses Land nicht gelangen, nein, da müsse man schon mit einem großen Schiff mit weißen Segeln weit über das Meer fahren.

Unter dem Wort Meer konnten sich die Kleinen nichts vorstellen. Es war schwer, ihnen begreiflich zu machen, dass es irgendwo so viel Wasser gab, dass man kein Land mehr sah.

Wenn dann der Martl geendet hatte, gab es noch endlose Debatten, ganz abgesehen davon, dass diese Erzählungen den herrlichsten Stoff für neue Spiele ergaben. Auch heute an diesem Weihnachtstag war es wieder so. Gerade waren die Nachbarkinder angekommen: die zwei Hausbergbuben, der dreizehn Jahre alte Peter mit seinem zehnjährigen Bruder Franz, einem aufgeweckten Bürschlein, der auch gleich auf den schnitzenden Mann zusteuerte und fragend zu ihm aufsah: »Was machst du denn da, Martl?«

»Einen Hirten für die Krippe«, entgegnete Martl lächelnd, doch da waren auch schon die anderen da.

»Geh, Martl, sei so gut und erzähl uns was!«

Der Mann wusste, dass sie ihn so lange plagen würden, bis er nachgäbe, und legte seufzend seine Pfeife weg. Währenddessen setzten sich die Kinder rechts und links von ihm auf dem Boden zurecht und harrten erwartungsvoll der Dinge, die da kommen würden. Und Martl begann.

»Weil heute Weihnachten ist, will ich euch eine ganz besonders schöne Geschichte erzählen. Wenn ihr im Sommer droben seid auf eurer Alm und hinüberschaut zu den Dolomiten, da könnt ihr unter den vielen Gipfeln einen Berg erkennen, der den Namen Rosengarten trägt. Diesen Namen hat er deshalb bekommen, weil auf ihm Tausende und Abertausende Alpenrosen blühen, ja, der ganze Berg glüht förmlich vor lauter Almenrausch. Dieser Berg aber gehört einem mächtigen Zwergenkönig namens Laurin, der dort oben mit seinem ganzen Zwergenvolke lebt. Im Inneren des Berges hat er ein prächtiges Schloss aus purem Gold und Edelsteinen. Sein größter Stolz aber ist das Glühen seiner Alpenrosen, und eifersüchtig wacht er über jede einzelne von ihnen. Wehe dem Menschen, der es wagen sollte, in sein Alpenreich aufzusteigen und auch nur eine davon zu pflücken. Ihm konnte es passieren, dass ihm der Zwergenkönig in seinem Zorn einen Felsbrocken an den Kopf wirft oder ihm einen solchen Stoß versetzt, dass er in eine tiefe Schlucht stürzt.«

»Ich würde mich schon wehren«, rief da der Franz mit blitzenden Augen dazwischen. »So einfach würde ich mich nicht den Berg hinunterschmeißen lassen!«

»Ich auch nicht«, gab der Peter seinem Bruder recht, »denn wenn dieser König Laurin nur ein Zwerg ist, dann kann er doch nicht größer sein wie das Jochmanndl, von dem du uns neulich erzählt hast. Und wo sollte ein so kleines Männlein die Kraft hernehmen, um einen Menschen im Kampf zu besiegen oder gar einen Felsbrocken nach jemandem zu schmeißen?«

Die beiden Buben überboten sich in den Vorstellungen, wie sie es machen würden, wenn sie die Lust auf ein paar Alpenrosen des Königs Laurin überkäme. Franz schilderte temperamentvoll, wie er den Zwerg mit einer Hand festhalten würde, sodass er sich nicht mehr wehren könne, und mit der anderen Hand würde er sich so viele Blumen pflücken, wie er nur zu tragen vermöge.

Der Martl aber schüttelte bedächtig den Kopf.

»Ja, wisst ihr, so leicht, wie ihr euch das vorstellt, ist es nun wieder nicht. Dieser Zwergenkönig ist ein gar mächtiger Geist, und es stehen ihm große Zaubermittel zur Verfügung. Er hat zum Beispiel einen Gürtel, der ihm durch Zauberkraft übermenschliche Kräfte verleiht. Man sagt, wenn er sich diesen Gürtel um den Leib bindet, besitzt er die Stärke von zehn Riesen. Auf dem Kopf aber trägt er eine Tarnkappe, durch deren Wunderwirkung er sich unsichtbar machen kann. Und das ist wohl auch das Schlimmste von allem, denn wie soll man sich gegen jemanden wehren können, den man gar nicht sieht? Es heißt allerdings, dass vor vielen, vielen Jahren ein großer Ritter namens Dietrich von Bern mit dem Zwergenkönig gekämpft hat und ihn besiegt haben soll. Daraufhin hat er ihm die Tarnkappe weggenommen.«

»Er wird sich eine neue gemacht haben«, meinte Franz, »und wenn ich groß bin, hole ich mir diese Wunderkappe und die ganzen Rosen dazu.«

Die Mädchen saßen da und hörten mit vor Staunen offenen Mündern zu.

»Ich gehe mit dir auf den Rosengarten«, sagte Anna lebhaft.

»Nein, das ist nichts für Mädchen«, wehrte der Junge ab, »und jemanden, der dann jammert und flennt, kann ich da oben nicht brauchen!«

»Ich jammere und flenne nicht«, protestierte Anna böse. »Und was machst du denn überhaupt mit den vielen Rosen, schenkst du mir dann wenigstens ein paar?«

»Du bekommst sie alle, sie werden dein Brautstrauß sein, wenn wir heiraten!«

Die Kleine errötete tief, denn alle in der Stube lachten. Aber jeder wusste, dass der Bub seit jeher darauf beharrte, Anna zu heiraten.

»Hast du sie denn schon gefragt, ob sie dich überhaupt will?«, neckte ihn Veit, der junge Knecht.

»Warum soll ich sie fragen? Sie weiß es ohnehin, dass ich sie heirate, ich habe es ihr schon oft gesagt«, antwortete Franz empört.

Peter sprang plötzlich auf und rief: »Kommt, spielen wir König Laurin und Dietrich von Bern. Ich bin der Ritter, und ihr seid die Zwerge!«

Sie nahmen sich jeder einen der großen Holzspäne, die zum Feueranmachen dienten und immer vor der Feueresse lagen, als Schwerter, und sofort war die Schlacht in vollem Gange. Franz hatte sich seine Wollmütze als Tarnkappe auf die dunklen Locken gesetzt, und Peter als der edle Ritter Dietrich von Bern stocherte mit seinem Span wild in der Luft herum. Dabei hatte er das Pech, den König Laurin so unglücklich zu treffen, dass der das Gleichgewicht verlor und umfiel. Entrüstet sprang er wieder auf: »Was fällt dir ein, mich zu treffen, du kannst mich ja nicht sehen!«

»Ich habe dich eben rein zufällig getroffen«, wehrte sich Peter, worauf sein Bruder verlangte, dass er jetzt einmal der Ritter sein wolle. Peter jedoch meinte, dazu sei er viel zu klein, er eigne sich besser zu einem Zwerg – und im

Handumdrehen waren sie in eine Rauferei verwickelt, die mit einem edlen Kampf zwischen einem König und einem Ritter nichts mehr zu tun hatte.

Da ging Vitus dazwischen: »Nein, hört jetzt auf damit – ich glaube auch, dass es gescheiter ist, wenn ihr jetzt nach Hause geht, es wird schon langsam dunkel draußen.«

Die Kinder hatte einen Nachhauseweg von etwa einer halben Stunde, denn die Hausbergbuben mussten hinunter bis zur Brücke, bevor sie auf der anderen Seite wieder hochgehen konnten, weil der Pfad durch den Graben erst wieder in dem tiefen Schnee ausgetreten werden musste.

2. Kapitel

Nach einer Weile hatte sich Maria auf dem Berghof ganz gut eingelebt. Sie wurde dort wie die eigenen Töchter behandelt, sah die anderen Kinder, besonders die fast gleichaltrige Anna, als ihre Geschwister an und wusste bald nichts mehr anderes, als dass der Obersteinerhof ihre Heimat sei.

Maria war ein nettes, freundliches Kind – ihr ganzes Wesen hatte etwas Behutsames an sich. Darin war sie das ganze Gegenteil ihrer Ziehschwester Anna, die oftmals recht wild und aufbrausend sein konnte. Gleichwohl waren die beiden Mädchen unzertrennlich, und Maria verstand sich mit Anna am besten, obwohl ihr die sanfte Regina im Charakter nähergestanden wäre. Doch die älteste Tochter auf Oberstein war vier Jahre älter und wurde deshalb auch schon viel mehr zur Arbeit herangezogen. Nur abends oder sonntags gesellte sich Regina zu ihren Schwestern, und da kamen dann auch noch die Nachbarskinder dazu. Vier Jahre Altersunterschied sind aber in der Kindheit sehr viel – und so fühlten Regina und Peter sich dann mehr in einer Beschützerrolle denn als Spielgefährten. Die beiden mochten sich gut leiden, und wenn der Franz jedem erzählte, dass er einst, wenn er groß geworden sei, die Anna heiraten werde, so sagte der Peter nichts, aber er blickte auf Regina, und das Mädchen senkte dann immer schnell den Blick. Es entwickelte sich also alles ganz im Sinne der beiden Väter.

Die Kinder besuchten in Bruneck die Theresianische Volksschule, außer wenn sie zu Hause auf den Höfen notwendiger gebraucht wurden, zum Beispiel in der Erntezeit oder bei der Heumahd.

Hart und mühselig war die Arbeit der Gebirgsbauern. Wie oft mussten sie der Natur buchstäblich jeden Handbreit Boden von Neuem abringen, sei es, weil im Winter eine Lawine ins Tal gedonnert war, alles zerstörend und mit sich reißend, was sich ihr in den Weg gestellt hatte, sodass nach der Schneeschmelze ein Geröllfeld von Schutt, Feldbrocken und zersplitterten Baumstämmen zurückblieb, oder sei es, dass das harmlose Gerinnsel eines Bergbächleins sich nach einem jähen Unwetter in einen tobenden Wildbach verwandelte und alles in weitem Umkreis überschwemmt und verschlammt hatte.

Das Leben in dieser rauen Gebirgswelt und der ewige Kampf mit der Natur prägte auch die Charaktere der Menschen. Zäh hielten sie an ihrem Glauben, an ihren alten Sitten und Gebräuchen fest und nahmen an Neuem nur an, was ihnen wirklich nutzbringend und gut erschien. An ihrer Scholle aber und an ihrem Kaiserhaus hingen sie mit wahrer Liebe und unverbrüchlicher Treue.

Diese Treue sollten sie in den nächsten Jahren immer wieder zum Beweis stellen müssen, denn die Revolutionskriege der Franzosen kannten keine Grenzen. Nach der Rückkehr General Bonapartes aus Ägypten hatte er durch den berühmten Staatsstreich vom 10. November 1799 die Macht an sich gerissen und sich zum ersten Konsul ausrufen lassen. Ein halbes Jahr später überschritt er den großen Sankt Bernhard und zog erneut in Norditalien ein. Auch in Süddeutschland zwangen die Franzosen die Österreicher zum Rückzug bis an die österreichische Grenze, und Kaiser Franz ließ sich schließlich zu Friedensverhandlungen herbei. Der Friedensvertrag von Luneville am 9. Februar 1801 beendigte endlich die französischen Revolutionskriege. Aber immer wieder in diesen Jahren hatten die

Kompanien der Tiroler Schützen ausziehen müssen – und sie hatten die Grenzen gehalten –, und sie kämpften verbissen auf den Pässen, damit der Feind nicht in das Land kam. Nach dem Friedensvertrag konnten sie nun endlich wieder nach Hause gehen, gerade recht zu den Frühjahrsbestellungen.

Vitus hatte eine Wunde am Hals durch einen Streifschuss, die nicht recht heilen wollte, und so wurden Anna und Maria am Markustag nach der Regenbittprozession zur Moor-Lies gesandt, um Salbe zu holen. Die Moor-Lies wohnte in einer Hütte, die am Rande des Hochmoores stand, das sich unterhalb des Felsens hinzog, über dem der Obersteinerhof lag. Den Leuten war diese Gegend nicht ganz geheuer. Man sprach von Irrlichtern, die über dem Moor tanzten, und von seltsamen Gestalten, die dort ihr Unwesen trieben. An zwei Stellen, hieß es, sei das Moor so tief, dass man bei einem Fehltritt leicht darin versinken könne.

Die Moor-Lies – manche nannten sie auch die Moorhexe –, sah man jahraus, jahrein mit ihrem Leiterwagen oder mit einem Rückenkorb durch die Gegend streifen. Oft redete und murmelte sie vor sich hin, und es gab Tage, da gab sie keine Antwort, wenn man sie grüßte. Aber obwohl den Leuten die Gegend um das Moor und auch die Lies selber nicht ganz geheuer waren, zog man sie doch bei den verschiedensten Krankheiten von Mensch und Tier gerne zu Rate. Außerdem war sie eine unübertreffliche Wehmutter. Aus verschiedenen Pflanzen, Wurzeln, Rinden und Kräutern wusste sie Gebräue und Tränke zu machen, dass die in Geburtswehen sich windenden Frauen sogleich Erleichterung verspürten. Sie verstand allerlei Krankheiten zu heilen, von der Magenverstimmung bis zur eiternden Wunde. Ja, manche wagten sogar zu behaupten, dass die Lies nur ihre Hände auf die schmerzende

Stelle zu legen brauche, und schon ließe der Schmerz nach. Und noch eine Eigenheit hatte die Alte: Bevor sie jemanden behandelte, besah sie sich erst immer die Handflächen der Leute. Nach den Linien der Hände schien sie die Behandlung vorzunehmen.

Manche sahen in ihr nichts als eine schrullige, alte Frau, obwohl sie noch nicht einmal so alt war, vielleicht so um die fünfundvierzig Jahre. Jedenfalls, und das musste jeder zugeben, verstand sie eine Menge von Naturheilkunde. Fast jeder, der sich von ihr kurieren ließ, zahlte in Naturalien. Ein Holzknecht, dem sie den Fuß rettete, als ihm die Axt tief ins Fleisch gefahren war, bezahlte die Frau zum Beispiel mit ein paar Buckelkörben voll fein gehackter Holzscheiter. Je nach Größe der Blessur oder Krankheit war die Speckseite, die man ihr brachte, größer oder kleiner. Ihr Ruf als Heilerin war weit umher bekannt. An den Brunecker Markttagen sah man sie dastehen mit ihrem Karren, da verkaufte sie Kräuter und Salben.

Für die Kinder des Steinberges, wie die Gegend hier mit den umliegenden Höfen genannt wurde, war es immer so eine Art von Mutprobe, der Moor-Lies einen Besuch abzustatten. Mit klopfendem Herzen pirschten sie sich langsam auf dem schmalen, ausgetretenen Pfad an die Hütte heran. Wie das Weiblein sie empfangen würde, wussten sie vorher nie. Einmal freute sie sich über den Besuch, und die Kinder bekamen süßen Saft zu trinken, ein anderes Mal schaute sie sie gar nicht an, saß nur einfach da und starrte ins Leere oder redete ungereimtes Zeug.

»Ja, spielt nur, spielt, bevor euch die schwarze Hand über die Augen fährt. Krieg wird kommen – und ihr werdet mitgerissen – alle!« Starr sah sie vor sich hin: »Und der Blutacker wird sein Opfer bekommen und trinken.«

Der Blutacker war die Wiese außerhalb der Stadt, wo in früheren Zeiten der Galgenbaum gestanden war und wo den Übeltätern der Kopf abgeschlagen wurde. Zur Zeit der Hexenverfolgung sollten dort auch Ketzer gebrannt haben.

Die Rederei der Moor-Lies verstanden die Kinder nicht, trotzdem erschraken sie ein wenig und rannten schnell davon. Lachend und schwatzend gingen sie dann nach Hause, aber den Erwachsenen sagten sie nichts von diesen Ausflügen, denn es war ihnen verboten worden, im Moor zu spielen. Aber dieses sumpfige Gelände mit seinem vielfältigen Reichtum an Pflanzen und Tieren zog die Kinder magisch an.

Anfangs war ausgemacht gewesen, dass Maria mit vierzehn Jahren von ihrem Vater nach Innsbruck geholt würde. Als aber das Mädchen dieses Alter erreicht hatte, war die politische Lage so unklar und verworren, dass es nicht ratsam war, diese Abmachung auszuführen. In dieser Zeit der Ungewissheit war das Mädchen auf dem Berghof weitaus am sichersten aufgehoben.

Wenige Wochen vor Weihnachten 1805 war der Krieg der dritten Koalition eröffnet worden. Die Tiroler Schützen und Landstürmer eilten zu den Waffen, angefacht auch durch die Anwesenheit des überaus geliebten und verehrten Erzherzogs Johann. Sie wollten die Unglücksbotschaft von der Kapitulation Österreichs bei Ulm nicht glauben – und noch weniger verstanden sie es, als sie die österreichischen Truppen das Land räumen sahen, während man ihnen befahl, sich wieder ruhig nach Hause zurückzubegeben, es sei kein Grund zur Aufregung. Auf den Pässen entbrannten heiße Kämpfe, aber am 5. November rückte der französische Marschall Ney in Innsbruck ein.

Nun hatten die Tiroler in den vorhergegangenen Kriegsjahren schon öfter feindliche Besatzungstruppen erlebt. Das war weiter nicht aufregend, früher oder später würden sie wieder von dannen ziehen – was Ney ja auch im November noch tat. Was die Bevölkerung aber beunruhigte, war, dass an Stelle der abrückenden Franzosen bayerische Soldaten unter General Siebein die Garnison belegten. Durch einen Aufruf wurde den Landesbewohnern kundgetan, dass Napoleon dem bayerischen General bis zu einem baldigen Friedensschluss die Besetzung Tirols überlassen habe.

Warum erfuhr man diese Verordnung aus dem Munde des Gegners und nicht von österreichischer Seite? Allenthalben gärte und brodelte es im Volk, wilde Gerüchte flogen durch die Täler bis hin zu der schrecklichen Vermutung: Tirol solle von Österreich abgetrennt und den jüngsten Alliierten Napoleons, den Bayern, einverleibt werden. Der Sieg Napoleons bei der Dreikaiserschlacht von Austerlitz über Alexander I. von Russland und den österreichischen Kaiser Franz verhieß nichts Gutes.

Die Christnacht 1805 war eisig kalt. Weiß stand der Hauch vor den Gesichtern der Menschen, die in Bruneck vor der Kirche nach der Mitternachtsmette um die zwei brennenden Scheiterhaufen standen und erregt die politische Lage diskutierten. Die drei Mädchen vom Obersteinerhof standen beim Feuer und zogen fröstelnd die schweren wollenen Umhänge über Kopf und Schultern zusammen. Regina und Maria unterhielten sich mit einigen bekannten Frauen. Anna stand da und hörte den aufgeregten Debatten zu, doch schon bald schweiften ihre Gedanken ab. Sie hatte weiß Gott anderes zu denken als daran, ob Tirol österreichisch bleiben oder bayerisch werden sollte – und sie war noch viel zu jung, um sich darüber Gedanken zu machen. In ihrem Herzen wogten andere Stürme.

Jedes Mal, wenn sich ihre Blicke mit denen des Hausberg-Franz trafen, errötete sie tief. Sie ärgerte sich darüber, weil sie sich dessen bewusst war, und dann noch mehr errötete. Aber sie ärgerte sich auch über Franz – denn sie kannte sich nicht mehr aus mit ihm. Höchstens, dass er ihr einmal ein scheues Lächeln schenkte, das war aber auch alles. Die innige Vertrautheit, die sie mit ihm von Kindheit an verbunden hatte, war dahin. Sie sahen sich zwar öfters, sei es auf dem Kirchweg, bei Prozessionen und Wallfahrten oder bei gesellschaftlichen Anlässen. Aber sonst hatten sie keinen Kontakt mehr miteinander, seit die Mutter ihr und Maria erklärt hatte, dass es nicht schicklich sei, wenn halberwachsene Mädchen mit jungen Burschen durch Wald und Feld streiften und in der Scheune Verstecken spielten.

Franz war schon im Sommer den Jungschützen beigetreten und Anna sah, wie fesch und schneidig er aussah in seinem Sonntagsgewand. Die Bundhose aus schwarzem Leder, das weiße Hemd, das rote Leibchen und der breitrandige Hut standen ihm prächtig. Franz aber sah, dass sich ihr Mieder zu spannen begann. Er schämte sich, dass er es gesehen hatte, und kam sich sehr schlecht vor. Es war die Zeit des Erwachens. – Welche Ahnungen, welche Träume erfüllten die jungen Herzen! Es waren die Träume, die zu allen Zeiten und von allen Generationen geträumt wurden – dieses sonderbare Weh, dieses Sehnen und Ziehen im Herzen, dieses einmalige Wunder der ersten Liebe!

Franz und Peter traten nun neben den Mädchen an das Feuer heran, um ihre Fackeln anzubrennen.

»Was ist, geht ihr noch nicht heim?«, fragte Peter und sah dabei Regina an.

»Wir müssen noch auf unsere Leute warten«, antwortete sie.

Einige machten jetzt Anstalten zu gehen, und wenig später kam es zum allgemeinen Aufbruch. Die Männer zündeten ihre Kienfackeln an, und man verabschiedete sich mit der Meinung, dass man ja wohl österreichisch bleiben werde. »Der Erzherzog Johann selber hat doch vor ein paar Wochen noch gesagt, dass er bald wieder bei uns Tirolern weilen werde«, meinte ein alter Bauer, »und unser Franz tut uns das nicht an, dafür lege ich meine Hand ins Feuer.«

»Hoffen wir, dass du sie dir nicht verbrennst«, sagte ein Zweifler, und viele gaben ihm recht. Sie fragten sich, ob man nicht etwa doch zu den Waffen greifen und die napoleonische Besatzung vertreiben sollte.

In der Schlafkammer, in der außer Anna und Maria auch noch Regina und die Leni schliefen, tuschelten die beiden Mädchen noch lange miteinander.

»Magst du den Franz?«, flüsterte Maria.

»Ja«, hauchte Anna.

»Wirst du ihn heiraten?«

»Ja, das werde ich. Wir werden hier auf dem Hof leben und sehr glücklich sein – und wenn du mich besuchen kommst, werden deine und meine Kinder miteinander spielen.«

»Meinst du, dass er sich an sein Versprechen, dich zu heiraten, erinnert?«, gab Maria zu bedenken. »Es ist schon so lange her, und vielleicht findest du auch einmal einen anderen?«

»Nein, ich werde nie einen anderen haben«, sagte Anna fest. »Oh – und er erinnert sich, ich sehe es in seinen Augen – und versprochen ist versprochen, auch wenn wir damals noch Kinder waren.«

Maria meinte sorgenvoll in Anbetracht ihrer bereits fünfzehn Jahre: »Ich weiß nicht, ob ich jemals Kinder haben werde, ich habe ja noch nicht einmal einen Burschen, der mir gefällt.«

»Du wirst in Innsbruck einen finden«, flüsterte Anna, »oder wie wäre es denn mit dem Toni? Er macht dir schöne Augen.«

»Er macht dir schöne Augen«, lachte Maria.

»Er macht uns beiden schöne Augen.«

»Er macht jeder schöne Augen!«

Die beiden Mädchen barsten fast vor Lachen, und prompt tönte es lautstark vom Bett der Leni her: »Nein, hört jetzt endlich auf und schlaft ein wenig, es ist ja schon bald Zeit zum Aufstehen.«

»Sie ist ja nur böse, weil sie nicht verstanden hat, was wir gesagt haben, obwohl sie die Ohren spitzt wie ein Luchs«, kicherte Anna und schaute selig ins Dunkel. Ach – sie würde heute keinen Schlaf finden! Sie dachte an Franz. Er war auf dem Heimweg vor ihr gegangen und hatte ihr mit der Fackel geleuchtet – und drunten bei der Brücke, wo sich die Hausbergleute von den Obersteinerischen trennten, da hat er ganz kurz und heimlich ihre Hand genommen und sie gedrückt. Für das aufgewühlte Herz des Mädchen war es wie ein heimliches Versprechen: Ich werde dich lieben und dir die Treue halten, solange wir leben!

Nein, dieses Geheimnis konnte sie nicht einmal mit Maria teilen, das gehörte nur ihr und Franz!

Gleich zu Anfang des neuen Jahres musste es dann doch jeder glauben: Tirol war bayerische Provinz geworden!

Die Kommissare Napoleons, der dem Lande Tirol eine Kriegssteuer von neun Millionen Franken auferlegt hatte, waren dabei, die öffentlichen Kassen und Montanvorräte zu beschlagnahmen. Zwei nach München gesandte tirolische Abgeordnete, die eigentlich die Salzvorräte der Haller Saline vor den Franzosen retten und den Bayern zum Kauf anbieten hätten sollen, erfuhren es dort von Napoleon selber, dass sie nun Bayern seien, denn der Franzosenkaiser hielt sich zu dieser Zeit gerade in München auf.

Die Verhandlung wegen des Haller Salzes war somit gegenstandslos geworden, ebenso wie die Bitte um Nachlass der Kriegssteuer, denn das war ja nun Sache des Bayernkönigs, der sicher nicht wünschen konnte, von Napoleon ein völlig ausgelaugtes Land zu bekommen. Die zwei Tiroler fuhren dann auch mit der Zusicherung des Königs nach Hause, dass dem Land diese Steuer erlassen sei. Einer einige Tage später aus Innsbruck gesendeten Delegation versprach König Max Josef, dass er an der Verfassung und Religion der Tiroler nichts ändern und die Landesgebräuche berücksichtigen werde. Zum Hofkommissär für Tirol ernannte er den Grafen Arco, der sein Amt am 11. Februar 1806 in der Hofburg in Innsbruck übernahm.

Am Sebastianitag im Januar kam der wandernde Händler Korbinian, auch »Kraxenträger« oder »billiger Jakob« genannt, auf den Obersteinerhof. Er setzte sich in der Stube auf die Bank und schlüpfte ächzend aus den Schlaufen seiner Kraxe, an der ein kastenähnlicher Aufbau befestigt war. Mit seinem unvermeidlichen riesigen, schwarzrot karierten Tuch wischte er sich über Stirn und Nacken, dann sagte er zur Bäuerin: »Was ist, Hausmutter, hast du nicht eine kleine Stärkung für mich, heute, wo mein Namenstag ist?« Er machte die Geste des Trinkens.

»Geh, du hast wohl bei jedem Namen Namenstag?«, lachte Kathi.

»Ja freilich, warum auch nicht, wenn ich etwas dafür bekomme?« Er nahm einen Schluck aus der Flasche, die sie ihm reichte. »Ah, vergelts Gott. Es ist schon ein schwerer Weg zu euch da herauf.«

»Nimm ja nicht deinen eigenen Schnaps«, neckte sie ihn, denn sie wusste, dass er auch immer ein paar Flaschen Branntwein mithatte zum Verkaufen.

»Aber nein, ich werde mich hüten! Das würde mich ja was kosten!«

Alle Umstehenden lachten.

»Aber zeig einmal her, was hast du denn alles mit in deinem Krämerladen?«, kam die Bäuerin dann zur Sache.

Wenn Korbinian die Türen zu seinem Kasten öffnete, wurden alle, und besonders die Kinder, in atemloses Staunen versetzt ob der Herrlichkeiten, die da zum Vorschein kamen. Die verschiedensten Fächer ließen sich aufklappen oder herausschieben, an Haken hingen Rosenkränze und Ketten, in den Schubladen waren Ringe und Knöpfe, Nähnadeln und Stricknadeln, Haarnadeln und Klammern, in den Fächern lagen Salben, Garne, verschieden große Eisennägel, Wetzsteine und noch vieles mehr. In einem mit schwarzem Samt ausgeschlagenem Fach steckten die schönsten Broschen. Allerhand Küchengeräte hingen an Haken außen am Kasten. Alles lief zusammen, um die Waren zu bestaunen, die er in den verschiedenen Abteilungen und Läden zutage förderte. Bei den vielen praktischen Dingen, die er mithatte, kam er kaum an einem Hof vorbei, wo ihm nichts abgekauft wurde. Er wusste außerdem, was in Stadt und Land vor sich ging, und man erfuhr stets das Neueste von ihm. Korbinian sah und hörte alles, er vermochte aber auch zu schweigen, wo es nötig war. Man konnte ihm getrost auch geheime Nachrichten anvertrauen, stets kamen sie an die richtige Adresse. Wer immer in den Tälern jemandem etwas auszurichten hatte, Korbinian richtete es getreulich aus. Auch Briefe gab er verlässlich weiter. Für diese Tätigkeit bekam er Botenlohn.

»Warum kommst du heuer so früh?«, fragte einer der Knechte. »Du weißt doch, dass wir erst zu Lichtmess unseren Lohn bekommen. Ich hätte ein Hemd gebraucht, aber jetzt habe ich kein Geld.«

Korbinian konnte ihn beruhigen. »Ich bleibe jetzt ein paar Wochen in der Gegend – mein offener Fuß macht mir wieder einmal zu schaffen, und ich gehe eine Zeitlang zur Moor-Lies. Vor vier Jahren hat sie ihn mir geheilt, und dieses Mal gehe ich lieber gleich, bevor er noch schlechter wird. Aber drunten im Schupfen vom Adler habe ich noch eine Ladung von Sachen, und wenn ihr am übernächsten Sonntag nach der Kirche hinkommt, werde ich da sein, und dann könnt ihr euch nach Herzenslust etwas aussuchen.«

Dann aber gab er Vitus einen Brief von seinem Bruder aus Innsbruck. In diesem Brief stand, er solle sich so bald als möglich aller österreichischen Papiergulden entledigen und sie in Münze umsetzen, da diese bald um die Hälfte fallen oder gar ganz wertlos würden. In München bekämen bayerische Soldaten für einen solchen Papiergulden nur noch vierzig Kreuzer. Sie verlören also ein Drittel, und die meisten Bankhäuser verweigerten überhaupt die Annahme der österreichischen Bankozettel. Das bedeute nichts Gutes. Er, Andreas, warte bis Mitte Februar auf Botschaft von ihm, dann werde er zusammen mit einigen Geschäftsleuten in Innsbruck einen Mann ihres Vertrauens zum Umtausch des in ihrem Besitz sich befindlichen Papiergeldes nach Wien senden.

Vitus las den Brief laut vor und fragte dann Korbinian, ob er denn in Innsbruck oder sonstwo etwas gehört hätte von dieser Geldabwertung.

Korbinian wiegte den Kopf hin und her. »Zu Anfang des Jahres waren doch der Polizeidirektor Carneri und der Landesbuchhalter Tschiderer in München wegen dem Haller Salz. Ich habe gehört, dass der bayerische Minister Montgelas die zwei gefragt haben soll, wie man denn in Tirol das Papiergeld am schnellsten außer Kurs brächte.«

Er deutete auf den Brief. »Wenn dein Bruder von der Sache auch etwas weiß, wird am Ende doch etwas Wahres dran sein.«

Vitus schüttelte den Kopf. »Ja, aber trotzdem mag ich es nicht gerne glauben. Wie könnte die neue Regierung so etwas zulassen? Der Schaden für die Bevölkerung ließe sich nicht ausdenken!«

Vitus beriet sich mit seiner Frau und fragte auch das Gesinde, ob sie den Lohn in Bankozetteln oder in Münzen haben wollten. Bei Letzterem müssten sie eben länger warten. Aber die Leute wollten das ihnen vertraute Papiergeld.

»Du musst das verstehen, Bauer«, sagte Roman, der Großknecht, »sie wollen das Geld jetzt haben, noch dazu, wo Korbinian hier ist. Und dass dieses erst nach Innsbruck und dann mit einem völlig Unbekannten nach Wien gehen soll, das ist ihnen nicht ganz geheuer. Mir kannst du meinen Lohn später geben, ich möchte lieber die Münzen haben.«

Nach einigem Hin und Her reiste Vitus mit dem nächsten Diligencewagen nach Innsbruck. Mit sich trug er seine ganze Barschaft und übergab sie Andreas zu treuen Händen. Wie recht er damit getan hatte, zeigte sich schon in der allernächsten Zeit. Die Bankozettel verloren immer mehr an Wert, und keiner wollte sie mehr annehmen, denn ab dem 1. Juli, so hieß es, bekomme man gar nichts mehr dafür. Jeder versuchte jetzt, das verrufene Papier so schnell wie möglich loszuwerden. Betrügerische Wechsler und Wucherer schürten die Angst und machten Riesengewinne, denn sie zahlten den Leuten nur noch achtzehn bis zwanzig Kreuzer für den Gulden, also nur knapp die Hälfte des Augsburger Kurses, von dem in den Tälern ohnehin keiner was erfuhr, da er nur in Innsbruck, Bozen und Trient wöchentlich verkündet wurde.

Diese radikale Geldreform zog einen Kometenschweif voll Unglück hinter sich her. Die Höfe und Grundbesitze fielen um die Hälfte im Wert, während die Schulden um ein Vielfaches mehr zurückbezahlt werden mussten. Viele verschuldete Bauern wurden so unschuldig in den Ruin getrieben und verdingten sich als Knechte oder zogen als Tagelöhner umher, ganz zu schweigen von den Armen, die für ihren Papiergulden kein Stück Brot mehr bekamen. Das umlaufende Geldvermögen des Landes verringerte sich durch diese Abwertung fast um die Hälfte, wodurch den Tirolern immenser Schaden zugefügt wurde.

An den freundlichen und entgegenkommenden Worten des bayerischen Königs konnten sich die Tiroler auch nicht lange erwärmen. Es dauerte gar nicht lange, dann kam es Schlag auf Schlag. Eine Kopfsteuer wurde eingeführt, um für die Verpflegung der zahlreichen Garnisonen im Lande aufzukommen. Die Bitten der ständischen Vertreter beim Hofkommissär Arco um Verminderung der Besatzung mit dem Hinweis, eine Steuer bei Friedenszeiten für Truppenverpflegung hätte Österreich niemals gefordert, hatte keinen Erfolg. Bei einer Weigerung, so drohte der Kommissär, würde zusätzlich der Einmarsch einer französischen Division erfolgen, was soviel wie den Ruin Nordtirols bedeutet hätte, da dieser Landesteil dann die Verpflegung hätte allein tragen müssen.

Der Großstaat Österreich hatte es sich leisten können, in Tirol eine zuverlässige natürliche Festung zu sehen, das in finanzieller Beziehung nicht von Bedeutung war. So hatte Tirol unter dem Kaiserreich fast gar keine Abgaben gezahlt, man kannte überhaupt nur die geringe Grundsteuer. Österreich hatte die Tiroler als unbesoldete Krieger angesehen, die man nicht mit überspannten Forderungen belasten wollte. Dem kleinen Staat Bayern konnte das aber nicht genügen.

Aber das größte Unglück kam wohl durch Napoleons Kontinentalsperre, welche die Durchfuhr von Waren untersagte. Der französische Kaiser wollte damit in einem Handelskrieg die Briten vernichten. Er untersagte jedem in seinem Machtbereich liegenden Staat den Handel mit Großbritannien und gebot die Wegnahme und Verbrennung aller britischen Waren. Von Spanien bis nach Schweden und den Hansestädten sorgten seine Soldaten für die Einhaltung des Gebots. In Tirol traf es besonders die bis jetzt durch ihren Verkehr mit dem Ausland noch leidlich Davongekommenen, die Kaufleute und Händler.

Tirol lebte vom Transitverkehr, die Brennerstraße war die Hauptader des Tiroler Handels, und Bozen war der Hauptumschlagplatz. Durch das Sperrsystem verödete die Brennerstraße, das rege Leben der Märkte sank, und die Industrie des Landes, die ihre Erzeugnisse nicht mehr loswurde, ging ihrem Verfall entgegen. Die Folgen aber erstreckten sich bis in die hintersten Täler. Viele Wohlhabende verließen das Land, der Mittelstand verarmte, und die Armen wurden zu Bettlern. Die bayerische Regierung, deren eigene Zölle und Weggelder sehr unter der Kontinentalsperre litten, versuchte bei Napoleon Erleichterung zu erwirken, aber umsonst. Und die Tiroler verstanden immer mehr, dass sie einem ohnmächtigen Landesherrn angehörten, der selbst nach dem Taktstock des Franzosenkaisers singen musste.

Am Heiligen Abend 1806 nahm dann eine andere Katastrophe ihren Anfang, die ihren Schatten jahrelang über das Land werfen sollte: Als sich die Bevölkerung in dieser Nacht auf ihren Marsch zur Christmette machte, fand sie die Kirchen verschlossen. Kein Feuer brannte davor, und keine Glocken läuteten. So war es auch in Bruneck im Pustertal. Der Pfarrer stand da und versuchte das Volk zu beschwichtigen: »Leute, seid doch vernünftig! Ich kann euch nicht helfen. Im ganzen Land darf die Christmette nicht mehr abgehalten werden. Die Kirchenpolizei hat es verboten.«

»Was für eine Kirchenpolizei? Wo sind die Kapuziner?«

»Die haben Ausgangssperre«, entgegnete der Geistliche müde.

»Pfarrer, lass diese Späße!« Einige Burschen rückten energisch vor, darunter auch die Brüder vom Hausberghof. »Wir lassen uns nicht verbieten, was Brauch und Sitte ist von altersher. Wir pfeifen auf deine Kirchenpolizei. Gib uns den Schlüssel zum Turm, dass wir die Heilige Nacht einläuten können!«

»Ja, und gib uns den Schlüssel zur Kirche, dass wir in dieser heiligen Nacht wenigstens einen Rosenkranz beten können!«, verlangten andere wütend.

Der Pfarrer hob hilflos die Arme und ließ sie wieder fallen. Er sah auf die zornige Menge, die mit ihren Fackeln vor ihm stand und sagte leise: »Das Rosenkranzbeten ist auch verboten.«

Zuerst sahen ihn alle sprachlos und entgeistert an, dann schrie ein alter Bauer: »Willst du damit sagen, dass uns deine Kirchenpolizei unsere Religion nehmen will?«

»Kein Mensch will euch eure Religion nehmen«, versuchte der Pfarrer zu beschwichtigen. »Aber morgen beim Gottesdienst werde ich euch sagen, was erlaubt ist und was nicht.«

»Es ist uns gleich, was erlaubt ist, wir werden immer nur nach unserem Glauben handeln, und über unseren Glauben kann deine Kirchenpolizei nicht springen, da wird sie sich das Genick brechen«, drohten einige.

Ein paar Burschen machten sich auf den Weg zum Pfarrhaus, um den Schlüssel für die Kirche zu suchen. Aber der Pfarrer, der seine Gemeindekinder kannte, trug ihn um den Hals unter der Soutane. So musste sich also die aufgeregte Schar unverrichteter Dinge auf den Heimweg begeben. Als aber die vom Oberstein und vom Hausberghof schon fast bei ihren Höfen waren, begannen auf einmal Glocken von Richtung Kiens her zu läuten.

»Die haben den Schlüssel gefunden«, sagte Franz erbittert.

Im ganzen Land spielten sich solche und ähnliche Auftritte ab. Die Unruhen nahmen lange nicht ab und bekamen neue Nahrung zu Ostern, da nirgendwo das heilige Grab aufgerichtet wurde. Als Vitus, der Bauer auf Oberstein, am Karfreitag die Kirche betrat, war schon wieder heller Aufruhr, und er hörte die Leute schimpfen: »Zuerst haltet ihr die Christmette nicht ab, und jetzt zu Ostern macht ihr kein heiliges Grab! Was seid ihr für Priester, wenn ihr zuschaut, wie uns die neuen Herren unseren Glauben nehmen wollen?«

Der Pfarrer und einige Kapuziner standen stumm da. Die aufgeregte Menge beruhigen zu wollen war vergebliche Mühe gewesen. Nun sagte der Pfarrer müde: »Ihr wisst es doch selber! Alle Verzierungen und Statuen, alle Wasserkünste und Glaskugeln sind bei strengster Strafe verboten. Und was haben ein paar bunte Kugeln mit dem Glauben zu tun? – Schaut doch her! Ich habe zum Zeichen der Trauer um unseren Herrn den Altar schwarz verhängt.«

»Aus diesem schwarzen Fetzen kannst du dir eine Kutte nähen, der interressiert uns nicht!«

»Ich komme mit meinen Enkelkindern her und will ihnen das Grab von unserem Heiland zeigen, und zwar so, wie ich es meiner Lebtag lang gesehen habe. Also, wo ist es?«, verlangte ein altes Weiblein energisch zu wissen, an deren Rock sich einige kleine Kinder hängten.

»Jeden Karfreitag freuen wir uns auf das heilige Grab«, rief eine andere Frau erbittert. »Wir wollen diese Wasserkünste, diese Statuen und die bunten Kugeln nun einmal sehen!«

»Was hat die Regierung davon, wenn sie uns verbietet, das heilige Grab zu richten? Sie soll lieber aufpassen, dass wir dafür nicht ihr Grab machen, wenn sie so weitermacht!« Ein Mann fuchtelte mit der Faust in der Luft herum. »Dann haben wir aber statt der bunten Kugeln andere auf Lager!«

Im ganzen Land ernteten die Priester mit ihren schwarz verhängten Altären Schimpf und Spott. Das Volk hatte nun erlebt, dass praktisch alles verboten war, was sein Brauchtum ausmachte. Verboten waren die bäuerlichen Feiertage, die Segenmessen an Werktagen, Wettersegen, Novenen, Kreuzgänge, Rorateämter und alle Nebenandachten. Abgeschafft wurden Bittgänge und Prozessionen, die seit alters her Brauch waren, oder wenn sich die Bauern gegen Naturkatastrophen betend zu Gott wandten. Verboten waren alle Wallfahrten, Kirchweihen und Erntedankfeste. Verboten war das Feierabendläuten und das Läuten des Sterbeglöckleins, verboten war das Abschießen von Böllern und Gewehren bei kirchlichen Festen wie bei Fronleichnam oder bei Hochzeiten. Die gottesdienstlichen Verrichtungen unterstanden einer genauen Regelung, der Rosenkranz musste durch die Allerheiligenlitanei ersetzt werden.

Die Bevölkerung kochte vor Wut, wenn dies mit Sätzen begründet wurde wie: »Man muss diese Gebirgsbauern ihrer Verwilderung mit Gewalt entreißen« oder »Die Kirchenpolizei wird euch und dem finsteren Klerus, der bei euch herrscht, diese Marotten schon austreiben. Sie wird euch das Fürchten lehren!«

Das Gegenteil war der Fall. Je drakonischer die Strafmaßnahmen wurden, umso aufsässiger wurde das Volk, das in der Kirchenpolizei den Verfolger ihrer Religion sah.

Mitte Juli starb auf dem Hausberghof die Altbäuerin. Da machte sich Franz auf und stieg in das Tal, um für die Großmutter, die er sehr geliebt hatte, das Sterbeglöcklein zu läuten. Er wusste, dass ein paar Wochen vorher über zwei Mädchen die Prügelstrafe verhängt worden war, weil sie die Feierabendglocke geläutet hatten, aber das war ihm gleichgültig. Die Seele seiner Ahne solle sich jedenfalls nicht ohne das Geläute der Sterbeglocke auf den Weg in die Ewigkeit machen müssen, komme, was da wolle. Er stahl sich auf den Glockenturm und zog kräftig am Strick. Bald darauf hörte man das Gebimmel durch das Tal. Beim Klang der Glocke hob alles überrascht den Kopf.

»Das Sterbeglöcklein!«, raunte es überall, und jedermann bekreuzigte sich wie früher, als diese Bräuche noch erlaubt gewesen waren. In Bruneck ließ so mancher alles stehen und liegen und eilte zum Turm, um zu sehen, was da los war. Aber auch der Kreishauptmann Hofstetten befahl sofort einen Trupp Militär dahin, und als Franz die steilen, knarrenden Stiegen herunterkam, wurde er von den Soldaten in die Mitte genommen und abgeführt.

»Wer ist denn gestorben, Franz?«, fragte einer.

»Meine Großmutter!«

»Unser Beileid, Franz!«

»Bravo, Franz, hoffentlich sind dem Hofstetten alle Zähne ausgefallen beim Klang der Glocke!«

So schwirrten die Stimmen durcheinander. Unter dem Beifall seiner Landsleute wurde Franz zum Verhör geführt. Zugleich aber bekamen die Soldaten Spott und Hohn zu hören: »Passt ja auf, dass er euch nicht auskommt, sonst läutet er noch einmal!«

»Ja, und ihr zerfallt zu Staub!«

»Dann würde euch wenigstens der Südwind zurückwehen nach Bayern!«

Das Hohngelächter hallte die Gasse entlang.

Das Verbot der Kirchenpolizei, das Sterbeglöcklein und den Feierabend zu läuten, traf die Bevölkerung besonders hart, und sie ließen keine Gelegenheit aus, um der Besatzung höhnisch zu beteuern, dass dieses Geläute ganz harmlos sei, nur der Religion diene und keine unvorhersehbaren Dinge auslöse.

»Ihr braucht keine Angst zu haben, dass ihr wegen des Geläutes einen krummen Rücken oder verkrüppelte Finger bekommt.«

»Ihr könnt höchstens beim Feierabendläuten die Schlafkrankheit bekommen, weil ihr nichts anderes zu tun habt, als dem Herrgott den Tag zu stehlen und darüber nachzudenken, wie ihr uns plagen könnt.«

»Ja, ja, so ganz ungefährlich ist es nicht! Schielende Augen könnte er schon bekommen, unser Kreishauptmann, wenn er gleichzeitig nach St. Lorenzen und auf die andere Seite nach Reischach spähen muss, ob ihm ja niemand einen Rosenkranz betet oder gar eine Wallfahrt macht.«

Das Hohngelächter blieb ihnen freilich oft genug im Hals stecken, wenn sie mit empfindlichen Geldstrafen, mit Arrest oder einer Militäreinquartierung gezüchtigt wurden. So wie ein paar Wochen zuvor, als man sich bei dieser anhaltenden Dürre entschlossen hatte, mit dem wundertätigen Kreuz von St. Lorenzen nach Ehrenburg einen Bittgang zu machen. Der Pfarrer von St. Lorenzen hatte den Braten gerochen und das Kreuz versteckt, aber die Burschen, darunter auch Franz und Peter vom Hausberghof, gingen auf die Suche und fanden es – der Bittgang wurde abgehalten. Die Lage war im ganzen Land dieselbe. Überall fanden trotz des strengen Verbotes und der empfindlichen Strafen Wallfahrten und Kreuzgänge statt, wobei man jetzt außerdem noch um die Erhaltung der Religion betete.

Die Priester waren nicht zu beneiden! Auf der einen Seite saß ihnen die Kirchenpolizei im Nacken und auf der anderen Seite begegneten sie einem äußerst zähen, bäuerlichen Widerstand, der sich nichts von seinen Sitten und Gebräuchen nehmen lassen wollte.

So war die Stimmung auch am Bartholomäustag Ende August, als Regina und Peter heirateten. Die Hochzeit musste beim Gericht in Bruneck angemeldet werden, da sich strafbar machte, wer sich an einem Bauernfeiertag in sonntäglichem Kleide zeigte. Nach dem Kirchgang sammelte sich die Hochzeitsgesellschaft zu einem Zug, und es ging auf den Obersteinerhof zu Schmaus und Trank.

Vor dem Haus hatte man aus Brettern und Böcken Tische und Bänke aufgestellt, und auf dem Rasen konnte getanzt werden. Anna und Maria waren schon seit einigen Tagen ganz aufgeregt, denn zum ersten Mal sollten sie auch tanzen dürfen. Zur Feier des Tages hatten sie neue Schultertücher und Schürzen bekommen, und am Morgen des Hochzeitstages drehten und wendeten sie sich vor dem Spiegel, der in der Schlafkammer der Eltern stand.

»Eitelkeit ist eine Todsünde!«, zeterte die Leni, »und ihr werdet schon sehen, was dabei herauskommt!«

»Geh, Leni«, sagte Anna lachend, »freust du dich etwa nicht, wenn du etwas Neues bekommst?«

»Ich habe noch nie etwas Neues bekommen.«

»Ja, aber da magst du es uns wohl gönnen, wenn wir uns freuen – und dass wir heute das erste Mal tanzen dürfen!«

»Ja, ja, geht das jetzt auch los bei euch«, schimpfte die Alte, »aber habt ihr noch nie von dieser Dirn gehört, die nichts als Tanzen im Kopf hatte? Keiner der Burschen war ihr gut und wild genug, und oft drehte sie sich alleine, dass die Röcke flogen. Aber da, eines Tages bei einer Tanzerei geschah es, dass ein fescher junger unbekannter Bursche die Tür aufstieß, auf das Mädchen zuging und mit ihr tanzte, dass ihr Hören und Sehen verging. Aber dann, nach einer langen Zeit, als sie schon keine Luft mehr bekam, wollte sie aufhören, aber er lachte nur und tanzte und tanzte. Die Leute in der Stube wollten ihn aufhalten, aber durch irgendeinen geheimnisvollen Zauber konnte ihn niemand berühren. Und auf einmal sahen sie, dass er Bocksfüße hatte. Entsetzt drückten sich die Anwesenden an die Wände der Stube und starrten auf den unheimlichen Tänzer, der das schon lange leblose Mädchen herumwirbelte. Endlich ließ er sie fallen und war auf der Stelle verschwunden, nur ein Gestank wie nach Schwefel war in der Luft. Das Mädchen aber lag tot auf dem Boden – und ihre Seele hat er gleich mitgenommen.«

Etwas betroffen sahen die beiden die Leni an, dann aber lachte Anna: »Geh, Leni, was du schon wieder erzählst. Aber wir versprechen dir, dass wir immer schauen werden, ob unser Tänzer keine Bocksfüße hat.«

»Ja ja, spottet nur! Unser Herr und seine heilige Mutter mögen dafür sorgen, dass ihr nie in eine ausweglose Lage kommt«, fuhr sie die zwei kichernden Mädchen an.

3. Kapitel

In der Kirche fühlte Anna die Blicke von Franz, aber als sich der Hochzeitszug formierte, war er nirgends mehr zu sehen. Sie war enttäuscht, denn sie hatte gehofft, dass er im Zug neben ihr gehen würde, aber nun ging der Brückenwirts-Toni mit ihr. Als sich aber die lustige Gesellschaft den zwei Höfen näherte, krachte auf einmal vom Hausberghof her ein Böllerschuss und gleich darauf in einigen Abständen noch zwei.

Fluchend löste sich Karl, der Hausbergbauer, aus dem Zug und ging eilends auf seinen Hof zu. Er fasste Franz, denn der hatte die Böllerschüsse abgegeben, zornig am Rockkragen. »Bist du närrisch? Das haben sie im Tal gehört, und du kannst dir denken, dass sie gleich da sein werden. Ich komme wegen euch noch um Haus und Hof! Wo soll ich immer das Geld hernehmen, um eure Geldbußen zu bezahlen?«

»Dieses Mal geh ich in Arrest, Vater«, sagte Franz lachend, »aber das ist mir die Sache wert! Mein Bruder soll nicht ohne Böllerschüsse heiraten, genauso wenig wie die Ahne ohne Glocke sterben hat müssen. Wenn du vergessen hast, Vater, was Brauch und Sitte ist bei uns von alters her, ich habe es nicht vergessen. Ich habe meinem Bruder die Böllerschüsse versprochen, und ich habe mein Versprechen gehalten, komme was da wolle!«

In Anbetracht dessen, dass die Hausbergsöhne schon ein paarmal gegen das Gesetz der Kirchenpolizei verstoßen hatten, war der Hochzeitsgesellschaft eine Aufsichtsperson zugesellt worden in Form eines Leutnants, der alles beobachten und etwaige Verstöße melden sollte. Dieser bayerische Leutnant war aber ein lustiger junger Mann, und nachdem er eine Weile abseits gesessen hatte, kam Franz und stellte ihm einen Becher Wein hin.

»Da, sollst auch nicht verdursten heute!«

Er setzte sich neben den Soldaten: »Du wirst mich doch nicht anzeigen wegen der drei Böller, die ich meinem Bruder zu Ehren abgeschossen habe?«

Der Bayer zwinkerte Franz zu: »Selbst wenn ich sie überhört haben sollte – und das will etwas heißen bei einem Knall, der einem die Fußfetzen aus den Schuhen reißt –, in Bruneck unten hat man die Böller bestimmt nicht überhört!«

Franz lachte: »Dann wird mir diesesmal der Arrest nicht erspart bleiben.« Er ergriff seinen Becher: »Wie heißt du?«

»Josef, ich heiße Josef Bergmann.«

»Einen guten Namen hast du da, prost, Josef.«

Die Gesellschaft wurde immer lustiger, auf dem Rasen wurde getanzt, dass die Röcke flogen. Mit finsterer Miene sah Franz, wie sich der Samer-Klaus schon wieder die Anna zum Tanz holte. Und wie sie ihn anlachte! Er kannte sich mit ihr nicht mehr aus. Gerade gestern noch hatte er mit ihr gesprochen, droben auf der Alm.

Anna und Maria hatten ein paar Tage dort oben gearbeitet, denn Sebastian, der Senn, musste den Käse zu Tal bringen. Die Butter sollten die zwei Mädchen dann mit ihren Kraxen nach Hause tragen, denn beides brauchte man in großen Mengen für die Hochzeit. Franz war noch in der Dunkelheit aufgestiegen und hatte sich hinter der Almhütte, in welcher er Anna wusste, auf die Lauer gelegt.

Hier an den Abhängen des Sambock lagen weit verstreut mehrere Almen. Die Hütte vom Obersteinerhof lag neben einem ziemlich flachen Bergsee, an dem das Vieh seinen Durst löschte. Die Alm vom Hausberghof lag jenseits des Sees und etwas höher. Eine halbe Gehstunde unterhalb der Almen war ein größeres Sumpfgebiet, gefährlich für Mensch und Vieh und zur Almseite hin durch einen Zaun abgegrenzt. Martl hatte ihnen erzählt, es ging die Sage, dass dort die alten Germanen ihre ungetreuen Ehefrauen im Moor versenkt hatten.

Franz spürte die Schönheit des erwachenden Tages nicht. Er sah nicht, wie sich ein Gipfel nach dem anderen aus dem Dunkel der Nacht hervorhob und wie der Wald mit den vielen verschiedenen Vogelstimmen erwachte. Über dem Sonnjochkogel ging gerade blutrot die Sonne auf, und die Tautropfen auf den Matten spiegelten sich, als seien sie mit Millionen Diamanten besät. Auf der anderen Seite des Sees fiel ein Stein von dem überhängenden Felsen klatschend ins Wasser. Als er dann Anna zur Quelle gehen sah, die dort in den See sprudelte, schien ihm fast unwirklich, wie sie in der Morgendämmerung lautlos auf bloßen Füßen dahinschritt. Das lange, gelöste Haar wehte sanft im Wind und umhüllte sie wie ein Umhang. Sie hielt einen Krug unter den Wasserstrahl und schrak zusammen, als Franz plötzlich dastand und lachend sagte: »Darf ein armer durstiger Wandersmann, der hier schon lange auf dich gewartet hat, wohl einmal aus deinem Krug trinken?«

Sie reichte ihm das Gefäß, und als er danach langte, berührten sich ihre Hände. Glühende Röte sprang ihnen in das Gesicht.

»Dass du schon so früh auf dem Weg bist! Und warum hast du denn auf mich gewartet?« Sie wollte ihn herauslocken aus seiner Schüchternheit – und als er schwieg, sagte sie: »Schier über einen Kopf überragst du mich nun, Franz, dabei waren wir einmal gleich groß.«

Er verstand sich selber nicht mehr! So fest hatte er sich vorgenommen, dass er ihr heute sagen würde, wie sehr er sie mochte. Wohl eine Stunde war er dagesessen und hatte die Hütte keine Minute aus den Augen gelassen. Als er das Mädchen dann ganz alleine zur Quelle gehen sah, hatte sein Herz vor Freude gehüpft! Das war nun eine Gelegenheit, wie sie wohl lange nicht mehr kommen würde – und jetzt ließ er diese Gelegenheit ungenützt vorübergehen. Statt dessen sagte er: »Erinnerst du dich an die Geschichte vom Martl, die er uns einmal zu Weihnachten erzählt hat, als wir noch Kinder waren – vom König Laurin und seinen Alpenrosen?«

»Ja«, lächelte Anna. »Und du hast mir die Rosen als Brautstrauß versprochen!«

»Möchtest du ihn noch haben, den Rosenstrauß?«, fragte er verlegen.

Sie sah ihm offen in die Augen: »Ja, Franz, ich möchte sie haben, die Alpenrosen vom König Laurin!« Und als er nur wie versteinert dastand, nahm Anna ihren Wasserkrug und sagte: »Ja, ich muss wohl gehen, behüt dich Gott, Franz.«

Mit leuchtenden Augen sah er ihr nach, und ein zärtliches Gefühl durchströmte ihn. Sie war so klein und zierlich, er würde sie beschützen, wenn er erst das Recht dazu hatte. Bevor sie in der Hütte verschwand, drehte sie sich noch einmal um. Er stand noch immer an derselben Stelle, wo sie ihn verlassen hatte. Er nahm die Hände wie einen Trichter vor den Mund und rief: »Wirst du morgen auf der Hochzeit mit mir tanzen?«

Sie nickte ihm bejahend zu, winkte noch einmal und war verschwunden.

Maria, die zum Wasser hatte gehen wollen, um sich zu waschen, war schnell wieder umgekehrt, als sie die zwei dort hatte stehen sehen. Sie gönnte es ihnen, dass sie einmal ungestört und alleine zusammensein konnten. Jetzt fragte sie: »Na, was ist, seid ihr euch endlich einig geworden?«

Anna sah sie etwas verärgert an: »Ach was! Der Frosch da drüben im Tümpel spricht mehr als der da«, sie deutete mit dem Kinn in Richtung Hausbergalm. »Als wir klein waren, da hat er mich mit seiner dauernden Rederei, dass er mich heiraten wolle, zur Verzweiflung gebracht – und jetzt bringt er den Mund nicht auf!«

Franz hatte keine Ahnung von dem, was die beiden sprachen. Und er war selig! Sie wollte ihn haben, den Brautstrauß aus Alpenrosen vom König Laurin! Somit war für ihn alles in Ordnung, und er war mit Anna so gut wie versprochen, da gab es für ihn keinen Zweifel mehr! – Aber nun, bei der Hochzeit, tanzte und lachte sie mit jedem, als ob sie nicht wüsste, dass sie zu ihm gehörte. Zornig sah er den beiden Tanzenden zu. Fest und sicher führte Klaus das Mädchen durch die anderen Paare durch, und zuletzt schwang er sie so hoch in die Luft, dass man direkt ein wenig von ihrem Unterrock sehen konnte. Als die zwei jetzt erhitzt zum Tisch zurückkamen, haute Klaus dem Freund kräftig auf die Schulter: »Was ist denn mit dir los, dass du so trübsinnig herumhockst? Warum tanzt du nicht? Ich an deiner Stelle hätte schon lange mit einem feschen Mädchen angebandelt.«

Dabei zwinkerte er Anna verschmitzt an, dass diese unwillkürlich lachen musste.

Franz fasste es freilich etwas anders auf: »Auf das Anbandeln verstehst du dich besser, wie mir scheint!«

»Was soll denn das heißen?«, fragte Klaus verblüfft.

»Das soll heißen, dass du dir heute nicht die Richtige ausgesucht hast und dass du heute mit der Obersteiner-Anna nicht mehr tanzen wirst!«

»Was du nicht sagst, Hausbergbub! Wer bist denn du, dass du mir vorschreiben willst, mit wem ich tanzen darf? Und ob ich mir von dir etwas verbieten lasse, das wird sich gleich beweisen, sobald die Musikanten wieder spielen.« Jetzt lag eine versteckte Drohung in seinen Worten.

Anna stand daneben, aber von dem ganzen Wortgeplänkel hörte sie nur heraus, dass der Franz böse war, weil sie mit anderen getanzt hatte, und eine heiße Freude erfüllte ihr Herz. Also ist es ihm doch nicht gleichgültig, was ich mache, dachte sie. Sollte das etwa heißen, dass er sie mochte? Sie legte die Hand auf seinen Arm: »Geh, Franz, sei doch gescheit!«

Doch das war nun leider Wasser auf die Mühle des Gekränkten. »So, sei gescheit sagst du! Ja soll ich denn vielleicht zuschauen, wie du mit jedem schöntust?«

»Ich habe noch nie mit einem schöngetan«, fauchte sie ihn nun ihrerseits an. »Mit keinem, verstehst du? Nicht einmal mit ...«

Ja, nicht einmal mit dir, wollte sie sagen, aber da mischte sich Klaus in das Gespräch: »Wir können es ja auskämpfen, wenn du dich getraust!«

Ohne ein Wort zu erwidern, zog Franz seine Jacke aus: »Komm, wir gehen in den Obstanger hinüber.«

An den Nebentischen hatten einige Gäste den Streit mitbekommen. Auch der Kraxenträger Korbinian war wieder einmal in der Gegend und eingeladen worden. Jetzt seufzte er: »Ha ja, ich sag es ja, der ewige Kampf um die Weiber! Ob Hirsch, Vogel oder Kater, Vich oder Mensch, der ewige Kampf um die Weiber!« Er nahm Vitus, der einschreiten wollte, am Arm und drückte ihn zurück auf die Bank: »Lass die Stichlinge doch raufen! Wir waren auch nicht anders, und jetzt sind doch alles biedere Platzhirsche aus uns geworden. Gell Leni?«

Er legte den Arm um die Leni, die gerade Essen auftrug. Sie aber gab ihm mit dem Ellbogen einen Stoß und sagte giftig: »Geh, du alter Depp!«

Sie knallte das Holzbrett mit dem aufgeschnittenen Speck auf den Tisch und schritt unter dem Gelächter der Männer empört von dannen.

»Alles Übel in dieser Welt kommt von den Weibern, und das schon von alters her«, schrie ihr Korbinian boshaft nach. »Heute noch könnten wir im Paradies hocken, anstatt uns den Rücken krummzuschinden, wenn der alte Adam ein wenig standhafter gewesen wäre!«

»Was können wir dafür, wenn ihr Mannsbilder so schwach seid, dass es euch auf jedes weibliche Augenzwinkern hin die Füße vom Boden reißt?« Jetzt hatte die Leni von den anderen anwesenden Frauen Hilfe bekommen, und ein lustiger Streit entbrannte zwischen den Geschlechtern.

Die Kampfpartei war unterdessen auf dem Weg zum Obstanger, aber während dieses Ganges wogte ein erbitterter Streit zwischen den zwei verhinderten Verliebten. Mehr als die Hälfte der Hochzeitsgäste zog mit ihnen und hörte sich das hitzige Wortgefecht belustigt an.

»Du wirst doch heute nicht raufen! Was geht es dich überhaupt an, was ich tue?«, fragte ihn Anna gerade empört.

»Du bist schuld! Weißt du nicht, dass wir zusammengehören?«, fragte er lautstark.

»Nein, woher soll ich das wissen, du hast es mir nie gesagt!«

»Dann weißt du es jetzt!«, schrie Franz außer sich.

»Nein, gar nichts weiß ich!«, schrie sie zurück. »Ich möchte es hören, verstehst du? Ich möchte es aus deinem Munde hören!«

»Was möchtest du denn hören?« Seine Frage klang ganz entgeistert.

»Wenn du das nicht weißt, dann muss ich dich leider noch einmal fragen: Was geht es dich an, was ich tue?«

Wie zwei Kampfhähne standen sich Anna und Franz gegenüber.

Klaus griff jetzt beschwichtigend ein: »Franz, wir wollen es gut sein lassen. Ich habe nicht gewusst, dass ihr zwei euch einig seid, sonst hätte ich es nicht so weit kommen lassen.«

»Wir sind uns nicht einig!«, fauchte das Mädchen.

Da trat aber plötzlich ein Gast vor und hob den Arm: »Halt! Haltet ein jetzt! Ihr braucht nicht mehr zu raufen und zu streiten, denn schaut einmal, wer da kommt!«

Alle sahen jetzt einen Trupp Soldaten den Weg heraufkommen. Sie stellten sich zwischen den Tischen und dem Obstanger auf. Ein Leutnant trat vor, grüßte höflich zum Hochzeitstisch, der durch die weiße Tischdecke und den Blumenschmuck leicht zu erkennen war, und fragte nach dem Verantwortlichen der Böllerschüsse, die offensichtlich von einem dieser zwei Höfe abgefeuert wurden.

Viele der Gäste waren infolge des genossenen Weines nicht mehr ganz nüchtern, auch Franz nicht – und so zornig, wie er außerdem war, kam ihm dieser Leutnant gerade recht. »Ich habe die Schüsse abgefeuert!« Herausfordernd und breitbeinig stand er da, die Daumen im Bauchgurt vergraben. »Was willst du hier? Das ist eine Hochzeit – und du bist nicht geladen!«

Der Leutnant kam auf ihn zu: »Nein, das weiß ich, ich gehe auch gleich wieder – und du kommst mit mir, du bist verhaftet!«

»Das wird nicht so leicht gehen, wie du dir das vorstellst! Du stehst hier auf Grund und Boden freier Tiroler Bauern, und wir lassen uns unsere jahrhundertealten Bräuche von euch nicht nehmen! Habt ihr Bayern so schwache Nerven, dass ihr keine Böller vertragt?«

»Du sprichst mit einem Offizier deines Königs! Ich habe es nicht nötig, mit dir herumzustreiten. Wenn ich dir befehle, mitzukommen, hast du zu gehorchen, so einfach ist das!« Er gab seinen Leuten einen Wink: »Los, nehmt ihn mit!« Da griff Franz den Leutnant unversehends an und versetzte ihm einen Stoß, dass er zurücktaumelte. Die Soldaten hoben die Gewehre, sahen sich aber von den Männern der Hochzeitsgesellschaft umringt.

»Habt ihr einen Schießbefehl gehört? Wir nicht! Lasst also eure Prügel in Ruhe. Es steht Mann gegen Mann, euer Leutnant soll sich wehren!«

Und das tat er auch! Die Zuschauer mussten zugeben, dass er Franz an Kraft und Schlagfertigkeit durchaus ebenbürtig war. Es war ein harter Kampf. Dann versetzte Franz dem Soldaten einen Kinnhaken, dass der mit voller Wucht gegen den Zaun prallte und die obere Latte desselben splitternd zerbrach. Der Soldat stürzte über die untere nach draußen, und Franz warf sich erneut auf ihn. Von den Zuschauern aber kam ein warnender Aufschrei, denn Franz stand nun schwankend direkt an dem Felsen, der hier steil abfiel, und es sah aus, als würde er jeden Moment abstürzen.

Und schon war es geschehen! Seine Füße verloren den Halt, er stürzte und im Fallen schaffte er es gerade noch, sich an einer Staude festzuhalten, die hier wuchs. Doch die würde nicht halten! Schon lösten sich ihre Wurzeln von dem Stein, an dem sie sich festgekrallt hatte. Da war mit einem Satz der Leutnant da, er legte sich flach auf den Boden, ergriff die Hand des Tirolers und hielt sie unter eigener Lebensgefahr so lange fest, bis der eine Fuß des Unglücklichen einen Halt gefunden hatte. Franz nahm seine ganze Kraft zusammen und schob mit Hilfe des Bayern seinen Oberkörper über die Kante des Felsens.

Jetzt waren auch die anderen da und zogen ihn ganz herauf.

Keuchend lagen die beiden jungen Männer eine Weile da, dann erhoben sie sich, und Franz ging auf den Tisch zu, wo seine Jacke lag – und da sah er Anna, sie kam auf ihn zu, und jetzt ging auf einmal alles ganz leicht. Er breitete seine Arme aus, und sie stürzte wortlos an seine Brust.

»Jetzt ist alles gut, du mein einziges Gold«, flüsterte er, »ich muss zwar jetzt fort, aber ich komme wieder.«

»Ich werde warten!« Es klang wie ein Schwur, und er kannte sie gut genug, um zu wissen, dass sie von nun an zu ihm gehören würde, was immer auch geschah. Dann ging er auf den Leutnant zu und hielt ihm die Hand hin: »Wie heißt du?«

»Simon Tanner.«

»Vergelts Gott, Simon, jetzt hast du bei mir was gut. Einen Moment noch, ich komme gleich mit.«

Den Arm um Anna gelegt, ging er zum Tisch, wo das Brautpaar saß, ergriff einen Becher mit Wein und sagte: »Auf euch zwei! Ich wünsche euch Glück, Gesundheit, einen Stall voller Kinder und nicht zuletzt einen Sack voll Geld!« Er wandte sich an die ganze Gesellschaft: »Lasst euch die Stimmung nicht verderben, tanzt und seid lustig! Und ich lade euch alle hiermit ein, übernächstes Jahr bei meiner Hochzeit dabei zu sein.«

»Eine langweilige Ehe wird das nicht!«, meinte Klaus trocken.

Alles lachte befreit auf, Peter erhob sich und sagte: »Vergelts Gott, Bruder, und nicht zuletzt für die Böller.«

»Sei still, sonst nehmen sie dich auch noch mit!« Dann trat Franz wortlos zu den Soldaten und ließ sich abführen.

Genau in diesem Moment war es, dass sich die Augen von Maria und dem bayerischen Leutnant zum ersten Mal trafen. Sekundenlang tauchten ihre Blicke ineinander, um sich dann verwirrt loszulassen. Niemand hatte es bemerkt, außer Josef, dem anderen Leutnant, der die Hochzeit beaufsichtigen sollte und der außerdem ein Freund von Simon war. Niemand außer Korbinian hatte wiederum bemerkt, wie auch die Hand Martls erschrocken zum Herzen fuhr, als er dieses bayerischen Leutnants ansichtig wurde.

Die Leute auf dem Obersteinerhof saßen noch lange beisammen, aber eine rechte Stimmung wollte nicht mehr aufkommen. Dann formierte sich der Zug wieder, und man brachte das Brautpaar hinüber zum Hausberghof, der jetzt Reginas neue Heimat sein sollte.

»Gott sei Dank, dass sie dich dagelassen haben!«, sagte Regina und sah zärtlich zu ihrem Mann auf.

Peter hatte sich bei der Auseinandersetzung zwischen Franz und dem Bayern einmischen wollen, aber er war von seinen Freunden sofort abgeschirmt und zu seinem Platz zurückgebracht worden. »Du halte dich heraus, heute«, meinten sie, »das fehlte gerade noch, dass du als Hochzeiter deine Brautnacht im Gefängnis verbringen müsstest!«

Die Eltern des Brautpaares und einige der Gäste – neben Nachbarn auch Martl sowie Andreas, der zur Hochzeit seiner Nichte aus Innsbruck gekommen war – unterhielten sich noch in der Stube des Hausberghofes.

Rosa, die Bäuerin, machte sich Sorgen um ihren Sohn. »Wie lange werden sie den Buben einsperren?«

»Wegen Böller kamen die meisten eine Woche in Arrest. Mit einer Woche wirst du rechnen müssen, Mutter«, sagte Karl zu seiner Frau.

»Ja, aber was sind denn das für Zeiten, wo man wegen ein paar Böllern ins Gefängnis muss?«, protestierte sie.

»Ich fürchte, dass in dieser Sache noch viel auf uns zukommen wird!«, meinte Vitus. »Den Erntedank und das Kirchweihfest dürfen wir ja auch nicht mehr abhalten.«

»Ja, sie gönnen uns rein gar nichts mehr!«, schimpfte der Bauer vom Gabelhof. »Unsere Feiertage haben sie uns genommen, heute zum Bartholomäustag stehen überall im Lande Wachen vor den Kirchen, und wenn einer im Sonntagsgewand erwischt wird, steckt er schon im Gefängnis. Beten und nicht einmal fasten dürfen wir mehr, was und wann wir wollen, Wallfahrten, Kreuz- und Bittgänge sind verboten, und sogar das ewige Licht mussten wir kleiner machen, da es nur eine bestimmte Menge Baumöl verzehren darf. Aber dafür sollen wir am Sonntag in der Kirche für die Beglückung der geliebten Königin mit edlen, sanften Menschenfreuden und mit süßen, häuslichen Freuden beten, ja verflucht noch einmal!« Er haute mit der Faust auf den Tisch. »Noch unchristlicher geht es wohl nicht? Nächstens wir man uns das Singen und Lachen verbieten. Sollen wir nur noch arbeiten, und dürfen wir uns auf gar nichts mehr freuen?«

Alle gaben ihm recht. Erntedank und Kirchweihfeste waren Tage des Frohsinns, auf die sich jeder das ganze Jahr über freute. Der Bauer brauchte bei seiner schweren Arbeit diese Feiertage zur Erholung. Man kam in heiterer Gesellschaft zusammen und ging danach wieder frohgemut an die Arbeit. Bauern und Bürger kamen sich in fröhlicher Runde beim Becher und einem flotten Tänzchen näher, so mancher Missstand zwischen Land und Stadtbevölkerung wurde spottend und lachend ausgeräumt. Man sah, dass dieser und jener Stadtfrack so übel gar nicht war und umgekehrt, Freundschaften wurden geschlossen, Pärchen und Ehepaare kamen zustande. Noch monatelang hatte man etwas zum Reden und zum Lachen, und man freute sich schon auf das nächste Mal. Und das sollte jetzt alles auf einmal und für immer vorbei sein? Es war zum Verzweifeln!

Dem bayerischen Militär war es unter Androhung strengster Strafen verboten, sich in Raufereien mit den Einheimischen einzulassen. Es gab unter den Soldaten genug raufgewohnte Burschen, die niemanden fürchteten und jetzt, im Rock des Königs, oft genug eine gewaltige Selbstbeherrschung üben mussten, selbst dann, wenn sie von den gar nicht zimperlichen Ansässigen mit Trutzliedern und Stänkereien über das erträgliche Maß hinaus herausgefordert wurden. Immer gelang diese Selbstdisziplin nicht, aber die Offiziere, die solche Auseinandersetzungen schlichten mussten, nahmen es meistens als das, was es war: als eine Rauferei zwischen jungen Burschen. Sie stauchten ihre Leute zwar zusammen, aber sie machten keine Meldung. – Und die Tiroler mussten zugeben, dass ihnen die Bayern im Zuschlagen durchaus ebenbürtig waren.

In der Kaserne kühlte Simon gerade mit einem nassen Tuch seine wundgeschlagenen Knöchel, als Josef in das Quartier kam. Er legte seinen Gürtel und seinen Rock ab, ließ sich auf die Pritsche niederfallen und verschränkte die Hände unter seinem Kopf: »Willst du den Vorfall nicht melden?«

»Ach was, es ist die Sache nicht wert!«, meinte Simon.

Josef sah ihn spöttisch an. »Um der schönen Augen dieses Tiroler Mädchens willen?«

»Ach, halt den Mund und lass mich in Ruhe!«

»Ts, ts – die Sache ist also schlimmer als ich dachte. Aber ich gebe dir völlig kostenlos einen guten Rat: Vergiss sie! Du wirst nicht einmal so nahe an sie herankommen, dass du ihr die Hand geben kannst. Und selbst wenn du ihr auch gefallen hast – ja verstehst du denn nicht? Ihre Landsleute würden sie steinigen!«

»Und du selber? Du warst doch der Aufpasser bei dieser Hochzeit.« Simon sah seinen Freund fragend an. »Was hast denn du zu melden?«

»Ich habe im Laufe meiner Militärkarriere genug schlechte Erfahrungen gemacht, um mich nach dem Grundsatz zu richten: Geh nicht zum König, wenn du nicht gerufen wirst!«, meinte Josef ironisch. »Aber ich kann diese Talleute nicht verstehen. Warum müssen sie bei jeder sich bietenden Gelegenheit den Gesetzen der Kirchenpolizei zuwiderhandeln?«

Simon zuckte mit den Schultern. »Die Bauern begreifen es so, dass wir ihnen ihre Religion wegnehmen wollen – und der Widerstand gegen die Kirchenpolizei ist in ihren Augen nötig zur Erhaltung ihres Glaubens. Jeder vernünftige Mensch weiß, dass man um den Erntesegen auch in der Kirche beten kann, aber diese Eisenschädel hier wollen nun einmal ihr Kruzifix und ihre heiligen Figuren über die Wiesen und Äcker getragen sehen, und sie selber wollen betend hinterhergehen, denn nur so kann ihrer Meinung nach der Segen Gottes kommen. Diese Leute haben freilich auch Pech, dass der Kreishauptmann Hofstetten hier residiert, der so kleinlich über jedem Vergehen wacht.«

Josef stimmte ihm zu. »Ja, Ende Juni war ich in Bozen und da wurde von den Tirolern gerade die Peter-und-Paul-Prozession abgehalten. Der bayerische Richter, der darauf aufmerksam gemacht wurde, besah sich die Prozession aus seinem Fenster und fragte: Wo denn, ich sehe nichts? Und ich mache es heute genauso wie dieser kluge Richter.«

Leutnant Josef Bergmann hatte als Aufsichtsperson dieser Hochzeit also nichts weiter zu melden als drei Böllerschüsse, die ohnehin vom Kreishauptmann auch persönlich gehört worden waren.

Es war an einem Sonntag im April 1808, als Kathi mit den zwei Mädchen Anna und Maria nach dem Gottesdienst auf den Krämermarkt ging, der auf der beidseitig von mittelalterlichen Häusern mit malerischen Erkern, Zinnengiebeln und Portalen gesäumten Stadtgasse in Bruneck stattfand. Der Markt war gut besucht, aber kaum jemand kaufte etwas, denn die wirtschaftliche Lage verschlechterte sich ständig mehr, das Geld wurde immer knapper, und man sah immer mehr Frauen und Kinder, ja sogar ganze Familien bettelnd durchs Land ziehen. Es war ein Wunder, dass die Märkte überhaupt noch bestehen konnten.

Kathi ging zum Lichtlmarkt hinüber. Dort tauschte sie ihr Bienenwachs gegen Kerzen ein, außerdem erstand sie zwei schwarze Wetterkerzen, die man bei Unwettern anzündete. Als sie ein paar bekannte Bäuerinnen traf, erlaubte sie den Mädchen, sich auf dem Markt ein wenig umzusehen, während sie mit den Frauen sprach. Beim Florianitor sollten sie sich dann wieder treffen. Während Anna sich gerade bei einem Krämer Knöpfe und Bänder anschaute, ging auf einmal der bayerische Leutnant wie zufällig neben Maria her.

»Ich heiße Simon«, sagte er leise.

»Ich weiß«, flüsterte sie. »Ich heiße Maria.«

»Ich möchte dich gerne einmal treffen!«

»Das ist unmöglich, ich wüsste nicht, wie das gehen sollte.«

»Es müsste bald sein«, drängte er, »ich werde bald versetzt – nach Innsbruck zum Regiment Kinkel.«

»Ich komme im Herbst auch nach Innsbruck, mein Vater hat eine Bäckerei in der Plattnergasse.«

»Ich werde dich finden«, sagte Simon.

Maria drehte sich um und suchte Anna. Sie war verwirrt. Warum hatte sie mit dem Soldaten geredet und so bereitwillig Auskunft gegeben?

Ja, weshalb nur musste sie Tag und Nacht an ihn denken? Sein Blick verfolgte sie bis in ihre Träume. Sie sah ihn öfters am Sonntag in der Kirche – und da wartete er stets, bis sie ging, und stand dann so, dass sie an ihm vorbeimusste. Sein Verhalten war tadellos, nichts verriet ihn – und trotzdem wusste sie, dass er nur wegen ihr dastand. Sie drehte sich noch einmal um – und sie sah ihn an derselben Stelle, wo sie mit ihm gesprochen hatte. Jetzt war auch sein Freund bei ihm, und sie merkte, dass die beiden über sie redeten. Ärgerlich ging sie mit Anna zum Florianitor, um dort die Mutter zu treffen.

Darüber konnte sie mit niemandem sprechen, nicht einmal mit Anna. Denn niemand, auch ihre Ziehschwester nicht, würde dafür Verständnis aufbringen, dass sie mit solch einem Gefühl an einen Bayern dachte. Dieses Gefühl war hoffnungslos und hatte keine Zukunft, das wusste sie selber.

Simon stand noch immer da und schaute Maria nach, als sein Freund zu ihm trat. Der sah ihn ein wenig spöttisch von der Seite her an und sagte: »Na, na! Bist du hineingefallen in diese veilchenblauen Augen, oder bist du noch da, um mit mir einen Becher trinken zu gehen?«

»Sie sind nicht veilchenblau, sie sind blaugrau und groß und wunderschön! Die würde mir gefallen«, meinte Simon träumerisch. »Sie hat etwas, was mir keine Ruhe lässt!«

»Das haben alle Weiber, dazu brauchst du nicht unbedingt dieses Mädchen, das wahrscheinlich zu Hause so streng gehalten wird, dass du ohnehin nicht an sie herankommst.«

Simon sah Josef unwillig an: »Das meine ich nicht! Was ich meine, ist ... die könnte ich mögen, weißt du, einfach ehrlich!«

»Du meinst, das wäre die Frau, zu der deine Kinder Mutter sagen sollten?«, neckte ihn Josef. »Aber geh, wer ist sie denn schon? Eine Tirolerin – eine Tochter dieser Talleute hier, die mir nie ganz geheuer sind.«

Simon zuckte etwas hilflos mit den Schultern. Er verstand es ja selber nicht!

Die Abneigung den Besatzern gegenüber bekam immer neue Nahrung und wuchs ständig. Die Zuchtrute beherrschte das Land. Es regnete Geldstrafen, Arrest und Einquartierungen, sogar öffentlicher Prügelung war man gewärtig, wenn man nur die Feierabendglocke läutete, gleichgültig ob Mann oder Frau, wobei man besonders bei den Frauen das Anstandsgefühl gröblich verletzt fühlte. Aber jede Strafexekution verhärtete die Fronten und machte das Volk aufsässiger.

Die Bischöfe von Chur, Brixen und Trient beschwerten sich beim Papst, dass die bayerische Regierung die Religion ausrotte und sich an den Kirchengütern vergreife, man nehme ihnen den Einfluss auf die Pfarreienbesetzung und gebe unfähigen und unwürdigen Leuten die Pfründe. Bayern verlangte von den Bischöfen eine Unterwürfigkeitserklärung, aber nur Bischof Lodron von Brixen zeigte sich, wenn auch widerstrebend, gefügig und tröstete seinen Klerus mit den Worten: »Bei der reinsten katholischen Denkungsweise seiner Majestät ist nicht zu befürchten, dass etwas gegen Glauben und Kirchenordnung verlangt würde.« Chur und Trient aber wollten ihre kirchlichen Rechte nicht preisgeben, und so kam es am 24. Oktober 1807 zur Deportation der zwei Bischöfe, was große Unruhen auslöste. Graf Emanuel Thun, Bischof von Trient, wurde an die salzburgische Grenze und Freiherr Rudolf von Buol Schauenstein, Bischof von Chur mit Residenz in Meran, wurde nach Martinsbruck an die Grenze von Graubünden gebracht mit dem Verweis, dass sie Bayern und somit also auch Tirol nie wieder betreten dürften.

Die gewaltsame Verbannung der vom Volk hoch verehrten Kirchenfürsten war den Tirolern ein Beweis dafür, dass ihnen ihre Religion nun ganz genommen werden sollte. In Landeck, wo der kirchenpolizeiliche Trupp mit Buol Schauenstein nächtigte, machte sogleich das Gerücht von einem gefangenen Bischof die Runde. Da gerade Sonntag war, rottete sich sofort eine große Menge Bauern zusammen, die den Bischof befreien und nach Meran zurückführen wollten. Nur die übereilte Abfahrt verhinderte einen Aufruhr.

Noch bevor die zwei Bischöfe zwangsweise außer Landes gebracht worden waren, ging man an die Auflösung der Abteien und der Klöster. Die Verwaltungsbehörde besetzte mit ihren Schreibern und Schätzleuten die klösterlichen Gebäude, und nicht einmal die Taschenuhren der Mönche entgingen dem Auge der Beamten. Die Mobilien, die Bauernhöfe und Grundstücke des Klostergutes wurden öffentlich versteigert, und was keinen Käufer fand, wurde verpachtet. Die sakralen Gegenstände, die Ornate, Monstranzen, die goldenen und geweihten Kelche und Gefäße, Statuen und Heiligenbilder wurden zur Versteigerung freigegeben, sofern sie von den bayerischen Galerieinspektoren nicht für die königliche Sammlung bestimmt waren. Hie und da verschwand allerdings auch einiges spurlos. Die Kommissare, die diese Diebstähle aufklären sollten, stießen auf eine Mauer des Schweigens und nur einige Burschen lachten höhnisch und meinten: »Wir wissen nichts von den verschwundenen Klostersachen, aber falls wirklich von Landsleuten etwas weggenommen worden ist, dann haben sie das selbstverständlich nicht gestohlen, sondern sie haben unser geistliches Gut aus den Klauen der Regierung gerettet.«

Aber es bedurfte nicht erst der Mahnung der Priester, dass sich jeder versündige, der Klostergut erwerbe. In Bruneck sagten die Kapuziner ganz öffentlich, dass sie keinen absolvieren würden, der etwas vom Kloster Neustift kaufe. Da nun im Lande selber keine Käufer zu finden waren, schrieb die Regierung Auktionstermine aus. Ohnmächtig vor Wut mussten nun die Einheimischen mitansehen, wie Fremde und Andersgläubige das geweihte Gut erhandelten, oft mit grausamen Spöttereien gegen die einheimischen Zuschauer. Ganze Wagenladungen voll von diesen dem Volk heiligen Dingen wurden hinweggeführt, und der Hass und die Erbitterung stiegen von Tag zu Tag.

Eine Katastrophe waren die Klosterauflösungen für die Armen, die in diesen schlechten Zeiten jeden Tag aufs Neue ums Überleben kämpften. Die Klöster hatten sich dieser Notleidenden angenommen, sie hatten jeden Tag die Klostersuppe ausgegeben und sich um die Kranken gekümmert. Außerdem gaben sie den Bedürftigen eine Zuwendung in Form von Brot und Getreide. Da die Armen nun diese Almosen nicht mehr bekamen, versanken sie in nicht zu beschreibendem Elend.

Und die Kirchenstürmerei ging fort, ein Kloster nach dem anderen wurde aufgelöst. Aber das Verhalten der Bevölkerung wurde nun teilweise so drohend, dass der Generalkommissär mehr Militär anforderte. Angesichts der Tatsache, dass hierzulande jeder Bauer, jeder Bauernsohn und auch die meisten Knechte ausgebildete Krieger waren, schien ihm dieses Ansuchen gerechtfertigt. Gleichzeitig ließ er einen Aufruf schreiben, der sich vor allem an die Landbevölkerung wandte, mit der Mahnung, sich ruhig zu verhalten. Die Bischöfe hätten als Ruhestörer bestraft und ausgewiesen werden müssen, so hieß es da, weil sie dem Papst falsch berichtet hätten. Der Verkauf der Kirchengüter verstoße gegen kein Gesetz und würde nur von Böswilligen missdeutet. Das Volk solle bedenken, dass die Regierung keine Aufwiegelung dulde, und sie mögen Vernunft und Unterweisung annehmen.

Dieser Aufruf sollte bei Anordnung hoher Geldstrafen von jeder Kanzel herab verkündet werden. Nun weigerte sich aber so mancher Priester, diese Proklamation zu verlesen. Sie meinten, sie besäßen ohnehin nichts, und man möge sehen, was man ihnen nehmen könne. Die anderen Geistlichen aber kamen gar nicht dazu, den Appell zu verlesen, denn bei den ersten Worten standen die Kirchenbesucher protestierend auf und verließen das Gotteshaus. Ganz offen bekundeten sie jetzt die Meinung, der König sei ein Spitzbube und Kirchenräuber, zu dem kein Mensch mehr Vertrauen haben könne.

Es kam zu einer geheimen Versammlung der Bauern in der Mahr bei Brixen im Hause von Peter Mayr, wo man sich einig war, dass etwas zur Erhaltung des Glaubens getan werden müsse. Sie verfassten ein Schreiben an den bayerischen König, worin unter anderem stand: »Wir bitten, dass die Gemeinden von der Sorge um ihre Priester, zu denen sie das vollste Vertrauen haben, durch eine königliche Entscheidung befreit werden und dass unsere angestammte Religion ungestört auch auf unsere Kinder übergehen kann.«

Einer der Wortführer dort war Andreas Hofer aus dem Passeiertal, genannt der Sandwirt. Er zog als Wein- und Pferdehändler durch das Land und hatte unter den Wirten und Bauern zahlreiche Freunde.

4. Kapitel

Am Vorabend des Schutzengelsonntags Anfang September kam Andreas, um seine Tochter nach Innsbruck zu holen. Maria war etwas bedrückt. Der Abschied von allem, was ihr hier im Pustertal lieb und teuer gewesen war, seit sie als kleines Kind hierhergekommen war, fiel ihr doch schwerer, als sie gedacht hatte; obwohl sie sich andererseits einer freudigen Erwartung nicht erwehren konnte, endlich die Stadt kennenzulernen, die doch ihr eigentliches Zuhause war.

Am Abend zuvor war sie noch lange mit Anna auf dem Auslug droben gesessen. Den »Auslug« hatten sie einen Platz getauft, der ein paar Steinwürfe oberhalb des Bauernhauses war und von dem aus man einen herrlichen Blick in das Tal und auf die Dolomiten hatte. Die Augen der beiden Mädchen waren der sinkenden Sonne zugewandt, die gerade noch zur Hälfte über dem Rotkogel hervorlugte und einen roten Schein auf die jungen Gesichter legte. Sie hatten keine Ahnung, welches Bild der Anmut und der Gegensätze sie boten. Alles, was bei Maria hell war, war bei Anna dunkel. Beide hatten sie einen schweren, langen Zopf über den Rücken hängen bis zu den Hüften, nur war er bei Maria wie reifes Getreide und bei Anna fast schwarz mit einem Stich ins Rötliche, wenn die Sonne darauf fiel. Jede war schön auf ihre Art, der Schmelz der Jugend lag auf den Wangen und auf dem sanft geschwungenen Kinn.

»Es schaut gerade so aus, als ob er brennen würde, der Berg.«

Anna war es, die das Schweigen brach, das bis jetzt über den beiden geschwebt hatte. »Ihr werdet schönes Wetter haben, morgen auf der Reise.« Jetzt wandte sie ihr Gesicht der Ziehschwester zu. »Freust du dich auf Innsbruck, Maria?«, fragte sie forschend, und beinahe klang etwas wie Ängstlichkeit aus ihrer Stimme.

Die Gefragte zuckte etwas hilflos mit den Schultern: »Freuen? Ach ich weiß nicht, ob es Freude ist, was mich bewegt. Manchmal schon, aber manchmal habe ich auch ein wenig Angst vor dem, was mich dort erwartet – was ich tun werde, so allein in einer fremden Stadt!« Jäh hob sie den Kopf: »Aber du wirst mich besuchen, nicht wahr?«

Anna nickte. »Ich werde den Vater bitten, dass er mich einmal mitnimmt, damit ich sehen kann, wie du dort lebst zwischen den hohen Häusern.«

»Es gibt auch dort Berge! Hast du vergessen, was uns mein Vater erzählt hat? Von unserer Bäckerei aus, die in der Neustadt ist, sieht man die Nordkette, und das soll ein gewaltiges Gebirge sein!«

»Ja, aber du lebst doch zwischen den Steinmauern und nicht mehr inmitten von Wiesen und Äckern. Ich glaube, du wirst dort sehr einsam sein, in der Stadt unter den vielen fremden Menschen.« Und in einer jähen Aufwallung fragte Anna: »Willst du mir etwas versprechen?«

»Wenn ich es halten kann, gerne!« Maria sah sie fragend an.

»Schau, Maria, wir sind doch zusammen aufgewachsen wie Schwestern ...« Sie zögerte. »Ich möchte, dass du mir versprichst ... ich meine, wenn dir einmal irgendetwas geschehen sollte, etwas, was dir weh tut ... wenn dir etwas zustoßen sollte, dass deines Bleibens in dieser Stadt nicht mehr ist, dann möchte ich, dass du dich daran erinnerst, wo dein richtiges Zuhause ist, und dass ich für dich immer da sein werde, was immer auch geschieht.«

»Aber Anna, was sind denn das für Gedanken, ich bin doch dort bei meinem Vater, was sollte mir denn da zustoßen?« Maria war verblüfft. »Aber ganz abgesehen davon, natürlich werden wir zwei uns immer aufeinander verlassen können. Ja, freilich Anna, du hast recht, und so wollen wir es halten. Wenn eine von uns jemals in Schwierigkeiten kommen sollte, dass sie nicht mehr weiß, wie es weitergehen soll, dann wird sie ohne Scham zu der anderen gehen.«

»Ja, wir wollen zueinander kommen, wenn wir jemals in Not sein sollten. Ich werde zu dir kommen und du zu mir, dieses Versprechen gilt und ist heilig – und nie wird eine die andere im Stich lassen! Aber bei mir ist die Gefahr, in Not zu kommen, nicht so groß wie bei dir. Ich bleibe ja in meiner gewohnten Umgebung, bei den mir bekannten Menschen – und vor allem«, sie zwinkerte der Gefährtin vielsagend zu, »ich sehe meinen Lebensweg ziemlich klar vor mir.«

Maria lächelte ein wenig. »Ach ja, es ist wohl bald an der Zeit, dass dir der Franz den Almenrausch bringt vom Rosengarten«, sagte sie neckend, »aber was immer auch geschieht, zu deiner Hochzeit komme ich bestimmt!«

Anna drückte die Hände der Ziehschwester und sagte: »Ich wünsche dir von ganzem Herzen, dass du auch einmal einen Mann finden mögest, der dir so viel bedeutet wie mir mein Franz.«

»Oh, bei mir hat das schon noch Zeit! Jede hat es ja nicht so einfach wie du, dass sie zuerst als Kind mit einem Burschen spielt, streitet und rauft, um ihn dann später zu heiraten. Ich müsste mir den meinen erst in Stadt und Land suchen, und dazu habe ich doch gar keine Zeit.«

Sie lachten, aber Maria konnte es nicht verhindern, dass in ihrem Kopf, wie schon so oft, das Gesicht dieses bayerischen Leutnants herumgeisterte, der gesagt hatte: Ich werde dich finden! Unwillig schüttelte sie sich ein wenig. Was dachte sich dieser Kerl eigentlich, dass er es immer wieder wagte, sich in ihre Gedanken zu schleichen? Noch dazu heute, wo sie Abschied nehmen musste von allem, was ihr bisher lieb und teuer gewesen war.

Plötzlich kam es ihr erst richtig zum Bewusstsein, dass es der letzte Abend war auf Oberstein, zum letzten Mal saß sie da heroben auf dem Auslug und schaute hinab in das Tal. Wie gelähmt saß sie da und nahm atemlos alles in sich auf, was sie sah und hörte: das Zirpen der Grillen, den Wind, der raunend über die abgeernteten Felder strich, das Rauschen des Wildbachs. Hoch oben zogen ein paar Habichte ihre Kreise, nur hie und da einmal träge mit den Flügeln schlagend. In der untergehenden Sonne leuchteten der Gletscher des Riesenferners und die Gipfel der Dolomiten blutrot auf, einer neben dem anderen, so weit das Auge reichte.

War es nicht so, als wollte die Natur heute ihr zu Ehren besonders schön erscheinen zum Abschied ... zum letzten Mal? Einmal muss alles das letzte Mal sein! Doch ihr schien plötzlich, als drücke ihr eine Zentnerlast das Herz ab.

»Ich werde manchmal große Sehnsucht haben nach allem hier«, sagte sie beklommen und leise, »der Klang der Herdenglocken des Nachts im Sommer auf der Alm droben, dies dünkte mir immer das Schönste ...«

Nach einer Weile standen sie auf und gingen langsam dem Haus zu. Maria mit ein bisschen Angst vor dem Ungewissen, das sie in Innsbruck erwarten würde – und trotzdem diesem Unbekannten mit erwartungsvoller Vorfreude entgegensehend. Anna aber sah sich mit vollkommener Gewissheit einem baldigen, großen Glück entgegengehen an der Seite des Mannes, den sie liebte. Zwei junge Menschen, die mit offenen und übervollen Herzen vertrauensvoll in die Zukunft blickten. Beide Mädchen waren sich in dem Gedanken einig, dass das Leben für sie etwas besonders Schönes und Großes aufbewahrt hatte.

Die Sonne war jetzt hinter den Bergen verschwunden, und bald brach die Nacht über das Tal herein.

Am nächsten Tag reisten Andreas und Maria in aller Frühe mit dem Einspänner vom Obersteinerhof ab. Sie machten einige Male Rast und fuhren am späten Nachmittag durch die Triumphpforte in Innsbruck ein.

Das Haus, in dem Maria nun wohnen sollte, war in der Plattnergasse, fast gegenüber dem Stadtspital und seiner Kirche zum Heiligen Geist. Früher, erklärte ihr Vater, hatte die Gasse Neustadt geheißen, weil sie außerhalb der alten Stadtmauern gebaut worden war, zwischen denen es zu eng für alle Bewohner geworden war. Aber seit 1510 die maximilianische Hofplattnerei dort eröffnet worden war, hieß sie Plattnergasse. Sie führte von der Altstadt weg bis zur Triumphpforte, etwa in der Mitte unterbrochen von der Annasäule, aber gesäumt von Adelspalästen und schönen Bürgerhäusern. Wo früher die Hofplattnerei gewesen war, stand nun das von den Tiroler Landständen erbaute Landhaus, ein prunkvoller Barockbau. Dazwischen standen mehr oder weniger schöne, einfache Häuser und Stallungen. Und über allem war die überwältigende Bergkulisse der Nordkette. Zur Altstadt waren es nur ein paar Gehminuten.

Der Eingang zum Haus der Bäckerei Heller war nicht in der Mitte des Hauses angebracht, sondern auf der rechten Hälfte des Gebäudes. Vom Eingang aus kam man in den großen Vorraum, rechts ging eine Türe in die Küche, links in den Laden und geradeaus in die Wohnstube. Vom Verkaufsraum aus führte eine niedrige Türe in die Backstube, die hier ebenerdig die linke Hälfte des Hauses einnahm. Eine steile Stiege führte vom Vorraum aus in das Obergeschoss, in dem die Schlafräume von Maria und dem Vater waren und noch eine kleine Kammer, in der die vor Kurzem verstorbene Haushälterin geschlafen hatte.

Auf der rechten Seite des Hauses war ein Stall angebaut. Maria sah, dass der Stall Platz für zwei Pferde hatte. Rupert, der Bäckergeselle, schob den Wagen in den Stall. Bei der Ankunft des Meisters und seiner Tochter war er herbeigeeilt, um die Ankommenden zu begrüßen und das Pferd zu versorgen.

Eine viersitzige Kalesche und ein Leiterwagen, den Andreas zum Mehlholen brauchte, standen hinter dem Haus unter einem Vordach. Rechts vom Stall plätscherte ein Brunnen sein Wasser in einen ausgehöhlten Baumstamm. Sie hatte es also gar nicht weit, um Wasser zu holen! Vom Hausinneren aus führte eine rückwärtige Türe hinaus ins Freie, wo sich Gemüsegärten, Anger mit Obstbäumen und weitere Stallungen befanden. Auch Maria hatte ihren eigenen Gemüsegarten und einige Obstbäume, und an der hinteren Hausmauer war sehr viel Holz aufgeschichtet zum Beheizen des Backofens.

Obwohl Maria sehr müde und durchgerüttelt war von der langen Fahrt, ging sie überall herum und sah sich alles an. Der Vater zeigte ihr dann die Kammer, in der sie von nun an wohnen sollte. Außer dem Bett, dem Tisch, einem Stuhl und der Truhe, die sie von Kathi, der Ziehmutter auf Oberstein mitbekommen hatte, stand da noch eine große Truhe, auf der neben bunten Blumen die Jahreszahl 1777 und die Buchstaben »F« und »S« gemalt waren. Franziska Schuber hatte ihre Mutter mit Mädchennamen geheißen. Diese Truhe hatte also ihrer Mutter gehört.

Maria setzte sich darauf und fuhr sinnend mit der Hand über das bemalte Holz. Vor langer Zeit hatte sie hier mit der Mutter gelebt. Sie horchte in sich hinein, und ein

Hauch von Erinnerung wehte sie an. Aus dem Dunkel der Vergangenheit sah sie ein von hellen Zöpfen umrahmtes Gesicht, die undeutliche Gestalt einer Frau, die ihr von der Haustüre aus zurief: »Lauf nicht so weit weg, Weibele, und pass auf die Fuhrwerke auf!«

Sie erinnerte sich auch an einen Tag, als die Mutter mit ihr in eine große Kirche gegangen war. Ein Bild der heiligen Maria mit dem Jesuskind hing da ... und die Wangen der Mutter waren ganz nass gewesen, als sie das kleine Mädchen zu sich emporhob und den Segen der Gottesmutter für ihr Kind erflehte. Sie verstand jetzt ... die Mutter hatte gewusst, dass sie sterben würde.

Später, als sie mit dem Vater in der Stube saß, sprach sie ihn darauf an: »Ich erinnere mich an eine Kirche, da hing das Bild der Gottesmutter mit dem Jesuskind, die Mutter ging mit mir dorthin.«

»Ach ja, das ist unsere Pfarrkirche, sie ist dem heiligen Jakob geweiht. Ja, ja, dort betete sie am liebsten, deine Mutter. Und das Bild wird hoch verehrt, es ist das Gnadenbild Maria Hilf. Ein berühmter Maler, Lukas Cranach der Ältere, hat es vor langer Zeit gemalt – ein paar hundert Jahre ist das Bild schon alt. Vor allem die Mütter, aber auch Schwangere und Wöchnerinnen erhoffen sich die Fürbitte der wundertätigen Muttergottes.«

Nachdem sie eine Weile geschwiegen hatten, sagte Andreas zu seiner Tochter: »Du musst nun versuchen, dich hier einzuleben. Langweilig wird dir nicht werden bei der vielen Arbeit. Zum Waschen und Bügeln kommt eine Frau ins Haus, die Margret. Auch ihr dreizehnjähriger Sohn hat bei uns geholfen, aber seit ein paar Wochen ist er bettlägerig. Er hustet sich die Lunge aus dem Leib und hat wohl die Schwindsucht.«

Andreas ging in die Küche und klopfte auf der Esse seine Pfeife aus. Dann kam er zurück und sagte: »Ja, und noch etwas: Täglich zwischen zehn und elf Uhr muss Wasser vor dem Haus auf die Straße gespritzt werden, dass es nicht so staubt. Das ist eine Anordnung vom Hofkommissär Arco. Bei Unterlassung müssen wir dreißig Kreuzer Strafe zahlen. Der ganze Fuhrverkehr vom Brennerpass herunter und weiter in das Unterinntal geht hier bei uns vorbei. Und der Arco meint, der viele Staub sei ungesund.«

»Es ist schön warm hier im Haus.« Maria deutete auf die Wärmequelle. »Einen so sonderbaren Ofen habe ich noch nie gesehen!«

»Schau her«, Andreas lachte, »auf der anderen Seite dieser Wand ist die Backstube. Die abgerundete Außenwand des Steinbackofens reicht mit einem beträchtlichen Teil in die Stube hier und schließt auch mit der hinteren Wand des Ladens ab. Die Wärme zieht durch die Holzbohlen auch nach oben in die Schlafkammern. Von der Backstube aus heizen wir und backen das Brot – und hier nutzen wir die Wärme für das ganze Haus. In den kühlen Jahreszeiten ist das sehr angenehm, nur im Sommer kommen wir uns manchmal vor wie der heilige Laurentius, der auf dem Rost gebraten wurde, da helfen uns dann nur noch offene Fenster.«

Sie lachten beide, und Maria sagte: »Es wird sich schon alles einspielen, Vater!«

Wenn Maria die Ladentüre aufschloss, war es jetzt im September noch stockdunkel draußen. Gleichwohl kamen doch schon in dieser Herrgottsfrühe ein paar Kundinnen. Gerade machte sie sich daran, das Brot in die Regale zu schlichten, als wieder die Ladenglocke schellte. Vor dem Ladentisch stand ein Bürschchen von vielleicht elf Jahren. Seine Kleidung bestand aus einer schon ziemlich speckigen ledernen Bundhose, einem karierten Hemd und einer grauen Joppe, deren Ärmel allerdings nur noch bis knapp unter die Ellbogen reichte. Dazu trug er derbe, schwarze Schuhe und braune Kniestrümpfe, von welchen sich einer selbständig gemacht hatte und auf die Schuhe herunterhing. Die Grashalme, die in seinen wirren, dunkelbraunen Haaren steckten und hie und dort aus seinen Kleidern herauslugten, ließen nicht schwer erraten, wo er die letzte Nacht zugebracht hatte. Und nun stand der Junge da und schaute das Mädchen mit seinen großen, dunklen Augen an. Unwillkürlich musste Maria lächeln. »Was willst du?«, fragte sie.

Der Bub wurde rot und dann stotterte er hervor: »Ich möchte dich um ein Stück Brot bitten ... ich meine, dass du es mir schenkst ... ich habe nämlich kein Geld!«

»Nun, für einen Grafen habe ich dich auch nicht gehalten«, scherzte Maria und wandte sich nach den Regalen, um einen kleinen Wecken herunterzuholen. Doch als sie sich wieder umdrehte, bemerkte sie gerade noch, wie der Bub aus einem der Brotkörbe eine kleine Stange Gebildbrot nahm und sie schnell hinter seinem Rücken versteckte. Das konnte und wollte sie nicht dulden. Streng fuhr sie ihn an: »Gib deine Hand hervor!« Als er keine Anstalten dazu machte, fragte sie: »Hast du nicht gehört?«

Da legte er stumm das gestohlene Brot auf den Tisch und den Kopf tief gesenkt wollte er schnell zur Türe hinaus. Doch Maria erwischte ihn gerade noch am Ärmel: »Halt, hiergeblieben, mein Lieber! Du hast doch gesehen, dass ich dir gerade Brot schenken wollte, warum hast du dann noch eines gestohlen?«

Er gab keine Antwort, nur seine Augen waren mit einem halb scheuen, halb trotzigen Ausdruck auf sie gerichtet. Mit genau demselben Blick hatte Anna sie immer angesehen, wenn sie auf einem Standpunkt beharrte, obwohl sie wusste, dass er nicht stimmte. Die stolze, wilde und doch so weichherzige Anna, wenn man sie nur richtig zu behandeln wusste. Bestimmt war es die Erinnerung an ihre Ziehschwester, die sie nun freundlicher fragen ließ: »Ein geschickter Dieb bist du gerade nicht, aber willst du mir nicht sagen, warum du das getan hast?«

Da deutete er mit dem Kinn zur Türe: »Der Max, er hat auch Hunger!«

Verwundert schaute sie ihn an: »Der Max? Ja, bist du denn nicht alleine?«

Er schüttelte stumm den Kopf.

»Und wer ist denn dieser Max? Ist er dein Bruder?«, fragte sie.

Er schüttelte den Kopf.

»Nein? Dann ist er bestimmt dein Freund!«

Diesmal nickte der Junge kräftig bejahend. Er sieht aus wie ein zerrupfter Spatz, dachte das Mädchen. Jetzt erst fiel ihr auf, wie blass er war. Er hatte wohl schon lange nichts mehr gegessen. Der kleine Strolch tat ihr auf einmal leid. »Sag einmal, wo kommst du eigentlich her?« Sie zog ihm einen Grashalm aus dem Haar. »Ich sehe, dass du heute Nacht auf einem Heuboden geschlafen hast. Wo bist du zu Hause, hast du denn keine Mutter?«

»Nein.«

Maria überlegte, dann sagte sie energisch: »Weißt du was? Hol diesen Max herein und setzt euch in die Küche, ich habe noch ein wenig von der Brennsuppe übrig. Du hast bestimmt schon lange nichts mehr Warmes gegessen.«

Der Bub sah sie erstaunt an. Er war ja auf einiges gefasst gewesen, nur nicht darauf, zum Essen eingeladen zu werden. Auf alle Fälle wollte er sich das nicht zweimal sagen lassen, bevor es sich das nette Fräulein womöglich noch einmal überlegte. Mit einem Satz war er vor der Türe, steckte zwei Finger in den Mund und pfiff durchdringend. Und nun war es an Maria, erstaunt zu sein, denn durch die Haustüre kam gravitätisch ein riesiger Wolfshund herein.

Der Junge strahlte sie an. »Gefällt er dir?«

Sie hatte sich von ihrem Staunen noch nicht ganz erholt: »J... ja, ein schöner Hund. Nur ich dachte, du hättest einen Freund bei dir!«

»Max ist mein Freund, er gehört mir, und ich lasse ihn mir nicht wegnehmen.«

»Will man ihn dir denn wegnehmen?«, fragte Maria, doch da verstummte das Kind plötzlich und wollte nicht mehr weiterreden.

Wenig später löffelte er heißhungrig die Suppe, die sie ihm hinstellte und aß eine dicke Scheibe Brot dazu. Und sein Max fraß nicht weniger hungrig die Speisereste vom Vortag. Maria machte sich zwischendurch im Laden und in der Küche zu schaffen. Sie wollte ihn vorerst nicht mit Fragen kopfscheu machen, sondern lieber warten, bis er von selber Zutrauen zu ihr gewann. Und es dauerte tatsächlich nicht lange, da wurde ihr seltsamer Gast gesprächiger.

Er heiße Florian Achner, erzählte er, und sei in Wörgl zu Hause. Sein Vater, ein Holzknecht, sei schon vor sechs Jahren bei einem Steinschlag tödlich verunglückt. Seine Mutter schlug sich anschließend als Botengängerin mehr schlecht als recht durch – und vor fünf Monaten war nun auch sie gestorben. Florian war seitdem ein sogenanntes Gemeindekind, wie man im Volksmund jene Kinder nannte, die auf der Welt keiner mehr haben – und die deshalb keiner haben wollte. Erstens weil sie noch zu klein und zu schwach waren, um eine richtige Arbeitskraft abzugeben, und weil zweitens kein Geld dabei zu verdienen war.

Florian sollte dann reihum zu verschiedenen Bauern kommen. Eine Weile ging es gut, wenn der Max auch an der Kette lag. So oft er konnte, schlich sich der Bub zu ihm hin, und der Hund war jedesmal außer sich vor Freude, wenn er ihn streichelte. Dann kam die Zeit, wo er zu einem anderen Bauern sollte, und der Hund musste zurückbleiben. Da stahl er sich eines Nachts davon, machte Max von der Kette los und suchte das Weite.

»Und jetzt mag mich niemand mehr«, meinte der Junge treuherzig.

»Hat dich denn früher jemand mögen?«, fragte Maria lächelnd.

»Oh ja, ich weiß schon, wie das ist, wenn einem jemand mag. Meine Mutter ... sie hat mir einen wollenen Schal gestrickt und eine Mütze, weißt du!« Er sagte das in einem Ton, welcher keinen Zweifel darüber ließ, dass dies der Inbegriff aller Liebe sei, die eine Mutter für ihr Kind aufbringen konnte. »Sie selber hat sich immer ein Fürtuch gewünscht, und mein Vater hat ihr versprochen, dass er ihr eines Tages eines kaufen würde. Wie ihn dann der Steinschlag erwischt hat und er mit Ross und Wagen in den Abgrund gestürzt ist, da ist es freilich aus gewesen mit solchen fürwitzigen Wünschen. Und als sie starb, da hörte ich die Leute sagen: ›Ja ja, verhungert ist sie halt, die arme Haut!‹ Mir aber hat sie fast jeden Tag etwas zum Essen gegeben.«

Und nach einer Weile sagte er nochmals leise: »Ja, meine Mutter hat mich sehr lieb gehabt!«

Das Mädchen sah ihn forschend an: »Wie alt bist du eigentlich?«

»Ich werde jetzt einmal zwölf.«

»Weißt du es denn nicht genau?«

»Ich bin am 15. September 1796 geboren, aber ich weiß nicht, was für einen Tag wir heute haben.«

»Dann bist du vorgestern zwölf Jahre geworden«, sagte Maria.

Für einen Zwölfjährigen war er sehr klein und schmächtig, aber er hatte wohl auch viele Entbehrungen hinter sich, wie sie aus seinen Erzählungen herausgehört hatte.

»Kannst du arbeiten?«, fragte sie ihn.

Er sah sie erwartungsvoll an: »Ich kann arbeiten, ich bin stark wie ein Ochse!«

»Und früh aufstehen kannst du auch, das sehe ich«, lachte Maria, »aber ich glaube eher, dass dich der Hunger und die Kälte so früh hergetrieben haben.«

»Ich stehe auf, wann du willst, wenn du mich einmal brauchen solltest«, versicherte er eifrig.

»Wir brauchen jemanden, der das Brot ausfährt zu den verschiedenen Gasthäusern und Familien. Einen, der sich merken kann, was diese Kunden bestellen, und der nichts vergisst. Dann müsstest du das Pferd versorgen und ein- und ausspannen. Wenn du einmal nichts zu tun hast, sollst du in der Backstube helfen oder mir zur Hand gehen. Dafür bekommst du zu essen und darfst in der Backstube schlafen, wo es schön warm ist, jetzt, wo der Winter kommt. Bist du damit einverstanden?«

Der Junge sah sie ganz entgeistert an und konnte nur noch stumm nicken. Dass er nun eine Bleibe haben sollte und jeden Tag etwas zum Essen, das konnte er fast nicht fassen.

»Dann komm am Nachmittag wieder, ich muss erst mit dem Vater reden.« Als sie seine Enttäuschung sah, sagte sie schnell: »Hab keine Angst, ich werde ihn schon herumkriegen. Aber stehlen darfst du nicht mehr, das musst du mir versprechen!«

Er sah ihr offen in die Augen: »Ich stehle nicht, das musst du mir glauben. Aber es roch so gut nach Brot aus deiner Türe ... und der Hunger tut so weh!«

Am Vormittag ging Maria mit einem Kübel zum Brunnen und holte Wasser, um nach Graf Arcos Gebot die Straße zu bespritzen, wo die Pferdefuhrwerke den ganzen Tag den Staub aufwirbelten. Da sah sie Florian auf einem Stapel Bretter sitzen. Schnell kam er herbei, nahm ihr das Gefäß ab und sagte: »Lass mich das machen!«

In Feuereifer bespritzte er die Straße von oben bis unten, bis Maria zu ihm trat und sagte: »Wenn du fertig bist, dann komm herein. Wir essen um elf Uhr, und dann können wir gleich mit dem Vater reden.«

Als der Junge dann schüchtern hereintrat, gefolgt von seinem Max, da sagte Maria: »Das ist der Junge, Vater!«

»Ein wenig klein und schwach ist er«, meinte Andreas, »und der Hund wird eine Menge fressen!«

Der Bub sagte nichts, nur seine Augen standen plötzlich voller Wasser.

»Ach Vater, dann schütten wir halt weniger in den Sautrankkübel«, sagte Maria schnell, »und den Hund kann er abrichten, dass er ihm hilft, den Leiterwagen zu ziehen, so kann er mehr laden und braucht so manche Fuhre weniger zu machen. Dann kann er hier helfen.«

»Ja, nun gut, von mir aus probieren wir es halt.« Er wandte sich zu dem Jungen: »Setz dich und iss.«

Florian setzte sich, aber essen konnte er nur wenig, da ihm ununterbrochen das Wasser über die Wangen lief. Das Ende des monatelangen Kampfes um das Überleben und die enorme Anspannung daraus lösten sich in einer Flut von Tränen auf.

Mit Florian, das merkten sie bald, hatten sie einen guten Griff getan. Er war ein flinker Junge, klug und anpassungsfähig. Die Kunden mochten ihn gut leiden, und bald war er überall bekannt als der Bäckerbub. Mit einer Verehrung ohnegleichen hing er an Maria.

»Der holt dir den letzten Stern vom Himmel!«, meinte Rupert spöttisch, als Florian ihr half, das Essen aufzutragen.

Der Geselle gefiel ihr nicht, er hatte ein zwar hübsches, aber rohes und für seine vierundzwanzig Jahre seltsam verlebtes Gesicht. Auch sah er sie immer so sonderbar an, wenn er das frischgebackene Brot in den Laden brachte oder auch während des Essens, sodass sie das Gefühl hatte, sie müsse sich schämen. Aber er war ein ausgezeichneter Bäcker, versicherte der Vater, den man auch einmal alleine arbeiten lassen konnte, wenn der Meister etwa ein paar Tage verreisen musste.

Eines Tages kam Florian nach Hause und sagte zu Maria: »Ich soll dir etwas ausrichten von einem Soldaten, einem bayerischen.«

Das Mädchen hatte das Gefühl, als bliebe ihr das Herz stehen. Dann hämmerte es plötzlich los wie wild. Sie zwang sich zur Ruhe und fragte: »Ja, was denn?«

»Er trug mir auf, dir zu sagen, er habe dich gefunden und du wüsstest schon, was er meint.«

Maria war hochrot geworden im Gesicht, und der Junge sah sie fragend an: »Ist dir nicht gut? Hätte ich es dir lieber nicht sagen sollen?«

Sie fuhr auf: »Doch, um Gottes willen, Florian, du musst mir alles sagen, was dir der Soldat aufträgt! Nur ... du darfst es nur mir und sonst niemandem sagen!«

»Ja, das weiß ich schon selber, ich bin ja nicht dumm!« Der Junge pfauchte durch die Nase und nickte ein paarmal mit dem Kopf: »Pfui Teufel, das würde dir viel Ärger einbringen!«

Sie sah ihn an, verzog das Gesicht und nickte ebenfalls.

»Hab keine Angst, das geht nur uns beide etwas an«, sagte er so altklug, dass das Mädchen lachen musste.

Einige Tage später stand Simon auf einmal bei ihr im Laden. Aber bevor sie etwas zueinander sagen konnten, kam Rupert aus der Backstube mit einem Eimer in der Hand. Er wollte vom Brunnen Wasser holen, aber beim Anblick des Leutnants fing er sofort an zu stänkern: »Was ist, backen sie in den Kasernen kein Brot mehr?«

Simon blieb ganz ruhig: »Ich glaube nicht, dass ich dich fragen muss, wenn es mich nach einem Brot gelüstet!«

Rupert baute sich ganz dicht vor dem Soldaten auf: »Pass ja auf, dass es dich nicht nach etwas anderem gelüstet! Das könnte für deine Gesundheit gar nicht gut sein! Und Tirolerinnen sind eine zu feine Kost für euch Blauröcke.«

Simon nahm den kleinen Wecken, den er gekauft hatte, grüßte Maria höflich und ging ruhig aus dem Laden.

Wie sie es auch anstellten, es gelang ihnen nicht, sich einmal ungestört zu sprechen. Eines Tages aber ging Maria ganz früh auf den Markt. Als sie sich gerade wieder auf den Heimweg machen wollte, hörte sie von hinten her seine Stimme: »Das nenne ich Glück und einen guten Tagesanfang, wenn mir schon in aller Herrgottsfrühe das schönste Mädchen über den Weg läuft!«

»Ja, dann wünsche ich dir halt, dass dir heute noch öfter eine über den Weg läuft, damit du den ganzen Tag Glück hast«, lachte sie.

»Nein nein, irgendeine nützt nichts, für mich muss es schon eine ganz Besondere sein!« Er sah ihr tief in die Augen: »Du ... nur du musst es sein, Maria!«

Einen Augenblick sahen sie sich selbstvergessen an, doch dann schüttelte das Mädchen den Kopf. »Es geht nicht, schau doch selber!«, sagte sie schnell. »Es gäbe sofort ein übles Gerede, wenn man mich mit dir zusammen sähe.«

Tatsächlich schauten schon ein paar Leute neugierig zu den beiden herüber.

»Es muss uns etwas einfallen«, meinte Simon.

In diesem Augenblick kam Rupert daher.

»Belästigt er dich etwa, der Blaurock?«, fragte er und schaute misstrauisch zuerst auf den Leutnant und dann auf das Mädchen. »Denn ich will nicht hoffen, dass du freiwillig mit diesem da beisammen stehst! – Und du«, fuhr er Simon an, »du musst dir schon eine andere suchen zum Schöntun, so eine zum Beispiel, wie sie bei euch vor den Kasernen herumflanieren. Diese Weiber sind gut genug für so einen wie dich!«

Seine Stimme hatte einen unangenehmen Tonfall.

»Geh, Rupert, schrei doch nicht so«, wies ihn Maria zurecht. »Man muss sich ja schämen, wie du dich aufführst wegen nichts. Der Soldat fragte mich nur um eine Auskunft.«

»So, um eine Auskunft«, höhnte Rupert. »Fragt sich nur, um was für eine, sonst hätte er auch eine von diesen dicken Marktweibern fragen können. Es ist schon besser, du gehst jetzt heim!«

Maria warf den Kopf zurück: »Was fällt dir ein? Ich kann selber auf mich aufpassen!«

»Das möchte ich bezweifeln, nachdem ich gesehen habe, wie angeregt du dich mit diesem da unterhalten hast. Es wird wohl besser sein, wenn ich deinem Vater nahelege, dass er besser auf dich aufpassen soll.«

Maria gab keine Antwort mehr und ging rasch davon. In ihr kochte es vor Wut. Was bildete sich der Geselle ein, dass er ihr überall nachspionierte? Er benahm sich gerade so, als hätte er ein Recht auf sie.

5. Kapitel

Seit einigen Monaten begann man in den Städten mit der Aufstellung einer Bürgerwehr. Diese Miliz hatte keinen direkt militärischen Charakter und war nur für den inneren Sicherungsdienst oder zur Steigerung des Prunkes bei großen militärischen Feierlichkeiten gedacht. Innsbruck stellte dreihundertsechzig Mann, die in fünf Kompanien zu einem Bataillon vereinigt wurden. Es waren die angesehendsten Bürger dabei, vom Adeligen bis zum Handwerker. Auch Andreas Heller konnte sich dieser Einberufung nicht entziehen. Er war jetzt oft abends und sonntags fort zu Versammlungen. Eines Tages kam er mit einem Gewehr nach Hause, bei dessen Anblick ihn Rupert fragte: »Hast du dieses Gewehr beim Trödler gefunden, Meister?«

»Nein, das sind die Gewehre, mit denen uns die Bayern bewaffnet haben«, entgegnete Andreas und besah sich ärgerlich das Ding, das er in der Hand hatte. »Es ist eine Schande – und mit so etwas sollen wir herumlaufen!«

Nun beschenkte der König einige Städte mit Fahnen, die mit den dementsprechenden Zeremonien eingeweiht werden sollten. Die Fahne für Innsbruck wurde an den dort stationierten General Kinkel gesandt, mit dem Befehl, die Weihe derselben und die Eidesleistung mit dem größtmöglichen Gepränge zu veranstalten, um doch vielleicht in der Bürgerwehr ein bayerisch patriotisches Gefühl zu erwecken. Die Miliz hörte jedoch, dass den Fahneneid ein Militärauditor abnehmen würde, und bekam Angst, dass sie danach ins Militär gesteckt werden sollten. Aufgebracht gingen die Hauptleute in die Hofburg und befragten den Kreiskommissär Graf Lodron, was das alles zu bedeuten habe und wie sie sich zu benehmen hätten, denn sie wüssten, dass die Eidesabnahme der Bürgerwehr die Zivilbehörde vornehmen solle.

Mit Mühe konnte Graf Lodron die erregte Bürgerschaft beruhigen.

Der Kreiskommissär, der sich ohnehin übergangen und in seinem Ansehen zutiefst verletzt fühlte von der Eigenmächtigkeit General Kinkels, bestand nun seinerseits darauf, dass ihm die Eidesabnahme zustehe. General Kinkel musste schwer beleidigt nachgeben und sann auf Rache. Schon beim Gottesdienst in der Hofkirche wusste er es so einzurichten, dass außer dem Generalkommissär kein einziger Zivilist zugelassen wurde. Nach der Messe nahmen die Bürgermiliz und das bayerische Militär auf dem Rennplatz Aufstellung, und Graf Lodron begann seine feierliche Ansprache. Aber während der Verlesung der Eidesformel und der gegenseitigen Reden Graf Lodrons und des Milizmajors ließ General Kinkel seine Soldaten mit Musik und mit klingendem Spiel über den Platz marschieren. Unter diesen Umständen konnte kein Mensch mehr ein Wort verstehen, geschweige denn einen ordentlichen Eid leisten. Der Hochruf auf den König wurde höchstens von vier bis fünf Mann nachgesprochen.

Noch eine Panne gab es dann mit dem Major der Bürgerwehr. Er sollte nach einer Ansprache des Kreiskommissärs eine einstudierte Antwort geben. Aber bei dem ganzen Durcheinander dieser seltsamen Feier war er so aus dem Konzept geraten, dass ihm die sorgfältig eingelernte Antwort nicht über die Zähne kam – die nächststehenden Milizleute stotterten eine Erwiderung zusammen, wobei sie auch baten, dem König ihren Dank auszusprechen.

Viel Volk hatte sich eingefunden. Auch Maria war unter den Zuschauern, ihr Vater stand ja auch in den Reihen der

Miliz ... und dann suchte ihr Blick vor allem Simon! Er stand zwar in Reih und Glied, aber seine Augen sagten ihr, dass er sie gesehen hatte. Wie schön er ist in seiner Uniform, dachte sie, und das Herz krampfte sich ihr zusammen, wenn sie an die Hoffnungslosigkeit dieser Zuneigung dachte. Ach, es gab so viele schmucke Tiroler, warum musste sie sich ausgerechnet in einen Bayern verlieben? Wenn der Vater dies wüsste ... oder die Verwandten auf dem Obersteinerhof! Sie dachte an Anna, aber sie wusste sofort, nicht einmal Anna würde sie verstehen. Sie war so mit ihren Gedanken beschäftigt, dass sie erst aufschreckte, als die Feierlichkeiten vorüber waren. Simon befehligte seine Gruppe, und sie marschierten in Richtung Klosterkaserne ab.

Die vielen Schaulustigen standen nun beisammen und besprachen diese sonderbare Fahnenweihe. Bei den Zuschauern waren auch eine Menge Bauern, die nun die erbärmliche Bewaffnung der Bürgerwehr begutachteten und mit ihrem Spott nicht geizten. Maria hörte, wie ein Bauer zu ihrem Vater sagte, indem er mit Kennermiene das klapprige Gewehr in seinen Händen wog: »Bruder, wenn du mit diesem Prügel schießt, bist du selber hin! Der geht nicht einmal mehr zum Zuschlagen.«

Die Bauern wussten, wovon sie sprachen, denn der Tiroler Stutzen, mit dem ihre Schützenkompanien ausgerüstet waren, war eine hervorragende und treffsichere Waffe.

Graf Lodron hatte sich beim König bereits über diese unbrauchbaren Waffen beschwert: Sie seien eine Gefahr für die Milizleute und dem Publikum ein Gegenstand des Spottes, man möge sie gegen bessere umtauschen. Man wunderte sich nun, wo dieser Schund überhaupt herkam, aber das war ganz leicht zu erklären. Beim Inspizieren der landschaftlichen Magazine hatten die Bayern alte

Musketen, Säbel und Bajonette gefunden. Andere Gewehre kamen aus dem Münchner Zeughaus, und die Milizen hatten diese für viereinhalb Gulden das Stück kaufen müssen.

Maria gewöhnte sich immer besser in Innsbruck ein. Anfangs dachte sie noch oft an den Obersteinerhof, aber bei der vielen Arbeit hatte sie nicht viel Zeit zum Nachdenken. Sie hielt das Haus sauber, kochte für alle und eilte den ganzen Tag in den Laden, wenn die Glocke an der Haustüre läutete, denn das war das Zeichen, dass Kundschaft gekommen war, und führte nach und nach auch die Geschäftsbücher ihres Vaters.

Das Waschen und Bügeln besorgte Margret, eine Witwe, die nicht weit entfernt ein kleines bäuerliches Anwesen hatte mit zwei Kühen, einigen Schweinen und Hühnern. Sie brachte Maria auch die Milch und bekam dafür Brot. Margret war die Mutter von Josef, das war der Junge, der vorher die Arbeit gemacht hatte, die Florian jetzt tat, bis ihn die Schwindsucht arbeitsunfähig machte. Jetzt lag Josef fiebernd und hustend im Bett und sah aus, als ob er nicht mehr lange zu leben hätte.

Margret konnte am Anfang Florian deshalb nicht leiden, und sie giftete ihn an, wo sie nur konnte, bis Maria dann einmal sagte: »Geh, Margret, lass doch den Buben in Ruhe! Er ist auch nur ein armer Teufel, der kein Heim mehr hat. Er kann nichts dafür, dass dein Bub krank ist.«

Da schlug Margret die Hände vor das Gesicht und weinte schmerzlich: »Es ist so schwer, Maria! Jeden Tag sehe ich ihn ein wenig mehr sterben. Es gibt keine Hoffnung mehr für ihn, das weiß ich, aber warum gerade mein Kind, warum denn gerade meines?«

Dann kam die Zeit, wo der arme Junge um jeden Atemzug ringen musste. Maria ging abends hin, melkte und versorgte die Kühe und die anderen Tiere. Die Bauernarbeit ging ihr von der Hand, da kam ihr das Leben auf dem Obersteinerhof zugute. Da geschah es eines Abends auf dem Weg nach Hause, dass eine dunkle Gestalt vor ihr stand. Sie erschrak bis ins Herz, hob aber dann doch die Laterne und erkannte Simon.

»Florian sagte mir, dass ich dich auf diesem Wege treffen werde«, flüsterte er. »Es scheint uns nicht vergönnt zu sein, dass wir einmal in Ruhe miteinander sprechen könnten. Deshalb habe ich auch nicht viel Zeit, um dich zu werben, Maria. Eines Tages gehe ich zu deinem Vater und werde um dich fragen, aber zuvor möchte ich von dir wissen, ob du meine Frau werden willst?«

Zärtlich nahm er ihr Gesicht in seine Hände und küsste sie. Es war ihr erster Kuss – und als er sie nun mit seinen Armen umschlang, schmiegte sie sich an ihn und legte ihre Arme um seinen Hals. Eine sonderbare Schwäche durchströmte sie. Doch da sahen sie ganz oben auf der Gasse eine Fackel sich nähern.

»Deine Antwort!«, drängte er.

»Ja, ich will deine Frau werden, aber geh nicht jetzt zum Vater, wir müssen warten, jetzt wäre es hoffnungslos.«

Der Mensch mit der Fackel war jetzt schon ganz nahe. Simon küsste sie und drückte sie an sich, dann trat er in die Dunkelheit zurück.

Am nächsten Tag trafen sie sich wieder im Schutz des dunklen Novemberabends. Sie liebkosten sich und sprachen von ihrer ausweglosen Lage.

»Es werden vielleicht noch schwere Zeiten für uns kommen, Maria, aber ich werde an dir festhalten, das verspreche ich dir.«

»Dasselbe schwöre ich dir! Ich werde dich haben oder keinen«, sagte sie fest.

In dieser Nacht starb Josef, und zwei Tage später war das Begräbnis. Maria schämte sich, wenn sie die Trauer der

Mutter um ihr Kind sah ... und sie doch so glücklich war, denn jetzt vermochte sie nur noch an Simon zu denken.

Ein paar Tage später kam Florian nach Hause und gab ihr einen Gegenstand, der in einem Zettel eingewickelt war. »Rate einmal, von wem das ist! Der Soldat sagte, ich sei sein Postillon d'amour und er wolle mir Geld dafür geben, wenn ich dir etwas ausrichte. Ich aber habe gesagt, wenn es die Maria freut, dann nehme ich kein Geld. Er meinte, er wäre sehr glücklich, wenn es dich freuen würde.«

Sie nahm mit klopfendem Herzen das Papier und wickelte den Gegenstand aus. Es war ein kleiner Stein, dem Simon durch Ausfeilen die Form eines Herzens gegeben hatte. Ineinander verschlungen hatte Simon die Buchstaben M und S darauf eingeritzt. Auf dem Zettel stand: »Mit diesem Herzen verlobe ich mich mit dir und schwöre dir Treue!« Maria nahm nun gleichfalls ein Blatt Papier und schrieb dieselben Worte darauf. Dann zog sie eine Haarnadel aus ihren schweren Zöpfen, bog sie zu einem Herzen zurecht und gab beides Florian mit der Bitte, dies dem Soldaten zu geben.

Am späten Nachmittag des Silvestertages klopfte es energisch an die Haustüre, und als Maria öffnete, stand Korbinian, der Kraxentrager davor.

»Ja, was ist denn?«, polterte er los, als ihn Maria überrascht anstarrte. »Pflegt man in Innsbruck die Besucher nicht in die Stube zu bitten?«

Sie strahlte ihn an, während sie ihn hereinließ. »Ach, Korbinian, ich könnte dir um den Hals fallen vor Freude, ein bekanntes Gesicht von daheim zu sehen!«

»Das magst du ruhig tun, Maria. Ich habe noch nie ein schönes Mädchen gescholten, das mir um den Hals gefallen ist.« Er steckte seine riesige, großporig violette Nase in sein unvermeidliches rot und weiß gemustertes Tuch und schneuzte sich. »Wie mir scheint, werden diese schönen Sachen ohnehin immer seltener!«

»Ach Korbinian, du bist Gott sei Dank immer derselbe!«, lachte Maria. »Aber erzähle, wie geht es daheim? Sind alle wohlauf – und was macht Anna?«

»Aha, also bist du doch noch im Pustertal daheim!«, schmunzelte er.

»Ja, nein – jetzt bin ich freilich hier in Innsbruck daheim.« Sie stockte und dachte an Simon. Gott mochte wissen, wie sich alles richten würde!

Er sah sie forschend an: »Stimmt alles? Du wirst doch keinen heimlichen Kummer haben?«

»Nein, Kummer ist es keiner.« Sie war rot geworden.

»Aha!« Seine Schweinsäuglein glänzten verstehend. »Es hat doch nicht etwa der Blitz der Liebe eingeschlagen? Welcher von diesen glücklichen Innsbrucker Burschen ist es denn, wenn ich es nicht bin?«

»Ach, Korbinian, es ist kein Innsbrucker.« Sie seufzte und sah vor sich hin.

»Au weh, es ist ein Bayer, stimmts?«

Überrascht sah sie ihn an. Sie hatte es doch niemandem sagen wollen! Aber nun nahm es Korbinian ganz gelassen hin. Dann war vielleicht doch alles nicht so schlimm und hoffnungslos, wie sie gedacht hatte.

»Woher weißt du das?«, fragte sie.

»Ach weißt du, wenn jemand einen so abgrundtiefen Ächzer von der Fußsohle heraufholt, dann ist etwas faul. Und das ist leider sehr faul, Maria!«

»Aber du ... du bist mir doch gar nicht böse!« Jetzt schossen ihr Tränen in die Augen.

»Schau Mädchen, ich bin nicht wie die anderen, die Sesshaften. Ich komme viel herum, ich sehe viel und höre viel, komme auch oft in das Bayerische und habe Freunde dort. Die Leute sind überall und in jedem Land recht, solange sie nicht von der Politik aufeinandergehetzt werden. Der bayerische König, der genau das tun muss, was ihm Napoleon befiehlt, hat in Tirol viele Fehler gemacht und macht sie immer noch. Der Verfassungsbruch – den berühmten Namen Tirol aus dem Buch der Geschichte zu streichen –, dieser Bruch und alles, was sie bis jetzt erdulden mussten, treibt den Leuten vor Wut das Blut aus den Poren gegen alles Bayerische. Und wer ist allgegenwärtig? Wer ist immer dabei? Als Bewacher, als Vollstrecker der teuflischen Strafen, bei den Verprügelungen, bei den Einquartierungen in Höfen und Gemeinden, wo sie den Bauern die Haare vom Kopf fressen, wer, ha? Der bayerische Soldat! Auf ihn fällt die Wut des Volkes zuerst – und da wägt keiner ab, ob er was dafür kann oder nicht. Ich weiß, dein Simon hat mit all dem nichts zu tun. Er wurde nach Tirol abkommandiert, er ist Soldat und muss seine Befehle ausführen. Und wenn er ein anständiger Mensch ist, warum solltest du ihn nicht lieben?«

»Und das sagst du, ein Tiroler?« Sie sah ihn groß an.

»Das sage ich, ein Reisender, dem nichts Menschliches fremd ist«, betonte Korbinian. »Aber was deine anderen Landsleute betrifft, so hüte dich! Etwas Schlechteres hättest du dir momentan gar nicht einbrocken können! Gerade jetzt! Warte ab, es wird sich in nächster Zeit viel ändern – vielleicht ...« Er zuckte mit den Schultern und sprach nicht mehr weiter. Nach einer Weile sagte er: »Behalte dieses Geheimnis für dich, sage und schreibe es niemandem. Du würdest als Abtrünnige gejagt und verachtet werden, man würde neben dir nichts mehr reden, und du würdest nicht mehr zu deinem Volk gehören.«

Heiße Tränen begannen ihr über die Wangen zu rinnen und sie schluchzte. » Simon hat gesagt, es werden schwere Zeiten für uns kommen, aber er werde an mir festhalten.«

»Gut, dann erkennt wenigstens einer von euch beiden die Lage richtig«, sagte Korbinian trocken. Um sie abzulenken, überbrachte er nun die Grüße von allen Verwandten und Freunden im Pustertal, auch von Martl und der Moor-Lies, und dann gab er ihr noch einen Brief von Anna. Doch bevor er ging, sagte er noch: »Die Moorhexe meint, du kommst wieder zurück auf den Obersteinerhof.«

Maria sah ihn verständnislos an. »Dieses Mal hat sie auf keinen Fall recht! Anna und Franz werden bald heiraten und den Hof übernehmen. Also was sollte ich dort? Und dann – der Vater braucht mich dringend hier in Innsbruck.«

Korbinian setzte sich seinen breitrandigen Hut auf, seine Kraxe hatte er im Gasthaus gelassen, wo er nächtigte. »Ich weiß nicht, ich traue mir nichts zu sagen ... aber das Luder hat fast immer recht!«, meinte er achselzuckend.

Als Korbinian gegangen war, las Maria den Brief. Die Mutter ließ besonders grüßen und die Lisa vom Erlenhof. Anna und Franz waren jetzt verlobt und würden im Spätsommer 1809 heiraten – und Regina hatte ein Mädchen geboren. Wir sind also jetzt Tanten, schrieb Anna, das Kleine heißt Veronika und ist sieben Wochen alt.

Mit Zorn und Erbitterung hatten die Tiroler, wie Korbinian erwähnt hatte, hinnehmen müssen, dass ihre jahrhundertealte Verfassung aufgelöst und den berühmten Namen Tirol aus dem Buch der Geschichte gestrichen wurde. Seit dem 1.10.1808 gab es kein Tirol mehr, sondern nur noch drei Generalkommissariate: den Innkreis, den Etschkreis und den Eisackkreis, die zusammengefasst waren unter dem Namen Südbayern. Immer öfter forderten die Kommissäre mehr Militär an, so sehr gärte und brodelte es jetzt im Land. Die Bevölkerung befürchtete jetzt auch, dass nach Auflösung der Verfassung, wie sie nur in Tirol bestanden hatte, die Männer zum Militärdienst eingezogen werden könnten. Dabei hatte es jeder einzelne schwer genug, in diesen schlechten Zeiten zu überleben. Durch Napoleons Kontinentalsperre, die jeder Ein- und Ausfuhr einen Riegel vorschob, verschlechterte sich die Wirtschaftslage immer mehr, bei den Händlern war einer dem anderen schuldig, und fast keiner konnte seinen Geschäftspartner mehr bezahlen.

Ein Beispiel unter vielen war die Strelesche Leinwand- und Baumwollfabrik in Imst. Ihre Erzeugnisse, vor allem reichbestickte Tücher aus Musselin, gingen weit über die Landesgrenzen hinaus, vor allem nach Frankreich, Italien und der Schweiz. Von diesem Industriebetrieb lebten die Talschaften des Oberinntales und ganz Nordwesttirols, denn viel Heimarbeit wurde in die Täler hinausgegeben. Hatte die Fabrik 1805 noch viertausendachthundert Arbeiter gehabt, so konnte sie 1809 nur noch neunhundert beschäftigen. Fast viertausend Menschen hatten in dem Zeitraum von vier Jahren ihre Arbeit verloren, allein von den Spinnerinnen waren von dreitausendvierundachtzig nur noch sechshundertsechzehn übriggeblieben. Anderswo sah es nicht besser aus: Die Spinnereien in Reutte und in Schwaz, die Musselin- und Kattunfabriken von Reutte und Lermoos, die Eisen- und Messingfabriken in Lienz und Achenrain und die Seidenfabrikationen um Trient gingen ihrem Ruin entgegen, und wer seinen Verdienst dort bezog, ebenfalls. Dafür war Napoleon verantwortlich, aber das Volk gab der bayerischen Regierung die Schuld.

Trutzlieder wie »Napoleon hat das Land verheeret, wie eine Sau die Flur zerstöret, Franz, leg der Sau die Ringe an, dass sie nicht mehr wühlen kann!« machten die Runde und wurden ganz öffentlich gesungen. Strenge Verweise ergingen an die Priester. Sie sollen das Volk ruhig halten! Aber auch hier spitzte sich der Konflikt vor allem mit der bäuerlichen Bevölkerung zu. Die Seelsorger waren nicht zu beneiden. Auf der einen Seite stand der Druck der Kirchenpolizei, die mit Absetzung oder gar Gefängnis drohte – und auf der anderen Seite stand die Widerspenstigkeit der Bauern, die keinen Schritt von dem abließen, was in ihren Augen ihr Recht war.

War es soweit, dass der hochverehrte und meistens geliebte Pfarrer in das Gefängnis gesteckt oder abgesetzt und durch einen bayerischen Geistlichen ersetzt wurde, machte das die Sache nicht besser, sondern führte zu neuen, noch schlimmeren Problemen. Denn nur die eigenen Seelsorger wurden vom Volk anerkannt, die sich an die Weisungen der verbannten Bischöfe hielten. Wenige Tage genügten, und der von der Kirchenpolizei eingesetzte Pfarrer sah, dass er auf verlorenem Posten stand. Er hatte keine Möglichkeit, seine oft besten und ehrlichsten Absichten auszuführen. Denn in die Messe von so einem »königlichen Pfarrer« ging man nicht. Aus seinen Händen wurde kein Sakrament empfangen, in so ein Pfarrhaus wurden keine Lebensmittel geliefert, und die Leute waren überzeugt, damit ein gottgefälliges Werk zu tun. Denn, so meinten sie: »Der Herr pflegt die Seinigen zu prüfen! Jetzt sitzen die Teufel in der Kirche und wollen uns unsere ewige Seligkeit nehmen und uns die Standhaftigkeit herausprügeln!« In Wäldern und Höhlen wurden heimliche Gottesdienste abgehalten und Neugeborene getauft. Die Mönche und die abgesetzten Pfarrer, sofern sie nicht im Gefängnis saßen, schlichen sich nachts heimlich zu den Sterbenden, um ihnen die letzte Ölung zu geben.

Es gab Ortschaften, wo der bayerische Geistliche die und Bevölkerung lernten, miteinander auszukommen, es gab aber auch Täler, wo ein Aufstand nur mit

Militärgewalt niedergedrückt werden konnte. Nach St. Martin zum Beispiel wurde ein besonders cholerischer Pfarrer entsandt, der den Bewohnern dauernd mit Exekutionstruppen, mit Beschlagnahme des Vermögens und mit Eisen und Fesseln drohte. Er ging in seinem heiligen Eifer so weit, dass er schrie, er werde ihnen das Dorf über den Köpfen anzünden, wenn sie sich weiterhin weigerten, von ihm die Sakramente entgegenzunehmen. Eines Tages kamen achtzig Soldaten, die er angefordert hatte. Sie leiteten eine Untersuchung ein, holten einige Bauern von ihren Höfen und führten sie in Ketten nach Meran. Beim Abzug des Militärs ließ der Pfarrer eine solche Flut von Verwünschungen und Flüchen auf die Bewohner los, dass ihm ein bayerischer Offizier riet, er solle es doch einmal mit Freundlichkeit versuchen und die Leute nicht so reizen. Auf diese Ermahnung hin antwortete der Pfarrer, dass bei diesen rohen und groben Gebirgsbewohnern und diesen anmaßenden Bauernkönigen eine übermenschliche Geduld dazugehöre, um immer den Gleichmut zu bewahren.

Es gab aber auch so manchen bayerischen Priester, der unter dieser Ablehnung des Volkes litt und sich beklagte, etwa in folgenden Worten: »Wir Priester haben beim Volk gar kein Vertrauen, das Volk glaubt nicht an die Gültigkeit einer einzigen unserer Handlungen. Beim besten Willen ernten wir nur Schande und Verachtung. Das Volk glaubt ein Gott wohlgefälliges Werk zu tun, wenn es unsere Sonntagsmesse flieht. Sie verlassen lieber Haus und Hof, als dass sie die jetzigen Seelsorger anerkennen. Das Volk hält sich sogar im Gewissen verpflichtet, uns Priestern keine Lebensmittel zu geben und die Einkünfte zu sperren. Ich wollte das in mich gesetzte Vertrauen rechtfertigen, aber ich sehe, dass das Übel noch größer wurde. Mag auch die Regierung ihren festen Entschluss durch Exekutionstruppen ausgesprochen haben, das Volk bleibt doch bei seinen Grundsätzen – und wer zwingt die Herzen?«

Oder ein anderer: »Man werfe uns nicht vor, wir sollen das Volk belehren, das wäre bei diesem Gebirgsvolk ganz vergebens. Wir haben schon genug zu tun, das Volk in Ruhe zu halten. Je mehr wir reden, umso mehr verlieren wir das Vertrauen. Selbst Gott Vater scheint mit uns Priestern seinen Spaß zu treiben, denn selten gab es schwerere Hochgewitter und richteten die Wildbäche solche Verwüstungen an wie gerade jetzt, wo das Wetterläuten verboten ist. Da kommen die Bauern dann und geben uns die Schuld, weil wir nicht wetterläuten ließen. Wenn man sich an den Gebräuchen des Volkes vergreift, so greift man ihm ins Auge. Wir Priester kommen da in ein Kreuzfeuer, von dem kaum einer ohne Wunden davonkommt.«

Nicht viel besser als den Priestern erging es den bayerischen Richtern, die durch die dauernden Anzeigen der Kirchenpolizei total überlastet waren – und die ein Lied davon singen konnten, was los war, wenn ein Bauer auf seinem Justamentstandpunkt angelangt war. Bei den kirchenpolizeilichen Vergehen wurde zwar jeder Widerstand mit Gewalt gebrochen, aber die zähe Bockbeinigkeit der Bauern und die andauernden Auseinandersetzungen mit denselben hinterließen auch bei diesen Juristen einen bleibenden Eindruck. Unter den bayerischen Richtern gab es allerdings auch welche, die mit der Zeit von den Einheimischen anerkannt oder sogar hoch verehrt wurden.

Um die Mitternachtsstunde schlich ein Kapuzinerpater auf den Obersteinerhof, um das Verlöbnis von Anna und Franz zu segnen. Sie waren nun offiziell ein Brautpaar und nächstes Jahr, im Spätsommer 1809, würde die Hochzeit sein. Die Brautleute wollten die Trauung schon gerne im Frühjahr haben, aber Karl bestand auf den Spätsommer.

Da sein Sohn nach der Hochzeit auf den Obersteinerhof ziehen würde, verlor er eine Arbeitskraft, die er bei der Ernteeinbringung noch dringend benötigte.

»Über den Winter werde ich mir behelfen«, sagte er, »und zu Lichtmess kommt dann ein neuer Knecht, aber den Sommer über brauche ich dich noch. Im Übrigen seid ihr noch jung genug, um einige Monate warten zu können.«

Ja, Anna würde dann bei der Trauung neunzehn Jahre sein und Franz zweiundzwanzig. Sie mussten sich wohl oder übel fügen.

Die Zeit der heimlichen Zusammenkünfte ging für sie weiter und wurde noch schwieriger, denn die Leni passte auf wie ein Schießhund, dass sie sich nicht alleine trafen. Das erste Mal hatten sie sich damals einige Tage nach der Hochzeit von Regina und Peter getroffen. Als die Woche Arrest um war, die Franz wegen der Böllerschüsse hatte absitzen müssen, schlich er spätabends, als es schon dunkel war, hinüber zum Obersteinerhof und warf ein Steinchen an Annas Kammerfenster. Das Mädchen stand leise auf und sah durch die Scheibe. Sie bemerkte nur eine dunkle Gestalt, aber ihr Herz sagte ihr, dass es Franz war. Sie tastete sich zu Maria, die sich im Bett aufgesetzt hatte, und flüsterte: »Halt mir die Leni vom Leib! Im Falle, dass sie munter wird, sagst du einfach, mir sei nicht gut.«

Die Angel der Türe kreischte, als Anna sie vorsichtig öffnete. Das war ihnen bis jetzt gar nicht aufgefallen und Maria nahm sich vor, sie gleich in der Früh mit Butter einzuschmieren. Auch der Boden der Tenne knarrte überlaut in der Nacht, wo Anna barfuß über die Bohlen huschte. Das Tor der Tenne ließ sich leicht einen Spalt öffnen, dass sie hinausschlüpfen konnte. Leni hatte aber nichts gehört. Die beiden Mädchen kamen dahinter, dass sie ungefähr bis

Mitternacht tief schlief und zuweilen schwer schnarchte, aber nach Mitternacht hörte sie jede Maus. Anna musste also zusehen, dass sie beizeiten wieder zurückkam von ihrem Ausflug zu Franz.

Die zwei Mädchen hatten zuerst gedacht, Leni habe deshalb kein Verständnis für junge Leute, weil sie selber so eine Zeit des Verliebtseins nie gekannt hatte. Aber dann hatte Veit, der alte Knecht, ihnen einmal erzählt, dass die Leni in jungen Jahren sogar schon so gut wie verlobt gewesen sei.

»Der Bursche hat Alois geheißen und ist bei einem Steinschlag unterhalb der Alm ums Leben gekommen. Er stürzte die Rotwand hinunter. Die Leni betet heute noch viel und lange für ihn. Böse Zungen haben früher freilich behauptet, sie bete deshalb so oft für ihren verblichenen Liebsten, weil er im Leben ein rechter Hallodri gewesen sei. Kein Mädchen weit und breit sei vor ihm sicher gewesen, und die Leni habe er nur mitgenommen, weil sie so praktisch bei der Hand war. Sonst war er ein tüchtiger Kerl, und euer Vater, der ihn als Oberknecht sehr schätzte, hätte einer Heirat zwischen den beiden zugestimmt, aber dann ist er ja verunglückt. Ihr kennt doch das Marterl da droben neben der dürren Fichte.«

Die Mädchen nickten, sie kannten das Marterl wohl, worauf zu lesen stand:

»Hier an diesem steilen G'wänd, hat sich der Steiner Lois derrent.

Er fiel in diese tiefe Schlucht, weil er nach einer Kuh gesucht.

Er war fleißig, fromm und ledig, Gott sei der armen Seele gnädig.«

Nie hatten sie geahnt, dass diese Andenkentafel etwas mit der Leni zu tun hatte. »Ich kann es mir einfach nicht vorstellen«, wunderte sich Anna. »Dieses giftige, zusammengeschrumpelte Weiblein mit ihrem Mundwerk aus Brennesseln soll einmal verliebt gewesen sein?«

Dass Leni einmal mit ihrem Liebsten gelacht und geturtelt haben sollte, ging über die Vorstellungskraft der Mädchen hinaus. Und es hätte auch nichts daran geändert, dass jetzt in solchen Fragen nicht mehr mit ihr zu spaßen war.

Das Brautpaar hatte sich immer drüben beim Bach unter den Holunderbüschen getroffen, solange es noch warm war, aber jetzt, wo vor Kälte der Reif den ganzen Tag nicht mehr wegging, setzten sie sich an die Rückwand der Brechlhütte, hielten sich an den Händen und flüsterten miteinander.

»Jetzt, wo wir verlobt sind, lassen sie uns überhaupt nicht mehr alleine«, flüsterte Franz.

»Nein«, entgegnete Anna, »meine Mutter hat Angst, dass wir etwas anstellen. Neulich meinte sie, dass der Kranz nur einer jungfräulichen Braut gebühre – und was die Leni sagt, kannst du dir vorstellen!«

»Ja, sie wird sagen, auf einem nicht jungfräulichen Kopf hält der Kranz nicht, er wird herunterfallen!«

Nun lachten beide. Seine Arme umschlossen sie fester. »Wir wissen doch, wann unsere Hochzeit ist. Dann haben wir uns für immer und ein ganzes Leben lang, da werden wir doch diese paar Monate noch warten können.«

Sie schmiegte sich an ihn. »Ich bin froh, dass du so denkst!«

»Deine Mutter braucht keine Angst zu haben! Wir haben so viel Zeit und wollen alles so machen, wie es bei uns Brauch ist. Ich halte gerne alles in Ordnung, was mir gehört – und da werde ich doch bei dem Liebsten, was ich habe, keine Ausnahme machen.«

Er hatte ihre Zöpfe gelöst und fuhr ihr nun durch die dichten, langen Haare, die sie wie ein Mantel umhüllten. Dann zog er sie ganz nahe zu sich heran, schmiegte seine Wange an die ihre und flüsterte: »Du wirst eine wunderschöne Braut sein – und du wirst in allen Ehren mit deinem Kranz vor den Altar treten – und ich werde sehr stolz auf dich sein!«

»Und vergiss nicht die Rosen vom Zwergenkönig!« Sie sah ihn schelmisch an.

»Nein!« Jetzt lachte er so laut, dass sie ihm mahnend den Finger auf seine Lippen legte. »Nein«, wiederholte er da leiser, »Teufel, da werde ich weit hinaufsteigen müssen, dass ich welche finde, die im Spätsommer noch blühen!«

Später schlich Anna ganz leise in ihre Kammer, doch dieses Mal wurde sie von der Leni gehört.

»Warum musst du in letzter Zeit so oft hinaus?«, keifte sie von ihrem Bett her.

Anna gab keine Antwort und legte sich nieder. Sie dachte nach. Warum sprach keiner offen über das, wovor sie Angst hatten und vor was sie die Mädchen so behüteten? Sie waren als Bauernkinder so weit aufgeklärt, dass sie sahen, was der Stier, der Hengst, der Eber und der Widder machten und dass daraus neues Leben entstand. Sie waren bei den Geburten der Tiere dabei und halfen mit, wenn es nottat. Sie dachte daran, wie sie als Halbwüchsige oft mit Maria getuschelt hatte, dass es wohl bei den Menschen ähnlich zugehen müsse. Aber die Mutter hatte sie nie in das eingeweiht, was denn nun wirklich geschah zwischen Mann und Frau. Sie spitzten also die Ohren bei dem Gelächter und den Andeutungen, die zwischen den Mägden und Knechten gewechselt wurden. Vitus sah es allerdings nicht gerne, wenn neben den Töchtern eine zuchtlose Sprache geführt wurde, und verbat sich solche Reden. Die Mädchen sahen auch Frauen, die ein Kind trugen, und sie rätselten, welche Öffnung des Körpers wohl groß genug sei, um ein Kind zu gebären. Nein, was wirklich zwischen Mann und Frau geschah, war ihnen immer noch ein Mirakel.

Maria sagte einmal: »Wir werden es spätestens am Tag unserer Hochzeit erfahren, oder sagen wir besser, in der Nacht!«

Bei der Erinnerung an Maria seufzte sie ein wenig. Manches Mal vermisste sie ihre Ziehschwester doch sehr!

Am Andreastag in der Früh ging Anna zum Brunnen, um Wasser zu holen. Die Nacht über hatte es geschneit, und nun pfiff ein eisiger Wind. Sie stellte den Eimer unter den Wasserstrahl, nahm ihr großes Wolltuch von den Schultern, zog es hoch und umhüllte sich fröstelnd den Kopf. Sie sah nicht, dass Franz herangeschlichen kam. Er umfasste sie von hinten mit beiden Armen und sagte: »Musst du denn heute am Andreastag in den Brunnen schauen, um das Bild deines Zukünftigen zu sehen?«

Lachend bog sie das Gesicht zu ihm und erwiderte: »Ach nein, das weißt du doch! Ich sehe ihn schon lieber in Fleisch und Blut.« Sie küsste ihn und fragte: »Was machst du heute, dass du dein besseres Gewand trägst? Erlauben sie uns etwa, in die Kirche zu gehen?«

»Nein, das ist vorbei, dass wir an den Heiligentagen in die Kirche gehen durften. Ich muss mich heute in Bruneck beim Oberleutnant Weller das letzte Mal melden, der die Aufsicht über das Pustertal hat. Du weißt ja, ich bin einer von den schwarz Angeschriebenen!«

Verhaltene Wut klang aus seiner Stimme. »Ich tue es nur dem Vater zuliebe, der Angst hat, dass wir sonst eine Militäreinquartierung bekommen, und das kommt immer verflucht teuer.«

Er sprach so voller Hass, dass sie ihn erstaunt ansah. Sie hatte in letzter Zeit schon öfter bemerkt, dass in ihm eine große Bitterkeit nagte und sie konnte sich schon denken, warum. Da war dieser heiße Sommertag im August gewesen, ein Sonntag, die Menschen in Bruneck kamen gerade aus der Kirche. Obwohl es auf Mittag zuging, wurde es finster: Eine dunkelviolette, blauschwarze Wolkenwand türmte sich auf und kam rasch näher, dazwischen leuchtete es kupfern auf.

»Mein Gott, es hagelt gleich!«, stöhnten die Bauern. Das Getreide stand hoch und vor der Ernte.

»Wir müssen wetterläuten, schnell, nur schnell!«, schrie einer auf.

Einige Burschen liefen auf den Turm zu, darunter auch Franz. Gleich darauf hörte man das Anfangsschwingen der großen Glocke und dann den Schall und das Geläute. Aber es war zu spät, denn es begann schon zu wettern. Grelle Blitze durchzuckten den Himmel, gefolgt vom sofortigen Krachen des Donners. Der Sturm tobte, Äste und Schindeln flogen durch die Luft, die Wildbäche füllten sich und donnerten zu Tal, Wiesen und Äcker vermurend, die Rienz trat über die Ufer und wälzte sich dunkelbraun schlammig durch die Gassen und über die Wege.

Dieses Mal bekam Franz als Wiederholungstäter außer zwei Wochen Arrest noch acht Stockhiebe, die man lange auf seinem Rücken sah. Es waren aber nicht die Spuren der Schläge, die an ihm nagten. Rosa, seine Mutter, meinte: »Diese Stockhiebe tun dem Buben körperlich nicht weh, aber sie brennen ihm auf der Seele!«

6. Kapitel

In der ersten Jännerwoche 1809 lag eine dicke Schneedecke auf dem Land, aber das Wetter war schön. Franz hatte beim Schmied in Bruneck einige Gerätschaften zu holen, er zog seinen Schlitten gerade beim Christlwirt vorbei, da trat ein junger Mann seines Alters auf ihn zu und sprach ihn an: »Wir hätten mit dir zu reden, wenn du ein wenig Zeit hast.«

Franz ließ seinen Schlitten los und rieb die Hände mit den dicken Fäustlingen gegeneinander. »Verdammt kalt heute! Wer ist wir? Und wer bist du?«

»Komm einmal mit, dann wirst du es sehen! Ich heiße Mathias, und ich habe dem Sandwirt geholfen, einige Pferde nach Innichen zu bringen. Jetzt fahre ich wieder mit ihm zurück ins Passeiertal. Der Wirt hat dich durch das Fenster gesehen und hat zu mir gesagt, ich solle dich holen, du wärest der Richtige!«

»Der Richtige für was?«, wollte Franz noch fragen, doch da betraten sie schon die Nebenstube des Gasthauses, und die Wärme, die aus einem gemauerten Ofen kam, schlug ihm wohltuend entgegen. An einem Tisch saßen fünf Männer. Drei davon kannte er nicht. Die anderen zwei waren der Wirt Peter Huber selber und der Sandwirt aus dem Passeiertal, Andreas Hofer genannt. Franz hatte ihn öfter bei den Brunecker Rossmärkten gesehen – und er wusste, dass der Hofer auch mit Wein handelte. Das Gasthaus am Sand zwischen St. Martin und St. Leonhard im Passeiertal gehörte ihm.

Wohlgefällig sah der Sandwirt auf den jungen Burschen, der in der vollen Blüte seiner Jugend vor ihm stand mit seinen einundzwanzig Jahren. Hoch und kräftig gewachsen, das dunkle Haar fiel ihm gelockt in die Stirn und halb über die Ohren, ein keckes Bärtchen auf der Oberlippe, die dunklen Augen frei und neugierig auf die Männer gerichtet. Peter, der Wirt, stellte sie ihm jetzt vor: »Mich und den Sandwirt kennst du ja schon, und das sind ein Wirt aus Hall, einer aus St. Martin und ein Bauer aus Lienz, aber nimm doch Platz!«

Franz grüßte und setzte sich. Der Wirt stellte ihm einen Becher Glühwein hin. Der Sandwirt begann nun das Gespräch: »Wir haben gehört, dass du schon ein paarmal Schwierigkeiten gehabt hast mit der Kirchenpolizei, bist auch schon im Arrest gesessen?«

»Ja, das weiß wohl jeder!« Franz wurde ein wenig rot und ein Schatten fiel über sein Gesicht. »Und ich habe auch schon den Stock geschmeckt!«

»Da brauchst du dir nichts daraus zu machen, Franz«, sagte der Bauer aus Lienz. »Gerade die Besten sind es, die heutzutage eingesperrt werden! Schau, die Gefängnisse sind voller Priester – und auch diese, selbst die Alten, werden mit Ohrfeigen und Fußtritten traktiert.«

»Ja, aber sind wir Tiroler denn tollwütige Köter, dass wir verdroschen werden müssen?«

»Deine besten Freunde sind die Bayern also gerade nicht?«

»Nein, dazu habe ich keine Ursache!«

Sie blickten ihn forschend an.

»Wir werden in der nächsten Zeit einige flinke und verlässliche Burschen brauchen, für geheime Botengänge hier in den Tälern. Burschen, die den Mund halten und eine geheime Sache für sich behalten können – und die klug genug sind, um die Bayern nie etwas merken und sich nie erwischen zu lassen.«

»Wenn es gegen die Bayern geht, bin ich dabei!«

»Und du versprichst, dass du niemandem etwas sagst, weder deinen Eltern, noch deiner Braut, noch sonst jemandem, nur den Leuten, für welche die Botschaft ist?«

»Ich verspreche es!«

»Du wirst keine Zettel bekommen, sondern alles mündlich weitergeben. Und du wirst wenig zu Hause und viel unterwegs sein.«

»Wenn es dem Land dient, habe ich Zeit, jetzt im Winter ohnehin!« »Und du wirst schweigen, wenn du Männer wie uns Gespräche führen hörst, die noch nicht für die Öffentlichkeit bestimmt sind?«

»Ich werde schweigen, solange ich es mit meinem Gewissen vereinbaren kann. Ich weiß ja noch nicht, um was es sich handelt. Wenn mir nicht gefällt, was ich höre, werde ich zwar schweigen, aber ich werde es nicht weiterleiten und euch sofort ehrlich sagen, dass ich diese Botengänge nicht mache!«

Die Männer schauten ihn lächelnd an, und Hofer sagte: »Das ist eine ehrliche Sprache, so soll es sein!«

Josef, der Wirt aus Hall, meinte jetzt: »Es ist höchste Zeit, dass wir die Lage ändern. Von den Bayern haben wir nur Schlechtes bekommen und Schlechtes zu erwarten! Der König ist ein Wortbrüchiger, ein Kirchenräuber und Landverderber. Seine Versprechungen gehen nur so weit, wie es ihm der Bonaparte erlaubt. Wenn es so weitergeht, dann dauert es nicht mehr lange, und wir kennen unser Land selber nicht mehr. Unsere Straßen und Brücken verfallen, da kann man hinschauen, wo man will! Über die Innbrücke in Schwaz, wo sogar die Reichsstraße hindurchführt, getraut man sich fast nicht mehr zu gehen, sie ist dem Einsturz nahe. Und die Fuhrwerke, die den

Achensee entlangfahren, müssen auf Flöße umgeladen werden, weil sie auf der verfallenen Straße in den See stürzen würden. Auf dem Weg von Kitzbühel zum Pass Thurn brechen sich die Fuhrwerksrösser in den Schlaglöchern die Beine, und so sieht es im ganzen Land aus. Die Gelder, welche früher dazu dienten, diese Misstände auszuräumen, werden dem Land jetzt gestohlen und gehen nach München, zum Beispiel die Einnahmen von den Straßengeldern, der Post, der Maut und dem Salz.«

Peter füllte Wein nach und nickte: »Zuerst haben sie unser Geld abgewertet, die Leute um Haus und Hof gebracht, den Handel zerstört und die Steuerschraube immer höher gedreht, dass selbst der höchste Gebirgsbauer noch jede Geiß und jedes Lamm versteuern muss. Die besten Leute wurden zu Bettlern gemacht, die jetzt in Scharen durch das vor ein paar Jahren noch blühende Land ziehen! Ein rücksichtsloses Verfolgungs- und Polizeisystem will uns unsere Religion und unser tief eingewurzeltes, seit Jahrhunderten ererbtes Brauchtum nehmen. Unsere Bischöfe haben sie mit der Polizei wie Verbrecher über die Grenze gebracht und verbannt, und unsere Heiligtümer verscherbeln sie an die Wucherer!«

Der Bauer aus Lienz beugte sich vor: »Und habt ihr gehört, mit was für einer Falschheit der Hofstetten bei der Auflösung des Kapuzinerklosters in Meran vorgegangen ist? Mit dreißig Soldaten ist er um Mitternacht hingeschlichen und hat sich mit der Lüge, dass er einen Beichtiger suche für eine Sterbende, den Einlass verschafft. Ein Soldat lief sofort in die Sakristei und schnitt den Glockenstrick durch, dass niemand mehr Sturm läuten konnte. Sie rissen die Patres aus den Zellen und warfen sie mit Schimpfwörtern, Quälereien und Körperverletzungen auf bereitstehende Leiterwagen, wo sie gefesselt und aneinandergebunden wurden. Die meisten deportierte man nach Altötting.

Ich weiß das vom Kapuzinerpater Joachim Haspinger, der damals zur Internierung in eine Zelle nach Klausen musste. Er hat sich noch ein paar Schläge mehr ein, weil er einem Offizier gedroht hat, er werde ihm die Fußtritte in den Arsch bei passender Gelegenheit zurückgeben!«

Alle lachten dröhnend und der Sandwirt sagte: »Ja, der Pater Joachim ist ein Feuerkopf, dem ist das zuzutrauen! Aber gerade die braven Kapuziner kann das Volk nicht entbehren, die mit ihrem Bettelsack durch die Dörfer gehen und die höchsten Höfe und Einöden besuchen und seelsorgerisch betreuen, den kreißenden Weibern helfen, die Neugeborenen taufen und betend bei den Sterbenden wachen. Es ist vielen ein großer Trost in der Not, wenn so ein Barfüßer dahockt, in der Stube.«

Jeder gab ihm recht.

»Ja, den Johann Theobald von Hofstetten, den kennen wir«, sagte der Christlwirt. »Der war lange genug hier in Bruneck Kreishauptmann, misshandelte die Bevölkerung und meldete jeden Taubendreck nach Innsbruck. Da kann auch unser junger Bruder hier, der Hausberg-Franz, ein Lied davon singen. Und dass er jetzt Spezialkommissar in Meran ist, wird die Lage dort nicht gerade verbessert haben!«

»Nein!« Lenz, der Wirt von St. Martin, lachte höhnisch auf. »Bei uns geht alles drunter und drüber, und schon seit Langem geht niemand mehr in die Kirche. Erst neulich sagte eine Bauerndirn neben dem bayerischen Pfarrer zu seiner Wirtschafterin, sie solle doch lieber davonlaufen, weil sie nur gestohlenes Brot esse, und ob sie nicht wisse, dass nichts Gültigkeit hat, was ein Eingedrungener macht. Die Dirn wurde verprügelt und sitzt noch im Gefängnis. Es ist höchste Zeit, dass wir etwas unternehmen, das ganze Land ist ein Pulverfass, und wehe, wenn ein einziger Funke Feuer fängt.«

»Jetzt reisen wir erst einmal nach Wien zum Erzherzog Johann«, sagte Hofer, »und dann wissen wir vielleicht mehr. Es muss alles gezielt und mit Verstand gemacht werden und vor allem gleichzeitig im ganzen Land. Einzeltumulte können wir uns nicht leisten, sie würden von den Bayern sofort niedergeschlagen werden.«

»Soll ich euch vorlesen, wie die Leute, vor allem die besseren Kreise in Bayern über uns denken?« Der Bauer aus Lienz kramte in seiner Joppentasche und brachte einen Zettel zum Vorschein. »Sie brüsten sich, dass die bayerische Regierung ...« Er las aus dem Papier vor: »... die jahrhundertelange Nacht der sinnlosen Bigotterie und des frömmelnden Aberglaubens, die Tirol bedeckten, beendet hat und der Geist des Lichtes und des Fortschrittes eingezogen sei.«

Allgemeines Gelächter folgte diesen Worten, und der Haller Wirt meinte: »Da glaube ich eher, dass die Bayern abergläubisch sind, wenn sie einen Geist des Fortschrittes sehen. Bei uns hat er sich noch nicht blicken lassen, dieser Geist! Aber lies weiter, Anton.«

»Ja, also da steht: ›Die Tiroler gehören zu den unkultiviertesten Völkern Europas! Groß und herrlich sind die Anlagen ihres Körpers und Geistes, aber es fehlt beiden an der gehörigen Ausbildung. Kopf und Herz stehen nicht am rechten Fleck. Die Religion der Tiroler ist im Wesentlichen die des Pharisäers. Brav Rosenkränze schnattern, sich von allen Seiten mit Heiligenbildern bepanzern, Kreuze schlagen, statt des Fleisches ganze Butterlaibe auf das Brot gestrichen und Eierkuchen essen, das sind die herrlichen Werke, mit welchen der Tiroler seinen Glauben beurkunden will. Man stelle die Tiroler so lange unter das Gesetz der Furcht, bis sie sich fähig zeigen, das Gesetz der Gnade zu empfangen.‹«

Anton legte den Zettel wieder zusammen und steckte ihn ein: »Nun, was sagt ihr dazu?«

»Da kann man nur sagen, jetzt sind sie drei Jahre im Land und haben nichts begriffen! Sie verstehen weder uns noch unsere Denkweise – und schon gar nicht verstehen sie unser Brauchtum.«

»Sie haben halt selber keine Kultur«, ließ sich da auf einmal Mathias vernehmen.

Die Männer schauten ihn zuerst alle sprachlos an, dann donnerte wieder das Gelächter durch die Stube. »Lass das ja nicht den Freiherrn von Hofstetten hören oder seinen Kammerdiener, den Herrn Alfred Derenti, der sich immer ein Tuch vor den Mund hält, wenn er zu nahe bei einem von uns vorbeimuss«, spottete Lenz.

»Vielleicht beißt ihn der Stallgeruch in die Nase!«

Sie waren jetzt in guter Stimmung: »Geh her da, Wirt und schenk noch einmal ein!«

Franz stand auf und verabschiedete sich: »Nein, ich muss jetzt gehen, sonst wird es mir dunkel, und ich finde bei dem vielen Schnee mit dem Schlitten den Weg nicht mehr, Fackel habe ich auch keine dabei.«

Ganz benommen war er von den Gesprächen, die er da gehört hatte, während er keuchend seinen Schlitten heimwärts zog. Teufel noch einmal, endlich gab es Hoffnung. Diese Männer wollten etwas unternehmen! Und sie hatten ihm geglaubt und vertraut und hatten ihn bei sich sitzen lassen, als wäre er einer der ihren.

Nach der jetzt nicht mehr bestehenden Verfassung Tirols hatte der Tiroler die Pflicht gehabt, sein Land gegen die Feinde Österreichs zu verteidigen, und wenn der Kriegsschauplatz in Tirol war, hatte er Seite an Seite mit der kaiserlichen Armee zu kämpfen. Aber für Kriege außerhalb des Landes brauchte er keine Rekruten zu stellen. Da diese Verfassung nicht mehr galt, forderte Napoleon von den

Bayern, nun endlich mit der Militärstellung in Tirol zu beginnen.

Man einigte sich darauf, dass erst einmal tausend Mann für das zweite und siebte Infanteriebataillon des Generals Kinkel ausgehoben werden sollten, mit einer Dienstzeit von sechs Jahren, und wollte sich Anfang Februar 1809 an die Tat machen. Eine geharnischte Protestwelle der Gemeinden lief daraufhin in den Kreishauptstädten ein. Der Hinweis, dass im achten Artikel des Friedensschlusses die Bedingung gestellt war, dass Tirol seine alte Verfassung behalte und dass der König dies noch 1806 feierlich versprochen habe, fehlte dabei nicht.

Die musternden Richter in den Dörfern stießen auf eine Wand der Ablehnung. Die Gemeinden erklärten ganz einfach, dass sich ihre Burschen nicht stellen würden. Erboste Väter kamen und polterten: »Unsere Söhne müssen schwer arbeiten und haben keine Zeit, sechs Jahre lang für die Machtgier Napoleons zu verbluten!« oder »Wir werfen unsere jungen Leute nicht dem Teufel vor! Für eure auswärtigen Kriege haben wir außer dem Gesindel niemanden übrig.«

Es kam zu Tumulten, besonders in den Bergdörfern, wo die Richter oft genug unter Spott und Hohn flüchten mussten. Nun forderte man Militär an, die Soldaten wurden den Dörfern ins Quartier gelegt, die Burschen herausgeholt und mit Stockhieben bestraft. So kamen auch in anderen Orten die Musterungen zustande, und trotz dieser Maßnahmen gelangen sie nicht überall. In Axams wurden zwölf Soldaten von den Bauern entwaffnet und erst nach ein paar ungemütlichen Stunden wieder freigelassen. Mit den Worten: »Einen schönen Gruß in Innsbruck, und wir kommen bald nach, denn den König wollen wir nicht mehr länger haben, er ist ein Spitzbube und Kirchenräuber.« General Kinkel schickte ein Bataillon zur Strafe.

Aber je drastischer die Züchtigungen wurden, umso widerspenstiger wurden die auf das Höchste erbitterten Bauern.

Der Generalkommissär Graf Welsberg in Trient war noch immer hoffnungsvoll, dass ihm in seinem Etschkreis die Rekrutierung gelingen würde. Da hier, wie in den beiden anderen Kreisen auch, die Burschen in das Hochgebirge flüchteten, sobald der musternde Richter anrückte, wurde einfach der nächste Anverwandte genommen. Im Fleimsertal kam es daraufhin zum Aufruhr – und der Richter kam nur mit heiler Haut davon, weil er sich von den Burschen das schriftliche Versprechen abpressen ließ, dass Predazzo in Zukunft von der Militärstellung frei sein solle. Er flüchtete zitternd nach Trient. Die jungen Männer lachten höhnisch hinter ihm her: »Wenn wir schon soweit sind, dass wir die Richter verprügeln anstatt sie uns, dann holen wir uns die bayerischen Pulvervorräte, wir werden sie in naher Zukunft brauchen können.«

Gesagt, getan! Als man Oberst Ditfurth mit einigen Kompanien nach Predazzo schickte, läuteten die Sturmglocken, und den Soldaten pfiffen Kugeln um die Köpfe. Der Oberst hielt daraufhin in Predazzo ein schreckliches Strafgericht, verhängte über jeden, den er erwischen konnte, die Prügelstrafe, und nahm fünfzehn Burschen mit, die in Eisen nach Mantua und dann auf die Insel Elba verschleppt wurden.

Im ganzen Land spielten sich ähnliche Ereignisse ab, mit dem Wort Militärstellung hatte man in ein Wespennest gestoßen. Man versuchte zu erklären, dass Tirol mit seiner Freiheit vom Militär nicht die einzige Ausnahme in Europa sein könnte.

»Warum nicht?«, konterten die Bauern. »Diese Ausnahme sind wir seit vierhundert Jahren! Wir wissen, dass der Krieg zwischen Napoleon und Österreich vor der

Türe steht. Und euer König, der Schattenfürst vom Franzosenkaiser, muss mitmachen. Sollen unsere Burschen gegen unsere österreichischen Brüder kämpfen oder gegen unser Kaiserhaus?«

Die entnervten Richter konnten noch so oft sagen: »Das österreichische Kaiserhaus geht euch nichts an, ihr seid Bayern! Verstanden? Bayern!«, es erwies sich, dass man Tirol zwar einem neuen Herrn hatte übergeben können, aber mit den Menschen, die dort lebten, war das viel schwieriger.

Mit der Zeit flüchteten immer mehr Burschen in Stadt und Land, sogar die Postillone, sodass der Postdirektor meldete, man werde die postalische Beförderung einstellen müssen. Die Kreiskommissäre waren machtlos, die Richter ratlos, die Regierung ohnmächtig.

»Besser ist es für die Würde der Regierung«, schrieb Freiherr von Aretin, der Generalkommissär des Eisackkreises in Brixen, der düsteren Ahnungen voll an Graf Lodron in Innsbruck, »in einem Augenblick, wo, wie im Eisackkreis, noch keine Exzesse geschehen sind, eine unausführbare Maßregel freiwillig aufzugeben, als sich das abtrotzen zu lassen. Keine Macht wäre vorhanden, um das aufgebrachte und lang bearbeitete Volk zu beruhigen. Die überall aufgeregten Leidenschaften haben nur noch keine Gelegenheit gefunden, um loszubrechen.«

Lodron sah das offenbar ähnlich. Die Rekrutierung im Innkreis wurde eingestellt.

Ende Januar 1809 kam der Sandwirt Andreas Hofer mit zwei Freunden nach Wien. Die drei Tiroler hatten mehrere Unterredungen beim Erzherzog Johann – und am Ende wurde Folgendes vereinbart: Losbruch am 12. März! Dies schriftlich zu verbreiten, wurde verboten. Nur mündliche Botschaften sollten von verlässlichen Personen von Ort zu Ort getragen werden. In Wirtshäusern durfte man sich treffen, wenn aber einer im Rausch unvorsichtig daherredete, muss er auf Einöden entfernt werden. Die Geistlichkeit sollte nicht eingeweiht werden, höchstens die Bettelmönche waren heranzuziehen.

Die Wirte müssten sich mit Vorräten und Heu für die einmarschierenden österreichischen Truppen versehen. Die Österreicher würden durch den Pass Strub und das Zillertal von Salzburg her und über das Pustertal kommen. Alles sei bereitzuhalten, um Brücken und Wege abzutragen oder herzustellen. Steinlawinen müssten vorbereitet und Wildbäche gestaut, Scheiterhaufen auf bestimmten Bergen für die Signalfeuer errichtet werden, die den weit entfernten Landesteilen den Losbruch des Aufstandes ankündigen würden. Pulver und Blei seien in guten Verstecken zu sammeln, und die Pulvermühlen müsse man bei Ausbruch des Aufstandes sofort beschlagnahmen. Je nach Lage der Dinge seien die Brücken entweder freizuhalten oder einzureißen. Durch drei Signalschüsse würde kundgetan, wenn das österreichische Militär in Tirol eingetroffen ist.

Schon bei seiner Heimreise über Salzburg unterwies Hofer überall die Hauptleute der Talschaften, die es wieder ihren Vertrauten weitergaben. Unter heiligen Schwüren auf treue Waffenbrüderschaft ging man auseinander. Josef Speckbacher, einer von Hofers Gefolgsleuten, der in den späteren Kämpfen noch eine große Rolle spielten sollte, brachte es tatsächlich fertig, dass die Absamer Pulvermühle ihre Produkte nicht mehr ablieferte, sondern bis zum Aufstand zurückhielt.

Martin Teimer, ein gewesener Meraner Student und Milizoffizier und jetziger Tabakverleger in Klagenfurt wurde von Erzherzog Johann nach Tirol gesandt, um ebenfalls für den Aufstand zu werben. Er warb im

Oberinntal und Vintschgau, und im Gegensatz zu Hofer, der sich nur an Bauern und Wirte wandte, warb Teimer auch in Städten und bürgerlichen Kreisen.

Viele Boten waren jetzt auf dem Wege! Auch Franz war einer von denen, die ihre Nachrichten bis in die hintersten Täler brachten. Es waren meistens verschlüsselte Botschaften, die er selber nicht verstand – aber er sah, dass sie von den Männern, denen er sie überbringen musste, sehr wohl verstanden wurden. Franz begriff, dass eine Kette eingeweihter und verlässlicher Männer das ganze Land durchzog. Meistens musste er zu den Wirten und zu Höfen, wo Schützenhauptleute saßen. Er eilte nach Lienz und weiter in das Virgen- und Defereggental. Die Joche konnte er bei dem vielen Schnee noch nicht überschreiten, so musste er zurück nach Bruneck und weiter in das Ahrntal. In Brixen beim Kreuzwirt traf er einmal Andreas Hofer selber an, der sich dort mit seinen Vertrauten besprach. Der Sandwirt schickte ihn mit einer Weisung nach Sterzing. Beim Christlwirt oder beim Kaffeesieder Kahl in Bruneck bekam er seine Aufträge, und dort lieferte er die Botschaften ab, die ihm unterwegs aufgetragen wurden.

Aber je mehr Wochen vergingen, umso weniger geheim waren die Botschaften. Hinter vorgehaltener Hand flüsterte man, dass nun bald die Erlösung kommen werde vom bayerisch-französischen Joch, weil die Kaiserlichen einmarschieren würden. Jeder wusste von irgendwoher, dass der Aufstand kurz bevorstand. Für die Bauernführer galt es jetzt nur noch, das Volk in Ruhe zu halten, damit es nicht vorzeitig losschlug. »Wir müssen warten, bis die Kaiserlichen kommen, was durch drei Signalschüsse kundgetan wird. Erst wenn ihr diese drei Schüsse und Sturmläuten hört, könnt ihr losdreschen!«

Tag und Nacht wurden Wachen aufgestellt, um die Kreidefeuer zu sehen und die Signalschüsse zu hören und weiterzugeben, damit auch die entferntesten Winkel des Landes wussten, wann es losging.

Man darf nicht glauben, dass Bayern von diesen Umtrieben nichts merkte! Die Kommissäre der drei Kreise warnten beizeiten und berichteten nach München, was man ihnen gemeldet hatte: An der Grenze von Kärnten und Tirol besprachen die Bauern miteinander, dass sie bald wieder Landsleute seien. Die Höttinger versorgten sich ganz öffentlich mit Waffen. Die wegen der Militärstellung nach Österreich geflüchteten Burschen sagten, sie würden bald mit dem Erzherzog Johann wiederkommen. Und ein Bauer in Schwaz sollte gesagt haben: »Unserem bayerischen Landrichter tun wir nichts, das ist ein gar braver Herr.« Der Kreiskommissär vom Eisackkreis, Graf Aretin, wusste sogar, dass die Bauern auf ein Signal mit drei Böllerschüssen warteten, um dann loszuschlagen.

In Paris und im französischen Hauptquartier beantragte der bayerische Minister Graf von Montgelas schon seit Februar dringendst stärkere Truppen nach Tirol, aber den bayerischen Divisionen waren von Napoleon andere Aufgaben zugewiesen. Der bayerische König Max Josef hatte zwar aus dessen Hand Tirol bekommen, aber die Truppen zu seiner Sicherung wurden ihm verwehrt.

Noch wenige Tage vor dem Aufstand fasste man eine Entwaffnung der Bevölkerung ins Auge, aber Graf Aretin warnte: »Der Hang zur Jagd und zum Schießen ist national. Der Tiroler liebt seine Büchse wie seine Familie, eine allgemeine Erhebung würde die Folge sein!«

Unter der ruhigen Oberfläche gärte und brodelte es. In den Wirtshäusern und bei den geheimen Zusammenkünften und Besprechungen in Tennen und bei Nachbarn drehte sich im ganzen Land alles um dasselbe. Die Meinungen und Charaktere gingen natürlich auseinander: Die Hitzköpfe wollten nichts anderes als »endlich einmal dreinschlagen dürfen in diesen Sauhaufen, der unser blühendes Land in den Ruin gebracht und uns dann sogar unseren Namen genommen hat«. Es gab aber auch Stimmen, die mahnten, wie etwa Karl vom Hausberghof: »Was ist, wenn wir verlieren? Ihr müsst euch Folgendes überlegen: Bis zum Pressburger Frieden haben wir für unseren Landesherrn gekämpft, da war es unsere Pflicht nach unserer Verfassung! Jetzt aber kämpfen wir gegen unseren Landesherrn und König – und das kann uns viel, wenn nicht alles, sogar unser Leben kosten! Denn jetzt rebellieren wir und sind Insurgenten!«

Einer schlug mit der Faust auf den Tisch: »Und ich sage, wir sind Freiheitskämpfer!«

»Ja, das kommt dann ganz darauf an«, pflichtete Vitus seinem Nachbarn bei. »Wenn wir gewinnen, sind wir Freiheitskämpfer, aber wenn wir verlieren, sind wir Rebellen und werden als solche abgeurteilt. Der Sieger hat immer recht, da mag es gewesen sein, wie es will!«

Die Männer sahen auf Karl und Vitus: »Heißt das, dass wir auf euch nicht zählen können?«

»Wenn unsere Kompanie ausrückt, sind wir dabei«, entgegnete Karl. »Aber das Für und Wider sollte abgewogen werden! Und haben wir es einmal angefangen, dann können wir nicht mehr zurück. Auf alle Fälle müssen wir abwarten, ob unsere Freunde, die österreichischen Truppen, auch wirklich kommen!«

Ein Stimmengewirr war die Antwort: »Der Erzherzog Johann hat versprochen, dass wir nicht ohne militärischen Schutz bleiben und dass wir schnell belohnt werden, wenn wir uns ohne Besinnen an Österreich anschließen!«

»Er hat auch versprochen, das Papiergeld vom Lande fernzuhalten, und dass unsere alte Verfassung sofort wieder gültig ist!«

»Der Erzherzog sagt, dass Bayern selber die Vereinbarung und den Vertrag gebrochen und deshalb sein Recht auf Tirol verloren hat!«

»Damals im Jahre 1805 gab uns Erzherzog Johann das Versprechen, dass er wiederkommen würde zu seinen lieben und treuen Tirolern – und jetzt ist es soweit, das hat er in seinem Aufruf extra betont! Und er habe unseren Opfermut und die Treue bei früheren Kämpfen gegenüber dem Kaiserhaus nicht vergessen!«

»Unter dieser napoleonischen Fuchtel bleiben wir nicht, da haben wir nur Schlechtes zu erwarten, jetzt hat er sich sogar mit dem Papst zerstritten! Wir Pustertaler haben durch unseren Kreishauptmann Hofstetten die ganze Härte und Gnadenlosigkeit der Kirchenpolizei ausgekostet!«

»Und Huldigung und Schwur für den bayerischen König haben wir nie geleistet!«

Vitus hob die Hand: »Alles recht und gut! Vergesst aber auch den Aufruf vom Richter Senn nicht! Kennt ihr ihn alle? Ich habe den Zettel bei mir und lese euch ein paar Zeilen daraus vor: ›Brüder, die Zeit der Erlösung unseres armen, gedrückten Vaterlandes von dem harten, bayerisch-französischen Joch ist nahe! Ich weiß euch verlässlich zu sagen, dass der Kaiser entschlossen ist, Tirol wieder an sich zu bringen, es koste, was es will. Von uns verlangt man, dass wir alle Ausbruchsstationen und Straßen sogleich wohl besetzen und weder Truppen oder Beamte, noch Gelder passieren lassen, sobald man weiß, dass die zwei österreichischen Armeekorps durch Unterinntal und Pustertal vorrücken. Die Zeit, wann dieses geschieht – und es wird geschehen –, wird euch ein paar Tage früher bekannt gemacht. Zu gleicher Zeit wird sich alle waffenfähige Mannschaft im ganzen Land erheben. Indessen fordert es aber fürs Erste die Klugheit, dass wir uns vollkommen ruhig verhalten und unsere Vorbereitungen in der Stille treffen. Fürs Zweite ist es unerlässliche Pflicht, dass keine Gewalttätigkeiten verübt werden, und es darf niemand, der nicht mit den Waffen gegen uns antritt oder sie ablegt, misshandelt oder gar Blut vergossen werden.‹«

Vitus legte den Zettel zusammen und steckte in wieder ein: »Habt ihr verstanden, was mit dem zweiten Teil dieses Aufrufes gemeint ist? Dass ihr nicht hingehen und jeden erschlagen sollt, der euch unter die Fäuste kommt, auch dann nicht, wenn ihr noch so zornig und aufgebracht seid!«

Beim Nachhauseweg, den die zwei Nachbarn gemeinsam zurücklegten, blieb Karl einmal stehen, schob den Hut zurück und schüttelte den Kopf: »Teufel, ich weiß es nicht! Ist es die Erlösung vom bayerischen Joch oder ist es ein schreckliches Unwetter, das sich über Tirol zusammenbraut?«

Sie sahen sich ernst an und Vitus meinte: »Mich dünkt halt, wir können gar nicht genug beten, dass alles gut geht.«

Als Karl nach Hause kam, gossen Peter und Franz mit zwei Knechten Kugeln. Er erzählte ihnen, was unten beim Wirt alles besprochen worden war.

Später sagte Peter in der ehelichen Schlafkammer zu Regina: »Wenn ich genau nachdenke, was wir da vorhaben, dann krampft es mir den Magen zusammen, und ich weiß, dass es vielen so geht. Das ist dieses Mal keine Wirtshausrauferei oder Dorfschlägerei. Und dieses Gefühl wird nicht besser, als bis es endlich losgeht!«

Er bekreuzigte Regina und das Kind, das sie auf dem Arm hielt – und sich selber: »Der Herrgott und alle Heiligen mögen uns beistehen!«

So aufgebracht und bereit zuzuschlagen die Bevölkerung auch war, so lebten sie doch in einer peinlichen Ungewissheit. Wie wird es losgehen? Wie sollen wir es anfangen? Besonnene Männer beruhigten das Volk, obwohl sie sich dieselben Fragen stellten. »Jetzt lassen wir zuerst die österreichischen Truppen kommen. Die Offiziere werden uns dann sagen, was zu tun ist.«

Die Österreicher kamen am neunten April. Nach der Unterzeichnung eines Besitzergreifungspatentes durch Erzherzog Johann am Samstag, dem achten April, ritt ein Trompeter das Drautal hinauf, um dem ersten bayerischen Vorposten die Kriegserklärung zu übergeben, und um Mitternacht vom achten auf den neunten April sammelte der Befehlshaber Marquis von Chasteler bei Oberdrauburg in Kärnten sein Korps zum Einmarsch in Tirol. Bei heftigem Schneegestöber zeigten sich die ersten österreichischen Soldaten dann um sieben Uhr vor Lienz. Zwei Stunden später zogen Chasteler und der Intendant Freiherr von Hormayr feierlich unter Glockengeläute und Böllersalven in die Stadt ein. Es war Sonntag, viel Volk war auf der Straße, und der Jubel und die Begeisterung waren grenzenlos. Der Traum des den Habsburgern so treu ergebenen Tiroler Volkes war endlich erfüllt: Die Österreicher waren wieder in Tirol!

In Bruneck wusste man an diesem Sonntag allerdings noch nichts davon. Da hing ein Aufruf Aretins an der Kirchentüre mit einem Appell an die Tiroler des Eisacktales, worauf stand, dass der Krieg erklärt sei und dass die Bewohner den Ausgang des Krieges ruhig abzuwarten hätten. Österreich habe das Land in feierlichem Friedensabschluss abgetreten, und sie mögen niemals vergessen, dass sie bayerische Untertanen und dem König für alle Zeiten Treue schuldig seien! Was ihnen einst Pflicht war, wäre jetzt schweres Verbrechen!

Dicht gedrängt umstanden die Kirchgänger die Aufrufe. Die Menschen waren bis auf das Äußerste angespannt.

Schon seit ein paar Tagen flogen die Boten Hofers und Teimers von Tal zu Tal und verkündeten, nun wäre es Zeit! Der Krieg sei erklärt! Durch Boten wussten die Bauern von einer Ansammlung österreichischen Militärs unweit der Grenze und auch, dass seit dem 6. April die tägliche bayerische Kavallerie-Patrouille nicht mehr von Bruneck bis Lienz, sondern nur noch bis Innichen ging. Erregte Debatten gingen hin und her – und einige besonnene Männer kamen schließlich zu dem Schluss: »Wir haben weder Sturmläuten gehört noch die drei Böllerschüsse, wir werden also ruhig nach Hause gehen und abwarten!« Aber die Worte waren kaum ausgesprochen, da kamen zwei Burschen gelaufen und schrien aufgeregt: »Männer, kommt mit, die Bayern wollen die Brücke abreißen, damit die Kaiserlichen nicht einmarschieren können!«

Unverzüglich machte sich das Volk auf den Weg in Richtung St. Lorenzen, wo der bayerische Oberleutnant Weller, der die Aufsicht über ganz Pustertal hatte, tatsächlich gerade im Begriff war, die Brücke abzuwerfen, die hier vor Lorenzen über die Rienz führte. Als sie ankamen, hörte man die Bauern der Umgebung schon mit dem Offizier streiten: »Du wirst doch nicht in Freundesland einen derart großen Schaden machen!«

»Dass ich hier in Freundesland bin, möchte ich bezweifeln«, meinte Weller.

»Ihr seid von selber gekommen, wir haben euch nicht eingeladen! Aber zieht jetzt ab und lasst die Brücke in Ruhe!«, sagte einer und ein anderer meinte grimmig: »Mit euren Einquartierungen und Steuern habt ihr die Gemeinden hier bis auf das Letzte ausgeraubt, sodass sie sich eine Wiederherstellung der Brücke nicht mehr leisten können!«

Als sich nun immer mehr Volk ansammelte, gab der Offizier nach und befehligte seine Soldaten zurück in die

Kaserne von Bruneck. Die Bauern aber trauten dem Frieden nicht und stellten heimlich Wachen auf.

Am nächsten Morgen in aller Frühe scholl ununterbrochenes Glockengeläute hinauf zu den Höfen am Steinberg. »Das heißt Sturm«, sagte Vitus, der schon darauf gewartet hatte. Er und seine zwei Knechte, die beide Sepp hießen, weshalb der Ältere Josef gerufen wurde, bewaffneten sich und gaben in die Umhängetaschen außer Pulver und Munition noch etwas Brot und Speck. Vitus schlug noch dem vierzehnjährigen Jungknecht auf die Schulter und sagte: »Pass mir auf die Weiber und den Hof auf, Wasti!«, und dann waren sie schon auf dem Weg. Vom Hausberghof sahen sie Karl und seinen Sohn Peter samt zwei Knechten dem Tal zulaufen. Unten bei der Gabelung trafen sie sich, aber sie brauchten nicht viel zu reden.

»Es wird wegen der Brücke sein«, sagte Karl, »wir nehmen gleich die Abkürzung nach Lorenzen!«

»Die Kaiserlichen sind wohl noch nicht eingetroffen«, schrie Vitus während des Laufens, »ich habe keine drei Schüsse gehört!«

»Wir auch nicht«, schrie Peter zurück.

»Wo ist Franz?«, fragte Vitus.

»Der ist auf Botengängen mit Hofers Aufrufen unterwegs!«, gab Peter zur Antwort.

Tatsächlich wollte das Militär, das offenbar von Bruneck abzog, zuvor noch die Rienzer Brücke abbrechen, um den anrückenden Österreichern das Weiterkommen zu erschweren. Von allen Seiten eilten jedoch nun die von den Sturmglocken gerufenen Bauern herbei, die ersten Schüsse fielen, und schon gab es Verwundete auf beiden Seiten. Der Angriff der Bauern erfolgte mit solcher Wucht, dass Oberleutnant Weller seine Absicht, die Brücke einzureißen, aufgeben und sein Heil in der Flucht suchen musste. Zwölf Mann und ein Leutnant wurden von den

Tirolern gefangen. Das ganze Tal entlang wurden die Flüchtenden beschossen, darum schritten sie zu Plünderungen und legten an einige Häuser Feuer, aber da sie keine Zeit zum Verweilen hatten, konnten die Bewohner die Flammen wieder löschen.

Oberstleutnant Wreden, der Kommandant der Garnison von Brixen, brach mit seinen Leuten ebenfalls am 10. April auf, um sich in Innsbruck mit General Kinkel zu vereinen. Beim Vorbeimarsch an der Ladritscher Brücke wollte er diese noch abreißen, um die österreichischen Truppen, die über das Pustertal kamen, aufzuhalten. Aber so wie in St. Lorenzen erfassten die Leute von Vintl, Mühlbach und Rodenegg sofort die Lage. Zusammen mit den Verfolgern von Weller verteidigten sie unter stürmischem Gewehrfeuer bis in die Nacht hinein die Brücke. Um fünf Uhr früh ging tags darauf der Kampf von Neuem los. Drei Kanonen spien auf Seiten der Bayern Tod und Verderben in die bäuerlichen Kämpfer, und das Dorf Aicha wurde schwer beschädigt.

Um diese Zeit kam Anna, die vor dem Morgengrauen zu Hause fortgegangen und mit Proviant für den Vater und Karl unterwegs war, in Aicha an. Schon von weitem hörte sie den Schlachtenlärm toben. Vorsichtig pirschte sie sich zwischen den Häusern vorwärts, als sie von derben Fäusten gepackt und zu Boden gerissen wurde.

»Dich soll doch gleich der Teufel holen«, schimpfte ein älterer Mann. »Schau, dass du verschwindest und in Deckung gehst!«

Benommen richtete sich Anna auf und wollte die Lebensmittel, die ihr bei dem Sturz aus dem Korb gefallen waren, wieder einsammeln, im nächsten Augenblick aber lag sie wieder flach auf dem Boden. Eine Kugel pfiff scharf an ihr vorbei und fuhr hinter ihr gellend in die Hauswand. Die Splitter spritzten surrend nach allen Richtungen auseinander. Irgendwo in den hinteren Häusern hörte sie eine Frau schreien. Sie suchte nach einem Weg, da entdeckte sie ein Mädchen ihres Alters, das unweit hinter einem Erlengebüsch kauerte und angespannt in das Kampfgetümmel hinüberspähte. In der einen Hand hielt es ein Gewehr, die andere lag gegen das grelle Sonnenlicht schützend über den Augen. Es rückte ein wenig zur Seite, sodass sich Anna neben ihm auf die schmale Rasenbank niederknien konnte, die sich hier zwischen den Steinen und Gestrüpp befand.

»Bück dich!«, sagte die junge Frau, ohne auch nur den Kopf zu wenden. »Es ist gefährlich, hier herumzuspazieren, als wärest du auf der Kirchgasse.«

»Wie lange geht das hier schon so?«, fragte Anna.

»Seit gestern Mittag«, antwortete das Mädchen, drehte zum ersten Mal den Kopf und sah Anna an. »Ich heiße Agnes, mein Vater ist gestern erschossen worden – und nun versuche ich mich mit seinem Gewehr einzuschießen.«

Wieder ertönten jetzt die weiblichen Schreie aus den hinteren Häusern.

»Was hat die Frau?«, fragte Anna.

»Sie ist in Kindsnöten, die Frauen aus dem Dorf helfen ihr!«

Anna schluckte. Oft schon war sie in Bruneck auf dem Schießplatz gewesen und hatte den Schützen bei ihren Übungen zugesehen. Dies hier aber war etwas ganz anderes. Hier wurde das Schießen unterbrochen durch die heiseren, keuchenden Rufe der kämpfenden Männer, das Stöhnen der Verwundeten und zu Tode Getroffenen erfüllte die Luft. Sich hinter Büschen und Gestein verbergend versuchten Frauen, an die Verletzten heranzukommen und zu helfen. Der Gedanke, dass sich in diesem mörderischen Gewehrfeuer der Vater und Peter, der Mann ihrer Schwester befanden, krampfte Anna das Herz zusammen. Sie erkannte, dass hier neben Proviant auch Binden zur Versorgung der Wunden nötig waren.

Am späten Nachmittag sah man plötzlich französische Soldaten auf der Straße von Brixen her sich nähern. Es war ein über zweieinhalbtausend Köpfe zählendes Heer unter General Bisson, denen Napoleon die Bestrafung der rebellischen Tiroler zugedacht hatte. Die Franzosen waren von Verona über Bozen kommend auf dem Marsch nach Innsbruck. Jähes Entsetzen bemächtigte sich der Schützen: Dieser Übermacht würden sie nicht standhalten können. Aber Oberstleutnant Wreden freute sich zu früh, denn der französische General kam ihm nicht zu Hilfe. Bisson, der seine von den Gewaltmärschen übermüdeten Truppen noch nicht einsetzen wollte, war zufrieden, dass ihm die Straße nicht verlegt war. Er zog vorbei, ohne sich um die heiß umkämpfte Eisackbrücke, die ins Pustertal führte, zu kümmern.

Wreden wollte sich nun den Franzosen auf dem Weg nach Innsbruck anschließen, aber zuvor wollte er unbedingt die Ladritscherbrücke noch abbrechen und war sicher, es werde ihm gelingen. Die Schalderser hatten sich bei der Ankunft der französischen Heersäule in die Wälder geschlagen, und bei den Pustertalern, die nun seit zwei Tagen ununterbrochen im Gefecht standen, schien die Widerstandskraft nachzulassen. Doch plötzlich sahen die Bauern auf der Straße von Mühlbach her Soldaten in österreichischer Uniform. Es waren nur zwanzig Reiter und ein paar Jäger, die der Avantgarde vorausgeeilt waren, als sie von dem Gefecht an der Eisackschlucht gehört hatten. Durch die Reihen der bäuerlichen Kämpfer ging ein Jubeln und Jauchzen, mit frischer Kraft wurde die Brücke verteidigt.

Wreden glaubte ebenfalls, dass das österreichische Korps nun eingetroffen sei. Er gab den Kampf um die

Brücke auf und versuchte, sich den Franzosen anzuschließen, jedoch musste er noch zweihundert Mann als Gefangene der Bauern zurücklassen.

Anna fragte sich durch zu den Bruneckern und konnte nun mit dem Vater und allen anderen nach Hause ziehen. Es gab mehrere Leichtverletzte und vier, die schwer verwundet waren. Die Kameraden trugen sie auf roh zusammengezimmerten Tragen mit.

7. Kapitel

In Innsbruck waren der Generalkommissär Lodron und seine Beamten am Morgen dieses Dienstags, des 11. Aprils 1809, noch immer der Meinung, es ginge wieder nur um die aufbegehrenden Bewohner von Axams, welche die Strafsteuern nicht zahlen wollten, die ihnen wegen ihres rebellischen Benehmens während der Militärstellung aufgedonnert wurden. Man hielt an diesem Tag noch ungestört die Ratssitzung ab. Erst als am Nachmittag immer mehr Verwundete in die Innrainkaserne eingeliefert wurden, kam dem einen oder anderen der Gedanke, dass es sich doch um mehr handeln könnte als um leichte Unruhen in den Dörfern. Polizeidirektor Schubert entdeckte nun auch den zündenden Aufruf Erzherzog Johanns mit der flammenden Überschrift: »Auf, Tiroler, auf!« Entsetzt musste er feststellen, dass dieser Appell zum Aufruhr in Innsbruck von Hand zu Hand ging und sogar bei Beamten gefunden wurde. Überall kursierte auch das Aufgebot des Sandwirtes Andreas Hofer: »Männer, es ist Zeit! Morgen wird für Gott, Kaiser und Vaterland ausgezogen und jedermann ermahnt, brav dreinzuschlagen!«

Im ganzen Land Tirol erhob sich an diesem 11. April 1809 das Volk wie ein Mann.

Rasch wurde auch klar, dass alles von langer Hand vorbereitet war: Die Staatskassen und Gelder von Maut, Zoll und Steuern wurden beschlagnahmt, die Postwägen aufgehalten, die Kuriere abgefangen, die Pässe und Grenzen besetzt. Angesichts der Tatsache, dass es ein Volksaufstand war, klappte das Zusammenspiel der Täler und der

Waffenbrüder vorzüglich. Außer den Standschützen, die aus organisierten Kompanien bestanden und die jedes Dorf besaß, kamen beim Sturmläuten der Landsturm und außerdem noch viel Volk zusammen mit den abenteuerlichsten Waffen, von der Sense und dem Holzprügel bis zum Morgenstern. Aber jeder war bis auf das Äußerste bereit, mitzukämpfen. Überall übernahmen beherzte Männer das Kommando, wie es sich eben ergab.

Maria versuchte in der darauffolgenden Nacht zuerst zu schlafen, stand aber dann doch auf und trat vor das Haus. Die ganze Plattnergasse entlang über die Annasäule hinaus bis zur Triumphpforte standen viele Innsbrucker, die mit bangen Augen hinaufblickten zu den erleuchteten Höhen. Ein Kranz von Wachtfeuern flammte rings um die Stadt auf, von Osten her über die ganze Südlinie bis zum Nordwesten. Entsetzt und ratlos waren vor allem die leitenden Herren in Innsbruck über die Tatsache, dass die Stadt von den Bauern eingeschlossen war, aber in dieser Nacht konnte wohl niemand in Innsbruck ruhig schlafen. Was, um Gottes willen, würde morgen geschehen?

Auf den Höhen ringsum kamen die ganze Nacht von allen Seiten immer wieder neue Scharen dazu, und am Morgen mochten es an die sechstausend bäuerliche Kämpfer sein. Dem standen ungefähr dreieinhalbtausend Mann Militär gegenüber.

Beim Morgengrauen lasen die Priester, die sich bei den Bauern befanden, die Frühmesse und spendeten die Absolution. »Und jetzt, Männer, schlagt zu! Für Gott, Kaiser und Vaterland!« Begeistert jubelten die Stürmer zurück und versicherten, dass sie heute Mittag die Mahlzeit in Innsbruck einnehmen würden.

Um fünf Uhr war der Kampf auf allen Linien eröffnet. Beim Ziegelofen unter dem Husslhof stieß man mit den bayerischen Truppen zusammen, die den mörderischen Salven nicht standzuhalten vermochten und sich kämpfend gegen den Innrain zurückziehen mussten. Aber dort, wo die riesigen Bretterstapel der Hirnschen Holzkompanie stadteinwärts die Straße säumten, überholten im Schutz dieser Stapel Scharen von jungen Bauernsöhnen die Soldaten, und so, von mehreren Seiten eingeschlossen, mussten sie sich ergeben.

Schwerste Arbeit hatten die Höttinger und die Oberinntaler jenseits der Innbrücke zu leisten. Major Zoller, der am Vorabend von Zirl aus als Flüchtling in Innsbruck eingezogen war und nun mit seiner geschwächten Truppe den Tirolern gegenüberstand, war bald überwältigt und gefangen, aber über die Brücke konnten sie nicht gelangen, da sie von der Stadtseite aus eine Kanone ununterbrochen bestrich. Hinter der Ufermauer und aus jedem Fenster der Innrainkaserne spie es todbringend herüber. Schon lagen auf der Höttingergasse zahlreiche Verwundete und Tote. Da wurde auf dem Stadtturm plötzlich eine weiße Fahne gehisst! Alle wussten, was das bedeutete, und das Gewehrfeuer ließ nach.

Die Stadträte, die schreckliche Ausschreitungen für die Stadt fürchteten, hatten General Kinkel gebeten, eine gütliche Unterhandlung mit den Bauern zu versuchen. Erst wies der General das von sich: Er könne nicht mit Rebellen verhandeln. Später aber sah er, dass sich das Militär nicht mehr lange würde halten können. So veranlasste er den Magistrat zur Entsendung einer Delegation, um von den Tirolern freien Abzug des Militärs und der bayerischen Beamtenschaft zu erwirken.

Bis sich die Stadträte und der General aber einig waren, verging eine geraume Zeit – und das dauerte den Tirolern zu lange. Ein bärenstarker Metzger aus Telfs, Klaus mit Namen, hatte entdeckt, wie man von der Höttinger Seite aus vielleicht doch das andere Ufer gewinnen könne. Er bemerkte, dass unter der Brücke einige hölzerne Brunnenrohre durchliefen. Mit sechs Kameraden kletterte er nun an den Rohren entlang, dann sprangen sie behende über das Brückengeländer und stürzten sich auf die Artilleristen, den anderen jenseits der Brücke zujauchzend, die nun in hellen Scharen herbeieilten. Als die städtische Abordnung an die Brücke kam, überwältigte der Metzger Klaus mit seinen Freunden gerade die Bedienungsmannschaft des Geschützes. Bei dem jetzt wieder stürmisch einsetzenden Gewehrfeuer mussten die Ratsherren und der General schleunigst zurück in die Laubengänge flüchten. Sie sahen nur noch, wie einige Burschen mit den Artilleriepferden die Kanone samt Pulverwagen triumphierend nach Hötting zogen.

Mit dem Eindringen der Höttinger und der Oberländer war der Kampf in der Altstadt entschieden. Vor dem Gebäude der Hauptwache, in das sich Kinkel mit seinem Stab zurückgezogen hatte, tobte nun das schrecklichste Kampfgetümmel. Der bayerische Oberst Ditfurth, der bereits verwundet war, ritt heldenhaft bei seinen Leuten umher und machte ihnen immer wieder Mut zum Ausharren. Erst als der tapfere Mann, von neuerlichen Kugeln getroffen, bewusstlos zur Erde fiel, mussten sich seine Soldaten ergeben. Einige flüchteten in den Hofgarten, wurden aber auch dort bald gefangen. Die Dragoner ritten den Rennplatz hinab und versuchten in Richtung Hall zu entkommen, wo sie von den Bauern aufgegriffen wurden.

In der Bäckerei hörten sie den Lärm des Durchbruchs bei der Innbrücke. Maria eilte mit Florian von Raum zu Raum und machte mit zitternden Händen die hölzernen Fensterläden zu. Vor dem Haus und die ganze Plattnergasse entlang bis zur Triumphpforte stand General Kinkels Reservetruppe. Die Soldaten standen ganz ruhig da und warteten auf die Befehle ihrer Offiziere.

»Ich werde bestimmt kein Soldat«, sagte Florian. »Die armen Hunde müssen dastehen und warten, bis sie abgeschlachtet werden!«

Maria gab das einen Stich ins Herz. Wo war Simon? Bei der Reservetruppe, die hier in der Neustadt stand, war er nicht. So viel sie auch spähte, sie konnte ihn nirgends entdecken. Florian war vor zwei Stunden an der rechten Häuserzeile entlang hinaufgegangen bis zur Triumphpforte und an der linken wieder herab. Auch er hatte ihn nicht gesehen.

Von beiden Seiten, von der Altstadt und vom Berg Isel her, hörten sie den Kampflärm toben. Die vom Berg Isel und vom Dorf Wilten zurückweichenden Soldaten vereinigten sich mit der Reservetruppe in der Neustadt und empfingen nun die von allen Seiten eindringenden bäuerlichen Kämpfer mit mörderischen Salven. Die Bauern schlugen sich in die Seitengassen, drangen von hinten in die Häuser ein und schossen durch die Fenster ebenfalls, was die Rohre hergaben.

Auch bei Maria war das Haus im Nu voller Schützen. Mit Gesichtern, die unkenntlich und schwarz verschmiert waren von Pulverrauch und Schweiß, stießen sie die Fensterläden auf und nahmen die Soldaten aufs Korn. Gegenüber aus dem Spital sah sie es von jeder Öffnung aufblitzen, und auch aus der Spitalskirche zum heiligen Geist flogen die Kugeln. Sie hörte, wie die Fenster zersplitterten durch die Geschosse der sich tapfer wehrenden Bayern, sie gellten an die Hausmauer und pfiffen bei der Haustüre herein.

Maria flüchtete in den Stall, wo das Pferd bei dem infernalischen Getöse nervös herumtänzelte, und sah vorsichtig durch die Luke hinaus. Die ganze Neustadt entlang sah sie Kämpfende zusammensinken, lagen tote und verwundete Männer, Tiroler und Bayern. Sie hörte die Schreie der Getroffenen und das Stöhnen und Ächzen der Sterbenden. Sie wusste, dass auch ihr Vater irgendwo da draußen mitkämpfte, und mit zitternden Lippen betete sie: »Lieber Gott, bitte beschütze ihn!«

Einige Meter entfernt wollte ein Schütze mit dem Gewehrkolben zuschlagen, da stieß ihm der Soldat das Bajonett in den Leib und wurde im gleichen Moment selber von einer Kugel getroffen. Das Seitengewehr steckte noch im Körper des einen, und Soldat und Bauer sanken ganz langsam zusammen, der eine über dem anderen. Maria presste die Hände vor den Mund. Mein Gott, dachte sie. Wo ist Simon? Lebt er überhaupt noch?

Sie hatte gar nicht bemerkt, dass Rupert zu ihr in den Stall gekommen war. Nun deutete er zynisch auf die zwei Gefallenen: »Da liegen sie nun übereinander, so, wie sie sich abgestochen haben!«

Sie sah ihn angewidert an. »Geh lieber hinaus und kämpfe mit!«

»Ich wüsste nicht, für was! Für was soll ich mich niederstechen oder erschießen lassen? Ich bekomme so auch, was ich will!«

Er sah sie vielsagend an und wollte ihr die Hand auf die Schulter legen.

Sie schüttelte ihn ab und zischte: »Verschwinde!«

Er brachte aus seiner Hosentasche das Herz zum Vorschein, das sie von Simon bekommen hatte, und schwenkte es vor ihren Augen hin und her. »Denkst du in deinem falschen Herzen womöglich an einen bayerischen Leutnant, während gute Tiroler Männer da draußen im Kugelregen sterben? Soll ich deinem Vater einen Wink geben?«

Sie riss ihm das Herz aus der Hand und sah ihn voller Hass und Verachtung an. »Soll ich meinem Vater sagen, dass du in meiner Kammer herumstöberst?«

»Wollen wir es darauf ankommen lassen?« Er sprach langsam und sehr höhnisch, während er sein Gesicht ganz nahe an ihres brachte. »Von was, glaubst du, wäre er mehr entsetzt? Von deiner Begierde nach einem Blaurock, oder weil ich dieses Herz in der Stube gefunden habe, was ich natürlich behaupten würde!«

Er lachte auf und ging.

Maria kauerte sich zusammen und hielt sich mit den Händen die Ohren zu. Sie verstand es ja selber nicht! Hätte sie nicht um die Männer bangen müssen, die ihr Leben für den österreichischen Kaiser und für die Freiheit ihres Vaterlandes auf das Spiel setzten? Sie fühlte sich in zwei Hälften gerissen. Als Patriotin wollte sie für die bäuerlichen Kämpfer beten wie alle anderen, die sie kannte. Aber konnte sie es denn aus ehrlicher Seele, solange es in ihrem Herzen um ihren bayerischen Liebsten zitterte und bebte? Zutiefst in ihrem Inneren gestand sie sich ein, dass ihre größte Sorge Simon galt.

War sie denn so schlecht? Oder stellte Gott den Menschen solche Fallen, weil er sie daran erinnern wollte, dass sie eigentlich Brüder sein sollten? Warum mussten die Menschen nur dauernd aufeinander losgehen? War nicht genug Platz für alle auf der Welt, um in Frieden leben zu können? Was hatte ein Mensch wie Napoleon davon, wenn er ganz Europa durcheinanderbrachte und verwüstete, Staaten und Länder zerstörte, bildete und verschenkte, wie es ihm gerade passte?

Als Jesus gesagt hatte: »Du sollst deinen Nächsten lieben wie dich selbst?«, hatte er denn da gemeint, dass dieses Wort zwischen Tirolern und Bayern nicht gelte? [illegible] seufzte auf: Für die Menschen war dieses Gebot aber [illegible] ohnehin zu schwer, es wurde ja nicht einmal von denen gleicher Nationalität eingehalten.

Ihr fiel auf, dass der Höllenlärm des Gewehrfeuers allmählich nachließ und schließlich ganz aufhörte. Sie kroch zur Luke hin und sah hinaus. Die von allen Seiten eingeschlossenen Soldaten hatten sich endlich ergeben und standen nun mit erhobenen Händen da. Sie wurden entwaffnet und nach Hötting in ummauerte Gärten abgeführt. Es war zehn Uhr vormittags.

Das Spital füllte sich mit Verwundeten, und auch die Heiliggeistkirche wurde zum Notlazarett. Die Ärzte waren überfordert, Patres, Nonnen und Studenten halfen, die Frauen Innsbrucks stellten sich mit Linnen ein und machten Verbände, die Priester nahmen sich der Sterbenden an. Die Straßen hallten wider von den Schreien jener Ärmsten, denen Gliedmaße amputiert werden mussten. Florian lief mit anderen Kindern ununterbrochen zu den Brunnen, denn die Verletzten litten nach den stundenlangen Kämpfen an Durst, und die Helfer benötigten das Wasser zum Reinigen der Wunden. Die Verwundeten der Kämpfe an der Innbrücke und in der Altstadt wurden in die Innrainkaserne gebracht. Nun, nachdem sie sich weidwund geschossen hatten, lagen die Widersacher nebeneinander, denn genauso, wie im Stadtspital viele Bayern lagen, waren hier in der Kaserne viele Tiroler, die von bayerischen Ärzten versorgt wurden.

Maria hatte geholfen, die verwundeten Männer, Freund und Feind, in das Spital zu bringen, sie war auch noch einmal über die Straße gelaufen und hatte einige Leintücher geholt, aber dann litt sie es nicht länger. Sie musste wissen, wo Simon war. Im Spital war er nicht, das hatte sie gesehen. Sie wollte sich in der Stadt umschauen, was mit den anderen Soldaten geschehen war.

Auf den Straßen war ein Lärmen und ein Gewoge, dass man beinahe nicht vorwärts kam. Immer wieder kamen neue Scharen an, von den bereits Anwesenden mit Jubelrufen und Schüssen begrüßt. Unter die eigentlichen Bauern mischte sich eine wilde Rotte Vorstadtgesindel, das großen Schaden anrichtete. So konnte dieser Pöbel mit den Bauern auch die Hofburg betreten – und während diese mit dem Generalkommissär Lodron verhandelten, drang er in die inneren Wohnräume ein und stahl oder zertrümmerte alles, was ihm unter die Finger kam. Einige zogen sich sogar Bauernkleider an, um besser dem Raub nachgehen zu können, bezogen aber von den Bauern, die das bemerkten, derart elende Prügel, dass sie das danach nicht mehr wagten. Die bäuerlichen Kämpfer verfluchten laut dieses Gesindel, das ihren schönen Sieg beschmutzte.

Aber auch durch die Bauern selber hatte so mancher einige brenzlige Stunden auszuhalten. Da waren einmal einige verhasste Beamte, die ihr Leben nur mit Hilfe von Innsbruckern retten konnten, da waren wucherische Geschäftsleute, in deren Kellergewölben angekauftes Kirchen- und Klostergut lagerte, und da waren die verschiedenen Ämter, wo sie die Herausgabe der Kassen forderten und diese selber suchten, sodass die verzweifelten Beamten bald bis zu den Knien in herausgerissenen Akten wateten, während sie vor den drohend dastehenden Bauern alle Eide schworen, dass außer der aufgefundenen Kasse kein Geld mehr da sei. Außerdem waren sie keine Sekunde ihres Lebens sicher, denn vor den Ämtern machte man sich das Vergnügen, mit Hunderten von Kugeln das verhasste bayerische Wappen herunterzuschießen – und die Kugeln, die ihr Ziel verfehlten, pfiffen zu den Fenstern herein. Statt des bayerischen wurde dann das österreichische Wappen aufgehängt. Verzückt und wonnetrunken standen die Bauern davor und huldigten mit entblößtem

Haupt dem kaiserlichen Emblem: »Oh, mein güldener Vogel, oh, mein lieber Kaiser Franz!«

Am frühen Nachmittag kam Teimer, der Beauftragte des Erzherzogs, in die Stadt. Blitzschnell erfasste er die Lage und das beginnende Chaos, das in der führerlosen Menge wogte. Vom Grafen Spaur entlieh er eine österreichische Majorsuniform, bestieg ein Pferd und verkündete dem staunend sich um ihn versammelnden Volk, er komme vom Erzherzog Johann und schlage in Stadlers Haus sein Hauptquartier auf. Dann befahl er, dass die gefangenen Soldaten in das Unterinntal abgeführt und durch das Zillertal und über Lofer den Österreichern zugeführt würden.

Maria wartete, bis die langen Kolonnen der Gefangenen den Rennplatz hinuntergeführt wurden. Aber so sehr sie auch ausschaute, sie konnte Simon nirgends entdecken. Sie lenkte ihre Schritte nach Hause, während sich in ihrem Kopf die Gedanken überschlugen. Wo war er? Vorgestern hatte sie ihn noch in der Kirche gesehen – und gestern war es ihm gelungen, Florian einen Zettel zuzustecken, worauf in ahnungsvoller Voraussicht stand: »Solange Leben in mir ist, bist du in meinem Herzen! Wenn kein Leben mehr in mir sein sollte, umschwebt dich dennoch zärtlich meine Liebe! Ewig dein Simon.« Bittere Tränen flossen ihr über die Wangen, während sie seinen Brief an die Lippen drückte.

Zu Hause war niemand da außer Florian. Der Vater war hiergewesen, wusste er zu berichten, aber gleich wieder gegangen, er habe etwas von einer Besprechung mit der Bürgermiliz gesagt. Es dämmerte schon. Draußen war der ohrenbetäubende Lärm abgeklungen, die meisten Kämpfer hatten sich auf den Weg nach Hause gemacht. Während sie dem Jungen Brot und eine Schale Milch hinstellte, sah er ihr mitleidig in das blasse Gesicht. »Er wird schon irgendwo sein, Maria! Bei den Verwundeten ist er nicht, obwohl ich morgen noch einmal in die Innrainkaserne sehen muss. Bei den Toten war er auch nicht, ich bin hinübergelaufen zum Kapuzinerkloster, wo sie neben dem Exerzierplatz das Massengrab ausgehoben haben. Vielleicht hast du ihn bei der großen Schar der Gefangenen übersehen?«

Sie ahnten nicht, dass er gar nicht weit weg war.

Simon war bei den Kämpfen in der Altstadt dabei gewesen und dann, während sich seine Kameraden ergaben, mit vielen anderen in den Hofgarten geflüchtet. Aber nachdem diese ebenfalls bald gefangen wurden, war er weitergerannt und hatte sich in einem Dickicht versteckt. Erst als es dunkel wurde, schlich er sich vorsichtig vorwärts. Er wusste, er war nun in den Gärten auf der Rückseite der Häuser, die an der Plattnergasse standen. Er brauchte Zivilkleider, das war ihm klar.

Auf einmal hörte er die Stimme von Rupert, dem Bäckergesellen von Marias Vater. »Sollte mich nicht wundern, wenn sich noch irgendwo einige Blauröcke herumtreiben«, sagte er gerade. »Ich werde eine Laterne holen, dann suchen wir die Gärten und Obstanger ab.«

»Ach was«, gab ein anderer zur Antwort. »Es ist ja viel zu dunkel, gehen wir doch lieber auf einen Humpen voll Wein!«

Die Gestalten entfernten sich, und Simon tastete sich nach kurzem Zögern wieder voran. Im schwachen Schein des aufgehenden Mondes sah er, dass er sich direkt neben dem Pferdestall der Bäckerei befand. Er duckte sich an die Wand, doch auf einmal rief jemand: »Seht dort den Blaurock, los, fasst ihn!« Es war Ruperts Stimme.

Simon hetzte quer über die Plattnergasse und dann zwischen der Spitalskirche und der Schmiede hindurch. Er ahnte, dass er sich jetzt im Garten des Stadtspitales befand.

Doch seine Verfolger waren nahe. »Vorwärts, sucht ihn!«, hörte er Rupert schreien. »Gerade der darf uns nicht entkommen!« Der Bäckergeselle hatte ihn wohl erkannt.

Was nun? Konnte er es riskieren, sich ruhig hinzukauern? In der Dunkelheit konnten sie ihn nicht sehen, wenn er keine unvorsichtige Bewegung machte oder ein Geräusch von sich gab. Sofern sie nicht zu nahe kamen, hieß das, denn Rupert hatte eine Laterne. Nein, entschied er dann. Es war zu gefährlich. In die Hände Ruperts und seiner Freunde fallen, bedeutete mit Sicherheit, dass man am Morgen hier irgendwo in den Gärten noch einen toten Bayern finden würde. Da war es immer noch besser, wenn er sich in die Hände der Bauern begab.

Simon lief weiter, so rasch er konnte und so schnell es die Finsternis zuließ, überquerte dann wieder die Neustadt, wo gerade eine Schar Leute ohne Lampe vorüberging, lief zu der Bäckerei und an die Rückseite des Hauses. Hier, hoffte er, würden sie ihn vielleicht am wenigsten suchen.

Da öffnete sich leise die Tür, und er glaubte zu träumen, als er plötzlich Maria ganz nahe flüstern hörte: »Komm mit, schnell!« Sie fasste nach seinen Händen und zog ihn mit sich. Im Finstern stolperte er hinter ihr eine Treppe hoch und dann in einen kleinen Raum, in dem eine Kerze brannte.

»Es ist meine Kammer«, flüsterte sie, »hier werden sie dich nicht suchen!«

In diesem Augenblick wurde unten polternd die Haustüre aufgerissen, und die laute Stimme Ruperts erklang: »Durchsucht alles, vielleicht hat er sich hier versteckt!«

Marias Gesicht wurde weiß wie die Wand, dann aber lief sie zu der großen Truhe, klappte den Deckel hoch, riss ihre Kleider und einige Stapel Linnen heraus, deutete ihm mit hastigen Gebärden, sich flach in die Truhe zu legen und schichtete die Wäschestapel wieder über ihn. Dann setzte sie sich im Schein der Kerze an den kleinen Tisch und nahm die Zeitung zur Hand, die dort lag. Keine Sekunde zu früh, denn schon wurde die Türe aufgerissen, und der Bäckergeselle stand im Rahmen. Argwöhnisch kam er näher und schaute in die offene Truhe, er bückte sich und nahm ihr Sonntagskleid heraus.

Sie sprang auf und riss es ihm aus der Hand. »Was fällt dir ein?«, fauchte sie ihn an. »Lass meine Sachen in Ruhe, und schau, dass du aus meiner Kammer kommst, sonst sag ich es dem Vater!«

»Ha, er würde schon Verständnis dafür haben, wenn ich ihm sage, dass du hier vielleicht deinen bayerischen Liebsten versteckst!« Er schielte zur Türe, wo jetzt die anderen vier Burschen hereinsahen.

»Komm jetzt«, sagte einer, »hier ist niemand, wir haben alles abgesucht. Weshalb willst du ihn unbedingt erwischen? Morgen bei Tageslicht fangen sie ihn ohnehin!«

»Du musst verrückt sein, wenn du glaubst, dass ich hier jemanden verstecke«, sagte Maria verächtlich. »Und außer dass du verrückt bist, bist du auch noch unheimlich tapfer! Jetzt, wo der Kampf vorbei ist, würdest sogar du dich getrauen, mit deiner Rotte auf einen einzelnen Mann loszugehen!«

Er baute sich drohend vor ihr auf. »Treib es nicht zu weit, der Tag könnte kommen, wo du freundlich sein musst zu mir!« Nachdem er sich noch einmal umgesehen hatte, ging er zur Tür. »Dir komme ich schon noch auf die Schliche!«, sagte er im Hinausgehen.

Maria lief hin und stieß den wuchtigen Riegel vor. Dann lehnte sie sich zitternd an die Wand und presste die Hände auf das rasende Herz. Simon hatte sich inzwischen aus der Truhe befreit und kam jetzt auf sie zu. Warnend legte sie den Finger auf die Lippen, aber bald darauf hörten sie

Rupert und seine Freunde das Haus verlassen und in Richtung Altstadt davongehen. Mit einem Seufzer warf sie sich nun in seine Arme. »Du bist da, ich kann es fast nicht glauben! Ich habe dich den ganzen Tag gesucht! Und vorhin ...: ich habe gehört, dass sie jemanden jagen ... ich hatte Angst, dass du es sein könntest, darum bin ich hinuntergegangen.«

Sie küssten sich selbstvergessen und vergaßen ganz, dass er des Todes sein würde, wenn ihn jemand sah. Für sie gab es keine Welt mehr außerhalb dieses Raumes. Denn hier, in der Dunkelheit und Geborgenheit der kleinen Kammer, erfüllte sich die Liebe dieser zwei jungen Menschen, die eigentlich Feinde hätten sein sollen und die dennoch dem Ruf ihrer Herzen folgten und sich heute zwischen Krieg und Tod gefunden hatten. Es gab nichts und niemanden mehr außerhalb dieser Nacht, die wie eine rote Lohe über ihnen zusammenschlug. Und die Nacht war hell und unbeschreiblich schön, denn sie war die Krönung ihrer Liebe. Aber die Nacht war auch dunkel und voller Abschiedsschmerz, denn sie wussten ja nicht, wann und ob sie sich jemals wiedersehen würden.

Vor dem Morgengrauen schlüpfte Simon in die Zivilkleider, die Maria ihm gab. Dann warfen sie sich noch einmal in die Arme.

»Bayer und Tirolerin, das gilt jetzt nicht mehr«, flüsterte Simon. »Nach dieser Nacht sind wir Mann und Frau. Höre nie auf, daran zu glauben, dass ich wiederkomme! Einmal muss dieser Wahnsinn doch ein Ende haben!«

»Ich werde Tag und Nacht für dich beten!«, sagte Maria leise, während ihr die Tränen über die Wangen rollten. Dann ließ sie ihn bei der hinteren Türe hinaus. Sie versuchte, nicht aufzuschreien vor Schmerz, als sie seinen Schatten in der Dunkelheit verschwinden sah.

Nachdem Simon fort war, ging Maria in die Küche, um das Frühstück zu bereiten, denn der Vater, Rupert und Florian waren schon seit Stunden in der Backstube. Im Laden waren die frischen Brotlaibe aufgeschichtet. Sie konnten heute gar nicht genug backen, denn die ganzen Gasthäuser, aber auch die Privatleute hatten nach dem gestrigen Tumult kein Stück Brot mehr. Die bäuerlichen Kämpfer, zum größten Teil seit dem vorherigen Tag unterwegs, gingen auch in die Haushalte, um sich eine Wegzehrung zu erbitten. Denn, so meinten sie, wenn die meisten Bürger schon nicht mitgekämpft hatten, so könnten sie doch wenigstens die knurrenden Mägen der Kämpfer beruhigen.

Maria hatte am Abend zuvor in der Aufregung und Sorge um Simon vergessen, auf der Feueresse die Asche über die Glut zu geben und musste nun mit Flintsteinen arbeiten, um Feuer zu bekommen. Doch plötzlich hob sie lauschend den Kopf. Durch die Dämmerung glaubte sie das Läuten von Glocken zu hören. Sie ging vor das Haus und sah, dass es auf der Gasse lebendig geworden war. Meinungen und Fragen schwirrten durcheinander.

»Das ist nicht das Morgenave!«

»Nein, das ist das Heulen der Sturmglocken!«

»Die ganzen Dörfer ringsum läuten wie wild!«

»Was ist denn jetzt schon wieder los?«

Dann waren einige dabei, die mehr wussten. »Ja, wisst ihr denn nicht? Vom Brenner her nähert sich eine mächtige französische Heersäule! Schon gestern ist in Innsbruck das Gerücht gelaufen, dass sich von Süden her eine starke Kolonne nähere, aber man wusste noch nicht, ob es die Österreicher oder Franzosen seien. Jetzt ist es anscheinend der französische General Bisson mit mehreren Tausend Mann!«

»Ja, das stimmt! Gestern hat Teimer etwa hundert Bauern zum Patrouillendienst auf die Brennerstraße geschickt – und heute Nacht ist nun von diesen die Bestätigung gekommen!«

»Um Gottes willen! Das kann heute ein noch größeres Blutbad geben als gestern!«

Die Männer wurden zum Helfen aufgefordert, denn man wollte die Triumphpforte verbarrikadieren. Der Kronenwirt schob seinen wuchtigen, schweren Landwagen in die große Toröffnung. Vor die zwei kleineren Tore zog man je einen Düngerwagen und verlegte noch alles mit Weinfässern und Brunnenröhren. Dann holten die Männer ihre Stutzen und Musketen und legten sich hinter dieser Wagenburg auf die Lauer.

Maria hatte den Männern die Neuigkeit berichtet, während sie die Morgensuppe aßen. Nach dem Frühstück stand Andreas auf, hängte sich die Munitionstasche mit dem Pulverhorn und dem Kugelbeutel um, nahm das Gewehr und ging zur Triumphpforte. Den Burschen gab er den Befehl, weiterzubacken. Dann sagte er noch zu Maria: »Geh und hole die Margret! Sie muss heute statt dem Florian die Gasthäuser beliefern!«

Das Mädchen nahm den Umhang und tat, wie ihr befohlen wurde. Obwohl ihr vor den ungewissen und vielleicht furchtbaren Ereignissen, die da heute kommen würden, angst und bange war, dachte sie doch mit einer gewissen Genugtuung daran, dass Simons Flucht so besser gelingen würde, denn die ganze Aufmerksamkeit der Bevölkerung war auf die Brennerstraße gerichtet.

General Bisson war am Mittwoch, den 12. April um drei Uhr früh von Sterzing abmarschiert und führte etliche Geiseln mit, die viel auszuhalten hatten inmitten der feindselig gestimmten Soldaten und noch dazu von den Kugeln ihrer eigenen Landsleute bedroht waren. Durch die dauernde Beschießung aufgereizt, rächte sich das Militär, indem es Zivilpersonen umbrachte, die nicht schnell genug flüchteten. Einige Leute, die auf den Feldern arbeiteten, wurden kurzerhand erschossen. Ein Gerichtsdiener, der seit Sterzing mitgeschleppt worden war, blieb infolge roher Kolbenhiebe am Brennersee liegen und wurde von den Nachkommenden getötet. Bei Griess folterten sie den Goldschmied von Steinach und verbrannten ihn bei lebendigem Leib.

Nach dem Brennerpass lagerte Bisson in Steinach und gönnte seinen erschöpften Truppen bis Mitternacht Rast. Die Franzosen hatten auf den Bauernhöfen immer wieder Heuwagen requiriert, um die vielen Verwundeten transportieren zu können. Um Mitternacht nahmen sie den Marsch wieder auf, der genauso ungemütlich wie am vorigen Tag wurde, denn jetzt hängten sich die Stubaier und die Sellrainer an ihre Fersen und setzten hartnäckig fort, womit die Südtiroler in Steinach aufgehört hatten. Sie erbeuteten mehrere Munitionswagen.

In der schlechtesten Verfassung kam der Zug nach dem langen Unglücksmarsch in Wilten an. Als Bisson von einem Chorherren erfuhr, dass es in Innsbruck keine bayerische Garnison mehr gab, vermochte er es nicht zu glauben. Er kehrte nun mit seinen Offizieren beim Kaufmann Simon Kapferer ein, wo ihn der Buchhalter Lener über die vortägigen Ereignisse aufklärte.

»Unmöglich!«, rief der fassungslose General aus. »Ich habe Befehl, mich mit General Kinkel hier in Innsbruck zu vereinigen!«

Dann verlangte er, den gefangenen General zu sprechen. Der bayerische Oberstleutnant Wreden meldete sich für diese gefährliche Aufgabe. Einige Tiroler begleiteten ihn in die Stadt und zum gefangenen Kinkel, von wo aus er einen bayerischen Offizier zurücksandte zu Bisson, um ihm zu bestätigen, was er bis dahin nicht hatte glauben können. Auch diesen Offizier hatten die Tiroler begleitet, um ihn vor ihren Landsleuten in Schutz zu nehmen, denn während dieser Verhandlungen füllte sich die Stadt mit Bauern, und auf den Anhöhen rings um Innsbruck wimmelte es schon wieder von bäuerlichen Kämpfern, gerufen von den Sturmglocken. Der Höttinger Abhang zeigte geschlossene Reihen von Schützen, und auch die am Tag zuvor erbeutete Kanone stand schussbereit da.

Die französischen Soldaten standen auf den Feldern um Wilten, die bayerischen gegen den Ziegelstadel zu, die Gewehrpyramiden hatten sie vor sich hingestellt. Ungeduldig und immer näher und drohender schob sich die Volksmasse um das Militär zusammen! Die Stimmung war zum Zerreißen gespannt, jeden Moment konnte ein entsetzliches Blutbad losbrechen. Als beim Ziegelstadel ein Schuss fiel, schien es soweit: Die Soldaten schossen sofort zurück, schon kostete es einige auf beiden Seiten das Leben! Da nahm Lener eine weiße Fahne und schwang sie hoch über seinem Kopf. Dann ging er mit sechs Artilleristen die Reihen der Bauern ab und beschwor sie, die Kapitulationsverhandlungen ruhig abzuwarten und um Gottes willen jede Tätlichkeit zu vermeiden.

Angesichts der ihn umgebenden Bauernmassen musste General Bisson die Nutzlosigkeit jeden Widerstandes einsehen. Aber als der Milizmajor und noch zwei Bürger aus Innsbruck in Wilten eintrafen, kamen Bisson Bedenken. Er meinte, er könne nicht mit Rebellen verhandeln, und verlangte einen österreichischen Offizier. Mit einem solchen konnte man natürlich nicht dienen, aber da erinnerten sich einige an Martin Teimer, der sich bei den Bauern schon am Vortag als kaiserlicher Major ausgegeben hatte. Man holte ihn herbei, der gewandte Mann erfasste sofort seine Rolle und forderte bedingungslose Kapitulation.

Das ganze Militär musste an Ort und Stelle die Waffen niederlegen und wurden als kriegsgefangen betrachtet, um später den Österreichern übergeben zu werden. Den Offizieren verblieben ihre Pferde, die Seitengewehre und das Gepäck. Tausende Gefangene wurden durch die Triumphpforte in die Stadt geführt und in den Kasernen verteilt, wo sie von Innsbrucker Bürgern bewacht wurden. Voraus und daneben her ritten Bauern auf erbeuteten Pferden, dicht flankiert von der Volksmenge, das eigene und oft noch ein erbeutetes Gewehr über den Rücken hängend, in den Fäusten Morgensterne und Schnaitbraxen, Dreschflegel oder knorrige Stöcke, in denen zuoberst ein Messer stak.

»Dass ein derart ungeordneter Haufen, vom Bauern bis zum rußigen Schmiedjungen, eine solche Menge gefangener Soldaten führen konnte, wäre fast nicht glaubhaft gewesen, wenn man es nicht selber gesehen hätte«, so schrieb damals ein Innsbrucker Bürger in sein Tagebuch.

Was sich am Vortag in Innsbruck abgespielt hatte, als die Leute, müde von den schweren Kämpfen, bald den Heimweg angetreten hatten, war nichts im Vergleich zu dem, was sich an diesem 13. April zutrug, als sie Zeugen eines ungeahnten und leichten Sieges gewesen waren, der nur den Bauern zu verdanken war: Die Sturmglocken hatten gerufen, und an die Zwanzigtausend waren kampfbereit gekommen, so schnell und in solchen Massen, dass der Feind keine andere Möglichkeit gesehen hatte, als sich zu ergeben. Nun zeigte sich die Siegerlaune auf verschiedenste Weise.

Die Burschen hatten den gefangenen Soldaten die Uniformröcke, die Helme, Feldbinden und Sporen abgenommen und stolzierten nun selber in diesen Kleidungsstücken durch die Gassen, was nicht endenwollendes Gelächter hervorrief. Besonders stolz waren diejenigen, die mit einer feindlichen Fahne oder gar mit einer französischen Adlerstandarte einherschreiten konnten. Dann begegnete man wieder einigen Hundert bis an die Zähne bewaffneten Bauern, die sich ernst und betend ein Kruzifix oder eine heilige Statue vorantragen ließen, als müssten sie auf der Stelle nachholen, was ihnen so lange verboten worden war. Einige Schritte weiter übte sich eine Gruppe im Fünfgesang, und soeben erdichtete Spott- und Trutzlieder erfüllten die Luft.

Raubvolk und Diebesgesindel, das es bei allen Kriegshändeln verstand, seinen Speck zu braten, mischte sich wieder unter die Bauern, drang ungescheut in die Häuser und raubte und stahl, was es fand. Die Pfarrgeistlichkeit und die Kapuziner bemühten sich mit der Stadtmiliz, das Eigentum der Bürger zu schützen, konnten aber bei dieser gemischten Menge nicht alle Übeltaten verhindern.

Bedenklich wurde es auch, als sich ein Trupp Bauern darauf besann, wo denn nun das österreichische Militär bliebe. Sie zogen vor das Haus des Milizmajors Atzwanger und forderten Auskunft. Es gelang ihm, die aufgeregte Menge eine Stunde lang zu beruhigen, indem er ihnen einen Brief des Feldmarschalls Chasteler vorlas, der die Ankunft für den nächsten Tag verkündete. Immer neu ankommende Massen verlangten Martin Teimer, den vermeintlichen österreichischen Major, zu sprechen. Aber Teimer wusste auch nicht mehr zu sagen, und das erschütterte das Vertrauen zu diesem Major gewaltig. Die Bauern erhitzten sich gegenseitig in ihren Reden.

»Man hat uns versprochen, dass uns die Österreicher zu Hilfe kommen würden!«

»Wir haben über siebentausend Gefangene gemacht, und die Kaiserlichen sind immer noch nicht da!«

»Am Ende ist dieser österreichische Major ein falscher!«

»Am Ende ist er gar ein Spion!«

»Sein Majorsgewand hat er sich nur ausgeliehen!«, traf einer den Nagel auf den Kopf.

Und schon ging es von Mund zu Mund: »Du, der österreichische Major ist ein falscher!«

»Aufhängen!« oder »Erschießen!« lauteten im nächsten Augenblick die Parolen. Teimer flüchtete vor seinen Landsleuten in das Haus Atzwangers, der nun ernstlich für das Leben des Bedrängten fürchtete, da die ganze Masse johlend hinter ihm herhetzte. Er sandte nach dem nahen Servitenkloster um Hilfe, und der Priester Josef Danai eilte herbei und rief mit lauter Stimme: »Männer, ich bin Priester, lasst mich vor und hört auf mich!«

Bei dem ungezügelten und aufgehetzten Haufen kam er aber schlecht an.

»Wir brauchen keinen Pfaffen! Sind auch Spitzbuben dabeigewesen und haben gemacht, was die Bayern wollten!«

Teimer stand der Angstschweiß auf der Stirn, während das Geschrei immer ärger wurde. In einer Ecke des Raumes blies einer ununterbrochen auf der Schwegel.

»Ich verpfände euch meine Seligkeit für die Wahrheit dessen, was ich sage. Wenn eines meiner Worte falsch ist, könnt ihr mich erschießen!«

»Warum sollen wir auf dich hören? Du hast keine Tiroler Sprache!«, wurde ihm vorgehalten.

Nun stellte sich Danai in reinstem Dialekt als Vintschgauer vor.

»Vintschgauer? Damit kennen wir uns nicht aus!«, winkten die Bauern lärmend ab.

»Schämt euch, wenn ihr ein ganzes Landesviertel nicht kennt!«, brüllte Danai.

Und wirklich fuhr es einem zu Herzen: »Ganz genau, habt ihr etwa noch nie einen Vintschgauer betteln gesehen? Lasst doch das Pfaffele reden! Wenn wir ihn schon nicht kennen, so können wir ihn doch wenigstens reden lassen!«

»Kennt einer von euch meinen Vater, den Seiler von Schlanders?«, fragte Danai, und tatsächlich meldete sich einer und stellte die Gegenfrage: »Seid Ihr etwa sein geistlicher Sohn?«

Als Danai dies bejahte und zugleich seinen Romaufenthalt erwähnte, war das Eis gebrochen. Man machte ihm eine Gasse und fragte ihn, ob er den Papst gesehen hätte. Wieder nickte Danai, und einer sagte: »Hört Männer, was das für ein Herr ist! Diesen Geistlichen müssen wir reden lassen! Nehmt die Hüte ab!«

In feierlicher Ruhe umstanden sie nun mit glänzenden Augen Danai, der ihnen vom Heiligen Vater erzählte. Dann jedoch sagte er mahnend: »Ihr werdet doch diesen Mann nicht umbringen wollen, der heute die bedingungslose Kapitulation zuwege gebracht hat! Was würde wohl unser Kaiser Franz dazu sagen, wenn ihr euch an dem hoch verdienten Mann vergreifen würdet?«

Nun, das leuchtete jedem ein, und sie dankten ihm, dass er sie von diesem Fehler abgehalten hatte. Aber auch Teimer dankte ihm, der sich schon von diesem jetzt auf einmal ganz friedfertigen Haufen gelyncht gesehen hatte.

In Todesängste kam auch der Finanzdirektor Senner, als sich die Bauern der Kreisamtskasse erinnerten. Mit gespanntem Hahn jagten ihn einige Hundert Stürmer über die Innbrücke zum Neugebäude. Auf seinen Einwand, dass er die Kasse einem Bauernführer nicht aushändigen dürfe, sagten seine Verfolger, dass jeder Bauer ein Soldat des Kaisers sei. Eine verschlossene, massive Eisentüre, die jedem Angriff widerstand, rettete die Kasse dann schließlich doch. Die Stürmer stellten eine Wache vor die Türe. Andere Scharen, denen im Laufe des Tages gleichfalls die Kasse in den Sinn gekommen war, scherten sich zwar nicht um die protestierenden Wachen, jedoch die Eisentüre hielt stand.

8. Kapitel

Schon im Morgengrauen hatte Maria den großen Kessel über die Feuerstelle gezogen und kochte Gerstensuppe, um auf die Schützen vorbereitet zu sein, die um Essen bitten würden. Und so kam es auch: Wie am Vortag bekamen alle Haushalte wieder ihre Kostgänger. Bei Maria gab es eine Holzschüssel voll warmer Suppe und ein Stück Brot, die Männer aßen und gingen mit einem Vergelt's Gott wieder von dannen. Die Bediensteten der Gasthöfe standen da und warteten auf die nächste Lage Brot, das nicht schnell genug gebacken werden konnte. Florian kam immer wieder schwitzend aus der Backstube, um hinter dem Haus Holz zu holen, das dort aufgeschichtet war.

Bis zum späten Abend wogte es jauchzend und lärmend in den Straßen von Innsbruck. Erst nach einem blinden Alarm über eine vom Süden heranmarschierende französische Kolonne wandten sich die Schützen scharenweise der Brennerstraße zu. Es war ein Wunder, dass bei dieser führerlosen Menge, die gut doppelt so viele Menschen umfasste, als die Zehntausend-Einwohner-Stadt Innsbruck bewohnten, keine größeren Exzesse geschahen. Aber die Stadt sollte nicht zur Ruhe kommen, denn noch in der Nacht meldeten die Sturmglocken vom Brennerpass her Feindesgefahr. Im Morgengrauen stand Martin Teimer mit zehntausend Bauern am Berg Isel, und auch der Haller Landsturm eilte herbei. Da ritten plötzlich in vollem Galopp einige jauchzende Burschen daher. Einer davon schwang eine Schützenfahne, und sie schrien aus voller Kehle: »Die Kaiserlichen kommen! Sie sind schon fast da!« Die Burschen ritten von der Brennerstraße her durch die Triumphpforte und die Plattnergasse entlang bis zur Altstadt.

Nun gab es kein Halten mehr! Zu Pferd und zu Fuß zog man den Österreichern entgegen. Die Dragoner vermochten sich in dem Gedränge fast nicht mehr auf ihren Pferden zu halten, und die Fußsoldaten wurden fast erdrückt vor Freude. Tausende jubelnder Tiroler streckten den gerührten Soldaten die Hände entgegen. Triumphierend begleiteten sie um die Mittagszeit die Kaiserlichen nach Innsbruck – und wieder ergoss sich ein unabsehbarer Strom in die Hauptstadt. Unter frenetischem Beifall und Hochrufen zog nach vier Jahren auf der Hauptwache wieder ein österreichischer Posten auf, der in jeder Minute des Tages der Gegenstand neuer, begeisterter Freudenausbrüche war.

Um sieben Uhr abends ritt Marquis Chasteler wie ein Triumphator in Innsbruck ein. In überströmender Freude wurden sein Gewand und seine Stiefel mit Küssen bedeckt. Die Stadt hatte sich zu seinem Einzug geschmückt. Am Rathaus wehten die österreichischen Fahnen, darunter eine weißgrüne, worauf mit großen, goldenen Lettern stand: »Geschenk des Erzherzogs Johann.« Ein Bild des Kaisers hatte man mit Tannengrün umwunden und auf den Balkon des Landhauses gestellt. Jedermann hatte die bayerische Kokarde abgelegt und durch die österreichische ersetzt, und die Postillone trugen wieder die kaiserliche Tracht mit den schwarzgelben Schnüren. Durch eine dreifache Reihe von Schützen, die Parade standen, bewegte sich der Zug zur Hofburg, wo der Bürgermeister und seine Räte den hohen Herrn erwarteten.

Am Nachmittag erschienen die österreichischen Truppen vom Unterinntal her in Innsbruck. Sie kamen über den Pass Strub und durch das Zillertal und lösten überall, wo sie durchzogen, einen Freudentaumel bei der Bevölkerung aus. Die Stürmer in Innsbruck waren von den Truppen begeistert und zufrieden, nur die Salzburger Landwehrkompanie war ihnen zu wenig stramm militärisch.

»Das sind ja auch Bauern«, sagten sie missbilligend. »Hat der Kaiser keine Soldaten mehr? Bauern sind wir schon selber mehr als genug!«

Einigen Schützen war allerdings schon zu Mittag die bescheidene Truppenzahl aufgefallen, mit der Chasteler über den Brennerpass kam, und ein alter Bauer meinte: »Die alleine hätten den Kinkel und den Bisson nie gefangen! Nur gut, dass wir es schon getan haben!« Die Leute wussten jedoch alle, dass Chasteler einen großen Teil seiner Truppen in Südtirol zurückgelassen hatte. Durch Boten erfuhren die Schützen in Innsbruck, dass Andreas Hofer in Sterzing hoch erfreut war über die große Mannschaft, welche der Feldmarschall mitgebracht hatte.

Am 18. April wurde die Besetzung Münchens durch die österreichischen Truppen verkündet, und ein Aufruf Chastelers begrüßte die Tiroler als treue Waffenbrüder, welche anzuführen ihm eine Ehre sei. Mit ihnen wolle er leben und fechten oder sterben. Trotz der Festung Kufstein, die noch in Feindeshand war, jubelte man allenthalben. Triumphierend holten sich die Bauern ihre Pfarrer aus den Gefängnissen, und auch die Kapuziner vergaß man nicht, die sich nicht lange bitten ließen und ihre alten Klausen wieder bezogen. »Das Land ist frei!«, jauchzte es auf allen Plätzen und Wegen.

An einem Tag im Mai schienen aber alle Hoffnungen wieder zunichte zu sein, denn da brachen nach neunstündigem Kampf elftausend feindliche Soldaten unter dem französischen Marschall Lefebvre beim Pass Strub herein. Mordend und sengend wälzte sich ein Schreckenszug bis Innsbruck und machte alles nieder, was sich ihm in den

Weg stellte. Der Nachthimmel färbte sich blutrot von den Flammen der brennenden Dörfer, und der Schein der Feuersbrünste leuchtete bis München. So manch einer erschauerte dort, bekreuzigte sich und betete für die armen Menschen, die in dieser Feuerhölle um ihr Leben kämpfen mussten.

Napoleon hatte angesichts der Erhebung Tirols zornig und erstaunt aufgehorcht. Vom 20. bis 23. April hatte er den österreichischen Erzherzog Karl in Bayern besiegt, nun hatte er für kurze Zeit Truppen frei und sandte deshalb seinen Marschall François Lefebvre, Herzog von Danzig, mit mehr als zwei Divisionen nach Tirol mit dem Befehl, er solle grausam auftreten, Schrecken und Entsetzen verbreiten und die Aufständischen auf das Schrecklichste züchtigen. Dementsprechend waren auch die Soldaten aufgehetzt worden. Man sagte ihnen, sie hätten nun Gelegenheit, das Blut ihrer Kameraden fürchterlich zu rächen – und der neun Stunden lange Kampf bis zum Durchbruch des Passes tat noch das Seinige dazu. Das Ergebnis war eine völlig entartete Soldateska, die vor keinem Greuel mehr Halt machte. Die bayerischen Offiziere und auch Feldmarschall von Wrede protestierten in aufrichtiger Empörung gegen diese Taten der Unmenschlichkeit, konnten aber die entsetzlichen Ausschreitungen nicht mehr zügeln.

Napoleon hatte geglaubt, ein Schreckenszug vom Pass Strub bis Innsbruck würde genügen, um das Tiroler Volk so einzuschüchtern, dass die Erhebung ein Ende fände. Er kannte die Tiroler Bauern nicht. Die vom Franzosenkaiser befohlenen Grausamkeiten heizten die Lunte des Volksaufstandes erst richtig an.

Wie alle Bewohner der Stadt hatte Maria Angst vor den feindlichen Divisionen, die mordend und brennend der

Stadt immer näher kamen. Wie sie gehört hatte, waren es so viele, dass auf jeden Bewohner mindestens zwei Soldaten kamen. Bei Rattenberg war der französische General Deroy, der bei Kufstein hereingebrochen war, mit seiner Division noch zu Lefebvre und Wrede gestoßen, sodass die feindliche Armee jetzt auf fünfzehntausend Mann angeschwollen war. Ihr Vater hatte ihr geraten, sich dem Strom von Flüchtlingen anzuschließen, der seit Stunden vor ihren Fenstern vorbeizog. Aber Maria wollte bleiben. Sie hoffte ... ach, sie hoffte so sehr, dass Simon bei den feindlichen Truppen mit dabei sein würde. Sie musste mit ihm sprechen, sie musste ihm sagen, dass ... ja, was sollte sie ihm denn sagen?

Sie legte die Hände auf den Leib und horchte in sich hinein. Ach, es war ja nicht gewiss, es konnte auch von den dauernden Aufregungen sein, dass die Tage ausgeblieben waren. Aber im Hintersten ihres Kopfes bohrte immer wieder diese Stimme: »Was sollte es wohl sonst sein? Und wie, glaubst du, könnte dir Simon in der jetzigen Lage helfen?«

Die Angst schnürte Maria die Kehle zu und trieb ihr den Schweiß auf die Stirn. Sie sank auf den Hackstock in der Küche nieder, nahm mit beiden Händen ihre Schürze auf und bedeckte sich damit das Gesicht. Es gab Momente, da benahm ihr das Entsetzen den Atem, wenn sie daran dachte, was mit ihr geschehen würde, sobald es aufkam. Sie versuchte durchzuatmen, da hörte sie Ruperts hohntriefende Stimme: »Ja, was ist denn? Hat die stolze Bäckerstochter vielleicht Angst? Ja, ja, die Napoleonischen kommen, und sie schänden alle Weiber! Wie wäre es denn da zuerst mit einem richtigen Tiroler?«

Das Mädchen fuhr so rasend in jähem Zorn auf, dass er unwillkürlich einige Schritte rückwärts tat. »Verschwinde!«, schrie sie, »und wage es nicht noch einmal, mir mit solchen Worten zu kommen!« Sie ergriff den großen, eisernen Schürhaken und holte damit aus. Ruperts Gesicht zog sich vor Wut zusammen, aber er wich zurück, drehte sich um und lief hinaus, während der Eisenhaken klirrend am Türstock abprallte.

Zitternd sank Maria nieder, legte die Arme auf den Feuerstein, vergrub ihren Kopf darin und weinte, als könnte sie nie mehr wieder aufhören. So fand sie Florian, er legte ihr scheu die Hand auf die Schulter und fragte: »Was ist denn, Maria? Tut dir etwas weh, oder ... oder hast du Angst?«

Maria schüttelte schluchzend den Kopf.

»Solange ich in deiner Nähe bin, brauchst du keine Angst zu haben«, versicherte der Junge treuherzig. »Ich habe mir schon einen Prügel hergerichtet. Du brauchst nicht weinen, denn ich helfe dir!« Erschrocken blickte er sie an, als sie jetzt anfing zu lachen. Sie lachte und lachte, während sie stoßweise sprach: »Ja, Florian. Ja, du kannst mir helfen ... du!« Dann wischte sie sich mit der Schürze die Tränen ab. Es half ja nichts. Sie musste sich zusammennehmen, wenn sie die Heimsuchung verkraften wollte, die jetzt bald über sie hereinbrechen würde. Auf einmal sagte der Bub neben ihr ganz leise: »Vielleicht ist er dabei ... bei der Armee, die jetzt kommt!«

Maria nickte. Es war am besten, wenn der Junge glaubte zu wissen, wovor sie sich fürchtete. Es gab ja so vieles, vor dem man jetzt Angst haben konnte. Die Häftlinge des Zuchthauses hatten die Schildwachen niedergemacht und waren ausgebrochen. Jetzt drohten sie mit Mord und Brand. Die Innsbrucker bewaffneten sich und machten Jagd auf die Übeltäter. Den Großteil konnten sie wieder einfangen, wobei einige der Geflohenen das Leben lassen mussten. Die anderen konnten bei dem Tumult, der in Innsbruck herrschte, untertauchen.

Aber schon gab es eine neue Schreckensbotschaft. General Chastelers Adjutant Major Veider war schweißtriefend und in wilder Jagd in die Stadt eingeritten. Was er über die Unglücksschlacht von Wörgl bekannt gegeben hatte, verbreitete sich mit Windeseile. Nach Major Veiders Angaben waren Soldaten und Landesverteidiger entweder tot oder gefangen, und der Feind stünde schon in Schwaz, das lichterloh brenne.

Von allen Ortschaften her hörte man jetzt wieder das ununterbrochene Geläute der Sturmglocken. Tausende von Schützen sammelten sich in Innsbruck. Sie schworen auf die Blutfahne und verlangten, sie sofort dem Feind entgegenzuschicken. Als man vorsichtig zu sagen wagte, dass bei der übergroßen Zahl der Feinde wohl jeder Widerstand zwecklos und es besser sei, den herannahenden Gegner unterwürfig zu besänftigen, verhandelten die erbitterten Bauern nicht mehr lange, bestellten von sich aus ein Verteidigungskomitee, dann überfielen sie das Zeughaus und den Ständepalast und nahmen, was sie brauchten. Die Wut der Schützen nahm noch zu, als sich des Nachts der Himmel gegen Osten rötete zum Zeichen, dass der Feind schon wieder Dörfer in Brand gesteckt hatte.

Die Innsbrucker Bürger bildeten Kompanien, eine davon zog unter dem Theaterdirektor Rossi in den Kampf. Auch die Studenten der Universität wählten sich ihre Hauptleute und zogen aus. Die Studenten bedienten auch als Artilleristen die erbeuteten Kanonen.

Am späten Abend des 13. Mai kam General Chasteler todmüde in Innsbruck an. In Hall war er vom Volk tätlich angegriffen und beleidigt worden. Die Leute gaben ihm die Schuld an den abgebrannten Dörfern des Unterinntales. Chasteler hatte versucht, den französischen Marschall Lefebvre und die Division Wrede in der Ebene von Wörgl aufzuhalten, nachdem ihm dies nicht einmal im schluchtenartigen Gelände von Söll her gelungen war. Die Bauernführer hatten ihn umsonst beschworen, er solle sich in Rattenberg verschanzen, wo sich ein Felsriegel fast bis zum Innfluss vorschob. In der Ausdehnung von einer halben Stunde hatte er seine viertausend Mann verteilt, obwohl er doch wusste, dass er einer elftausendköpfigen Heeressäule gegenüberstand. Den Tirolern, die die Vorteile ihrer Berge und Schluchten schon immer zu nutzen gewusst hatten, war es unbegreiflich, wie man sich ausgerechnet in der Ebene von Wörgl einem Feind stellen konnte. Die Schützen protestierten empört: »Was will der Chasteler? Will er uns als Sautrankfutter den Kanonen Lefebvres vorschmeißen?«

»Seht ihr irgendwo einen Baum oder einen Stein zur Deckung?«

»Holt einen Pfarrer, wir brauchen die Absolution, denn auf dieser meilenweiten Wiese werden wir alle verrecken!«, höhnte einer.

»Müssen wir jeden blödsinnigen Befehl ausführen wie die Soldaten, die armen Hunde?«

Zum Weiterschimpfen hatten die Tiroler keine Zeit mehr, denn die feindliche Kavallerie mit über tausend Pferden ritt auf sie ein. Die Schützen suchten ihr Heil in der Flucht, aber viele wurden niedergemacht oder gefangen. Die Reiterei stürmte weiter auf der Straße gegen Kundl, wendete dann und fasste den rechten Flügel der Österreicher im Rücken, der von der Hauptmasse des feindlichen Fußvolkes bereits von vorn angegriffen wurde. Wörgl selber war von den Kanonen Wredes in Brand geschossen worden, und auch die österreichischen Geschütze wurden von ihnen alsbald zum Schweigen gebracht.

Das Gefecht hatte eine knappe Stunde gedauert, und Chastelers Korps gab es nun nicht mehr. Über sechshundert waren tot, die anderen flüchteten durch den brennenden Ort oder zerstoben auf die Berge. Chasteler selbst floh zu Pferde. Das ganze österreichische Militär versuchte irgendwie zu entkommen, viele kamen über die Wörgler Alpe nach Wildschönau, andere kletterten über den Felbertauern in das Pustertal und einige kamen über das Duxer Joch zum Brenner.

Chasteler beriet sich nun in Innsbruck mit General von Buol, wo man sich dem Feind entgegenstellen sollte. Buol verwies auf Volders, wohin anscheinend auch die einheimischen Kompanien marschierten. Chasteler selbst wollte sich am Morgen des 14. Mai dahin begeben, doch schon von Hall an musste er inmitten einer lärmenden Menge dahinreiten, die Drohungen gegen ihn ausstieß wie: »Was willst du noch hier? So einen wie dich brauchen wir nicht!«

»Jetzt kämpfen wir wieder auf unsere Art, wir hören auf die Befehle unserer Bauernführer, die uns nicht auf einer meilenweit ebenen Wiese in den Tod führen!«

»Ja, warum haben wir vorher so große Erfolge gehabt, bevor du gekommen bist, ha?«

Als dem General nun gar die Ehrenzeichen von der Uniform gerissen und Gewehre gegen ihn angelegt wurden, eilte der Kronenwirt Straub herbei, der mit seiner Kompanie in der Nähe stand. Mit seinem eigenen Leib deckte er den Marquis und beförderte ihn auf die Ellbögenerstraße, wo der Unglückliche dann nach Steinach am Brenner entfliehen konnte. Einigen seiner Schützen gelang es auch, andere hohe Offiziere mit heiler Haut nach Innsbruck zu bringen. Straub selbst verprügelte mit seinen faustkräftigen Ordonnanzen die ärgsten Schreier und ließ sie in Arrest werfen.

So konnte man sich vorstellen, dass die Schutzdeputation und die höchste Bürgerschaft in Innsbruck, die noch immer mit dem Gedanken spielten, eine Abordnung zum bayerischen General Wrede zu senden mit Unterwürfigkeitserklärung und der Bitte um Schonung der Stadt, nicht wussten, wie sie es bewerkstelligen sollten. Denn der Weg zu Wrede führte mitten durch die Landstürmer. Da würden sie kaum lebend ankommen.

Ein Befehl Chastelers beorderte General Buol und seine Truppen auf den Brennerpass, aber Buol wagte angesichts der erbitterten Menge nicht, diesen Befehl den Tirolern mitzuteilen, denn schon hegten die Stürmer Misstrauen gegen ihn und fingen die Kuriere ab, die zwischen ihm und seinem Vorgesetzten den Kontakt aufrecht erhielten. Den Abmarsch vor den Augen Tausender schlaglustiger Bauern anzutreten war gefährlich. Von den Sturmglocken gerufen, die ununterbrochen heulten, kamen von allen Seiten immer wieder neue Massen, der sich aufstauende Stürmerhaufen drängte sich um die österreichischen Offiziere und verlangte entschlossen, endlich gegen den Feind geführt zu werden.

General Buol musste also zu einer List greifen, um fortzukommen. Er versprach den Sturmangriff auf Schwaz, das Berichten zufolge lichterloh brannte, für den nächsten Morgen. Viele Schützenkompanien schob er auf die linke Seite des Inns, sie sollten dort den Gegner bei Vomp angreifen. Die anderen befehligte er gegen Pill, wo Josef Speckbacher den ganzen 16. Mai in ein Gefecht verwickelt gewesen war. Der General selber machte sich in der Nacht davon zum Brennerpass. Am Morgen erkannten die Stürmer die Täuschung, denn das Nest war leer, und sie konnten Buol nur noch erbittert nachfluchen.

Das Volk fühlte sich von den kaiserlichen Offizieren betrogen und im Stich gelassen. Nun wollte es auf eigene Faust handeln.

In einer Mühle am Vomperbach verhandelten Teimer und mehrere Schützenhauptleute mit Fürst Wrede. Der bayerische General forderte die Waffenniederlegung und die sofortige Auflösung des Volksheeres, was die Tiroler mit Nachdruck zurückwiesen. Zuletzt trug Wrede den Bauern als Bedenkzeit einen sechsunddreißigstündigen Waffenstillstand an. Am Freitag, den 19. Mai, werde seine Armee weitermarschieren, und er hoffe, dass sich das Volk bis dahin eines Besseren besonnen hätte und kapitulieren würde, denn sonst würden Hall und Innsbruck das grauenvolle Schicksal von Schwaz teilen.

General Wrede hatte gehofft, dass sich die Sturmkolonnen während der gewährten Frist zerstreuen würden, aber das Gegenteil war der Fall. Man fasste dieses Waffenstillstandsangebot als Schwäche auf und sah das feindliche Heer schon über den Scharnitzpass davonschleichen. Teimer aber wollte die sechsunddreißig Stunden nützen, um von Chasteler die Mitwirkung des österreichischen Militärs zu erreichen. Aber erst in Mittenwald in Südtirol konnte er den General einholen. Alle Vorstellungen und Mahnungen Teimers zur Umkehr über den Brenner waren jedoch vergebens. Der Marquis fragte, warum er denn einem Volk helfen solle, von dem er beinahe erschlagen worden wäre, und bestimmte seinen Adjutanten Major Veider zum militärischen Bevollmächtigten, falls der Feind nach einem solchen verlangen sollte.

Es war bereits zehn Uhr abends, als Teimer und der Major sich von Chasteler verabschiedeten. Die Zeit wurde knapp, denn um sechs Uhr morgens lief die von Wrede gewährte Waffenruhe ab. Die beiden kamen aber erst gegen sieben Uhr morgens in einer Postkutsche in Innsbruck an, wechselten auf der Post die Pferde und fuhren sofort weiter nach Volders. Schon lange vor der Stadt hatten sie von Flüchtlingen erfahren, dass die Schutzdeputation die Landstürmer zur Kapitulation hatte bewegen können und dass der Feind noch heute Innsbruck besetzen würde.

Tatsächlich rauchten der Verteidigungskommission im Landhaus die Köpfe. Die ganze Nacht berieten sie im Sitzungssaal, die Sorge um die Stadt lastete ihnen schwer auf den Schultern. Sie verfassten ein Abwiegelungsschreiben, das die Stürmer zur Kapitulation veranlassen sollte, doch alle anwesenden Bauern weigerten sich, dieses Befehlsschreiben auszuteilen. Da betrat um Mitternacht Richter Stolz den Sitzungssaal mit der Meldung, dass das österreichische Militär bereits über den Brenner gezogen sei und dessen Mitwirkung nicht mehr infrage käme. Mehrere Bauern, die den Stand der Dinge im Landhaus abgewartet hatten, erklärten sich nun als von den österreichischen Offizieren verraten und verlassen und waren endlich bereit, dem Landsturm den Befehl zur Kapitulation zu überbringen. Dass man die aufgebrachte Volksmenge bis sechs Uhr früh besänftigen könne, wurde aber von jedem bezweifelt. Das machte es zu einem lebensgefährlichen Unternehmen, den aufgereizten und zu allem bereiten Stürmern mit diesem Befehl zur Aufgabe unter die Augen zu kommen.

Ein Schwall von Verwünschungen ging auf die Abgeordneten nieder, und sie waren nahe daran, erschlagen oder erschossen zu werden.

»Sollen denn Hall und Innsbruck auch dem Erdboden gleich gemacht werden?«, riefen sie.

»Geht zurück nach Innsbruck zu euren Herren, damit ihr wenigstens mitverbrennt, ihr Verräter!«, schrien die aufgebrachten Landesverteidiger. »Wir kapitulieren nicht, wir haben sie schon in die Mitte genommen! Genau um sechs Uhr schlagen wir los!«

»Aber dieses Mal sind der Feinde zu viele!«

»Wir sind auch viele!«, schrien die Stürmer.

»Ja, aber denkt doch einmal nach! Das Tal hier ist zu breit, ohne die Österreicher und ohne Reiterei und Kanonen können wir nichts ausrichten! Der Wrede und der Lefebvre haben genug Reiterei und Kanonen, um uns in einer Stunde fertigzumachen. Es kann doch nicht in eurem Sinne sein, dass Blut fließen soll, wenn es ganz umsonst ist! Die Deputation will sich von euren Familien keine Vorwürfe machen lassen, dass sie euch nicht beizeiten gewarnt hätte!«

Diese Worte waren eher dazu angetan, um viele nachdenklich zu machen. Sie schickten einige Hauptleute zum feindlichen Lager, um Gewährung von weiteren vierundzwanzig Stunden zu erbitten, aber Lefebvre ließ ihnen und der Deputation ausrichten, dass er um neun Uhr mit seiner Armee den Marsch nach Innsbruck anträte. Sei das Volk friedlich, so werde Sicherheit gewährleistet, anderenfalls würde schreckliche Strafe folgen.

Diesen Worten folgte die Tat. Vor neun Uhr stellte Wrede seine Division in Schlachtordnung auf und machte sich marschbereit, während Lefebvre und Deroy sich mit der Reiterei an der Spitze auf der Straße am rechten Ufer des Inns schon in Bewegung gesetzt hatte. Teimer und Veider fanden die Schützen in Volders hin- und hergerissen zwischen Hoffnung und Verzweiflung, ohnmächtiger Wut und Niedergeschlagenheit. Einige machten sich schon auf den Heimweg, doch es gärte in den Massen noch genug, dass sie beim Anblick Teimers und der österreichischen Uniform Major Veiders sogleich kampfbereit ihre früheren Stellungen bezogen. Die zwei Unterhändler ritten nun zwischen Verhauen und Schanzen General Wrede entgegen, mit dem sie in der Nähe von Terfens zusammentrafen. Major Veider stellte sich als Gesandter Chastelers vor. Wrede ließ jedoch nicht lange mit sich reden. Er überreichte dem österreichischen Major die neuesten Zeitungen, die Siege Napoleons in Österreich und Italien und die Niederlagen der Österreicher meldeten. Zu Teimer sagte

Wrede, die Bauern hätten sich zur Kapitulation entschlossen, und wehe, wenn sie nicht eingehalten würde. Die Städte Hall und Innsbruck würden zerstört und die Deputation füsiliert werden.

So konnten die zwei Unterhändler auf ihrem Rückweg den sie umstürmenden Bauern keine Hoffnung mehr machen.

Es war nun ein sonderbarer Anblick, die feindlichen Soldaten in Reih und Glied dahinmarschieren zu sehen, auf beiden Seiten dicht gesäumt von bewaffneten Tirolern, die sie neugierig und ruhig ansahen. Jedoch es fiel kein Schuss mehr.

Eine riesige Staubwolke verkündete um zwei Uhr nachmittags den Innsbruckern den Anmarsch der feindlichen Armee auf der Haller Straße. In banger Ungewissheit warteten sie, was ihnen dieser Tag wohl bringen würde

Beim Löwenhaus warteten Stadtrat und Beamtenschaft auf General Wrede. Ein bayerischer Beamter, der Vizepräsident des Appelationsgerichtes Freiherr von Welden, begrüßte ihn, jedoch der General donnerte zurück: »Alle Bayern sind mir willkommen, mit Tirolern habe ich nichts zu sprechen!«

»Es gibt auch rechtschaffene Tiroler«, versuchte ihn Welden zu begütigen.

»Gut, Ihr Zeugnis, Herr Baron, wird bei mir Geltung haben«, sagte Wrede barsch.

Lefebvre zog gegen Abend in der Hofburg ein. Mit der Besetzung der Hauptstadt betrachtete er die Unterwerfung Tirols als vollendet.

Bis zur Erschöpfung hatten Andreas, Rupert und Florian in den letzten Tagen gearbeitet. Auf Befehl des Bürgermeisters musste Brot für die Verteidiger in Volders geliefert werden, das in bestimmten Abständen abgeholt wurde. Nun aber hatten die fünfzehntausend Mann der zwei Divisionen die Bevölkerung der Stadt mehr als verdoppelt. Die Lebensmittel wurden knapp, Brot und Fleisch waren überhaupt nicht mehr zu ergattern. Da kamen am Abend des nächsten Tages vier bayerische Soldaten in die Backstube, stellten sich als Bäcker vor und sagten, sie hätten Befehl, die Nächte durchzubacken. Andreas wandte ein, dass er fast kein Mehl mehr habe, aber sie meinten, das würde geliefert werden. In den Mühlen ringsum wurde das Mehl konfisziert und an die Bäckereien geliefert, wo überall bayerische Bäcker Tag und Nacht am Werke waren. Am Vormittag des nächsten Tages kam sogar eine Fuhre Holz, das Soldaten zersägten und hackten und hinter dem Haus aufstapelten. Maria versuchte, hie und da Brot beiseite zu schaffen und es den Einheimischen zuzustecken.

Durch die Arbeit der Soldaten gelang es Florian jetzt manchmal, sich in der Stadt umzusehen und nach Simon zu suchen. Jedes Mal, wenn er dann wiederkam, sah ihn Maria fragend an, aber er schüttelte nur immer den Kopf.

»Es sind ihrer so viele, Maria«, sagte er zu ihr, als sie einmal alleine waren. »Die Soldaten, die nicht in den Kasernen untergebracht werden konnten, lagern auf dem Saggenfeld, und die Reiterei kampiert auf dem Löwenhausanger und auf dem Rennplatz. Es fällt nicht auf, wenn ich mich auf dem Saggenfeld herumtreibe, denn es sind viele Wucherer dort, die den Soldaten die geplünderten Sachen abkaufen, aber in die Kasernen komme ich nicht hinein. Aber meinst du nicht, dass er selber schon ein Lebenszeichen von sich gegeben hätte, wenn er dabei wäre?«

Dieser Gedanke war auch Maria schon gekommen.

Florian schlief in der Backstube. Die Soldaten, die dort arbeiteten, verlangten nicht von ihm, dass er ihnen half, und lachten nur, wenn er sich zum Schlafen auf den leeren Müllersäcken verkroch. Eines Nachts, als der Meister schon schlief und Rupert, der auch in der Backstube nächtigte, noch nicht da war, saß Florian da und schaute den Bayern zu.

»Na, was ist, Bub? Bist du heute nicht müde?«, fragte ihn einer freundlich. Florian stand auf und stellte sich neben ihn hin.

»Darf ich dich etwas fragen, ohne dass du es meinem Meister oder sonst jemandem weitersagst?«

Der Soldat schaute ihn belustigt an: »Freilich Florian, ich schweige wie ein Grab«, sagte er, während er sich mit drei mehligen Fingern ans Herz griff. »Frag mich nur, was du willst. Ob ich dir eine erschöpfende Antwort geben kann, weiß ich halt nicht!«

»Kennst du einen bayerischen Leutnant, der Simon Tanner heißt und in Rosenheim zu Hause ist?«

»Nein, Bub, den kenn ich nicht. Aber was willst du von ihm? Hat er dir etwas getan?«

»Aber nein, er ist mein Freund!«

»War er bei der Garnison Kinkel?«

Florian nickte: »Ja, und ich hätte gerne gewusst, was aus ihm geworden ist.«

»Es sind einige Burschen dabei, die ebenfalls beim Kinkel waren. Ich werde herumfragen, vielleicht kriege ich etwas heraus«, versprach der Soldat.

»Wie heißt du?«, fragte Florian.

»Ich heiße Peter«, antwortete der Bayer.

»Da hast du ja einen richtigen Tiroler Namen«, freute sich Florian.

Der Soldat lachte gutmütig. »Ja, auch in Bayern gibt es viele, die Peter heißen. Die Tiroler und die Bayern sind sich in vielem ähnlich, nur schade, dass wir uns momentan nicht gut vertragen.«

Der 21. Mai war der Pfingstsonntag, aber von einem fröhlichen Treiben oder dem Gewoge, das sonst in den Pfingsttagen in Innsbruck herrschte, sah man nichts. Kein munteres Marktleben, kein heiteres Zusammentreffen der bäuerlichen Landbevölkerung. Totenstille war in der Stadt, kaum sah man jemanden auf der Straße. Selbst Lefebvre war es nicht wohl in dieser unheimlichen Ruhe, er ließ auf dem Rennplatz eine Militärkapelle spielen, um wenigstens das Stadtpublikum anzulocken, doch niemand kam.

Der Zorn Wredes hatte sich in Innsbruck bald gelegt. Schon nach wenigen Tagen erkannte er die schweren Fehler der bayerischen Regierung in der Behandlung des Landes. In einem Schreiben, das er einer Gesandtschaft der vier Stände Tirols an den König in München mitgab, empfahl er das »irregeführte Tiroler Volk« der königlichen Gnade, denn es sei nur durch Österreich verleitet worden. Dass ein derartig kämpferisches Volk wie die Tiroler nicht zur Militärstellung taugte, das konnte er allerdings nicht verstehen.

Am Pfingstmontag passte der bayerische Bäcker Peter einen günstigen Augenblick ab, um Florian etwas zu sagen: »Hör zu, Bub, wir werden euch jetzt hier in der Bäckerei wohl nicht mehr lange zur Last fallen. Morgen ziehen der Lefebvre und auch der Wrede mit seiner Division ab. Die Division Deroy, zu der auch ich und meine Kameraden hier gehören, bezieht schon heute die Kasernen, in denen bisher Wredes Mannschaft saß, die jetzt marschbereit gemacht wird. Und noch etwas muss ich dir sagen! Dein Simon Tanner ist anscheinend beim Vormarsch Napoleons gegen Wien verwundet worden und liegt in einem Lazarett bei Aspern. Aber was ihm fehlt oder wie schwer er verwundet ist, weiß ich leider nicht.«

Florian bedankte sich und suchte Maria. Er fand sie hinter dem Haus, wo sie etwas frische Luft schöpfte. Im Haus selber war es unerträglich heiß, seit Tag und Nacht gebacken wurde. Das Mädchen lehnte sich bei Florians Nachricht über den Zaun ihres Gemüsegartens, ihr war, als sinke und sinke sie, sie presste die Hände an den Leib – mein Gott, wie würde das alles enden?

Am nächsten Morgen zogen Lefebvre und Wrede mit elftausend Mann durch das Unterinntal ab. Der Abzug erfolgte unter klingendem Spiel, mit Trommeln und Pfeifen. Das Volk war ja ruhig!

9. Kapitel

Am 23. Mai 1809 steckte im Schutz der Büsche unterhalb eines Felsens in der Nähe des Brennerpasses auf der Südtirolerseite eine schlotternde Gestalt. Es war Alfred Derenti, der Kammerdiener des Spezialkommissärs Johann Theobald von Hofstetten, eines der meistgehassten Beamten des bayerischen Regimes. Derenti war es nicht entgangen, wie verhasst sein Herr bei der Bevölkerung war, die er bei jeder kleinsten Übertretung gequält und gestraft hatte. Nur mit Mühe hatte er sich bei der Erhebung in Brixen mit seinem Diener Alfred vor dem Volkszorn in die bischöfliche Burg retten können.

Bei der Deportation seines Herrn nach Österreich war Alfred die Flucht gelungen. Mehreren glücklichen Umständen hatte er es zu verdanken, dass er es nun bis zum Brennerpass geschafft hatte. Er war auf dem Weg nach Bayern. Nur ein oder zwei Tage musste er noch durchhalten, dann war er wieder in der Zivilisation – und nie mehr wieder, das schwor er sich, würde er einen Fuß in dieses unheimliche Gebirgsland setzen.

Im Schutz der Wälder und größtenteils nur nachts hatte er sich bis jetzt vorwärtsbewegt. Tagsüber verkroch er sich im Dickicht. Sein feines, moosgrünes Gewand hatte diese Strapazen nicht überstanden und wies einige Löcher auf. Aber gerade dieses heruntergekommene Aussehen machte es ihm möglich, ohne Beanstandung weiterzukommen.

Lieber Gott, dachte er, nur weg von diesen Gebirgsbewohnern, die sich nie fügen und ihre sogenannten Rechte nie aufgeben wollten! Ach, er musste aufpassen, es wäre entsetzlich, wenn ihm jetzt, so kurz vor dem Ziel, noch etwas zustoßen sollte. Er war zwar am Brennerpass, aber es wimmelte von Schützen, und es war wohl besser, wenn er sich in die Büsche schlug und bis morgen wartete. Er hatte die Erfahrung gemacht, dass sich diese Ansammlungen nie lange hielten.

Es war der starke Vinzenz, der Alfred fand, der Knecht vom Hausberghof. Vinzenz war im Armenhaus aufgewachsen, und als Kind hatte er sich viel bei den Kapuzinern aufgehalten. Das war vielleicht auch der Grund dafür, dass er seine Mitmenschen bei jeder passenden und unpassenden Gelegenheit mit Bibelsprüchen traktierte, Sprüche und Redewendungen, von denen niemand wusste, wo er sie herhatte.

Vinzenz überragte die meisten um Haupteslänge und war enorm stark. Karl hatte ihn als Sechzehnjährigen auf den Hausberghof gebracht. Bei der Schmiede in Bruneck, wo man gerade versuchte, ein höchst unruhiges Pferd zu beschlagen, hatte er miterlebt, wie Vinzenz auf seine selbstverständliche, ruhige Weise herbeikam und das tobende Pferd hielt, das zuvor alle anderen abgeschüttelt hatte, sodass der Schmied seine Arbeit verrichten konnte. Karl war davon so beeindruckt gewesen, dass er ihn mit nach Hause nahm.

Jeder konnte Vinzenz gut leiden. Er war einfachen Geistes, aber nicht dumm. Er wusste sehr wohl zwischen gutmütigem und bösartigem Spott zu unterscheiden, in dem seine Landsleute Meister waren – und er war ein tüchtiger Arbeiter, wenn man ihm ordentlich sagte, was er tun solle. Trotz seiner gewaltigen Körperkräfte war er zum Glück die Friedfertigkeit selber. Ringen, dieses Kräftemessen der jungen Burschen, oder gar Raufen war ihm zuwider, und er tat es nur manchmal den Söhnen seines Dienstherrn zuliebe. Es war ohnehin beschlossene Sache, dass er bei den Händeln der Burschen nicht mitmachen durfte, denn das hätte den Sieg sofort zu Gunsten der Partei mit Vinzenz entschieden. Wenn es aber galt, mit Fremden zu raufen, dann war er eine vortreffliche Hilfe. Franz oder Peter mussten ihm nur während der Raufhändel hie und da zurufen, brav dreinzuschlagen, weil er es sonst vergaß. Er hatte allerdings eine etwas exzentrische Kampfweise, indem er den einen Gegner aufhob und auf einen anderen warf. Da er die Hiebe der anderen nicht zu spüren schien, arbeitete er sich auf diese Weise durch eine ganze Wirtsstube.

Alfred Derenti suchte gerade nach einem halbwegs trockenen Platz zum Übernachten, denn es war feucht und regnerisch, da fühlte er sich unsanft auf die Schulter geklopft. Mit einem Aufschrei fuhr er herum und sah in der Dunkelheit zu seinem Entsetzen den Umriss einer furchteinflößenden Gestalt, deren gewaltige Pranke, groß wie ein Wagenrad, höchst bedrohlich ein mächtiges Holzscheit hielt. Jetzt beugte sich diese Gestalt ein wenig herunter, um ihn besser in Augenschein nehmen zu können.

»He, was bist denn du für einer?«

Der arme Alfred wusste beim besten Willen nicht, was er diesem Baum von einem Kerl darauf erwidern sollte. Er konnte ja nicht gut sagen, dass er der Kammerdiener Hofstettens war, denn das hätte zweifellos furchtbare Folgen gehabt.

»I... ich bin nur ein armer Reisender«, stotterte er. »Ich bin auf der Durchreise von Bozen nach Innsbruck, wo mein Weib und meine sechs Kinder auf mich warten.« Er wollte an das Herz dieses Wilden appellieren. »Sie werden mir doch nichts tun, oder?«

»Ich muss erst einmal genau wissen, wer du bist. Es ist schon so dunkel, dass ich gar nicht mehr erkennen kann, wie du eigentlich ausschaust. Wenn es Tag wird, werde ich schon sehen, was ich mit dir mache. Komm, wir wollen uns einstweilen ein wenig niedersetzen, aber wehe, wenn du versuchst zu fliehen! Ich verspreche dir, dass ich dir dann diesen Prügel hier nachhaue, dass dir Hören und Sehen vergeht!«

Alfred kam dem Befehl, sich zu setzen, sofort nach – und schöpfte wieder einige Hoffnung, als er sah, dass er nicht gleich erschlagen werden sollte. Er wagte die schüchterne Frage: »Könntest du mir nicht etwas anderes versprechen, zum Beispiel, dass du mich wieder freilässt, nachdem du mich gesehen hast?«

»Das muss ich mir erst überlegen, zuerst muss ich herausfinden, wo du her bist. Und wehe, wenn du mit diesen verdammten Blauröcken etwas zu schaffen hast, dann kannst du dein letztes Stoßgebet zum Himmel schicken!«

Alfred begann von Neuem zu zweifeln, ob er wohl mit heiler Haut aus dieser Affäre herauskommen würde. Aber immerhin, die Nacht war lang, und irgendwie würde es ihm gelingen, diesem ungeschlachten Patron zu entkommen, dachte er hoffnungsvoll.

»Weißt du was?«, ließ sich da sein unheimlicher Gefährte vernehmen. »Wir wollen uns ein bisschen unterhalten, schau her, was ich habe!« Er brachte aus seiner Rocktasche zwei Flaschen Schnaps hervor. »Den sollte ich eigentlich den Brunecker Schützen bringen. Wir haben hier ein kleines Lager davon, beim Durchzug vom Bisson haben wir einen Bagagewagen erbeutet. Nun können wir ja selber ein wenig davon trinken, dass es uns nicht zu kalt wird.«

Er entkorkte eine Flasche und nahm ein paar kräftige Schlucke, hustete und schimpfte: »Nicht einmal anständigen Schnaps haben sie, diese Napoleonischen. Er trank noch einmal. »Pfui Teufel, aber was kann man da schon machen, in der Not frisst der Teufel Wanzen.«

Wieder führte er die Flasche zum Mund, dann hielt er sie seinem Gefangenen hin: »Da, trink auch einmal, mir scheint, dir ist ohnehin kalt, weil deine Zähne so klappern.«

Alfred nahm die Flasche und führte sie mit Todesverachtung an die Lippen. Das hätte er sich vor einer Woche noch nicht träumen lassen, dass er heute ein solch ordinäres Gesöff trinken würde – und noch dazu in Gesellschaft eines solchen Kuhhirten, wie er sonst immer zu sagen pflegte.

»Du musst nur ein paar tüchtige Schlucke auf einmal machen, dann spürst du gar nicht mehr, wie schlecht er ist«, munterte ihn dieser gerade wieder auf, er war schon sichtlich aufgeräumt. »Wie heißt du eigentlich?«

Der Kammerdiener wollte aufspringen und sich vorstellen, unterließ es aber im letzten Augenblick doch lieber. Was, wenn dieser ungeschlachte Geselle es als Fluchtversuch auslegte? Oh, nur jetzt keinen Fehler machen! So blieb er also sitzen und überlegte, dass er seinen Namen ruhig sagen könne.

»Ich heiße Alfred Derenti, wenn Sie gestatten.«

Der Riese schaute ihn verdutzt an. So komisch hatte noch nie jemand mit ihm geredet.

»So, so, Alfred heißt du also«, brummte er. »Klingt gar nicht so übel, nur dein Schreibname gefällt mir weniger, bist du vielleicht ein Welscher?«

Alfred wusste nicht, was er darauf antworten sollte. Er gab ihm die Schnapsflasche zurück und sah zu seiner Erleichterung, dass der Bauer gar keine Antwort erwartete.

»Ich bin der Kirchmeier-Vinzenz«, sagte der, sich stolz in die Brust werfend, denn der ungewohnte Alkoholgenuss begann ihm in das Gehirn zu steigen. Der ansonsten so bescheidene und am liebsten im Hintergrund stehende

Knecht fühlte ungeahnte Kräfte in sich wachsen: »Ich bin der stärkste Bursche weit und breit und darf deshalb auch die längste Spielhahnfeder tragen, schau sie dir nur an.«

Er nahm den Hut vom Kopf und hielt sie dem Erschreckten vor die Nase. Dieser konnte sie zwar in der Dunkelheit nicht gut erkennen, dennoch beeilte er sich zu beteuern, dass er noch nie eine schönere gesehen hätte. Er wagte es auch nicht abzulehnen, als ihn der Riese wieder aufforderte, zu trinken. Der Branntwein wanderte noch einige Male hin und her, und es dauerte gar nicht lange, da war die erste Flasche leer, und der Tiroler und der Bayer waren jetzt das, was man im Volksmund stockbesoffen nennt. Kurz entschlossen brachen sie auch der zweiten Flasche den Hals – und als sie diese zur Hälfte ausgetrunken hatten, da kam dem Vinzenz eine glorreiche Idee.

»Weißt du was, Alfred, du kommst jetzt mit mir, und ich werde dir meine Freunde zeigen«, sagte er mit schwerer Zunge, indem er den Arm kameradschaftlich um die Schultern des anderen legte.

»Was, deine Freunde?« Das benebelte Gehirn des Bayern vermochte anscheinend noch ein Warnungszeichen zu geben, während er lallte: »Aber was ist, wenn sie mich nicht mögen, deine Freunde? Vielleicht gefalle ich ihnen nicht, und sie werden mir womöglich etwas tun wollen?«

»Das würde ich ihnen nicht raten!« Vinzenz versuchte aufzustehen, und als ihm dies nach einiger Mühe gelang, zog er seinen neuen Freund hoch. Sie klammerten sich aneinander und versuchten, stehen zu bleiben. Vinzenz wandte sich einer felsigen Anhöhe zu – und wer die beiden jetzt so nahe am Abgrund, teils auf allen Vieren, teils auf ihren wackeligen Beinen und sich gegenseitig helfend, dahintaumeln gesehen hätte, der hätte keine Minute seines Lebens mehr daran gezweifelt, dass Betrunkene einen ganz besonders guten Schutzengel haben müssen. Unter gegenseitigen Sympathiebekundungen wankten sie dann, sich aufeinander stützend, den schmalen Hohlweg entlang. Es bedurfte keines geheimen Spähers, um zu hören, dass da jemand kam.

Sie stolperten auf eine Lichtung zu, auf der man vier halbverfallene Holzfällerhütten sah. Um einige Feuer saßen und standen in Scharen die Schützen beisammen. Die Pustertaler waren erst heute Abend am Brenner angekommen, zuerst waren sie in Sterzing gewesen, wohin Hofer sie gerufen hatte und wo es aussah wie im Hauptquartier einer großen Armee. Die Bauernführer meldeten sich beim Kommandanten, Ordonnanzen kamen und gingen, Spione wurden über den Brennerpass, aber auch in die Lager von Chasteler, Buol und Marchal geschickt. Wachen hatten den Befehl, alle Kuriere abzufangen und sämtliche Briefschaften an Hofer zu bringen.

Angesichts der sich aufstauenden Stürmermassen waren die Pustertaler bis zum Brenner weitergezogen, nachdem sich die Hauptleute bei Hofer gemeldet hatten. Die Brunecker Kompanien waren auch hier, und im Lager sah man gar nicht so wenige Frauen und Mädchen, die sich an den Gesprächen der Männer beteiligten. Auch die Obersteiner-Anna war da, und mit ihr saß Franz am Feuer, ihr Verlobter, den sie schon lange nicht mehr gesehen hatte, denn er war jetzt immer um Andreas Hofer. Der Sandwirt hatte den fixen Burschen gern und machte ihn zu einer seiner Ordonnanzen. Jetzt aber sahen fast alle neugierig auf die zwei torkelnden Gestalten, die sich da näherten.

»He, Vinzenz, wo hast du denn diesen Gefangenen aufgegabelt?«, rief einer der Burschen.

Vinzenz reckte sich schwankend zu seiner ganzen Größe empor, wobei er sich krampfhaft an seinem neuen Freund festhielt, und sicher wären beide umgefallen, hätte er nicht noch schnell den Ast einer Fichte erwischt. Einen Augenblick lang wankten beide bedrohlich hin und her. Nun standen sie wieder einigermaßen gerade, waren aber trotzdem ein so komischer Anblick, dass die Männer hellauf lachen mussten.

»Das ist kein Gefangener!«, brüllte jetzt der Vinzenz los. »Das ist mein Freund! Wehe, wenn ihm einer von euch nur ein Haar krümmt, der kriegt es mit mir zu tun!«

»Aber das ist doch ein Blaurock, siehst du das denn nicht?« Georg Zeitler, ein Zöllner vom Pass Strub, war vorgetreten: »Los, worauf wartet ihr noch? Macht ihn kalt, den Hund!«

»Das ist kein Blaurock!« schrie Vinzenz mit überschnappender Stimme. Er schüttelte seinen neuen Freund zur Bekräftigung am Genick hin und her, wobei er unvorsichtigerweise seine einzige feste Stütze, den Ast, losließ und beide auf den Boden kollerten, wo sie nun halb sitzend, halb liegend am Stamm des Baumes lehnten. Albert aber wurde infolge seines hohen und ungewohnt ordinären Alkoholgenusses von einem unüberwindlichen Schlafbedürfnis ergriffen. Er scherte sich weder um die Schimpfkanonaden des einen noch um die Todesdrohungen des anderen, er lehnte seinen Kopf an die breite Brust seines Gefährten und schlief selig ein. Vinzenz tat desgleichen, aber eine höhere Eingebung gebot ihm noch, gegen seine Landsleute beschwörend die Hand zu erheben und einen seiner Sprüche loszulassen: »Richtet nicht, auf dass ihr nicht gerichtet werdet!«

Viele Schützen umstanden nun die zwei Schnapsleichen – und einer davon deutete jetzt auf den Bayern: »Den kennen wir gut, der ist lange genug in Bruneck gewesen. Das ist der Kammerdiener vom Hofstetten, dem Spezialkommissär der Kirchenpolizei.«

Die Bauern horchten auf, als dieser verhasste Name fiel – und Georg, der Zöllner vom Strub, hakte sofort ein: »Ich habe es euch gleich gesagt, um den ist's nicht schade!«, zischte er zornerfüllt.

»Was ist eigentlich mit dir los? Du zitterst ja geradezu vor Hass!«, meinte Vitus und sah ihn forschend an. Bei manchen regte sich wieder die Scherzlust.

»Er ist halt ein Zöllner!«, stänkerte einer.

»Ach ja, schon in der Bibel steht nichts Gutes von den Zöllnern und Pharisäern«, lästerte ein anderer.

Die Leute ringsum lachten.

»Ja, ja, spottet nur«, schimpfte Georg. »Aber so einfach, wie ihr glaubt, ist das Leben eines Zöllners nicht. Wir stehen bei Tag und Nacht, bei glühender Hitze oder klirrender Kälte da und müssen uns mit fluchenden Fuhrleuten herumstreiten, ihre Frachtbriefe und Wiegezettel, Ursprungszeugnisse und Viehbestandslisten, Kaufrechtszettel, Ausfuhrscheine und Einfuhrscheine prüfen. Und wehe, wenn wir uns einmal irren, dann bekommen wir von oben einen Anpfiff, dass es nur so hagelt. Also bildet euch nur nicht ein, dass wir Zöllner unser Brot nicht hart genug verdienen. Und außerdem sage ich euch, ihr macht einen Fehler, wenn ihr nicht jeden von denen umbringt, der euch unter die Finger kommt!«

»Aber wir können ihn doch nicht einfach erschlagen!«, meinte einer.

»Warum nicht? Ihr habt in letzter Zeit schon mehr erschlagen als nur einen.«

Vitus fuhr auf: »Ja, im offenen Kampf! Aber doch nicht diesen dummen Narren, der im Suff von selber zu uns gekommen ist, ohne zu wissen, was er tut und in welche Lage er sich dabei bringt. Wir lassen ihn einfach seinen Rausch ausschlafen, verschwinden wird er dann schon von selber!«

»Den trifft morgen sowieso der Schlag, wenn er sieht, wo er sich befindet!«, lachte einer.

»Und der da hat bestimmt noch nie ein Gewehr in den Händen gehalten«, meinte ein anderer. »Ich glaube, beim ersten Schuss, den der abgäbe, hätte er selber die Hosen voll. Und wie gesagt, er ist nur der Diener vom Hofstetten und vielleicht selber ein armer Hund, also lasst ihn in Ruhe!«

Georg Zeitler fuchtelte wild mit den Armen um sich: »Ich glaube, ihr seid nicht ganz gescheit! Seid froh, dass wir wieder einen haben von diesen Mordbrennern!« Er langte nach seinem Gewehr: »Lasst mich nur machen, ihr braucht ja nicht hinzusehen, wenn euch nicht gefällt, was ich tue.«

Karl, der Hausbergbauer, der ihm am nächsten stand, versuchte ihm das Gewehr zu entwinden: »Bist du so mutig, dass du einen Mann im Schlaf erschießt? Sind wir Freiheitskämpfer oder Mörder?«

Da trat ein Priester herzu, der die Schützen als Feldgeistlicher betreute und trennte die miteinander Ringenden: »Hört doch auf, das fehlte gerade noch, dass wir uns gegenseitig in die Haare kriegen.«

Zeitler stand da und atmete heftig: »Wo ihr einen seht, müsst ihr ihn erledigen, denn das sind keine Menschen, es sind Bestien!« Seine Stimme überschlug sich und er zitterte vor Erregung am ganzen Leib. »Hättet ihr mit ansehen müssen, was ich gesehen habe, dann würdet ihr das begreifen.«

Der Geistliche legte ihm beruhigend die Hand auf die Schulter. »Karl hat recht, Georg, so zu kämpfen wäre unchristlich.«

Georg schüttelte die Hand des Pfarrers ab. »Heb dir deine salbungsvollen Reden für die Kirche und die alten Weiber auf, Pfaffe!«

»Schau, Georg«, gab ihm der Priester zur Antwort. »Wir alle werden in den nächsten Tagen kämpfen, und keiner weiß, wann es unserem Herrn gefällt, ihn zu sich zu rufen oder ob er uns die nächsten Sonnenuntergänge noch erleben lässt. Wir aber wollen doch jederzeit als rechtschaffene Menschen vor seinem Thron stehen und nicht als Mörder, weil wir dieses arme Luder umgebracht haben, das da in seinem Rausch zu uns gekommen ist. Diesen wehrlosen schlafenden Narren zu töten, das wäre eine Heldentat, die uns unser Leben lang mit eisernen Klauen auf dem Gewissen sitzen würde!«

Zeidler schwieg einen Moment lang. Sein leerer Blick sah niemanden: »Sie sind Bestien!«, wiederholte er. »Ich habe Gräuel gesehen, die ich kaum über die Lippen bringen kann. Ich sah, wie sie einer jungen Mutter ihr Kind aus den Armen rissen und in die Flammen warfen, ich höre sie noch heute schreien, sie schrie wie mein Weib...!« Seine Stimme sank jetzt zu einem Wimmern herab und ging in ein herzzerreißendes Weinen über. »Wohl kaum hat jemand mehr zu Gott gefleht als ich, als man vor meinen Augen meine Familie ermordete, aber er war nicht da!«

»Er war da!«, sagte der Feldpriester mit fester Stimme. »Nur wir wissen und verstehen es nicht, warum er solche Dinge zulässt und warum wir solche harten Lektionen lernen müssen. Trotzdem sollten wir es glauben, wenn Jesus sagt, es fällt kein Vogel vom Dach, ohne dass es unser Vater im Himmel weiß, und dass jedes Haar auf unserem Kopf gezählt ist. Was ich jetzt sage, mag dir herzlos erscheinen, aber es hat alles seinen höheren Sinn, auch wenn wir ihn nicht verstehen können. Es ist eine göttliche Ordnung in allem und im Kleinsten, ob nun dieses oder jenes Lebewesen sterben muss, ob dieser kleine Grashalm hier wächst oder ob jene kleinste Mücke dort tanzt, eine unendlich große Macht, die unsere Vorstellungskraft weit übersteigt, wacht über allem.«

Die leise, ernste, aber freundliche Stimme des Pfarrers verfehlte ihre Wirkung am Ende doch nicht. Als der Geistliche den Arm um Georgs Schulter legte und ihn wegführte, wehrte er sich nicht. Die Schützen gingen nun einer nach dem anderen auf ihre Plätze zurück. Auch Franz und Anna gingen langsam zum Lagerfeuer zurück. Die Augen der Verliebten konnten sich kaum voneinander lösen.

»Kannst du nicht noch eine Weile bleiben?«, fragte das Mädchen leise. »Ich sehe dich in letzter Zeit so selten.«

»Ich muss leider weiter«, antwortete Franz bedauernd. »Ich muss zurück zum Hofervater nach Sterzing. Es wird bald zum Kampf kommen, geh du morgen früh wieder heim.« Er sah sie besorgt an, doch sie meinte: »Ich könnte zu Maria nach Innsbruck gehen.«

»Nein, das kannst du nicht!«, widersprach er heftig. »Die Gegend von Hall über Wilten bis nach Hötting wird alles Kampfgebiet sein. Du würdest nicht einmal bis zur Triumphpforte und schon gar nicht bis zur Maria kommen. Versprich mir, dass du morgen wieder heimgehst. Das Pustertal ist ruhig.«

Franz nahm sein Gewehr auf und seine Umhängetasche mit dem Kugelbeutel und dem Pulversack.

»Ich werde dich ein Stück begleiten«, sagte Anna.

Entfernt vom Lager küssten sie sich im Schutz der Bäume immer und immer wieder. Er zog sie ganz fest an sich und wiegte sie zärtlich hin und her wie ein Kind, das zarte Mädchen ging dem stattlich gebauten jungen Burschen ja kaum bis zur Schulter.

»Jetzt dauert es nicht mehr lange, nur noch ein paar Monate, dann musst du Ja sagen und gehörst mir!«, scherzte er.

»Und du mir«, drohte sie ihm mit dem Finger. »Wenn es doch schon so weit wäre«, sagte sie dann etwas beklommen. »Ich weiß nicht, Franz, ich habe manchmal so ein ungutes Gefühl!«

»Geh, was redest du da! Wir müssen dem Napoleon nur noch zeigen, wer hier der Herr im Lande ist. Das ist bis zum Spätsommer längst erledigt. Und dann ...« Er drückte sie an sich, dass sie leise und selig seufzte. Hand in Hand gingen sie bis zu seinem Pferd, das er unterhalb des Gerölls an einer Fichte angebunden hatte – und dann ging er wieder mit ihr fast bis zum Lager zurück, sodass ihnen der Schein der Feuer schon leuchtete.

»Es kommt alles so, wie wir es ausgemacht haben, du wirst es sehen«, sagte er noch, bevor er im Dunkeln verschwand.

Alfred Derenti, der jeden Kontakt und jede Begegnung mit den Einheimischen hatte vermeiden wollen, wurde im Morgengrauen wach und fand sich inmitten eines Schützenlagers wieder, noch dazu an die Brust eines dieser Wilden gelehnt. Er weigerte sich, seinen Augen zu trauen, denn dies konnte ja nur ein Albtraum sein. Nur zögernd kamen Bruchstücke seines gestrigen Abenteuers zurück, denn in seinem Kopf schienen Wackersteine aneinanderzuscheuern, und er litt an brennendem Durst. Aber wie ausgerechnet er in die Arme eines Eingeborenen gekommen war, konnte er sich nicht erklären. Vorsichtig löste er sich von seinem laut schnarchenden Schlafgenossen und schlich durch die schlafenden Männer dem schützenden Wald zu.

Alfred Derenti erreichte wohlbehalten seine Heimatstadt München. Er heiratete und wurde später ein angesehener alter Herr. Seine Enkel bewunderten ihn sehr, wussten sie doch, dass er im Jahre des Tiroler Aufstandes 1809 als Gefangener in das Hauptlager der Tiroler verschleppt worden war und dort eine Nacht lang in der Gewalt der Rebellen zubringen musste, bis ihm die Flucht gelang.

Auf die hohen österreichischen Offiziere konnte man sich nicht verlassen, das hatte man gesehen. Sie waren in Wien für einen Volkskrieg in Tirol höchst ungeschickt ausgewählt worden, nicht einmal der gutmütige Hofer war mit ihnen ausgekommen. Von adeligem Stolz und Berufsdünkel erfüllt, verstanden sie es nicht, eine gewaltige Volkskraft auszunützen, die ihnen gerne und willig gefolgt wäre.

Die Südtiroler hatten sich seit den Kämpfen im Süden des Landes angewöhnt, im Passeirer Hauptmann Andreas Hofer ihren Kommandanten zu sehen. Angesehene Männer, Städter und Bauern, kamen zum Sandwirt Hofer und baten ihn, die Landesverteidigung in die Hand zu nehmen. Sie beteuerten, sie würden lieber ihre Häuser selber verbrennen, als sich zu ergeben. »Wir lassen uns unsere Religion und unser Brauchtum von einem Napoleon nicht nehmen, wir werden uns wehren bis zum letzten Mann, wir sind bereit zu siegen oder zu sterben!«, beteuerten sie.

Hofer beriet sich in seinem Hauptquartier in Sterzing mit den Hauptleuten und Vertretern der Täler, und man beschloss, die Kapitulation von Vomp nicht anzuerkennen und den Widerstand fortzusetzen. Speckbacher brachte die Nachricht vom Abzug Lefebvres und Wredes, nun wurde der Angriff auf die Division Deroy in Innsbruck auf den 25. Mai festgesetzt. Chasteler und General Buol waren nicht dazu zu bewegen, an den Kämpfen teilzunehmen. Wenn frisch eingetroffene Schützenkompanien sich bei Buol am Brenner melden wollten, entgegnete ihnen dieser: »Mich berührt das nicht, wollen Sie sich an Ihren Oberkommandanten Hofer wenden!« Erst als ihn Hofer daran erinnerte, dass er doch von Erzherzog Johann nach

Tirol gesendet worden sei, um mit den Tirolern zu kämpfen, gab er einen Teil seiner Truppen frei.

Nach einem Befehl Chastelers hätte General Buol den Brenner räumen und ins Pustertal abmarschieren müssen, aber die Bauern hatten diesen Befehl einer Stafette abgefangen und zu Hofer gebracht. Graf Hendl, einer der Hauptleute Hofers, öffnete das Schreiben, und man beschloss, diesen Brief an General Buol zum Wohle des Landes zu unterschlagen. So erreichte Hofer die Mitwirkung der Truppen Buols, die den Tirolern versicherten, dass sie mit Leib und Seele zu allen Kämpfen zur Verteidigung Tirols bereit seien.

Und wieder eilten die Boten Hofers in alle Täler. Die Priester predigten das Volksaufgebot von der Kanzel herab, darunter auch Pater Haspinger in Klausen. Dieser Pater Rotbart, wie er vom Volk genannt wurde, war ein Feuergeist und selbst Hauptmann einiger ausgesuchter Schützenkompanien. Auch nach Nordtirol flogen die Kuriere Hofers und verkündeten das Aufgebot: »Wir Südtiroler stehen schon am Brenner, um euch zu befreien. Steht uns bei!«

Am Brenner stauten sich die Massen. Was sich da am Abend des 24. Mai nach Innsbruck in Bewegung setzte, waren alles organisierte Schützenkompanien, die Elite des wehrfähigen Bauernvolkes.

Hofer schlug sein Hauptquartier im Schupfenwirtshaus auf. Von allen Teilen des Gefechtsfeldes kamen die Ordonnanzen und Adjutanten dorthin und holten sich vom Sandwirt die Befehle und Ratschläge. Auf den Feind losschlagen, wo man ihn antrifft, und ihn über den Berg hinunterwerfen, hieß es immer wieder. »Das Hinabstürmen in die Ebene hilft nichts, wir müssen den Berg halten, der Berg ist unser Verlass. Nur nicht herauflassen dürft ihr sie!«

Das Gefecht an diesem gewitterschwülen Tag ging hin und her. Ein heftiger und andauernder Regen, der das Pulver durchnässte, das daraufhin nicht mehr zündete, machte dem Kampf auf der ganzen Linie ein Ende. Eine Entscheidung war an diesem 25. Mai nicht gefallen. Die Schützen waren unschlüssig – was sollten sie tun?

Es lag im Wesen des Volksaufstandes, dass die Beteiligten bei aller Tapferkeit eine schnelle Entscheidung herbeiwünschten. Nach getanem Kampf wollten sie so rasch wie möglich wieder heim zu Haus und Hof. Aber diesmal hielten sie Hofer und die Bauernführer mit eiserner Hand fest, und als nächster Angriffstag wurde der 29. Mai bestimmt. Bis dahin konnten auch die Oberinntaler wieder hier sein, die – von den österreichischen Generälen im Stich gelassen, gefolgt von den Abmahnungen und Drohungen Lefebvres – von Volders nach Hause gezogen waren. Hofer richtete nun seine Laufzettel an die »lieben Brüder Oberinntaler: Für Gott, den Kaiser und für unser teures Vaterland, am 29. ist der letzte Angriff, kommt uns zu Hilf!«

Diese Aufrufe Hofers zündeten sofort. Vom Gericht Landeck marschierten sogleich zwölf Kompanien los, die Imster schlossen sich an, und so ging es das ganze Tal herab. Die Werbetätigkeit hatte sich gelohnt, die Zahl der Schützen mochten an die zwölftausend Mann sein, die sich um Hofer scharten, dazu kamen tausenddreihundert Mann Militär.

Der 28. Mai war der Dreifaltigkeitssonntag, und Andreas Hofer ordnete einen Gottesdienst auf freiem Felde an, würde man doch morgen wieder in den Kampf gehen. Ein Feldpater las die Messe, und wenn der Anlass dieser Feldmesse nicht so ernst gewesen wäre, dann hätte ein Zuschauer ein unvergleichlich schönes Bild bewundern müssen: abertausende Schützen in den malerischen Trachten ihrer Talschaften, die sich jetzt niederknieten, um die Generalabsolution und den Segen zu empfangen.

Nachdem ein Tag dem Herzen Jesu geweiht worden war, bezogen alle ihre Stellungen für den morgigen Kampf.

Generalleutnant Erasmus Graf Deroy in Innsbruck hatte am 28. Mai eintausendzweihundert Mann und sechs Geschütze Nachschub bekommen, sodass seine Mannschaft jetzt an die sechstausend Mann ausmachte. Er versicherte seinem König, er sei nicht besorgt und werde sich in Innsbruck halten. Die hohen bayerischen Beamten ahnten jedoch nichts Gutes und verließen mit ihren Familien das Land. Und die Soldaten murrten: »Gegen Unseresgleichen wollen wir gerne kämpfen, jedoch für einen Kampf in diesen Gebirgsschluchten und für die Kampfweise dieser Bauern, die wir immer erst sehen, wenn wir schon verwundet sind oder wenn ihre Gewehrkolben oder Morgensterne auf unsere Köpfe krachen, wurden wir nicht ausgebildet.«

Zu den Bauern auf die Berge sandte man Priester, um sie zu beschwören, den Kampf einzustellen. Sie möchten bedenken, dass sich ihr Schicksal nicht auf tirolischen Schlachtfeldern entscheide und dass Napoleon niemals erlauben würde, dass Tirol bei Österreich bleibe. Gefangene Bauern wurden entlassen und mit Friedensaufrufen zu ihren Landsleuten geschickt, jedoch gleich außerhalb der Stadt warfen die Freigelassenen die Pakete mit den Drucksachen weg und eilten zu ihren Kampfgenossen.

Es wurde ein blutiges Ringen. Aus den Innsbrucker Kasernen rückte stets neues Militär an, immer wieder drangen tollkühne, bayerische Abteilungen im Bajonettangriff bergaufwärts und mussten zurückgeschlagen werden. Nach vier Stunden ununterbrochenem Gefechtes drohten die bäuerlichen Reihen zu wanken. Es war der

Feuerkopf Haspinger, der das Kommando über den linken Flügel hatte, der seine Leute mit fortriss, als er laut schreiend und seinen Stock schwingend im dichtesten Kugelhagel mitten in die Reihen der andrängenden Gegner lief – und seine Schützen ließen ihren geistlichen Kommandanten nicht im Stich. Sie kämpften ihn frei, wenn auch einer seiner eigenen Schützen ihm dabei seinen roten Bart versengte. Der Feind musste die Höhe verlassen und setzte sich nun in den Höfen und Hütten des Waldabhanges fest, musste aber bald in die Ebene entweichen.

Die Tiroler und das österreichische Militär hatten in vollkommener Weise zusammengewirkt, ihr gegenseitiges Zusammenspiel war einwandfrei gewesen. Der Kampf am 29. Mai 1809 hatte gezeigt, wie es auch in Zukunft hätte sein können, wenn der Höchstkommandierende nur seiner Pflicht nachgekommen wäre. Aber Chasteler saß mit achttausend Mann in Bruneck, und General Buol am Brenner hatte nur die Hälfte seiner Mannschaft für den Kampf freigegeben. Das Volk fragte sich mit Recht, für was diese hohen Offiziere überhaupt nach Tirol gekommen waren. Ein österreichischer Hauptmann schrieb damals in sein Tagebuch: »Den österreichischen Truppen in Tirol fehlte nichts als eine tüchtige Führung. Hätten wir einen bayerischen General wie Ditfurth, Deroy oder Siebein gehabt, wären wir mit den Tirolern in diesem Felsennest unüberwindlich gewesen!«

Gegen ein Uhr sandte General Deroy seine ganze Mannschaft zum Sturm gegen den Berg Isel. Die Wucht der mit gepflanztem Bajonett vorgehenden Kolonnen, unterstützt von den im Wiltener Feld stehenden Geschützen, die einen Hagelschauer von Granaten auf die Tiroler niedergehen ließen, war so gewaltig, dass die Kampflinien der Bauern zerrissen. Den Anstürmenden gelang es, die Höhen bis zum Berg-Isel-Plateau zu gewinnen, auf welchem der österreichische Offizier Ertl stand – aber neben ihm stand Andreas Hofer, der Oberkommandant von Tirol, der gerade im richtigen Augenblick von seinem Hauptquartier herübergeritten war. Hofer sammelte die zurückweichenden Bauern, von einer Gruppe zur anderen flogen seine Adjutanten: »Nur jetzt nicht nachlassen, nur jetzt sich durchkämpfen, nur jetzt nicht aufgeben!«

Und wirklich, die gelockerten Reihen sammelten sich wieder, hinter jedem Baum pfiffen wieder die Kugeln auf die tollkühnen bayerischen Stürmer hervor, die sich nun zum Rückzug wenden mussten. Unter starken Verlusten, ihre verwundeten Kameraden mit sich schleppend, sah man sie aus Hohlweg und Abhängen flüchten. Nachmittags ging das Gefecht zwischen Ebene und Anhöhen hin und her, bis die Nacht hereinbrach und dem zähen Ringen ein Ende machte.

Die kampfesmüden Männer, die mit ihren pulvergeschwärzten Gesichtern kaum noch erkenntlich waren, schliefen an den Lagerfeuern, die in weitem Umkreis um Innsbruck leuchteten. Sie beleuchteten den Abzug der Division Deroy, der keine Lust hatte, Kinkels Los der Gefangenschaft zu teilen und sich im Innsbrucker Kessel einschließen zu lassen. Munition und Proviant wurden knapp, Nachschub war nicht zu erwarten. Um Lärm zu vermeiden, umwickelten sie Kanonenräder und Pferdehufe mit Stofffetzen und noch um die Mitternachtsstunde passierten sie die Innbrücke bei Mühlau. Staunend sahen die Innsbrucker beim Mondlicht, wie das Militär abzog.

Am 30. Mai beim ersten Morgengrauen machten sich die Bauern wieder bereit zum Kampf, denn heute galt es, so vermeinten sie, die Ebene zu erstürmen. Als sich auf der anderen Seite nichts rührte, dachten sie zuerst an eine Finte, bis sich die Ersten vorsichtig auf das freie Feld wagten.

Beim Kloster Wilten fragte ein Bursche einen alten Mann, der an einem Stock daherhumpelte, wo denn die Bayern seien.

»Ha?«, fragte der Alte und legte eine Hand hinter das Ohr, er war offensichtlich schwerhörig.

»Wo sind denn die Bayern?«, schrie der Bursche.

»Ist keiner mehr da«, schrie der Alte zurück. »Wärest du gestern gekommen, hättest du ein paar Tausend haben können!«

Es war nicht zu glauben, aber es war kein Gegner mehr da!

Am wenigsten verstanden es die vorgeschobenen Wachen der Tiroler, die sich noch vor Mitternacht gemütlich und »in aller Freundschaft« mit den bayerischen Vorposten zugetrunken hatten. Derbe Scherzworte waren dabei hin- und hergeflogen.

»He, ihr da drüben, zum Wohle! Morgen haben wir immer noch Zeit, dass wir uns die Schädel wieder einschlagen.«

»Ja, aber heute sind wir froh, dass wir noch leben, Gesundheit!«

Und nun war das Nest leer!

Ab sieben Uhr früh rückten die Kompanien in Reih und Glied unter Trommeln und Pfeifen durch die Triumphpforte in Innsbruck ein. Auch der österreichische Offizier Ertl marschierte ein mit seinen Soldaten und bezog unter großem Jubel die Hauptwache. Wie in den Apriltagen herrschte betäubender Lärm in den Straßen, der aber einer plötzlichen Stille wich, als die Zwölfuhrglocke schlug und alle betend das Haupt entblößten.

Am Nachmittag kam Hofer selber angefahren, ihm zur Seite Kapuzinerpater Joachim Haspinger, von den Bauern stürmisch begrüßt, während die Städter den großen, behäbigen Mann mit dem langen schwarzen Bart anstaunten.

Während der Oberkommandant in den goldenen Adler ging, begab sich der Pater Joachim in das Kapuzinerkloster, wo er dem erzürnten Provinzial die sofortige Rückkehr nach Klausen in seine Zelle versprechen musste. Hofer aber holte sich sein Paterle wieder, er ließ dem Orden sagen, er werde wohl einen einzigen Mann zum Dienste für Kaiser und Vaterland entbehren können. So durfte also Pater Haspinger auch weiterhin dem Sandwirt treue Gefolgschaft leisten.

10. Kapitel

Anna war zur Moor-Lies gegangen, um eine Kräutersalbe für die entzündeten Zitzen einer Kuh zu holen. Da es sich zeigte, dass Lies an diesem Tag gerade wieder einmal gesprächig war, setzten sie sich zu einem Plausch zusammen. Nachdem sie ein paar Worte über dies und das gewechselt hatte, fasst sich das Mädchen ein Herz. Es gab da manches, was sie gerne über die seltsame Frau gewusst hätte.

»Hast du immer schon hier gewohnt, Lies?«, wollte sie wissen. »Warum kennst du dich so gut aus mit Wöchnerinnen? Du hast so eine sichere Hand mit Säuglingen und mit Kindern überhaupt, warum weißt du das alles, Lies, wenn du selber nie Kinder hattest?«

Mit seltsam weicher Stimme sagte die Moor-Lies: »Ich hatte zwei Kinder.« Sie schwieg und konnte die erwartungsvolle Spannung des Mädchens fühlen. Da fuhr sie fort. »Ich war als ganz junges Ding Magd und Sennin bei einem Großbauern im hinteren Ahrntal. Es war auf der Alm, ich hatte keinen Hüterbuben mitbekommen, denn meine Kinder waren ja da und konnten schon ein wenig arbeiten. Es war an dem steilen Abhang oberhalb der roten Wand, eine Geiß hatte sich verstiegen, und mein Mädchen wollte ihr den Weg zurückweisen – da rutschte sie wohl ab. Der Bub war sieben, er wollte ihr wahrscheinlich helfen, jedenfalls fand ich beide unterhalb der Wand.«

»Mein Gott, Lies!« Dem Mädchen stiegen vor Mitleid die Tränen auf. »Und der Vater, wo war der Vater der Kinder?«

»Ja, das wird dich jetzt sehr wundern, der Vater war Korbinian, der Kraxentrager. Er war dort Knecht, wir waren beide bettelarm, an Heiraten war nicht zu denken. Er war ein prächtiger Bursche, damals, und wenn ich ihn nur gesehen habe, habe ich gemeint, die Seele verbrennt mir, so gern habe ich ihn gehabt und er mich auch. Wie der alte Botengänger dann damals unter den Steinschlag gekommen ist, hat Korbinian seine Kraxe genommen und das Geschäft übernommen. Talein und talaus ist er in ganz Tirol umhergezogen und hat sich auch einen kleinen Handel aufgebaut. Für mich hat er dann diese Hütte hier gefunden, aber zum Heiraten sind wir halt nie gekommen. Für was denn auch, die Kinder waren ja tot.«

Anna schwieg ergriffen. Es hatte also einmal eine Zeit gegeben, in der sich Korbinian und das sonderbare Moorweiblein innig geliebt hatten. Noch nie hatte sie sich Gedanken über die alten Menschen gemacht. Sie gehörten dazu und trugen ihr Teil an Arbeit bei in Haus und Stall, auf den Feldern, im Gemüsegarten und beim Kinderhüten. Sie waren einfach da, und man bediente sich ihrer, wenn man sie brauchte. Doch niemals hatte sie bedacht, dass auch diese Alten ihre Schicksale gehabt hatten.

»Ich muss heuer auf die Alm hinauf«, sagte Anna nach einer Weile. »Hilda, unsere bisherige Sennerin, muss auf dem Hof ihrer Mutter bleiben, die sich das Bein gebrochen hat, und ihre sieben Geschwister sind noch so klein.«

»Ist dein Franz immer noch nicht da?«

»Nein, und ich kann nicht verstehen, wo er so lange bleibt! Jetzt, Mitte Juni, sind alle Männer schon da, auch unsere Väter und Peter, sein Bruder. Der Sandwirt wird ihn doch jetzt nicht mehr brauchen, das Land ist ja frei, und der Kaiser selber hat in seinem Wolkersdorfer Handbillett vom 29. Mai versprochen, dass seine treuen Tiroler nie mehr vom österreichischen Kaiserstaat getrennt werden sollen.

Er hat auch versprochen, dass der Erzherzog Johann sich baldigst nach Tirol begeben wird, um so lange der Anführer und Schützer seiner treuen Tiroler zu sein, bis alle Gefahren von den Grenzen unseres Landes entfernt sind.«

»Und wo ist er dann, der Erzherzog Johann?«, keifte die Moor-Lies spöttisch.

»Wie kannst du nur zweifeln, Lies!« Anna hielt vor Entsetzen den Atem an. »Im ganzen Land gibt es wohl keinen Menschen, der an diesen Worten des Kaisers zweifelt. Er hat es versprochen! Denk doch nur an den großen Sieg, den er am 21. und 22. Mai auf dem Marchfeld gegen Napoleon errungen hat!«

»Alles recht und gut«, entgegnete Lies trocken. »Aber wird der Franzosenkaiser jetzt Ruhe geben? Und wird unser Kaiser Franz die nächste Schlacht auch gewinnen?«

»Lass deine Ansichten lieber niemanden hören, Lies«, warnte Anna. »Die Feinde haben uns genug angetan. Hast du denn nicht gehört, wie sie in Nordtirol gemordet und geplündert haben? In den verbrannten Ortschaften hat kaum jemand mehr einen Strohsack zum Schlafen!«

»Ja, ja«, nickte die Alte, »eine Menschenmasse kann ganz schnell umschlagen von einem ganz ruhigen, vernünftigen Haufen zur blutgierigen Meute, besonders, wenn sie aufgehetzt wird. Rache und Beutegier tun ihr Übriges! Wenn das Gemetzel vorüber war, hat wohl so mancher biedere Mann mit Grauen in die Abgründe seiner Seele gestarrt und im Nachhinein nicht verstanden, zu was er sich da hinreißen gelassen hat. Bei solchen Leuten bedürfte es nur eines vernünftigen Zurufes, um sie von Exzessen abzuhalten, aber verständige Worte fehlen in solchen Augenblicken. Die Wut wächst auf dem Schlachtfeld, wie schon der Name sagt, zur Schlächterei, besonders, wenn man rechts und links die Freunde und Waffenbrüder fallen sieht.«

Anna wusste nicht, was sie sagen sollte. Das mochte ja vielleicht für die Franzosen gelten. Aber so, wie Lies das sagte, klang es ja fast, als meinte sie auch die eigenen Leute!

Als das Mädchen dies zaghaft zur Sprache zu bringen versuchte, keifte die Alte los: »Und ist das denn nicht wahr? Es ist fast genau hundert Jahre her, dass die Bayern unter dem österreichischen Herrscher, der damals noch Kaiser des Heiligen Römischen Reiches Deutscher Nation war, unter fast den gleichen Schikanen schrecklich zu leiden hatten. Auch die bayerischen Bauern stöhnten damals unter der Last der Einquartierungen durch die Besatzer und der hohen Steuern, je vier Höfe mussten einen Rekruten stellen. Auch sie wehrten sich und flüchteten in die Wälder, wurden gefangen und verprügelt und in Ketten abgeführt. Wer sich widersetzte, wurde geplündert oder bekam den roten Hahn aufs Dach. Auch die Bayern wagten damals einen Aufstand, der blutig niedergeschlagen wurde. Allein in der sogenannten Blutweihnacht 1705 wurden in Sendling bei München zweitausend Bayern regelrecht abgeschlachtet, denn sie hatten sich schon ergeben.«

Sie lachte meckernd auf, als sie das bestürzte Gesicht des Mädchens sah.

»Was willst du? Die mörderische Bestie ist nicht Bayern oder Österreich, sondern es ist der Krieg! Der Krieg wird zwar verherrlicht, und dem Sieger werden Denkmäler und Triumphbögen errichtet. Aber da ist nichts Hohes, Hehres, nichts, auf das man sich etwas einbilden könnte. Sie gehen mit dem Leben der jungen Burschen, die alle ein Recht auf ihr erträumtes Leben hätten, recht großzügig um, ganz gleich, ob es nun Österreicher, Bayern oder Franzosen sind. Krieg ist ein verdammt dreckiges Handwerk, das lasst euch gesagt sein! Krieg ist der Gluthauch der Brandruinen, der aus verwüsteten Ortschaften weht, Krieg ist das Weinen der

Kinder, die Hunger haben und das Schreien der Weiber, denen Gewalt angetan wird. Krieg ist nicht der Heldentod der Soldaten, sondern die von Kugeln und Granaten aufgeplatzten Bäuche und die zerfetzten Gliedmaßen der armen Häuter, die eigentlich zu Hause ihren Familien helfen und nicht für ein paar Machtgierige verrecken sollten. Das, meine Lieben, ist der Krieg – und einer gleicht dem anderen wie ein Ei dem anderen.«

Sie stand auf und kramte in ihrer Truhe, dann brachte sie einen Zettel herbei, es war der Ausschnitt aus einer Münchner Zeitung, und drückte ihn Anna in die Hand.

»Lies vor«, befahl sie dem Mädchen. »Ich kann nicht so gut lesen und so bitte ich immer wieder jemanden, dass er mir diese Ballade vorliest. Dieser Dichter hat sie vor zehn Jahren geschrieben. Nun ist er seit vier Jahren tot, aber das war ein gescheiter Mann. Er kannte das Leben und die Natur des Menschen, in seinem Gedicht ist für jeden etwas dabei. Korbinian hat mir vor Jahren diesen Zettel mitgebracht, und er hat mir damit eine große Freude gemacht. Aber lies jetzt vor«, sagte sie noch einmal zu dem Mädchen, »und ich sage dir die Stellen, die für uns passen in dieser Zeit.«

Anna las die Überschrift: »Das Lied von der Glocke, von Johann Christoph Friedrich von Schiller!« Dann begann sie das Gedicht zu lesen. Die Alte saß zusammengesunken da und nickte hin und wieder mit dem Kopf, aber wenn diese gewissen Stellen gelesen wurden, die sie meinte, hob sie wie drohend den Zeigefinger.

»Holder Friede, süße Eintracht, weilet freundlich über dieser Stadt«, las Anna, »möge nie der Tag erscheinen, wo des rauen Krieges Horden dieses stille Tal durchtoben, wo der Himmel, den des Abends sanfte Röte lieblich malt, von der Dörfer, von der Städte wildem Brande schrecklich strahlt!«

Und dann später: »Nichts Heiliges ist mehr, es lösen sich alle Bande frommer Scheu, das Gute räumt den Platz dem Bösen, und alle Laster walten frei. Gefährlich ist's, den Leu zu wecken, verderblich ist des Tigers Zahn, jedoch der Schrecklichste der Schrecken, das ist der Mensch in seinem Wahn. Weh denen, die dem Ewigblinden des Lichtes Himmelsfackel leihen! Sie strahlt ihm nicht, sie kann nur zünden und äschert Städt und Länder ein.«

»Und alle Laster walten frei«, wiederholte die Moor-Lies, als Anna das Gedicht fertiggelesen hatte. »Nun, wie gefällt dir diese Ballade?«, fragte sie das Mädchen.

»Sie ist wunderschön!«, antwortete Anna ergriffen, »mir gefällt besonders gut das von der jungen Liebe und den Hochzeitsglocken!«

»Ja freilich«, meinte Lies »Bei dir läuten sie ja jetzt bald. Das heißt, wenn sich dein Franz von seinem Hofervater losreißen kann.«

»Das will ich doch hoffen«, protestierte Anna, »aber es ist schon so, immer wenn er von seinem Hofervater spricht, fängt er vor Begeisterung zu glühen an.«

»Bis zu eurer Hochzeit wird er schon kommen«, sagte die Alte trocken, »denn seinen Hofervater kann er ja doch bei bestem Willen nicht heiraten!«

Jetzt lachten sie alle zwei.

Franz kam erst in der letzten Juniwoche nach Hause, und die zwei Liebenden konnten nun einige zauberhaft schöne Wochen zusammen verbringen. Anna musste die alte Leni wieder überlisten und schlich sich nachts heimlich aus dem Haus, um ihren Liebsten am Bach zu treffen. Während sie sich zusammenkuschelten, berichtete Franz alles, was er gesehen und erlebt hatte. Er erzählte ihr, dass er mit Hofer, dem Pater Haspinger und einigen Bauernführern mit deren Adjutanten und Ordonnanzen in Rattenberg der Fronleichnamsprozession beigewohnt habe, und er erzählte von den Umzügen und Prozessionen, die in der Hauptstadt und den umliegenden Dörfern gemacht wurden in einer Pracht und Herrlichkeit, als müsse das Volk jetzt alles nachholen, was unter Bayern so lange verboten gewesen war.

Aber Franz erzählte auch von der schrecklichen Not der Menschen in den abgebrannten Ortschaften, denen der tägliche Bissen Brot fehlte, von denen man aber trotzdem keine Klagen oder Verwünschungen hörte. Vielmehr zeigten sie ergriffen in den verbrannten Trümmern auf dieses oder jenes Heiligenbild, das die Flammen wundersam verschont hatten. Im ganzen Land sammelte die Geistlichkeit für diese Notleidenden, und die Spenden flossen reichlich, selbst die ärmsten Berggemeinden gaben, was sie vermochten.

Da das Land nun wieder ebenso frei war vom Feinde wie im April, hatte Hofer dankbaren Herzens das Gelübde eingelöst, das er vor der letzten Bergiselschlacht am Schönberg gemacht hatte. Am Freitag, den 9. Juni, hatte der Abt das feierliche Hochamt zum Herzen Jesu gehalten. Die Schützenkompanie von Fleims stand dabei in Parade.

Ein anderes Mal machten die zwei Verliebten Zukunftspläne, denn Franz war ja der angehende Bauer auf dem Obersteinerhof. Sie besprachen, wie sie dieses und jenes verbessern könnten – und großes Gelächter rief es hervor, wenn sie spaßeshalber berieten, was für Namen ihre Kinder haben sollten.

»Die Buben heißen jedenfalls Franz, Vitus und Karl«, sagte Anna.

»Und die Mädchen heißen natürlich Anna, Katharina und Rosa«, meinte Franz.

»Und eine Maria muss dabei sein«, rief das Mädchen.

»Ja freilich«, erwiderte Franz, dann sagte er lachend: »Und dann gibt es noch Namen wie Hermagorus und Fortunatus.«

»Ja«, kicherte Anna, »oder Theodosia oder Petronilla.«

»Wie viele Kinder bekommen wir eigentlich?«

Nach dieser Frage von Franz wurden sie auf einmal befangen und getrauten sich nicht mehr, sich in die Augen zu schauen. Da nahm er sie sachte und zärtlich in die Arme und küsste sie viele Male auf Stirn, Wangen, Kinn und zuletzt auf die Nase, dass sie doch wieder lachen mussten.

Ach, es waren glückliche Tage – und sie glaubten fest daran, dass es nun immer so bleiben würde. Sie gehörten einander und sie waren einander versprochen in vollen Ehren, was sollte da schon noch geschehen?

Es war am letzten Julitag, einem Montag, als Franz ganz unverhofft am späten Nachmittag zu Anna auf die Alm kam. Er hatte seine Büchse bei sich und die Munitionstasche, außerdem hatte er das Bockshorn umhängen. Anna, Martl und der Hüterbub Xaver waren gerade beim Melken. Franz legte seinen Stutzen und die Tasche zur Seite, holte sich einen Hocker und half ihnen. Das Mädchen sah ihn erstaunt an.

»Ich bin unterwegs für den Hofer«, erklärte er ihr. »Es geht wieder los! In Nordtirol dringt der Feind bei jedem Pass herein. Der Lefebvre soll mit zwei Divisionen schon gestern in Innsbruck angekommen sein.«

Nachdem sie das Vieh aus dem Stall gelassen hatten, gingen sie in die Hütte, und Anna bereitete das einfache Nachtmahl.

»Im Tal unten ist der Teufel los«, berichtete Franz. »Am 12. Juli soll der Erzherzog Karl in Znaim mit Napoleon einen Waffenstillstand unterschrieben haben, nachdem er die Schlacht bei Wagram vom fünften und sechsten Juli verloren hat. Der vierte Artikel dieses Vertrages gewährt dem Franzosenkaiser die Räumung Tirols durch die österreichischen Truppen.«

»Und was sagt der Sandwirt zu diesem Waffenstillstand?«, fragte Martl.

»Er glaubt es nicht!«, entgegnete Franz. »Niemand glaubt es im Tal, zumal er uns noch von keiner österreichischen Seite bestätigt wurde. Ich habe dazu einen Aufruf vom Hofer zu verbreiten.«

»Aber was ist, wenn es doch wahr ist?«, fragte Anna.

»Es ist ganz gewiss nicht wahr!«, rief Franz. »Wenn es wahr wäre, dann hätte uns der Kaiser oder der Erzherzog Johann schon längst unterrichtet. Die Kommandanten um Hofer sagen, sie wollen sich nicht ergebungsvoll mit einem Waffenstillstand abfinden, der ihnen bis jetzt nur von feindlicher Seite verkündet wurde. Sie meinen, es könne nur eine List des Feindes sein, da der Kaiser sein Wort gegeben hat, die Tiroler nie mehr zu verlassen. Die Hauptleute sagen auch, selbst wenn dieser Waffenstillstand wahr wäre, so müsste doch der bestehende Zustand eingehalten werden. Also wohl Abzug der österreichischen Truppen aus Tirol, aber keine feindliche Besetzung des Landes. Wenn der Feind jedoch versuchen sollte, in das Land zu kommen, dann müssen wir uns wehren!«

Nach dem Essen verabschiedete sich Martl und ging zu seiner Hütte, die eine knappe Gehstunde unterhalb der Alm lag. Franz machte sich auch auf den Weg, und Anna ging mit ihm. Sie trug einige Milchsatten und Tröge mit sich, die sie drüben beim Wasser reinigen wollte. Dort, wo der kleine Quellbach in den Bergsee mündete, reinigte sie das Geschirr und beschwerte es mit einigen Steinen auf dem Grund.

Die letzten Wochen waren hochsommerlich heiß und trocken gewesen, und kaum ein Lüftchen regte sich. Die Kühle der hereinbrechenden Nacht war eine Erleichterung für Mensch und Vieh. Anna und Franz hielten sich an den Händen, und der Bursche zog sie zu der Hütte hin, in der die Ziegen und die Schafe untergebracht waren. Im hinteren Teil des jetzt leeren Stalles, der halbvoll mit Almheu war, setzten sie sich nieder.

»Ich muss heute noch ein Stück weit kommen«, sagte Franz, »der Mond ist zwar noch lange nicht halb voll, aber er leuchtet schon hell genug, dass ich sehen kann, wo ich hintrete.«

»Franz, pass auf, damit dir nichts Böses geschieht. Ich meine jetzt nicht nur deine nächtlichen Gänge über Joche und Abgründe ... aber wenn es jetzt wieder losgeht, wenn wieder gekämpft werden muss ...« Das Mädchen schüttelte ungläubig den Kopf. »... dann müssen unsere Väter wieder fort, und du und dein Bruder und alle wehrfähigen Männer.«

»Ja freilich«, entgegnete Franz ungeduldig. »Wir sind doch Tiroler, und das weißt du doch, dass wir getreu unserer Verfassung unsere Grenzmarken und unser Land selber schützen müssen.« Aber dann neckte er sie wieder und scherzte, während er sie umarmte: »Ich habe nächstens gar keine Zeit, dass mir etwas Schlimmes geschehen könnte, denn in wenigen Wochen muss ich dich heiraten, und vorher muss ich noch deinen Brautstrauß stehlen beim König Laurin. Vielleicht – wenn ich ihm erkläre, wie wunderschön meine Braut ist und wie sehr ich sie mag – wer weiß, vielleicht schenkt er mir dann die Rosen, und ich brauche nicht mit ihm zu kämpfen.«

Sie legte ihm die Finger auf den Mund: »Pst, sei still«, schimpfte sie und schaute scheu um sich. »Man weiß ja nie, wer zuhört.«

Er lachte schallend auf. »Ich sehe schon, die alte Leni hat dich angesteckt mit ihren Geschichten über Naturgeister, die auf Bergeshöhen und Almen, hinter Baumstümpfen und an Gewässern hausen. Aber auch wenn es sie geben sollte, dann freuen sie sich über zwei Menschen, die sich so innig mögen wie wir zwei, das darfst du mir glauben. Aber ich habe dir ja etwas mitgebracht, das ich dir alleine geben wollte.«

Er kramte in seiner Hosentasche und legte etwas in ihre Hände, das im fahlen Licht des jungen Mondes glitzerte. »Es ist ein Bergkristall«, erklärte er. »Ich habe ihn in Brixen auf dem Markt gesehen, er ist mir gleich aufgefallen, denn er hat die Form einer Rose.«

»Ich werde mir diese Bergkristallrose bei unserer Hochzeit an das Mieder nähen«, sagte das Mädchen leise. »Diese Rose ist mehr wert als der Almenrausch vom Laurin, und Ende August ist sowieso schon alles verblüht.«

»Ganz oben nicht«, erwiderte Franz, der sich fest vorgenommen hatte, trotz der späten Jahreszeit einige Alpenrosen zu ergattern.

»Aber diese Kristallrose ist etwas Besonderes, denn sie verwelkt nie und ist ewig«, sagte Anna.

»So ewig, wie ich dir gut sein werde«, flüsterte er ihr ins Ohr und drückte sie so fest, dass sie selig aufstöhnte:

»Und so ewig, wie ich dir treu sein werde.«

Diese uralten und doch ewig neuen Worte verklangen in der Nacht, die lau und lind war wie Seide. Das Heu, auf dem sie lagen, duftete stark und würzig. Man hörte nichts als das Murmeln der Quelle in den See, und von den Matten her erklangen die Herdenglocken. Sie schmiegten sich aneinander, seine Küsse wurden immer drängender. Er hatte ihre schweren Zöpfe gelöst und drückte sein Gesicht in ihre dunkle Haarflut.

»Jetzt wird es Zeit, dass du mein Weib wirst«, flüsterte er gepresst.

So nahe war die Versuchung noch nie an diese zwei jungen Menschen herangetreten – und Anna war es, die sich als Erste wieder fasste. Sie war ein wenig erschrocken, sie hatte nicht gewusst, dass man so schwer widerstehen konnte.

Zart löste sie sich aus der Umarmung und sagte leise: »Wenn es für uns zwei sonst keine Hoffnung gäbe, würde ich dir jetzt ohne Zaudern gehören, aber da ich dir ja bald vor Gott und den Menschen in allen Ehren angehören werde, möchte ich auch so gerne meinen Kranz in Ehren tragen dürfen.«

Das brachte Franz zur Besinnung. Er musste ihr recht geben. »Ja – und so haben wir es ausgemacht. Ich habe dir schon einmal gesagt, dass ich sehr stolz auf dich sein werde!«

Sie trennten sich erst spät in der Nacht und ihre Herzen zitterten bei diesem Abschied. Nur die Gewissheit, dass sie in einem Monat Mann und Frau sein würden, tröstete sie ein wenig.

Dass seine sieggewohnten Truppen nun schon zweimal gegen diese Tiroler Bauern den Kürzeren gezogen hatten, betrachtete der Franzosenkaiser als eine Schmach ohnegleichen. Nun, da er die Österreicher bezwungen hatte und sie in einen Waffenstillstand eingewilligt hatten, in dem sie auch in den Abzug aus Tirol eingewilligt hatten, war er entschlossen, dieses Volk endgültig in die Knie zu zwingen und in diesem Felsennest dauernde Ruhe zu schaffen. Von vier Seiten sollen Heeressäulen das Land umklammern, von Italien und Kärnten, von Salzburg und Bayern.

Der französische Marschall Pierre Francois Joseph Lefebvre bekam von seinem Herrn grausame und genaue Instruktionen. Mindestens hundertfünfzig Bauernführer müssten als Geiseln nach Straßburg geschickt, deren Höfe verbrannt und dem Erdboden gleichgemacht werden. Außerdem seien sechs große Orte einzuäschern, und zwar so gründlich, dass keine Spur dieser betroffenen Städte und Dörfer mehr übrig bleibe – dies sollte ein Mahnmal sein für die an den rebellischen Bergbewohnern genommene Vergeltung.

Der Waffenstillstand war am 12. Juli in Znaim unterzeichnet worden. Was hätte nun nähergelegen, als den getreuen Tirolern diesen Waffenstillstand sofort mitzuteilen und jeden weiteren Aufruhr zu ersticken? Stattdessen ließ Erzherzog Johann General Buol in Brixen folgende Order zugehen: »Da es sein kann, dass ein feindlicher Parlamentär Ihnen den Befehl bringt, Tirol infolge eines Waffenstillstandes zu räumen, so haben Sie diesem Befehl nicht nachzukommen, außer er wäre von mir unterfertigt.«

General Buol ließ dieses erzherzogliche Schreiben im Druck vervielfältigen und ergänzte es noch selber mit den Worten: »... welches hiermit zur Berichtigung der umlaufenden falschen Gerüchte und zur Beruhigung der treuen und tapferen Tiroler allgemein bekannt gemacht wird.«

Alle, die von dem Abkommen hörten, schüttelten nur ungläubig die Köpfe und warteten auf eine Nachricht von österreichischer Seite. Von den Grenzen lief die Kunde schnell durch das ganze Land, doch die Bevölkerung wollte sie nicht glauben. Es könnte nicht wahr sein, meinte das fest vertrauende Volk und verwies auf das Wolkersdorfer Handbillett vom 29. Mai. Es war das Zuverlässigste, was ein Monarch an sein Volk schreiben konnte: »Ich erkläre hiermit meiner getreuen Grafschaft Tirol, dass sie nie mehr von dem Körper des österreichischen Kaiserstaates soll getrennt werden und dass ich keinen anderen Frieden unterzeichnen werde als den, der dieses Land an meine Monarchie unauflöslich knüpft.« Es bedurfte überhaupt keiner Diskussion, da der Kaiser sein Wort gegeben hatte!

Während Lefebvre seine Divisionen vor dem Pass Strub aufziehen ließ, wurden ihm drei Offiziere in Tiroler Nationaltracht mit dem österreichischen Portepee, der geflochtenen Quaste am Degen, gemeldet. Darunter waren Anton Oppacher von Jochberg und Johann Gruber, der Wirt von Reith bei Kitzbühel, die mit ihren Kompanien auf dem Pass standen. Lefebvre legte ihnen verschiedene Zeitungen vor, darunter auch österreichische, worin sie den Waffenstillstand eindeutig bestätigt fanden. Die Hauptleute forderten nun, dass sich Lefebvre mit seiner Armee erst eine Stunde nach Räumung des Passes durch die Tiroler in Marsch setze. Der Marschall war damit einverstanden, aber Johann Gruber musste als Geisel an seiner Seite bleiben.

Während die Verhandlung der drei Bauernführer mit dem französischen Marschall andauerten, herrschte in der Schlucht eine tiefe Stille. Jeder der Soldaten Lefebvres wusste, dass der Eintritt in das Land im Mai unendlich viele Opfer gekostet hatte. Sie schielten nach den Tirolern, die ruhig auf ihren Felsen saßen, die Büchsen quer über die Beine gelegt, die Befehle ihrer Offiziere erwartend. Jubelrufe wurden laut, als man die einheimischen Schützen das Feld räumen sah.

Am 30. Juli kam Levebvre mit seinen Divisionen, die nach den höllischen Märschen in glühender Hochsommersonne vollkommen erschöpft waren, in Innsbruck an. In diesem Jahr 1809 war für Innsbruck an sturmbewegten Tagen kein Mangel gewesen. So auch an diesem 30. Juli, wo die Bevölkerung der Stadt wieder einmal zitternd und bebend die kommenden Ereignisse abwartete.

Seit den frühen Morgenstunden durcheilten Flüchtlinge aus dem Unterinntal mit Sack und Pack die Straßen und wandten sich aus Angst vor den anmarschierenden Armeen den nächsten Hochtälern zu. Lichtscheues Vorstadtgesindel kroch aus seinen Höhlen und ging auf Raub aus, um erst beim Anblick der fremdem Soldaten wieder von der Bildfläche zu verschwinden. Stürmermassen und Flüchtlinge stauten sich in der Plattnergasse vor der Triumphpforte und eilten der Brennerstraße zu. Wieder einmal brach die Verpflegung von Innsbruck zusammen, und die Bevölkerung hungerte. Die städtischen Magazine mussten den Proviantkommissären der einzelnen Divisionen alles herausrücken, was sie hatten. In weitem Umkreis bis in das Zillertal hinein und von den Almen herab beschlagnahmten Militärpatrouillen Vieh und Futter, wobei es wieder zu bösen Ausschreitungen kam.

Am 1. August wurde Lefebvres Befehl an die Tiroler angeschlagen. Ein Schreckensregiment schien sich anzubahnen. Das Manifest forderte allgemeine, unbedingte Unterwerfung, die Ablieferung aller Waffen binnen zehn Tagen durch die Pfleger und Landrichter, strengste Bestrafung der Gemeinden, in denen nach diesem Termin noch Waffen gefunden würden, Vorlage der Standeslisten aller Kompanien, welche während des Aufstandes im Einsatz waren und formiert wurden, und die persönliche Stellung der führenden Männer. Wer sich nicht stellte, sollte als in der Rebellion verharrend gelten, dessen Haus war niederzureißen, seine Familie aus dem Lande zu weisen und das Vermögen einzuziehen; er selbst sollte als vogelfrei gelten. Teimer als erster Rädelsführer war von jeglicher Begnadigung ausgeschlossen und zu erschießen, wo er gerade getroffen wurde. Die Ortsobrigkeit haftete für die Ruhe in ihrer Gemeinde.

Tausenden drohten schwerste Strafen, selbst jene, die die Sturmglocken gezogen hatten, wurden zu den Anstiftern der Rebellion gezählt. Den Menschen, die in ihren verbrannten und kahl geplünderten Dörfern in bitterster Not lebten, wurden Verfügungen vorgelesen, wonach alle Einwohner für den angerichteten Schaden dem bayerischen Staat zu haften hatten. Hausdurchsuchungen wurden gehalten, denn das Einsammeln der Waffen zeigte kein zufriedenstellendes Ergebnis. In den Ortschaften brachten die Bauern den Kommissären »einige hundert Stück Gewehre von solcher Beschaffenheit, dass sie annehmen mussten, sie seien, eben weil unbrauchbar, niemals verwendet worden«, ließ ein Kommissar empört zu Papier bringen. Die guten Stutzen wurden trotz aller Drohungen sorgfältig verborgen und waren nicht aufzufinden.

So standen Anfang August die Dinge in Nordtirol.

Auf dem Hausberghof im Pustertal sah Karl, wie sein jüngerer Sohn sich wieder zur Reise rüstete. Gestern spät am Abend war er angekommen, und jetzt in aller Frühe, es war noch dunkel, wollte er schon wieder fort. Er steckte Kugelbeutel und Pulversack sowie Proviant in seine Tasche und hängte sie samt dem Bockshorn um.

»Franz, ich bitt dich, bleib da!«, sagte der erregte Vater.

»Ich muss weiter, Vater, ich muss die Aufrufe Hofers bekannt machen, denn jetzt marschiert der Lefebvre nach Südtirol, eine Division Sachsen hat sich schon von Innsbruck aus auf den Weg gemacht. Und dann muss ich auch wieder zurück zum Hofer!«

»Warum musst gerade du zum Hofer? Jetzt, wo ihm sogar die Besten davonlaufen!«

»Eben, Vater, was er jetzt braucht, sind getreue Männer.«

»Aha, und da meinst du junger Sperber, du wärest gerade der Richtige, um mit dem Sandwirt das Land zu retten.«

»Wenn es genug sind, die so denken wie ich, dann retten wir es, Vater! Auch die Soldaten, ob österreichisch oder feindlich, sind in meinem Alter oder sogar noch jünger, und auf sie kommt es an, ob Sieg oder Niederlage.«

»Ja, aber hast du sie denn nicht gesehen, die Blutsbrüder vom Hofer? Wie General Buol durch das Pustertal abgezogen ist, sind sie auf seinen Wagen gesessen, verkleidet in österreichische Uniformen – alles hervorragende Führer des bisherigen Aufstandes, und alle haben das Land verlassen, um ihr Leben zu retten!«

»Nicht alle, Vater. Der Speckbacher ist hiergeblieben.«

Auch ihn hatte der Sandwirt freilich auf einem Transportwagen des Militärs entdeckt. Ganz entsetzt hatte der Oberkommandant auf seinen fliehenden Flügelhauptmann gestarrt, bis sich ihm ein Schrei aus der Brust löste: »Seppl, was tust du? Sie führen dich in die Schand!« Da war Speckbacher wieder vom Wagen gesprungen.

»Und auch ich halte meinem Oberkommandanten die Treue«, fuhr Franz fort.

»Ja, ja, das tun wir ja alle«, meinte Karl beschwichtigend. »Aber sei vorsichtig! Du hast die Aufrufe Lefebvres gelesen, die die Post nach Bruneck gebracht hat. Wenn sie dich erwischen, wirst du sofort füsiliert!«

»Sie erwischen mich nicht, Vater. Ich kenne Bergwege und Felssteige, da kommen die gar nicht hin. Und sollten sie mich einmal fangen, dann ist mir eben mein Stier entlaufen oder ein paar Schafe, die ich suchen muss.«

»Und dazu brauchst du dann deine Munitionstasche und deinen Stutzen! Bub, die sind doch nicht blöd!«, erregte sich der Vater.

Da ertönte vom Tal herauf der Schall der Kirchenglocken. Vater und Sohn sahen sich an.

»Was bedeutet das?«, fragte Karl, »Messe ist jetzt keine.«

Da stürmte Peter in die Stube: »Hört ihr das Geläute nicht? Das sind Sturmglocken!«

Sie traten vor das Haus und lauschten in das Tal hinab, aber plötzlich deutete Franz in Richtung St. Siegmund und rief: »Da! Seht nur! Die Kreidefeuer brennen, das gilt auch für dich, Vater!«

Doch Karl und Peter waren schon auf dem Weg in ihre Kammern, um sich zu bewaffnen.

11. Kapitel

Erbittert und zornig hatten die Tiroler die österreichischen Truppen über Pustertal und Drautal nach Kärnten abziehen sehen. Allenthalben waren die Streitkräfte den Vorwürfen und dem Flehen der die Straßen säumenden Bevölkerung begegnet, das Land doch jetzt – in größter Not – nicht im Stich zu lassen. Fluchend und drohend hatten die Offiziere eingreifen müssen, um einen Massenüberlauf der Soldaten zu den Bauern zu verhindern. Die Offiziere bekamen aber auch Drohungen zu hören. »Wir sollten sie nicht abziehen lassen!«, hörte man immer wieder. »Zuerst haben sie uns aufgestachelt, und jetzt lassen sie uns im Elend verrecken!«

Auch an Andreas Hofer waren bei seinem Ritt von Lienz nach Sterzing die abziehenden österreichischen Armeen vorbeigezogen, aber auch seine flehentlichen Bitten, das Land doch jetzt nicht zu verlassen und sich mit den Tirolern dem einfallenden Feind zu stellen, hatten nicht gefruchtet. Das Ansinnen General Buols, wenigstens vorübergehend außer Landes zu ziehen, wies er empört zurück.

»Auch Ihren Kopf will man haben, er steht auf der Liste«, meinte der General.

»Noch haben sie ihn nicht«, erwiderte der Sandwirt, »und Gott soll mich verdammen an dem Tag, an dem ich zum Verräter werde!«

In diesen Tagen forderte Kaiser Franz seinen Bruder Johann auf, er möge beruhigend nach Tirol hinwirken. »Nach allen Berichten«, so schrieb der Kaiser, »wird Tirol von allen Seiten angegriffen, und das unglückliche Land wird nicht widerstehen können. Die braven Tiroler sollen keinen unnötigen Widerstand mehr leisten und ihre Kräfte aufsparen. Meine Offiziere sind auch noch darauf aufmerksam zu machen, dass sie suchen sollen, die Chefs der tapferen Tiroler allenfalls verkleidet in Sicherheit zu bringen.«

Erzherzog Johann gab diese Weisungen am 6. August weiter. Zu diesem Zeitpunkt standen die Tiroler schon wieder in vollem Kampfe.

Da die Vorkommnisse im Mai Marschall Lefebvre gelehrt hatten, dass mit der Landeshauptstadt noch lange nicht das ganze Land eingenommen war, wollte er dieses Mal ganz sicher gehen. Nun sollte Südtirol von allen Seiten umklammert, sollten die Aufständischen in die Zange genommen und an weiteren Rebellionen gehindert werden. General Rouyer mit seiner sächsischen Division befehligte er nach Brixen, wo er sich mit den französischen und italienischen Truppen General Ruscas, die über Lienz und das Pustertal und über Trient kamen, vereinen sollte. Am 4. August hatte das zehnte bayerische Fußregiment mit Kavallerie und zwei Kanonen den Marschbefehl bekommen. Über Oberinntal, Landeck, den Reschenpass und Vintschgau sollte es in das Zentrum Südtirols vorstoßen.

General Rouyer, der am 3. August in voller Ordnung, mit einem spielenden Musikkorps an der Spitze, in Sterzing einmarschierte, war bis dahin auf keinerlei Hindernisse gestoßen und hatte südlich der Stadt im Moor das Lager aufschlagen lassen. Dass es im Volk rumorte, ließ die kommende Nacht erkennen, denn die Bauern leiteten die Bäche um und setzten das Lager unter Wasser. General Rouyer sandte Priester in die umliegenden Dörfer mit der Drohung, Sterzing niederzubrennen, wenn seine lagernde

Mannschaft noch weiter behelligt würde. Da man ihm in Innsbruck versichert hatte, dass er spätestens in Brixen mit napoleonischen Divisionen zusammentreffen würde, galt es für ihn nur noch eine Strecke von wenigen Stunden zurückzulegen, um sich dort mit den Franzosen zu vereinigen. Am Morgen des 4. August gab er den Befehl zum Aufbruch.

Aber die zündenden Aufrufe Hofers hatten da schon ihre Wirkung getan. Seit die Post die Liste Lefebvres gebracht hatte, auf der die Namen der vom Volk hoch geachteten Bauernführer standen, die sich zu stellen hatten und deren Höfe dem Erdboden gleichgemacht werden sollten, gab es keine Bedenken mehr. Landsturm und Schützenkompanien wurden aufgeboten, die Sturmglocken läuteten, und da es dieses Mal alles galt, zündete der Kurat Lanschner in Weitenthal die ersten, längst überall bereitgehaltenen Kreidefeuer an, die nun weit über das Land von Gipfel zu Gipfel aufflammten.

»Diese Feuer werden bewirken«, so prophezeite der Kurat richtig, »dass binnen fünf Minuten jeder Streitbare auf allen Berghütten sein Arbeitszeug hinwirft und zum Sammelplatz läuft.«

Die von General Rouyer befehligten Sachsen aus Sterzing stellten schon bald nach ihrem Aufbruch fest, dass die Straßen versperrt waren: Zahlreiche Bäume, ja ganze Waldsäume waren gefällt worden und lagen nun als unüberwindliche Barrieren auf der Straße. Unter ständigem Kugelhagel machten sie sich an die Entfernung der Hindernisse. Der Marsch ging weiter, und sie kamen in die Eisackschlucht, wo nur die Straße und das tosende Wasser die links und rechts hochaufragenden Felswände durchbrachen. Plötzlich lösten sich die in den Höhen der Schlucht angelegten, riesigen Steinlawinen, donnerten zu

Tal, brachten Tod und Verderben in die Reihen der Soldaten und verlegten die Straße. Von diesem 4. August 1809 an wurde die Eisackschlucht im Volksmund die Sachsenklemme genannt.

Trotz vieler Toter und Verwundeter sammelte sich das Korps wieder und näherte sich dem Dorfe Mittewald. Der Regenguss eines heftigen Gewitters brach am späten Nachmittag den erbitterten Kampf ab.

Es wurde eine ungemütliche Nacht. Die Tiroler hatten sich zwar in die Berge zurückgezogen, aber General Rouyer gab sich keiner Illusionen hin – er hörte dieses unheimliche, nächtliche Sturmgeläute von allen umliegenden Dörfern her, das wieder neue Stürmermassen herbeizaubern würde. Bei Anbruch des Tages würden sich diese Gebirgsleute wieder sammeln und verstärken, und er hatte seine berechtigten Zweifel, ob der versprochene Entsatz aus Kärnten und Italien jemals eintreffen würde. Da er für seine äußerst erschöpften Truppen keine Verpflegung hatte, befahl er um Mitternacht den Rückmarsch nach Sterzing.

Der darauffolgende Tag, der 6. August, war Sonntag Portiunkula. Die Stürmermassen, ermüdet vom zweitägigen Kampf, waren von Oberau nach Mauls gezogen, um dort diese festliche Messe zu feiern. Priester waren genug da, allein neun Feldpater waren in der Dorfkirche. Danach hatte der Mahrwirt für Speise und Trank gesorgt, und am Nachmittag begann die Ansammlung sich langsam aufzulösen. Aber plötzlich kamen die Wachtposten angerannt und schlugen Alarm. Die Warnung kam beinahe zu spät, denn Marschall Lefebvre mit einem Heer von siebentausend Mann und zehn Geschützen näherte sich bereits dem Lager der Schützen, die, so schnell sie konnten, den Berghängen zurannten. Viele wurden jedoch von den vorausspengenden Reitern eingeholt und getötet.

Am 5. August hatte sich Marschall Lefebvre über den Brennerpass in Richtung Süden in Bewegung gesetzt, nachdem ihm Schwierigkeiten gemeldet worden waren, in die das Sachsenkorps geraten war. Er war schlechter Laune, denn von Gossensass an war er von Speckbacher und seinen Schützen attackiert worden. Das Dorf Ried ober Sterzing musste dafür büßen und ging auf Befehl des Generals in Flammen auf. Für General Rouyer und die tapferen Sachsen, die mehr als ihre Soldatenpflicht erfüllt hatten, fand er nur verächtliche Worte. Rouyer bekam den Befehl, die Brennerstraße bis Innsbruck freizuhalten. Der Marschall selber ließ seine Armee sogleich weitermarschieren, um diesen Bauern, wie er dachte, zu zeigen, wer nun der Herr im Lande war. Da sich der Abend näherte, schien es ihm aber nicht geraten, sich gleich in diese Eisackschluchten zu wagen, die den Sachsen zum Verhängnis geworden waren.

»Vielleicht«, so sinnierte er, »hat diese plötzliche Kavallerieattacke die Rebellen doch etwas eingeschüchtert.« Er sandte den Sterzinger Kapuzinerpater Hyginus mit einem Brief zu den Tirolern, worin unter schwersten Androhungen die Niederlegung der Waffen gefordert wurde. Pater Hyginus selber wies die Tiroler auf die Unüberwindlichkeit dieses großen Heeres hin. »Diese starke Armee wird euch das Genick brechen!«, meinte er beschwörend. Aber da kam er bei den Stürmern schlecht an. Die ergrimmten Bauern gaben dem Pater einige neue, wenig schmeichelhafte Namen und sperrten ihn in einen Keller. Pater Joachim Haspinger verhalf seinem Ordensbruder später zur Flucht.

Am Montag, dem 7. August gab Lefebvre in aller Frühe den Befehl zum Durchbruch nach Brixen. Sie kamen aber nur bis zum Eintritt in die Eisackschlucht, dann war die Straße durch Steinlawinen auf eine halbe Stunde Fußweg unpassierbar. Die übereinanderliegenden und zum Teil riesigen Felsblöcke konnten nur mit Pulver gesprengt werden. An den mit Sträuchern bewachsenen Felswänden bargen sich zudem Hunderte von Schützen, und ein Kugel- und Steinhagel prasselte auf die sich stauende Soldatenmenge hernieder. Es blieb Lefebvre nichts anderes übrig, als zähneknirschend umzukehren. Er zog mit seinen Divisionen zurück nach Sterzing, von wo er am Morgen so zuversichtlich aufgebrochen war, und es folgten nun einige Tage erbitterten Kampfes, wobei aber keiner der beiden Gegner recht weiterkam. Der Marschall musste erkennen, dass ihm die Kampfkraft der Schützen noch ungebrochen gegenüberstand.

Der 10. August verging mit Verhandlungen, doch die Bauern wollten von Unterwerfung nichts wissen. Um diese Zeit begann Lefebvre den Rückzug nach Innsbruck vorzubereiten, denn es war ihm eine schreckliche Nachricht zugekommen: die Nachricht von der Vernichtung seines Regimentes an der Pontlatzerbrücke, das über den Reschenpass und Vintschgau in das Zentrum von Südtirol hatte vordringen sollen. Auch dem zehnten bayerischen Fußregiment mit Kavallerie und zwei Kanonen war eine Schlucht zum Verhängnis geworden. Den Klang der Sturmglocken, die hoch oben in den Bergdörfern läuteten, hatten sie nicht gehört, denn um das Furchtgefühl der Soldaten zu verscheuchen, hatte man die Musik lustige Marschweisen blasen lassen. Mit klingendem Spiel waren sie in die Falle gegangen.

Die Pontlatzerbrücke führte über den Abgrund hinüber auf das linke Ufer des Inns in die Tullenau, wo sich das Tal zu erweitern begann. Die Truppe hatte den Übergang kaum passiert, als aus dem ansteigenden Wald rechts der Straße die ersten Schüsse fielen. Dann hatte man die Brücke hinüber nach Prutz zerstört vorgefunden, und dem

Oberst blieb nichts anderes übrig, als umzukehren. Er wollte das Dunkel der Nacht nützen, um über die wohlbewachte Pontlatzerbrücke nach Landeck zu entkommen. Doch noch hatte ein Teil des Regimentes nicht über den Fluss gesetzt, da hörten sie es plötzlich rufen: »Lasst's ab!« Ein Schwall von Steinlawinen donnerte herab auf die Straße, Reiter und Pferde, auch ein Geschütz wurden in den Abgrund geschleudert, Verwundete stöhnten – und über allem die Dunkelheit und das Tosen des Gebirgsflusses. Einem Teil des vorausziehenden Bataillons gelang es, aus dem Steinhagel zu entkommen, die Männer liefen stundenlang den endlos langen Weg nach Landeck um ihr Leben, Mann hinter Mann, sich immer wieder schutzsuchend an die Felswände drückend. Todmüde nach sechsunddreißigstündigem Marsch trafen die Soldaten im Laufe der Nacht in der Zirler Kaserne ein. Noch schlechter erging es aber dem Teil des Korps, der sich bei der Pontlatzerbrücke von der durch die Steinlawinen versperrten Straße wieder in die Tullenau zurückziehen musste und sich am nächsten Tag von den Tirolern eingeschlossen sah. Um die Mittagsstunde des 9. August traten achthundert Mann und hundert Pferde den Weg nach Meran in die Gefangenschaft an.

Nicht viel besser erging es auch General Ruscas Franzosen, die von Kärnten aus durch das Tiroler Drautal und Pustertal nach Brixen marschieren sollten, um sich dort mit den Divisionen Lefebvres zu vereinen. An der Lienzer Klause, dem Ostzugang zum Pustertal, kam er an den Tiroler Verteidigern nicht vorbei. Nun versuchte Rusca den Weg des Schreckens, zehn Dörfer ließ er in Schutt und Asche legen, aber am 10. August ordnete er den Rückzug an.

Den Einfall einer anderen französischen Brigade durch die Veroneser Klause wehrten die Burggräfler ab, und der italienischen Division über Trient erging es nicht besser. Ob an der Drau, ob am Eisack oder am Inn, überall und ohne voneinander zu wissen war die instinktive Taktik der Tiroler Gebirgsschützen dieselbe. Sie brauchten kein Hauptquartier und keinen herausgegebenen Operationsplan. Nicht einer einzigen feindlichen Division gelang es, wie befohlen nach Brixen zu marschieren.

Die Achentaler erbeuteten in dem Hohlweg am Kasbach an der südlichen Spitze des Achensees einen Zug von zweiundsechzig Wagen, angefüllt mit Brotlaiben und Getreide, und hundertvierundzwanzig Pferden, der vom Landgericht Miesbach nach Innsbruck gehen sollte und dort dringendst benötigt und erwartet wurde. Denn in der Stadt war eine Hungersnot ausgebrochen, da durch den Befehl Lefebvres, dass jeder erschossen würde, der sich außerhalb seines Wohnortes befand, der tägliche Markt lahmgelegt worden war und keine Lebensmittel mehr in die Stadt kamen. Das Militär beschlagnahmte in Innsbrucks Häusern, Gasthöfen und Geschäften die letzten Esswaren, auch in die Bäckerei Marias drangen die Soldaten ein und schleppten die restlichen Mehlsäcke weg. Dabei versicherten sie, von Bayern her sei Getreide zur Genüge unterwegs. Vom Überfall der Achentaler auf den Getreidetransport wussten sie da noch nichts.

Marschall Lefebvre, der in Sterzing in schweren Kämpfen mit den Tirolern stand, wartete also umsonst auf seine Ersatztruppen. Vom Unglück an der Pontlatzerbrücke hatte er erfahren – und warum die französischen und italienischen Brigaden vom Süden her nicht eintrafen, konnte er sich denken. Seine Soldaten mussten schon hungern, denn Sterzing und Umgebung waren kahlgegessen, und auch die Munition begann knapp zu werden. Am 10. August kurz vor Mitternacht befahl er seinen Truppen den

Abmarsch nach Innsbruck. Unter unsäglichen Mühen quälten sich die Truppen in der glühenden Augustsonne vorwärts, der Train, durch die dauernden Kämpfe ohnehin weit auseinandergezogen, wies große Lücken auf, und die einheimischen Schützen wussten diese auszunützen. Lefebvre ließ Kanonen abfeuern, um General Deroy in Innsbruck auf seine Notlage aufmerksam zu machen, doch der war selber so sehr in Kampf und Pulverdampf verwickelt, dass er die Hilferufe seines Herrn nicht hörte. Denn Nordtirol hatte die Aufrufe Hofers bekommen und sich ebenfalls wieder erhoben.

Marschall Lefebvre, der sich den Mantel eines einfachen Dragoners angezogen hatte, ging zwischen zwei Pferden und haderte mit seinem Schicksal, das ihn wieder in dieses wilde Land geführt hatte. Längst war alle Ordnung gewichen, in völliger Auflösung kamen der Marschall und sein Stab mit den ersten Kolonnen in den Feldern von Wilten an. Alle Truppenteile waren zersprengt, in wirrem Lauf kamen Pferde ohne Reiter, Reiter ohne Pferde, Fuhrwerke ohne Kutscher, Pferde mit Kanonen und Geschützwagen ohne Bedienungsmannschaft, kurz, es war ein Chaos ohnegleichen. In Wilten hatte die Verfolgung durch die Bauern ein Ende, aber von der Brennerstraße herunter hörte man das heftige Geknatter der Gewehre. Lefebvre hatte gehört, dass die Tiroler aufhören zu schießen, wenn zum Ave geläutet wird, und er befahl in Wilten und in Innsbruck sofort das Läuten der Abendglocken, obwohl es erst drei Uhr nachmittags war – und wirklich, wie durch Zauberhand hörte die endlose Schießerei endlich auf!

Verstört, erschöpft und staubbedeckt ritt Marschall Lefebvre durch die Triumphpforte in Innsbruck ein, gefolgt von seinem Stab und einer notdürftig geordneten Truppe, aber bis zum Dunkelwerden riss der lange Zug der Blessierten und vollkommen Entkräfteten nicht ab, die noch von der Brennerstraße herunterhinkten, und viele kamen nicht mehr bis zum Lager auf dem Saggenfelde, sondern schliefen ein, wo sie in totaler Erschöpfung zusammengesunken waren. Geistliche und die Bevölkerung labten die armen Teufel mit Wasser und zogen sie in den Schatten – beim Brunnen neben Marias Bäckerei lehnten und lagen mehrere, die nicht mehr weiterkonnten. Bis spät in die Nacht hinein wurden Marschunfähige eingesammelt. Über den Brennerpass und von der Pontlatzerbrücke durch das Oberinntal her kamen ganze Wagenladungen voller Verwundeter, deren Verletzungen von den Steinlawinen und von geworfenen Steinen herrührten. Die Bauern, welche am Straßenrand standen und diesen Leidenszügen zusahen, meinten: »Jetzt wird der Lefebvre befehlen, dass wir unsere Felsen abliefern müssen!«

Die bayerischen Offiziere aber gönnten Marschall Lefebvre diese Niederlage und freuten sich insgeheim darüber. Es ärgerte sie, dass die Franzosen ihre Offiziere oft genug demütigend behandelten und dass auf Befehl Napoleons über jedes bayerische Bataillon ein französischer Offizier kommandierte. Aber Lefebvre, der sich in so hochfahrender Weise über die ungemein tapfer kämpfenden Bayern und Sachsen lustig gemacht hatte, war nun selber von diesen Bauern fertiggemacht worden, wie es wohl ärger nicht mehr gehen konnte.

Am 12. August war Waffenruhe. Lefebvre und die Generäle sprachen vom Rückzug, man war sich nur nicht einig, auf welcher Straße. Die einlaufenden Nachrichten konnten nicht schlechter sein, der Weg in das Unterinntal war nicht mehr sicher, sogar die Ehefrauen zweier Obersten wurden in der Nähe von Schwaz im Reisewagen gefangengenommen. Die Tiroler holten sich ihre abgelieferten Gewehre wieder, indem sie die Magazine überfielen und plünderten, wo die Waffen aufgestapelt waren. Unter den Augen der Besatzung leerten sich Innsbruck und die Vororte von Männern, die den Höhen des Berg Isel zustrebten, um sich dort zu sammeln.

Um die Bevölkerung der Stadt einigermaßen in Zaum zu halten, versuchte man es auf allen Seiten hin mit Einschüchterung. Dem Haller Gastwirt Hauptmann Josef Straub wurde mitgeteilt, dass auf den Trümmern seines Hauses jeden Tag ein Haller Bürger am Galgen sterben müsse, wenn er sich nicht unverzüglich bei Lefebvre melden würde. Straub verließ sein Versteck und stellte sich. Er wurde im Gasthof Niederkircher zu Innsbruck in Haft genommen – Lefebvre wollte ihn im Verein mit noch anderen Geiseln mitnehmen, wenn er das Land verließ.

Andreas Hofer und seine Hauptleute hatten alle Mühe, die Stürmer beisammen zu halten, die sich zu verlaufen begannen. Bei aller Tapferkeit und Schlagkraft wollte doch jeder nach getaner Arbeit so schnell wie möglich wieder heim zu Haus und Hof. Die Schützen des Eisack- und Pustertales, die seit acht Tagen in ununterbrochenen, schwersten Kämpfen gestanden hatten, schulterten ihre Stutzen und wandten sich heimwärts, aber die Boten Hofers, die mit seinen Laufzetteln durch die Täler eilten, brachten auch sie wieder zur Umkehr, obwohl die meisten keinen Proviant mehr hatten.

»Liebe Brüder«, so schrieb der Sandwirt, *»wo immer ihr euch befindet, so will ich euch durch den Überbringer dieser paar Zeilen zu wissen machen, dass am 13. der Angriff gemacht wird!«*

»Wir müssen den Feind niederdreschen, solange er noch müde ist!«, meinten die Bauernführer. »Wir dürfen ihm keine Zeit lassen, sich zu erfrischen.«

Hofers Aufrufe waren nicht umsonst, eine Kompanie und eine Stürmermenge nach der anderen trafen bei ihm in

Schönberg ein, wo er sein Hauptquartier hatte. Graf Hendl, Johann Holzknecht und noch einige Hauptleute standen ihm beratend zur Seite, denn dieses Mal waren keine österreichischen Offiziere mehr da, um mit ihm den Schlachtplan auszuarbeiten. Zwischen dem Matreier Wald und den Feldern von Mutters stauten sich um Mitternacht all die Kompanien, die sich aus den verschiedenen Landesgauen eingefunden hatten. Um zwei Uhr früh wurde von den Feldgeistlichen die Messe gelesen und die Absolution gegeben.

Hofer wandte sich dem Schupfenwirtshaus zu, von wo aus er die Schlacht wieder zu lenken gedachte. Er gab seinen Männern das Zeichen zum Abmarsch: »Seids beinand, Tiroler? Nachher gehn wir's an. Die Messe habt ihr gehört, euren Schnaps habt ihr getrunken, also auf in Gottes Namen!«

Nachts war ein Gewitter gewesen, aber es hatte nicht abgekühlt. Während sich die Kompanien auf den Marsch zu ihren angewiesenen Stellungen machten, stieg als blutroter Feuerball die Sonne empor; es versprach wieder ein heißer Tag zu werden. Und es wurde auch die heißeste Schlacht in diesem Volkskrieg 1809, die an jenem Tag geschlagen wurde. Siebzehntausend Tiroler standen etwas mehr als sechzehntausend Mann feindlicher Truppen gegenüber.

Dieser 13. August war ein Sonntag – und obwohl in der Nacht davor Hunderte Wachtfeuer der Bauern auf den Höhen über Innsbruck geleuchtet hatten, glaubte Marschall Lefebvre nicht an einen Angriff der Tiroler an diesem Tag und hoffte auf einen weiteren Ruhetag für seine schwer angeschlagenen Truppen. Um halb acht Uhr früh waren in der Wiltener Pfarrkirche seine dienstfeien Offiziere und Mannschaften zum Gottesdienst versammelt, als die Kunde eintraf, dass sich auf der Brennerstraße eine große Menge Tiroler näherte, und bald darauf hörte man schon die ersten Schüsse. Kanonen schossen Alarm und brachten im Nu die Garnison auf die Beine.

Nun begann ein stundenlanges, schreckliches Ringen an der ganzen Frontlinie. Unbarmherzig brannte der feurige Ball der Sonne herab – viele beherzte Weiber brachten inmitten des Kugelhagels den schweißüberströmten kämpfenden Männern Wasser. In den Nachmittagsstunden kam Marschall Lefebvre mit seinem Stab selbst heraus, um im Verein mit frischer Mannschaft eine gewaltige Attacke anzuordnen – und so furchtbar war der kühne Ansturm eines Regimentes auf das Plateau, dass die Schützen zu wanken begannen. Nur unter Einsatz aller Kräfte konnte sie Mayr und Graf Mohr zum Stehen bringen. Als dem erschöpften Haufen nun eine Menge Schützen und Landstürmer zu Hilfe kamen, half aber kein Widerstand des Militärs mehr, es wurde vom Berg gestoßen und in die Ebene zurückgetrieben. Mittlerweile war es acht Uhr abends geworden, aber noch immer war des Schießens kein Ende. Auch um zehn Uhr hörte man noch das Knallen der Gewehre.

An diesem 13. August hatte ein wahrer Verzweiflungskampf getobt. Dieser fürchterlichste Tag, wie ihn viele nannten, kostete jeden Gegner über tausend Mann und viele, viele Verwundete. Die Klöster in Innsbruck waren angefüllt mit verwundeten Soldaten, für die blessierten Tiroler versuchte man Ärzte aufzutreiben, aber auch die Medizinstudenten entfernten so manche Kugel.

Am nächsten Tag verzichtete Hofer auf einen neuen Angriff, er hoffte, dass der Feind abziehen würde. Eisern hielt er aber seine Schützen im Kampfgebiet zusammen. Da bei manchem neben großer Ermüdung das Gefühl vorherrschte, dass man sich gestern nur mit äußerster Kraftanstrengung habe halten können, so schrieb er ihnen:

»Wir haben gestern nicht verloren, sondern mehr erobert, und ich hoffe, dass sich der Feind bald davonmachen wird. Ich hoffe, es wird alles zum Besten ausfallen, weil wir die Gottesmutter als Beschützerin haben.«

Den Schützen von Hall bis Volders hinunter befahl er, sich von den Innbrücken zurückzuziehen und dem Feind durch das Unterinntal ein offenes Loch zu lassen, wo er abziehen kann. Nach allen Seiten hin ermunterte Vater Hofer die Mannschaft, ermahnte, wo es nötig war, und sorgte sich, dass alle Labung erhielten. Er verhielt sich abwartend, und wirklich schien Lefebvre am 14. August seinen Abzug vorzubereiten. Bei strömendem Regen gingen große Züge von Verwundeten nach Hall ab, von wo sie auf dem Wasserwege, auf Zillen und Flößen, weitertransportiert wurden.

Im feindlichen Lager war die Niedergeschlagenheit nicht geringer als im tirolischen. Nach dem gestrigen Tag voller Anstrengung und Kampf waren die Soldaten auch noch auf halbe Ration gesetzt worden, denn die Vorräte waren ausgegangen. Bevor Lefebvre dann wirklich abzog, ließ er aber noch alle Häuser und Höfe auf dem südlichen Schlachtfelde beim Berg Isel und an der Sill abbrennen. Verzweifelt versuchten die Bewohner, einige Habseligkeiten zu retten, sie wurden aber mit Kolbenstößen davongejagt. Abends um neun Uhr setzte sich die Armee in Bewegung. Zuerst die Division Kronprinz, dann folgte der lange Zug der Geschütze und Wagen, und erst nach Mitternacht schloss sich General Deroy als Letzter an.

Im Morgengrauen erreichten sie die Trümmerstätte von Schwaz, und neues Elend brach über die unglücklichen Marktbewohner herein, denn nun wurde auch noch die letzte Habe der Menschen dort, die Feldfrüchte, vernichtet. Zwei Tage lang zertrampelten fünfzehntausend Mann die Felder, das Getreide mähte man zu Pferdefutter, und das halbreife Obst aßen die hungrigen Soldaten. Das Holz, von Spendern geliefert zum Wiederaufbau der Häuser, wurde zu Lagerfeuern verwendet. Alles, was wohltätige Landsleute den unglücklichen Schwazern zum notdürftigsten Überleben gespendet hatten, wurde wieder zerstört, sogar die bis dahin verschont gebliebene Marktapotheke. Es schien, als würde sich der unselige Ort niemals wieder erholen können.

Bis Wörgl attackierten die Bauern den Zug. Erst in der Wörgler Ebene war endlich Ruhe, und hier trennte sich auch die Armee. General Deroy zog über Kufstein nach Bayern, und Lefebvre ritt am 20. August über St. Johann und Lofer in Salzburg ein. Bei ihm waren noch ein Teil der Division Kronprinz und die stark dezimierten Sachsen. Da dem Marschall bei seinem Unglücksmarsch von Sterzing nach Innsbruck auch seine Bagage abhanden gekommen war, musste er sich als Erstes Hemden machen lassen.

Die Tiroler aber feierten ihre dritte Befreiung.

Die Augustschlacht am Berg Isel und der anschließende Rückzug Lefebvres erregte in der damaligen Welt ungeheures Aufsehen. Ganz Europa, das im Würgegriff Napoleons stöhnte, sah bewundernd auf das kleine Land, das dem Giganten so erfolgreich trotzte. Dass sogar einer der berühmten Marschälle des Franzosenkaisers von den Bauern Tirols gezwungen worden war, das Land zu verlassen, erregte weltweites Erstaunen. In Deutschland feierte man Andreas Hofer, Josef Speckbacher und ihre Kampfgenossen als deutsche Nationalhelden. Das von Maler Schädler gemalte und gestochene Porträt des Sandwirtes wurde viel verkauft. Aber wie immer nach einem Krieg wurde viel übertrieben und noch mehr gelogen. »So müssen uns also rohe, fanatisierte Völker lehren, wie ein Napoleon besiegt werden kann!«, hieß es – und dass die Tiroler alle bayerischen Beamten aufgehängt und mehrere Tausend Gefangene, die sie nicht ernähren konnten, erschlagen hätten. Die Wahrheit war vielmehr, dass die Gefangenen sowie auch die Verwundeten sehr gut behandelt wurden.

Um zwei Uhr nachts verließ der letzte Zug Soldaten Innsbruck – und eine Stunde lang war Totenstille in der Stadt. Um drei Uhr begann es zu lärmen, Vorstadtpöbel und lichtscheues Gesindel fing an, ihr Unwesen zu treiben. Sie brachen in die Häuser ein und raubten, was ihnen unter die Finger kam. Von den Höhen herab leuchteten die Lagerfeuer der Bauern, und die ersten von ihnen erschienen vorsichtig um die vierte Morgenstunde. Mit gespanntem Hahn gingen sie die Straßen ab, um sich vom Abzug der Feinde zu überzeugen. Bald wälzte sich eine Schar nach der anderen durch die Triumphpforte, und Lärm und Getöse erfüllten die Stadt.

Die verängstigte Bürgerschaft hoffte zuerst, dass nun wie im Mai auch österreichisches Militär einziehen würde. Die Lage war wirklich einzigartig, denn es herrschte ein gesetz- und autoritätsloser Zustand. Die bayerische Regierung und die Besatzung gab es nicht mehr, und niemand, dieses Mal auch Österreich nicht, trat an ihre Stelle – und es gab auch keine Intendantschaft mehr. In dieser Not sahen sich die Bürger Innsbrucks nur noch eine Hilfe: Andreas Hofer musste so schnell wie möglich kommen, um dem zügellosen Treiben ein Ende zu machen.

Hofer hatte es nicht eilig gehabt, in die Hauptstadt zu gelangen. Es war Maria Himmelfahrt, der Hohe Frauentag, da ging er in Schönberg noch zur Messe. Danach erreichte ihn durch einen Boten der verzweifelte Hilferuf der Bürgerschaft, dem er unverzüglich nachkam. Um elf Uhr fuhr er in einer Kalesche in Innsbruck ein, umgeben von der Kernschar seiner Landesverteidiger. Er sah das

Getöse in der Stadt und schritt sogleich zur Tat. Die Meraner Kompanie unter Aukenthaler befahl er zur Hauptwache, die anderen Schützen nahmen sich sofort kräftig der Bedrohten an. Graf Mohr kam mit seinen Leuten gerade zurecht, als sich einige mit einer ärarischen Kasse davonmachen wollten, und einige Elende, die Feuer legten, wurden von den Bauern unsanft davongejagt. Die Schützen stellten Wachen vor den Häusern auf und durchzogen die Gassen, um Raub und Plünderung zu verhindern und die exzessive Ausgelassenheit zu steuern. Traf man einen im Besitz unrechtmäßigen Gutes, wurde er verprügelt. Das Lumpengesindel wagte bald nicht mehr aufzumucken, solange sie Hofers Schützen ansichtig waren.

Unterdessen bahnte sich der Sandwirt mit Mühe den Weg zum Gasthaus Goldener Adler. Großer Jubel schallte ihm entgegen. Von allen Seiten drang die Menge auf ihn ein und ließ ihn als Befreier Tirols hochleben. Er befand sich in der Hofburg, als Bürger und Geistliche bei ihm vorsprachen und ihn baten, Stadt und Land doch nicht der Anarchie preiszugeben und die Regentschaft zu übernehmen. Er ließ sich überreden und stimmte endlich zu mit den Worten: »Wenns Landl gerade mich haben will, so soll es mich haben, so gut ich es machen kann, aber im Namen des Kaisers!«

So begann das Bauernregiment des frommen und kaisertreuen Sandwirtes Andreas Hofer.

12. Kapitel

Es war der 30. August, schon mehr als zwei Wochen waren seit der Bergiselschlacht vergangen. Maria war am späten Nachmittag in der Backstube. Sorgfältig kehrte sie die Brotkrumen zusammen und warf sie in den Sautrankkübel. Dabei kam ihr die keifende Stimme der alten Leni im Sinn. »Brot zu verschwenden ist eine der größten Sünden überhaupt«, hatte die Magd gezetert, wenn die Kinder aus dem frisch gebackenen Brot Figuren kneteten, bevor sie es aßen. »Der Teufel selber wird euch dereinst jede einzelne Brotkrume vorschütten, die ihr vergeudet habt! An jedem Kornsamen hängt der Segen Gottes, der zulässt, dass er unversehrt in die Hände des Müllers gelangt ... und hängen die Schweißtropfen des Bauern, der auf dem Acker pflügen, eggen und säen muss.«

Während ihrer Arbeit dachte sie an das Pustertal und daran, dass die Hochzeit von Anna und Franz verschoben werden musste. Ein Pustertaler Jugendfreund ihres Vaters hatte Andreas nach dem Abzug Lefebvres nach Hause begleitet und von dort schlimme Nachrichten gebracht: Bei den Kämpfen um die Sachsenklemme war Franzens Vater Karl schwer verwundet worden. Nach einem Streifschuss in den Oberschenkel hatte er das Gleichgewicht verloren und war einige Meter abgestürzt, wobei er sich eine klaffende Wunde seitlich an der Schläfe zuzog. Die Moor-Lies pflegte ihn, und die Wunde heilte gut, aber er konnte nichts mehr sehen. Der Doktor meinte, dass sich das Augenlicht mit der Zeit vielleicht wieder einstellen würde. Die Tage nach den verzweifelten Kämpfen um

Innsbruck lag er in schwerem Wundfieber da, so bekam er nicht mit, dass man seinen Sohn Peter tot nach Hause gebracht und in der Brunecker Pfarrkirche mit anderen Gefallenen aufgebahrt hatte. Anders als die Soldaten, die für ihre toten Kameraden Massengräber aushoben, brachten die Tiroler ihre Toten heim in ihre Dörfer.

Peter war beim Kampf um den Lemmenhof gefallen, um die Mittagszeit herum. Franz erfuhr davon erst Stunden später von einer Ordonnanz Speckbachers, der dem Sandwirt Report brachte. Da die Sillbrücke in feindlicher Hand war, kletterte Franz die Sillschlucht hinunter, durchwatete den reißenden Fluss und stieg auf der anderen Seite wieder hoch, dann hetzte er weiter zu der Stelle, wo schon viele Verwundete und Tote lagen. Peter lebte noch, als er ihn in die Arme nahm, aber sein Atem ging rasselnd, und aus einer Wunde knapp unterhalb des Herzens sowie aus seinem Mund floss Blut. Er wollte etwas sagen, doch nur ein gurgelndes Lallen kam hervor, bis Franz endlich verstand, dass der Mund des Sterbenden immer wieder den Namen Reginas, seines Weibes formte.

»Hab keine Sorge um dein Weib, Bruder.« Die Stimme von Franz war unter Schluchzen kaum zu verstehen. »Es soll ihr und deinem Kind an nichts fehlen, das schwöre ich!«

Es war, als hätte Peter gerade noch auf Franz gewartet. Seltsam klar leuchteten die weit aufgerissenen, gebrochenen Augen aus dem pulvergerschwärzten Gesicht.

»Gott habe dich selig, mein Bruder«, flüsterte Franz erschüttert, während er ihm weinend die Lider zudrückte.

Vitus und die Brunecker hatten Franz geholfen, den gefallenen Bruder und die anderen Toten und Verwundeten nach Hause zu bringen.

Für Anna war es sicher ein großes Unglück, dass ihre Hochzeit unter diesen Umständen wohl um ein Jahr verschoben werden musste. Maria selber aber musste froh sein darüber, so sehr sie auch Anna in ihrem Herzen bedauerte. Denn sie selber und der Vater waren zu dieser Hochzeit geladen – und wie hätte sie unter den prüfenden Augen von Kathi und den Bäuerinnen des Tales dort bestehen können? Sie hätten es ihr doch sofort angesehen, was los war. Was sein würde, wenn es der Vater merkte ... daran wagte sie gar nicht zu denken.

Heute Morgen hatte sie sich im Spiegel betrachtet. Ihr Körper war dünner geworden, ihre Gesichtszüge schmäler und ihre Augen größer, aber ihre Brust war voller, und so locker sie sich die Schürze auch band, es kam jetzt bald die Stunde, wo sie nicht mehr verbergen konnte, was sie mit sich herumtrug – das Kind in ihr begann sich schon zu regen. Ihre Lage dünkte sie so hoffnungslos, dass sie nicht wusste, wie sie weiterleben sollte, und so suchte sie Zuflucht vor dem Gnadenbild Maria Hilf in der Pfarrkirche St. Jakob.

Maria kniete an der gleichen Stelle, an der sich vor zwölf Jahren ihre Mutter mit ihr auf die Knie geworfen hatte, um den Schutz der Jungfrau Maria für ihr Kind zu erflehen, weil sie gewusst hatte, dass sie sterben würde. Hinter einem Schleier von Tränen schaute sie zu der Gnadenmutter empor, die aus dem prächtigen Silberrahmen zu ihr herabsah.

»Hilf mir«, flüsterte das Mädchen. »Ich weiß mir nicht mehr zu helfen ... weiß nicht mehr weiter!«

Dann kam ihr der Gedanke, dass sie wohl nicht mehr würdig sei, zur Jungfrau Maria zu beten – sie hatte allzu schwer gesündigt, noch dazu mit einem Mann, den ihre Landsleute als bitteren Feind ansahen. Und dass sie dennoch im hintersten Winkel ihres Herzens wusste, dass sie es nicht bereuen konnte, dass sie es in derselben Lage wieder tun würde ... Bis in die innersten Herzwurzeln hinein sehnte sie sich nach Simon – und schwindelnd lange kam es ihr vor, dass sie ihn gesehen und in den Armen gehalten hatte. Und diese eine Nacht ... war sie überhaupt gewesen?

Wie zur Antwort fühlte sie die leichten Stöße in ihrem Leib. Sie legte die Hände darauf. »Ich habe deinen Vater in einem Rausch der Liebe erwählt«, versuchte sie sich vor ihrem Kind zu rechtfertigen. »Aber ich habe nicht geahnt, in welche hoffnungslose Lage ich mich damit bringe ... und dich!«

Wiederum sah sie zu dem Bildnis empor. Sicher und fest hielt Jesu Mutter ihr Kind in den Armen, und ihre Augen sahen das Mädchen direkt an.

»Oh bitte hilf uns, hilf mir und ihm – und du, die du dein Kind in den Armen hältst, bitte beschütze mein ungeborenes Kind, das unschuldig ist!«

Unendlich erschöpft von den schweren Gedanken, die sie Tag und Nacht plagten, kniete sie noch eine Weile da, ohne zu beten. Endlich erhob sie sich und ging dem Ausgang zu.

Als sie später mit der Feuerpfanne in die Backstube ging, um sich etwas Glut zu holen, stand Rupert da und schaute sie lauernd an. Sie hatte manchmal das Gefühl, als ob er der Einzige wäre, der von ihrer Qual etwas ahnte. Einmal hatte sie hinter das Haus laufen müssen, um sich in die dort stehenden Brennnesseln zu erbrechen, und als sie wieder in das Haus treten wollte, war der Geselle höhnisch lachend an der Schwelle gestanden und hatte sie von oben bis unten angestarrt.

Nun nahm er ihr die Pfanne aus der Hand. »Lass nur, Maria, ich kratze dir etwas Glut aus dem Ofen.« Er sah ihr spöttisch auf den Leib. »Wenn du nur ein wenig nett zu mir wärest, dann würdest du merken, was für ein guter Freund ich dir sein könnte ... und alles würde ehrenvoll für dich enden.«

Mit einem schmierigen Lächeln näherte er sich ihr und wollte den Arm um sie legen. Sie spürte seinen Atem an ihrem Gesicht, er roch nach Schnaps.

»Lass mich in Ruhe!« Sie gab ihm einen Stoß.

»Ach – so ist das!« Seine Stimme war heiser vor Wut. »Um bei dir anzukommen, da müsste man wohl eine bayerische Uniform anhaben, was?«

Keiner von den beiden hatte bemerkt, dass Andreas in den Raum getreten war. Jetzt stellte er sich vor Rupert hin und sagte drohend: »Was hast du denn mit der bayerischen Uniform gemeint? Willst du damit sagen, dass sich meine Tochter mit bayerischen Soldaten abgibt oder auch nur mit einem redet?«

»Nur redet?« Rupert lachte höhnisch auf. »Bevor du mir drohen willst, Meister, pass lieber besser auf die da auf!« Sein Kinn wies verächtlich auf Maria, die blass wie der Tod an der Wand lehnte. »Und da du sie mir zum Weib versprochen hast, möchte ich dich bitten, dass du sie so bald wie möglich mit mir trauen lässt, denn sonst bleibt für mich nicht mehr viel übrig!« Tückisch schaute er sie von oben bis unten an.

Das Mädchen griff sich an den Hals, Übelkeit stieg in ihr auf, und sie fürchtete, sich übergeben zu müssen. Entsetzt sah sie hinüber zu ihrem Vater, der den Burschen jetzt am Hemd gefasst hatte und wütend sagte: »Hüte deine Zunge, Geselle! Ich sehe, dass du getrunken hast und deshalb nicht weißt, was du daherredest. Ich habe dir Maria nie zum Weibe versprochen – ich habe nur gesagt, dass ich nichts dagegen hätte, wenn sie damit einverstanden ist.«

»Es wird ihr schon nichts anderes übrigbleiben!« Rupert wies auf das leichenblasse Mädchen. »Da – schau sie dir nur an, wie das lebendige, schlechte Gewissen steht sie da, du brauchst keine so großen Töne mehr zu spucken, Meister, das hast du mit so einer Tochter nicht nötig.«

Maria war nahe am Zusammenbrechen. Mit letzter Kraft wollte sie zur Türe, aber Rupert war schneller als sie. Er riss sie zurück und zerrte sie vor ihren Vater hin. »Halt, nur immer dageblieben«, lachte er roh. »Jetzt, wo wir schon einmal dabei sind, wollen wir die Sache ein für allemal klären!«

Das Mädchen wehrte sich verzweifelt, und die Angst und das Entsetzen gaben ihr die Kraft, den Burschen zurückzustoßen, sodass er taumelte. Sie ergriff das auf dem Backtisch liegende Brotmesser und hielt es drohend in ihrer Hand.

»Rühr mich nicht noch einmal an«, sagte sie leise, aber in einem Ton, der ihn zurückweichen ließ. »Nie werde ich deine Frau werden, deine Berührung schnürt mir vor Ekel die Kehle zu.«

Die Augen des Gesellen waren jetzt blutunterlaufen vor Wut, und bitter wie Galle waren die Worte, die er ihr in das Gesicht schleuderte: »Ich weiß, dass dir die Berührung von diesem bayerischen Eindringling lieber ist als meine, habe ich ihn doch in deiner Kammer verschwinden gesehen. Glaube nur ja nicht, dass ich nicht weiß, wie es um dich steht, aber ich werde darüber hinwegsehen. Dich werde ich mir schon noch erziehen, du wirst mir eines Tages noch aus der Hand fressen vor lauter Liebe – das Geschäft hier ist nicht übel, darum werde ich sogar deinen bayerischen Strauchbalg in Kauf nehmen.« Er lächelte zynisch. »Vor den Leuten werde ich ihn auf meine Rechnung setzen. Es soll ja schon öfter vorgekommen sein, dass der Kindersegen früher eingetroffen ist, als der Tag der Hochzeit es erlauben würde. Jetzt aber leg das Messer weg und benimm dich so, wie es einem Mädchen geziemt, das auf die Gnade jenes Burschen angewiesen ist, von dem sie ein Kind erwartet.«

Der Bäcker stand da und starrte seine Tochter an. Er konnte das Gehörte noch nicht erfassen. Er begriff nur so viel, dass seine Ehre und die seines Kindes auf dem Spiel standen, wenn er nicht sofort eingriff. Er fasste den Arm seiner Tochter: »Du ... du lässt dir solche Dinge sagen von diesem da? Er muss wohl schwer getrunken haben, denn sonst wüsste er ... dass ... wäre es wahr, was er da behauptet und er dich geschändet hätte, ich ihn dafür erschlagen würde!«

In Maria schien etwas emporzuwachsen und sie wusste, die Stunde war gekommen, wo sie ihrem Vater alles bekennen musste. Mit einem Male war die ganze Angst von ihr gewichen – was immer diese Stunde ihr bringen würde, sie wollte es demütig tragen. Ihre Hand tastete nach dem steinernen Herzen in ihrer Schürzentasche, das Simon ihr geschenkt hatte.

»Nein, Vater«, sagte sie jetzt leise, »er hat mich nicht geschändet. Der Vater des Kindes, das ich unter meinem Herzen trage, ist ... ein anderer.«

Andreas ließ ihren Arm los, als wäre sie eine giftige Natter, dann plötzlich sagte er mit unheimlich ruhiger Stimme: »Und wer ist er dann, der Vater dieses Kindes, warum hat er nicht wie ein Mann von Ehre um deine Hand angehalten ... warum versteckt er sich jetzt, da du ihn anscheinend so notwendig brauchen würdest, oder soll ich annehmen, dass meine Tochter eine Dirne ist, die sich mit dem Nächstbesten herumgetrieben hat, der dann schleunigst das Weite suchte?«

Maria bemerkte die geschwollenen Adern an den Schläfen ihres Vaters, und sie ahnte, dass sie nichts Gutes zu erwarten hatte. Doch da sah sie die Augen des

Bäckergesellen voll Hohn und Schadenfreude auf sich gerichtet, und nun sagte sie laut und deutlich: »Der Vater meines Kindes ist ein bayerischer Leutnant. Er musste fliehen, da ihn die Tiroler sonst umgebracht hätten, darum kann er heute nicht bei mir sein. Eines Tages aber wird er kommen und mit denen abrechnen, die heute nichts als meine Schande wollen.«

Da traf sie der erste Schlag des Vaters mitten ins Gesicht.

»So ist das also, während alle anderen mit dem Feind um ihr Leben kämpften, während gute Tiroler Männer unter den Kugeln dieser Eindringlinge fielen, hat sie sich mit einem von ihnen herumgetrieben – und sie hat ihn gut unterhalten, das sieht man!«

»Nein, so ist es nicht!«, schrie Maria verzweifelt, »wir mögen uns, Vater ... wir können nichts dafür, Simon und ich, dass Krieg ist zwischen unseren Ländern!«

»Wie konntest du, eine Tirolerin, dich so weit vergessen – ganz gleich, wie das ausgeht, wir sind gebrandmarkt für das ganze Leben. Und dieser bayerische Hengst, warum sollte er wohl wiederkommen, er hat ja alles bekommen, was er wollte, der weiß nicht einmal mehr, wie du ausschaust und hat wahrscheinlich schon fünf andere Soldatenhuren geschwängert!«

Mit diesen Worten gab er ihr einen Stoß, dass sie mit dem Rücken an den klobigen Backtisch prallte und ächzend zu Boden fiel.

»Er kommt wieder, ich weiß es«, stammelte das Mädchen weinend.

»Ja, und viel werde ich mir einbilden auf so einen Mordbrenner als Schwiegersohn, der sengend und brennend unser Land überfällt!«

Außer sich vor Wut gab er ihr einen Fußtritt. Maria lag auf dem Boden und versuchte ihren Leib zu schützen.

»Er ist ein anständiger Mann«, versuchte sie schluchzend ihren Geliebten zu verteidigen, »und du weißt so gut wie ich, Vater, dass ein Soldat seine Befehle ausführen muss!«

Mit schleppenden Schritten ging Andreas in die Stube und holte seinen Stutzen aus dem Schrein, dann kam er zurück und legte das Gewehr auf sie an.

»Geh mir aus den Augen mit deinem Bastard, oder ich weiß nicht mehr, was ich tue.«

Maria hob den Kopf, in ihren Augen stand eine solche Verzweiflung, dass es jeden anderen als den fast irr gewordenen Bäcker gerührt hätte.

»Ja, töte mich, Vater«, schrie sie. »Schieß ... gib Feuer, ... es ist das Beste für mich und wohl auch für das Kind.«

Rupert hatte bis jetzt der Züchtigung zugesehen, ohne mit der Wimper zu zucken, denn, so dachte er, es würde ihr gewiss nicht schaden, wenn ihr der Hochmut zerschlagen wurde. Nachher würde sie dafür gefügiger sein. Aber diese klärende Situation hatte er nicht herbeigeführt, damit der rasende Vater nun seine Tochter erschoss!

»Lass es jetzt genug sein, Meister«, versuchte er ihn zu beruhigen. »Sie wird sich diese Lektion schon merken, und was mein Angebot betrifft, so steh ich zu meinem Wort. Gib mir deine Tochter zur Frau, und kein Mensch wird erfahren, dass ich nicht der Vater ihres ersten Kindes bin!«

»Ich habe keine Tochter mehr!«

Maria hatte sich unterdessen stöhnend aufgerichtet und ging nun mit wankenden Schritten der Türe zu. Rupert eilte ihr nach und fasste sie an den Schultern: »Geh jetzt in deine Kammer, Maria, dein Vater wird sich schon wieder beruhigen.«

Umsonst versuchte sie, ihn beiseitezuschieben, jedoch da stand auf einmal Max, der Hund, da und knurrte ihn so bösartig an, dass er erschrocken einen Schritt zurücktrat. Sie öffnete die Tür und verließ das Haus.

Wie eine Schlafwandlerin bewegte Maria sich durch die Stadt. Das geschäftige Treiben tat ihr weh. »Ich gehöre nicht mehr dazu«, hämmerte es in ihrem Kopf. »Unter diesen anständigen, fleißigen, arbeitenden Menschen habe ich nichts mehr zu suchen.«

Wie von alleine wurden ihre Schritte hinüber zum Fluss gelenkt. Etwas unterhalb der Innbrücke befand sich eine große Anlegestelle für Schiffe und Flöße, deren Bohlen ein gutes Stück in den Fluss hinausragten. Hier war kein Mensch weit und breit zu sehen. Maria hielt sich an einem heraufragenden Pfosten fest und setzte sich auf die wuchtigen Planken. Schwere Gewitter der letzten Nächte hatten den Inn, gespeist von vielen Wildbächen, anschwellen lassen. Schnell und gischtend wälzte der Fluss sein kaltes Bergwasser unter ihr dahin, Tropfen sprühten auf ihre Füße.

Sie lehnte den Kopf an den Pfosten. Das so nah vorbeirauschende Wasser machte sie ein wenig schwindlig. Bis in die innerste Seele hinein fühlte sie sich müde, jetzt, da die monatelangen, quälenden Gedanken, die sie Tag und Nacht nicht zur Ruhe kommen lassen hatten, ein Ende hatten. Aber ging der Kampf in Wirklichkeit nicht vielmehr jetzt erst richtig los?

Was sollte sie nur tun? Dem Schein gemäß wäre alles in Ordnung, wenn sie zurückginge und Rupert heiratete. Er hatte ihr klar genug gemacht, dass er sie des Geschäftes wegen nehmen würde. Bei ihm würde sie aber nichts zu lachen haben – und das Kind schon zweimal nicht. Der Vater würde wohl nie mehr ihr Freund sein. Schon früher hatte sie mit dem Gedanken gespielt, in das Pustertal zu gehen und Kathi, ihrer Pflegemutter, alles zu beichten. Aber jetzt, wo Karl, der künftige Schwiegervater von

Anna, blindgeschossen war und Peter am Berg Isel den Tod gefunden hatte, wo die Hochzeit von Anna und Franz unter diesen Umständen verschoben werden musste und wo in Tirol fast kein Haus mehr war, in dem es seit dem Aufstand nicht Tote, Verwundete oder Krüppel gab, durfte sie wohl nicht mehr daran denken, denn das alles hatte den Hass gegen die Eindringlinge nicht geringer gemacht.

Was hatte sie ausgerechnet hierher zum Fluss getrieben? Sie erschauerte – hatte etwas in ihr vielleicht mit dem Gedanken gespielt, ihrem sinnlos gewordenen Leben ein Ende zu bereiten? Aber war das Leben wirklich sinnlos, wenn man wusste, dass man ein Kind unter dem Herzen trug? Ein Kind, das sie bereits liebgewonnen hatte, eines, das ein Stück von Simon war? Aber wo war er nur? Warum kam er nicht – lebte er überhaupt noch?

»Glaube an mich, Maria – und warte auf mich, denn ich komme wieder«, hatte er in jener Nacht zu ihr gesagt und »Wir zwei gehören zusammen, für alle Zeiten!« Aber wenn er nicht tot war, warum war er dann bei den Divisionen nicht dabeigewesen, die jetzt in Innsbruck gelagert hatten – oder was war, wenn er bei den Kämpfen gefallen war und in einem der Massengräber ruhte? Nur ein Holzkreuz kennzeichnete jene Stellen, die in einigen Jahren wieder Äcker und Wiesen sein würden – und nie würde sie erfahren, was mit ihm geschehen war. Sollte sie dann ihr Leben lang in Schande leben, wegen ihres ledigen Kindes von den Mitmenschen verachtet und verstoßen? Rupert konnte sie nicht heiraten, nein, nein, dann schon lieber ... Ihre Gedanken hetzten sich in eine immer tiefere Verzweiflung hinein – die Zukunft erschien ihr ausweglos.

»Was wäre, wenn ich mich einfach fallen ließe?«, dachte sie dann auf einmal doch. Simon hatte ihr erklärt, dass der Inn auch an seiner Heimatstadt Rosenheim vorbeifloss ...

vielleicht würde sie ja gerade bei ihm an Land geschwemmt werden. Öfter hörte man von Mädchen, die sich in Schande gebracht und ihrem Leben ein Ende gesetzt hatten. Einige von denen, die in den Inn sprangen, waren nie mehr zum Vorschein gekommen, erzählten sich die Leute. Der Teufel habe sie bei lebendigem Leibe geholt, sagten die einen, während die gottlosen Frevler an einen natürlichen Grund glaubten und behaupteten, der Inn sande die Ertrunkenen ein und gebe sie lange oder nie wieder her.

Aber nein! Oh nein!, rief sie sich zur Ordnung. In was wollte sie sich da verrennen? »Wenn ich den Mut habe, da hineinzuspringen, dann muss ich doch auch den Mut haben, um weiterzumachen!«, sagte sie laut, wie um sich selbst zu vergewissern, lauschte ihrer Stimme nach und erkannte, dass das richtig war. Sie sprang auf, und da geschah es: Mit den Füßen trat sie auf den Rocksaum und kam ins Straucheln. Sie wollte sich an dem Pfosten, an dem sie gerade noch gelehnt hatte, festhalten, rutschte ab und fiel mit einem Aufschrei hinunter in den reißenden Fluss.

Das eiskalte Wasser schlug über ihr zusammen, und die Wucht der schnell fließenden Wassermassen riss sie sofort mit. Instinktiv kämpfte sie sich immer wieder an die Oberfläche des Wassers und versuchte vergeblich, in die Nähe des Ufers zu gelangen. Wenn sie nur nicht in den Sog der tückischen Furche in der Mitte des Flusses gezogen wurde! Denn dann war sie verloren, das war ihr klar. In diesen furchtbaren Minuten erfasste sie mit einem Mal, wie schön es doch war, leben zu dürfen, und sie kämpfte aus Leibeskräften, um nicht sterben zu müssen. Doch sie fühlte auch, dass ihre Kräfte nicht ausreichten, um gegen das tosende Wasser anzukommen und das rettende Ufer zu erreichen.

Ein stechender Schmerz in der Schulter ließ sie wieder zu vollem Bewusstsein kommen. Max!, begriff sie, als ihr Blick auf ein großes schwarzes Etwas fiel, das an ihr hing.

Der Hund hatte sich in ihrem Kleid verbissen. Und als er seine Kräfte der gnadenlosen Strömung entgegensetzte, war er erfolgreicher als sie. Immer wieder nach Luft schnappend versuchte sie, es dem Tier so leicht wie möglich zu machen, während sie der rechten Uferseite immer näherkamen. Als sie schon so nahe an den Büschen vorbeitrieben, die hier über das Wasser ragten, schaffte sie es nach mehreren Versuchen endlich, sich an einem Weidenzweig festzuhalten, der in den Fluss hing. An ihm klammerte sie sich fest und schrie vor Schreck auf, als auf einmal der Hund wieder von der Strömung ergriffen und mitgerissen wurde. Wenn der Zweig jetzt reißen sollte, das wusste sie, war sie verloren.

Kaum noch bei Besinnung, glaubte sie Florian rufen zu hören, und dann sah sie ihn keuchend herbeilaufen. »Halt dich fest!«, schrie er. Mit den Füßen versuchte er, sich im Weidengestrüpp festzuklammern, während er ihr die Hände entgegenstreckte.

»Maria, du musst mithelfen!« Florian schluchzte verzweifelt, während er mit Leibeskräften versuchte, die Halbertrunkene aus dem Wasser zu ziehen. »Bitte, Maria ... bitte!«

Endlich gelang es Maria, sich an den Zweigen emporzustemmen, worauf sie mit dem Oberkörper auf den Steinen zu liegen kam. Florian half ihr mit allen Kräften, sie ganz herauszuziehen – dann lagen sie beide nach Atem ringend da. Maria erbrach eine Menge Wasser.

Ein ganzes Stück unterhalb hatte sich auch Max endlich an Land gearbeitet. Nun lief er zurück, und als er Maria wie leblos daliegend antraf, schnupperte er winselnd um ihren Kopf herum, bis sie mühsam die Arme hob, ihn an den Ohren kraulte und dankbar sagte: »Ja, ja, bist mein guter Hund – mein braver Hund.« Da legte er sich zufrieden nieder, die Schnauze auf ihrem Hals.

»Wo bist du denn auf einmal hergekommen, Florian?«, fragte Maria, als es ihr endlich wieder etwas besser ging.

Der Junge war, so erzählte er, ihr von der Bäckerei aus nachgegangen. Während sie sich auf die Anlegestelle setzte, hielt er sich hinter einem Strauch versteckt, dann hörte er ihren Schrei, sah sie straucheln und im Wasser abtreiben und rannte, was seine Füße hergaben, hinter ihr her. Max schoss wie ein Pfeil davon, und Florian schrie dem Hund nach: »Fass, Max, hol die Beute, fass, hol sie heraus!«

Nun richtete er sich auf seine Ellbogen auf und sah das Mädchen fragend an: »Was tun wir jetzt, Maria?«

Maria setzte sich auf und versuchte, ihren Rock auszuwringen, die Schürze band sie ab. Es war jetzt Mittagszeit und die Sonne schien warm, trotzdem musste sie zusehen, dass bis zum Abend ihre Kleider trocken waren, denn die Nächte waren jetzt schon recht kühl.

Sie wusste nun, was sie tun würde.

»Wenn eine von uns in Not ist, sollte sie jederzeit zu der anderen kommen, wir werden uns gegenseitig helfen in jeder Lage.« Dieses Versprechen hatten sich Maria und Anna damals bei ihrem Abschied vom Obersteinerhof gegenseitig gegeben.

»Ich werde dorthin gehen, wo ich aufgewachsen bin«, sagte sie zu dem Jungen, »aber du, Florian, du solltest wieder zurückgehen zur Bäckerei, du hast dort ein Dach über dem Kopf und etwas zu essen.«

Bei Marias Worten sprang der Bub plötzlich auf und rannte ein gutes Stück zurück. Aber dann blieb er stehen und bückte sich. Er schien etwas im Gebüsch zu suchen. Dann kehrte er um und kam langsam zu Maria zurück. In der Hand hielt er seine Jacke und Marias Umhang, in den etwas eingewickelt zu sein schien.

Florian, den das Leben trotz seiner Jugend schon anständig gebeutelt hatte und der wusste, dass in brenzligen Zeiten der Hunger das Schlimmste war, hatte nach Marias Züchtigung durch den Vater und bei dem Gedanken, dass sie vielleicht deshalb nicht mehr nach Hause zurückkehren würde, die praktische Seite nicht außer Acht gelassen und in ihren Umhang einen Brotlaib eingewickelt. Den packte er nun aus.

»Ich habe schon gedacht, dass ich dich beleidigt habe und du gegangen seist, ohne dich von mir zu verabschieden«, sagte sie erleichtert.

»Aber nein, ich gehe doch mit dir!« Er wickelte das Brot aus und gab es ihr.

»Mit dem kommen wir bis Pustertal«, meinte er treuherzig.

Trotz aller Ungewissheit, die nun auf sie zukam, musste sie lachen.

»Jetzt hast du als erste und als letzte Tat bei uns Brot gestohlen«, neckte sie ihn, »aber du solltest dir gut überlegen, was du tust. Ich weiß nicht, ob ich dort im Pustertal aufgenommen werde oder wo mein Weg vielleicht noch hinführen wird. Ich bin jetzt heimatlos wie du, Florian.«

»Eben, darum müssen wir jetzt zusammenbleiben, du und ich.« Nach einigem Nachdenken sagte er dann noch: »Ja, es ist wahr, ich habe tatsächlich bei meinem Kommen und Gehen bei euch Brot genommen, aber ich hoffe, dass du mir das nicht verübelst. Ich muss mich ja nun um dich kümmern. Du bist es sicher nicht gewöhnt, auf der Straße zu leben. Wir werden nachts in den Heuschobern schlafen, du wirst sehen, wie gut man da schläft – und wegen dem Essen, da mach dir nur keine Sorgen. Was solltest du denn anfangen ohne mich? Du bringst es ja nicht einmal fertig, etwas zu ... zu ...«

Er stockte, als er ihre Miene sah.

»Das werden wir auch in Zukunft nicht tun«, sagte sie streng. »Weißt du denn nicht, dass Stehlen eine Sünde ist?«

»Freilich wohl«, nickte er, »das hat mir meine Mutter selig schon beigebracht.«

»Also dann merk dir ein für allemal, solange du mit mir auf dem Weg bist, wird nichts genommen, was nicht uns gehört!« Sie packte ihn am Arm: »Hast du gehört?«

Er schaute sie treuherzig und ein wenig mitleidig an. »Freilich, Maria, aber du wirst schon sehen, wie weit wir da kommen!«

Nun machten sie sich auf den Weg und gingen auf der Ellbögenerstraße dem Brennerpass zu. Nach der zweiten Ortschaft, die sie passierten, gingen sie ein wenig abseits eine Anhöhe hinauf, wo Maria ihre Kleider in der Sonne trocknete. Sie wickelte sich in ihren Umhang und erzählte Florian vom Obersteinerhof, von der Alm und von ihren Kindertagen, die sie dort glücklich und unbeschwert verbracht hatte.

»Wenn du dort einmal zu Hause gewesen bist, dann kann es ja vielleicht wieder so werden, Maria, und vielleicht brauchen sie dort irgendwo auch einen Knecht, jetzt, wo so viele Männer tot sind«, sagte Florian eifrig, und Maria nickte. Im Geheimen aber fürchtete sie, dass es so einfach nicht gehen würde. Sie hatte die Absicht, jedenfalls von Anfang an die Wahrheit zu sagen und den bayerischen Vater ihres Kindes nicht zu verleugnen, mochte man ihr nun helfen oder mochte man sie, was sie eher befürchtete, wieder davonjagen. Ja, sie war nun zur Schande der Familie geworden.

Nachdem er seine Tochter mit dem Gewehr bedroht hatte und sie davongelaufen war, sank Andreas weinend auf einen Stuhl. Als er sich wieder etwas beruhigt hatte, starrte er lange Zeit vor sich hin und ließ seinen wild durcheinandergehenden Gedanken freien Lauf. Bis gerade eben hatte er nicht einmal etwas geahnt! Freilich, hätte das Mädchen eine Mutter gehabt, die würde wohl längst etwas gewusst haben. Er hat sich in der ersten Wut und Enttäuschung hinreißen lassen und sie wohl etwas zu rau angefasst. Leicht hatte sie es in letzter Zeit bestimmt nicht gehabt – mit diesem Geheimnis!

Wieder wollte ihn der Jammer überwältigen. Er war so stolz gewesen auf seine Tochter! Wenn sie in der Sonntagstracht zur Kirche ging in der weißen Bluse mit den geklöppelten Spitzen, dem roten Mieder und dem breitrandigen Hut auf den schweren, blonden Zöpfen, dünkte sie ihm in seinem Vaterstolz das prächtigste Mädchen, das er jemals gesehen hatte – und sie sah ihrer Mutter so ähnlich, dass es ihm einen Stich gab.

Nun aber war es wohl das Beste, wenn sie wirklich den Rupert nahm – und so unklug würde sie nicht sein, sich jetzt noch gegen den Burschen zu wehren. Es gefiel ihm zwar ganz und gar nicht, dass er nun auf die Gnade des Gesellen angewiesen war, der bei diesem Handel ein schönes Geschäft gewann. Aber seine Eltern waren immerhin achtbare und wohlhabende Leute. Rupert war der jüngste Sohn aus der Lieffenmühle. Andreas hatte mit dem Müller schon halb im Spaß über eine Hochzeit zwischen den Kindern gesprochen, die Verbindung mit der Mühle wäre ja nicht schlecht, und Rupert war ein tüchtiger Bäcker, nur hatte er seine Tochter nicht zwingen wollen. Er hatte aber nie gesehen, dass sie mit einem Burschen über das rechte Maß hinaus redete – im Übrigen war sie noch so jung, knapp neunzehn Jahre, wie hätte er da denken können, dass ... sie ... soweit war ...!

Auch Ruppert machte sich keine Sorgen, als Maria nach einigen Stunden noch nicht zu Hause war. Sollte sie ruhig ein wenig herumlaufen, sie würde schon wiederkommen. Wo sollte sie denn auch hin in ihrem Zustand? Er war zufrieden mit dem Streit, den er heute heraufbeschworen hatte, nun war sie endlich in seiner Hand. Zu seinem eigenen Erstaunen musste er feststellen, dass ihm warm ums Herz wurde, wenn er an sie dachte – sie war natürlich etwas ganz anderes als die Vorstadtdirnen, mit denen er sich sonst abzugeben pflegte. Und Maria war schön, ihr zuliebe könnte er sogar sein Luderleben, wie sein Vater es nannte, aufgeben, wenn sie weniger kratzbürstig wäre. Durch sie würde er ein angesehener Geschäftsmann in Innsbruck werden. Um sein etwas unsauberes Leben und seine zwielichtigen Freundschaften tat es ihm aber doch ein bisschen leid. Vielleicht konnte er es ja im Geheimen weiterpflegen ...

So vermeinte Marias Vater, noch einmal glimpflich davongekommen zu sein, und Ruppert dachte, ein gutes Geschäft unter Dach und Fach gebracht zu haben. Keiner der beiden verstand auch nur das Geringste von der weiblichen Seele.

13. Kapitel

Maria und Florian hatten bislang zweimal übernachtet. Einmal am Lueg vor dem Brennerpass, wo eine riesige Brandstätte war, nur ein altes Kirchlein war verschont geblieben. Eine Frau erzählte ihnen, der Lefebvre habe hier alle Gebäude eines weitläufigen Zollhauses abbrennen lassen. Das zweite Mal schliefen sie in einem Viehunterstand bei Sterzing, und von da an nahm sie ein Bierfuhrwerk mit bis zur Ladritscherbrücke. Auf dieser Strecke sahen sie fast nur zerstörte oder abgebrannte Häuser und Höfe.

»Hier ist es vor ein paar Wochen grausam zugegangen«, erzählte der Kutscher, »und viel Arbeit hat es gekostet, die von den Steinlawinen verlegte Sachsenklemme, denn so heißt die Eisackschlucht jetzt, wieder notdürftig passierbar zu machen.«

Bei der Ladritscherbrücke sprangen sie vom Bock herunter. Sie bedankten sich bei dem freundlichen Bierführer fürs Mitnehmen und schlugen den Weg in das Pustertal ein, freudig umsprungen von Max, der während der Fahrt neben dem Fahrzeug hergelaufen war und sie nicht aus den Augen gelassen hatte. Es war um die Mittagsstunde, und die Sonne brannte heiß vom wolkenlosen Himmel, jedoch die zwei kamen gut voran. Erst im Mühlbach setzten sie sich in den Schatten der doppelgeschossigen Friedhofskapelle, die dem heiligen Florian geweiht war. Sie besahen sich die Fresken an der Außenwand der Kapelle. Ein Mann lag dort auf seinem Sterbelager, und um seine Seele stritten sich ein Engel und der Teufel. Noch als sie schon lange weitergingen, musste Maria immer wieder an dieses Bild denken. Was wäre, wenn sie selber an der Stelle dieses sterbenden Mannes läge – wie hoch war ihre Sünde zu bewerten? War sie wirklich so groß, dass der Teufel vermeinen könnte, ein Recht auf ihre Seele zu haben?

Lieber Gott, verlass mich nicht, betete sie leise. Wenn sie nur einen Menschen gehabt hätte, der ihr sagen konnte, was sie tun solle. Wie gerne würde sie zur Beichte gehen, einem Geistlichen alles gestehen, der ihr sagen würde, so und so habe sie gefehlt, das und das müsse sie jetzt zur Buße tun. – Oder würde man sie nun überall davonjagen?

Florian riss sie aus ihren bedrückten Gedanken, er war sehr beeindruckt von der Mühlbacher Klause, einer wuchtigen, stark befestigten mittelalterlichen Straßensperre mit Türmen und Rondellen, die bis 1500 die Grenze zwischen Tirol und dem zur Grafschaft Görz gehörenden Pustertal markiert hatte.

Nach Vintl stiegen sie auf die langgezogene Mittelgebirgsstufe hinauf, die bis nach Bruneck reichte, und über Terenten nach Hofern. Maria wollte unbedingt zur Kirche Sankt Martin. Sie hatte einige Male von Bruneck aus an der Wallfahrt dorthin teilgenommen. Die Kirche lag einsam mitten im dichten Wald, kein Mensch war weit und breit zu sehen, aber die Türe war offen. Sie gingen vor zum Altar und setzten sich davor müde auf eine Bank. Es war ein Flügelaltar mit prächtigem Rankenwerk und vergoldeten Figuren, in der Schreinmitte die Gottesmutter mit dem Kind und zu ihren Seiten der heilige Martin und der heilige Silvester. Links und rechts des Altares standen die Heiligen Georg und Florian als Schreinwächter, beide in Rüstung und mit Lanzen – Sankt Georg stand siegreich auf einem Drachen, und Sankt Florian goss aus einem Kübel Wasser auf eine Burg.

Maria musste daran denken, dass sie schon einige Male in dieser Kirche gestanden hatte ... damals war sie eine der angesehenen Töchter vom Oberstein gewesen. Dann war sie von ihrem Vater nach Hause geholt worden, der ein angesehener Innsbrucker Bürger war. Und nun kam sie zurückgekrochen, waidwund und ohne Ehre, um bei den Verwandten um Aufnahme zu betteln. Sie schlug die Hände vor das Gesicht. Nein – oh nein ... sie konnte Anna so nicht gegenübertreten.

Florian, der nicht wusste, wie er sie trösten sollte, pufftę ihr mit dem Ellbogen in die Seite und sagte: »Weißt du was, Maria? Überall läuft mir hier der heilige Florian über den Weg, mein Namenspatron. Ich glaube das ist ein gutes Zeichen!«

Aber Maria gab ihm keine Antwort, denn auf einmal war ihr ein Gedanke gekommen: Die Moor-Lies! Bei ihr war ein Geheimnis gut aufgehoben – zu ihr würde sie zuerst gehen.

Sie überlegte. Nach dem Stand der Sonne war es noch gut zwei Stunden hell, da würden sie noch fast bis zur Hütte der Lies herankommen. Aber durch das Moorgebiet konnten sie bei Dunkelheit nicht gehen, das war zu gefährlich, also mussten sie im Wald übernachten. Sie musste nur aufpassen, dass niemand sie sah, denn jetzt waren sie schon so nahe bei Bruneck, dass sie von vielen Leuten erkannt werden könnte.

Sie aßen das letzte Stück Brot, das sie noch hatten, auch Max verschlang gierig seinen Teil, dann übernachteten sie im Wald. Beim Morgengrauen suchte Maria nach dem Pfad. Sie kamen zwar nur von der unzugänglichen Seite heran, aber Maria wusste auch hier eine sichere Stelle durch das Moor, den sie als Kinder immer wieder verbotenerweise und mit klopfenden Herzen gegangen waren. Und dann sahen sie die Hütte auch schon. Vom

Hüttendach stieg Rauch auf, die Lies war also noch daheim.

»Warte hier!«, sagte Maria zu Florian. Sie wollte zuerst alleine mit der Alten reden. Doch je näher sie der Behausung kam, umso zögernder wurden ihre Schritte. Zuletzt kauerte sie sich neben der Hütte nieder, anstatt zu klopfen, denn nun verließ sie der Mut vollends. Sie zog die Knie an, umfasste sie mit den Armen und legte ihren Kopf darauf. Sie war doch selber schuld an ihrer Lage, was fiel ihr ein ... wie konnte sie sich getrauen, ihre Sorgen auf andere abzuwälzen? Sie würde sich jetzt leise wieder davonstehlen und in einem anderen Landesteil um Dienst bitten.

»Bist du jetzt da?«, sagte plötzlich die Stimme der Lies neben ihr – und da stand sie, in einem Kittel aus undefinierbarer, verwaschener Farbe, mit einem Kopftuch, unter dem die grauen, strähnigen Haare hervorlugten, mit den flammenden, dunklen Augen, den Tränensäcken und der großen Warze neben der Nase mehr denn je einer Hexe ähnelnd. Aber trotzdem war Maria noch nie so froh gewesen, einen Menschen zu sehen.

Sie setzten sich auf die Bank vor der Hütte.

Die beiden Frauen sahen sich an, dann sagte die Alte: »Wenn du mit der Anna reden willst, die ist droben auf der Alm. Ich muss heute hinauf auf den Steinberg, um Kräutersalben und Elixiere zu den Blessierten zu bringen. Es liegen ihrer viele auf den Höfen herum, die bei den Kämpfen im Eisacktal und am Iselberg verwundet worden sind, und so mancher wird daran noch sterben. Dann gehe ich weiter zur Anna und sage ihr, dass du hier bist. Du selber gehst am besten durch den Wald hinauf, wo dich niemand sieht, und wartest unterhalb der Alm bei der Moorlacke. Dorthin werden wir bis zum Abend kommen.«

Sie schaute auf das Mädchen, das blass und verhärmt dasaß, und fragte: »Hast du Hunger?«

Maria schüttelte den Kopf: »Ich nicht, aber ich habe einen Buben bei mir.«

»Dann kommt herein.«

Maria rief nach Florian und dann aßen sie die Brennsuppe, die ihnen die Lies vorsetzte, und hinterher trank jeder eine Holzkelle voll Ziegenmilch. Mit großem Behagen schlabberte Max den Rest. Dann aber trieb die Lies zur Eile an, denn ihre alte Pendeluhr verkündete schon knarrend die sechste Morgenstunde.

»Mitten am Tag gehe ich sonst nicht mehr auf den Berg hinauf«, verkündete sie barsch, dann nahm sie vor sich hin brummend ihren Korb auf den Rücken, griff sich den Stock und zog ohne Gruß von dannen. Florian schaute ihr ein wenig erschrocken nach, aber das Mädchen sagte lächelnd: »Vor der Lies brauchst du dich nicht zu fürchten, sie ist manchmal ein sonderbares Wesen ... aber sie hat ein Herz aus Gold ... ja, aus purem Gold.«

Maria nickte zu ihren eigenen Worten. Sie war froh, dass sie hierhergekommen war. Die Alte hatte sie nichts gefragt, es wirkte vielmehr so, als hätte sie sie schon erwartet – und endlich hatte ihr jemand gesagt, was sie als Nächstes tun solle.

Der Pfad, der durch den Wald führte, war weiter und beschwerlicher als der Weg über den Steinberg, aber er hatte den Vorteil, dass sie von niemandem gesehen wurden. Am frühen Nachmittag waren sie an der mit der Lies vereinbarten Stelle angekommen. Der Ort war klug gewählt. Es war ein schattiger Grund, der von nirgends eingesehen werden konnte. Die Wiese war sumpfig, und die Tritte der Kühe hatten tiefe, mit moorigem Wasser gefüllte Löcher hinterlassen.

»Was hat man denn da drüben eingezäunt?«, fragte Florian und deutete auf die andere Seite der Wiese.

»Das ist die Moorlacke, ein riesiges Moorloch mit bodenloser Tiefe, von dem man behauptet, dass schon Kühe darin verschwunden sind. Wag dich dort nie zu weit vor und gehe nie von der Seite der Felsen zu nahe hin, du könntest hinunterfallen – das Moor verschluckt dich und gibt dich nie wieder frei!«

Die der obersteinerischen Alm zugekehrte Seite der Moorlacke war begrenzt von niederen Felsen.

»So, wie ich es dir erzähle, ist es auch uns beigebracht worden, als wir noch Kinder waren – und der stabile Zaun um die Moorlacke wurde angebracht, um Hirten und Vieh zu schützen.«

Maria wollte noch weitererzählen, da sah sie auf einmal den trockenen Waldrand entlang die Lies daherkommen. Maria ging ihr entgegen, aber die Alte sagte nur kurz: »Du gehst jetzt durch den Wald hinunter bis zur Hütte vom Martl. Dort kannst du die nächste Zeit bleiben. Die Türe ist offen, Mehl und Schmalz wirst du finden, du kannst nehmen, was du brauchst.«

»Aber was sage ich dem Martl, wenn er kommt? Dann müsste ich ihm ja sagen, dass ... dass ...«

»Ich habe es ihm schon gesagt«, sagte Lies kurz, »und er bietet dir fürs Erste gerne Zuflucht. Ich gehe jetzt weiter hinauf zur Anna, bis zum Abend kommen wir dann bei dir vorbei. Auch ich werde heute in der Hütte vom Martl schlafen, denn zum Absteigen in das Tal wird es mir zu spät werden.«

Maria stand mit gesenktem Kopf da, während ihr die heißen Tränen aus den Augen sprangen: »Ich ... ich weiß nicht, wie ich dir danken soll, Lies. Möge Gott dir vergelten, was du heute an mir getan hast.«

Die Alte aber drehte sich um und sagte beim Weggehen störrisch: »Ach was, bei mir brauchst du dich nicht zu bedanken. Es ist der Martl, der dir Unterschlupf gewährt.«

Nun aber brach das Mädchen vollends zusammen. Es ließ sich auf die Erde sinken und weinte, als könnte es gar nicht mehr aufhören. Florian stand wieder einmal scheu daneben und wusste nicht, wie er Maria trösten könnte. Sie hatte doch jetzt ein Dach über dem Kopf und etwas zu essen, wie er gehört hatte – da verstand er nicht, warum sie so weinte.

In der Hütte vom Martl fanden sie alles so vor, wie die Moor-Lies es gesagt hatte. Maria kannte die Stube, sie war als Kind manchmal hier gewesen. Außer dem Feuerstein waren ein klobiger Tisch, eine Bank und ein Stuhl in dem Raum, und auf einer Seite war eine sehr breite Bank angebracht, auf die Martl im Winter wohl einen Strohsack legte. An der Wand hingen eine große und eine kleine Pfanne, ein Topf und allerlei Küchengeräte, in einer Truhe war ein Sack mit Mehl, einer mit Gerste und Salz, auf einem Regal stand ein riesiger Steinguttopf mit Schmalz, auf dem als Deckel ein mit einem großen Stein beschwertes Brett lag. Im Hintergrund führte eine Türe in einen winzigen, fensterlosen Raum, in dem stand eine Holzpritsche, auf der ein Strohsack mit Decken lag, und eine Truhe.

Maria und der Junge setzten sich erschöpft an den Tisch. Den vierten Tag waren sie nun unterwegs, drei Nächte hatten sie nicht viel geschlafen, aber Maria fieberte nun der Begegnung mit Anna entgegen. Florian quälte eine andere Sorge: Was würde nun mit ihm werden – jetzt, da Maria eine Bleibe gefunden hatte? Mit hängendem Kopf saß er da und dann fragte er plötzlich leise: »Muss ich jetzt fortgehen, Maria?«

Eine Welle von Mitleid stieg in ihr auf.

»Nein Florian, jetzt warte, bis die Anna kommt, wir werden eine Lösung für dich finden. Du hast doch gesehen – sie lassen uns nicht im Stich.«

»Ja, du ... du bist eine der Ihren, das habe ich schon gesehen, aber ich habe ja niemanden.«

»Du hast mich, Florian. Du wirst doch nicht glauben, dass ich dich in das Ungewisse davongehen lasse!«

Da hörte man von draußen eilige Schritte sich nähern, schon wurde die Türe aufgerissen, und Anna stürmte herein. Sie lief auf Maria zu, die aufgestanden war, und fasste ihre beiden Hände. »Nein, wie ich mich freue, dass du hier bist! Die Moor-Lies hat mir gesagt, dass ich dich hier finde, aber warum kommst du nicht zu mir hinauf? Du kannst doch bei mir droben schlafen. Auf der Alm sind momentan nur der alte Stefan und ich, die Arbeitskräfte sind rar geworden, seit es so viele Tote und Blessierte gibt.«

»Ich darf mich nirgends sehen lassen ... und du wirst dich gleich weniger freuen, Anna, wenn du erfährst, was mit mir los ist.«

Anna trat einen Schritt zurück und schaute die Ziehschwester forschend an. Jetzt erst sah sie, wie blass und mager Maria geworden war.

»Was ist mit dir?«, fragte sie in heißer Angst. »Bist du etwa krank?«

Da senkte Maria tief den Kopf und sagte leise; während sie auf die Bank niedersank: »Anna, ich bekomme ein Kind.«

»Was bekommst du? ... Ja ... aber von wem denn, in Gottes Namen?«

»Von einem bayerischen Soldaten, von dem Leutnant, der damals bei der Hochzeit von Regina und Peter den Franz verhaftet hat.«

Anna kniete vor ihr nieder und rüttelte sie an den Schultern: »Nein! Oh nein! Nein, das glaube ich dir nicht!«

Maria schlug die Hände vor das Gesicht. »Es ist wahr«, flüsterte sie.

Anna sah sie entgeistert und fassungslos an.

»Du musst in dieser Stadt deinen Verstand eingebüßt haben«, schrie sie. »Oh, wärest du nur hiergeblieben, hier wäre dir so etwas nicht geschehen!«

»Wir hätten uns auch hier gefunden«, sagte Maria leise, »er gefiel mir vom ersten Augenblick an, da ich ihn sah. Ich mag ihn mehr als mein Leben – und wenn er jetzt kommen und mich holen würde, ich ginge mit ihm, und ich würde nicht einmal fragen wohin.«

»Ach nein, du magst ihn! Und du würdest mit ihm gehen«, höhnte Anna, »diese Gelegenheit wirst du nicht haben, denn er wird nie mehr wiederkommen, das kannst du mir glauben!«

»Anna ... bitte ...« Maria sah ihre Ziehschwester flehend an.

Da lagen sich die beiden Mädchen in den Armen und weinten. Nach einiger Zeit löste sich Anna sanft aus der Umarmung und strich sich über die Augen, während sie sagte: »Wir haben uns einmal versprochen, dass eine zur anderen kommen solle, wenn sie nicht mehr weiterweiß, aber ich wusste nicht ... ich dachte nicht, dass es ... so etwas sei. Wir halten zusammen, dessen kannst du sicher sein, aber ich kann nicht ... es fällt mir so schwer, dich zu verstehen!«

»Was gibt es da zu verstehen?«, ertönte die Stimme der Moor-Lies.

Keiner hatte bemerkt, dass sie eingetreten war. »Sie mag halt ihren Bayern genau so gerne wie du deinen Franz.«

»Ja aber ... eben darum ... der Vater ihres Kindes ist ein Bayer!« Anna war noch immer fassungslos.

»Er ist ein Mann«, sagte die Alte trocken, »und ob nun Tiroler oder Bayer, die Sache liegt nun einmal so, wie sie liegt. Maria ist halt das Schlimmste passiert, was ihr zu diesem Zeitpunkt in Tirol passieren konnte. Es ist offenbar, dass sie sich mit dem Feind eingelassen hat, den man hassen muss. Gut, der gegenseitige Hass ist verständlich nach allem, was bis jetzt geschehen ist, aber auch die feindlichen Soldaten wären lieber zu Hause, als sich hier bei uns die Schädel einschlagen zu lassen, das könnt ihr mir glauben. Den Oberen gefällt es freilich, wenn sich die Völker hassen, umso zorniger kämpfen sie, umso eher siegen sie. Aber immer ist es das Volk, das leidet, immer sind es die kleinen Leute, die draufzahlen – und dazu gehören auch die Soldaten, gleich, welcher Nationalität oder für welchen machtgierigen Fürsten sie gerade ausziehen müssen.«

Die Mädchen kannten das respektlose Mundwerk der Lies, trotzdem wurde Anna zornig: »Du redest ja gerade so, als ob du es mit diesen Mordbrennern hieltest!«

»Nein, aber ich sehe alles von zwei Seiten – sehe es vom Hintergrund aus. Korbinian, der viel und weit umherkommt, erzählt mir auch alles, was er hört und sieht. Und jeder weiß, dass im Krieg der Sog des blutigen Terrors alles mitreißt, was in seine Nähe kommt. Napoleon hat schon vor fünf Jahren gesagt: ›Ich habe Blut vergossen und ich werde noch mehr vergießen, ganz einfach, weil der Aderlass zu den Mitteln der politischen Medizin gehört.‹ Demnach wären nicht nur alle unsere eigenen Toten, sondern auch alle bayerischen und französischen und anderen nur Medizin für seine politischen Ziele gewesen. Aber alle, alle waren Menschen – und jeder war einmalig in seiner Art, auch jeder Feind. Was ich damit sagen will ist nur, auch dieser bayerische Simon von Maria wurde durch diesen Sog nach Tirol verschlagen und hier stationiert. Ich verstehe nicht, warum er deshalb nicht ein anständiger Bursche sein soll.«

Maria schaute die Alte dankbar an, aber Anna fuhr wieder auf: »Ein ehrbarer Mann würde Maria nicht in dieser Lage im Stich lassen und auf und davongehen!«

»Er weiß es ja nicht«, sagte Maria leise und gequält. »Jemand hat dem Florian erzählt, dass er verwundet irgendwo an der österreichischen Grenze liegen soll.«

»Er wird wiederkommen«, sagte da plötzlich die Lies.

Maria sah sie mit großen Augen an. »Bitte, sprich weiter Lies! Hast du etwas gesehen? Wird ... wird er mich finden?«

»Er findet dich«, sagte die Alte wortkarg, »aber lass mich in Ruhe jetzt und koch uns etwas, wir haben alle Hunger – und zündet dann die Funzel an, es ist ja schon fast dunkel.«

Florian ging sofort zur Esse und schlug Feuer, dann nahm er einen Span und zündete die Petroleumlampe an, die oberhalb des Tisches hing. Später aßen sie den Schmarrn, den Maria auf den Tisch stellte, und tranken Wasser dazu.

»Morgen bringe ich dir Milch«, sagte Anna, dann deutete sie auf Florian.

»Was ist mit dem Buben? Kann er nicht bei mir droben arbeiten? Ich könnte ihn notwendig brauchen.«

Maria sah auf Florian, der vor Freude rot geworden war und nun selber antwortete: »Ich arbeite gerne bei dir, und ich werde fleißig sein – das verspreche ich.«

Die Mädchen mussten bei diesem Eifer lachen und Maria sagte: »Der Bub ist tüchtig, aber bringe mir auch alle Arbeiten, die ich hier in der Hütte für dich verrichten kann, auch alles zum Flicken und zum Stricken.«

»Ja, das musst du wohl«, meinte Anna lächelnd, »aber für dich selber. Wie lange hast du noch hin?«

»Gute vier Monate.«

»Ich werde dir Wolle, Tücher und Flickzeug bringen, wir werden diese Zeit schon herumkriegen.«

Maria fasste nach Annas Hand. »Ich weiß nicht, wie ich dir danken soll, Anna ... wie ich euch allen danken soll – nicht jeder hat solche Freunde in der Not!«

Anna winkte ab: »Wir haben noch genug Zeit, um uns richtig auszusprechen. Ich werde vorbeikommen, so oft ich kann. Jetzt aber müssen wir gehen, Florian, wir haben fast eine Stunde Aufstieg vor uns, den Hund kannst du mitnehmen.«

Florian sah Maria fragend an, und sie nickte. »Geh nur, Florian, wo ich zu finden bin, das weißt du ja.«

Die Lies hatte sich schon in dem hinteren Raum auf den Strohsack zur Ruhe gelegt. Zuvor hatte sie Maria eine Decke in die Hand gedrückt. An die Rückwand der Hütte schloss ein Schupfen an, in dem das Almheu lagerte, das im Winter auf Schlitten zu Tal gebracht wurde. In diesen Schupfen ging nun Maria. Sie kletterte auf das duftende Heu hinauf, wickelte sich in die Decke und schlief so gut wie schon lange nicht mehr.

In den nächsten Tagen ging Anna öfters des Abends hinunter in die Wolfsklamm und brachte Maria das Nötigste wie Milch, Brot, Butter und Käse. Dann saßen die Mädchen da, kramten in Erinnerungen oder erzählten sich alles, was sich in dem Jahr, in dem sie sich jetzt nicht gesehen hatten, zugetragen hatte. Dennoch aber spürten sie selber, dass sich die Unbeschwertheit ihrer Kindertage oder ihrer frühen Jugendzeit nicht mehr einstellen wollte.

»Was ist nur mit uns passiert?«, fragte Anna eines Abends leise. »Es sind Dinge geschehen, die keiner von uns je für möglich gehalten hätte. – Du bist mit einem feindlichen Soldaten ins Unglück gekommen ... und ich selber ... mein Franz und ich, wir sollten jetzt schon längst verheiratet sein, wenn nicht sein Bruder gerade gefallen wäre und sein Vater blind und schwer verwundet auf dem Hof läge. Und Regina, meine Schwester – sie war schon immer zart, aber seit dem Tod von Peter wird sie immer weniger, und es schaut aus, als könnte sie nicht leben und nicht sterben. Ihre Seele sei krank, hat die Moor-Lies gesagt.«

»Wo ist denn der Franz jetzt?«, fragte Maria nach einer Weile.

»Der ist die meiste Zeit beim Hofer in Innsbruck. Er kommt und hilft zu Hause, wenn die Ernte einzubringen ist oder wenn er in Lienz oder in Bruneck etwas für den Sandwirt zu erledigen hat. Dann steigt er auch zu mir herauf, wir sind uns ja anverlobt, aber jetzt müssen wir das Trauerjahr abwarten, bis wir heiraten können. Ich habe es immer schon gefühlt, dass etwas dazwischenkommen wird ... es wäre zu schön gewesen, wenn ...«

Anna stieß einen gepressten Ton aus und schüttelte den Kopf, sie saß zusammengesunken auf der Bank, ihre ganze Körperhaltung zeugte von tiefer Traurigkeit. »Er ist momentan auch nicht mehr derselbe«, sprach sie leise weiter. »Er ist nicht mehr derselbe lustige und gutmütige Franz, der er immer gewesen ist. Sein ganzes Wesen ist so von Trauer, Wut und Hass erfüllt.«

Dann sagte sie warnend zu Maria: »Lass dich untertags nicht außerhalb der Hütte blicken, und leg den Balken vor. Die Klamm hier ist zwar abgelegen, aber es streunt in letzter Zeit allerhand Gesindel umher, das auf den Almen ringsum Schafe und Ziegen stiehlt.«

In der zweiten Septemberwoche kam auch Martl wieder einmal nach Hause zu seiner Hütte in der Wolfsklamm. Maria hatte diesem Treffen ängstlich entgegengesehen. Sie hatte Annas Rat befolgt und die zwei Querbalken vor die wuchtige Türe gelegt, was ein Eindringen in die Hütte so gut wie unmöglich machte. Aber Martls Stimme erkannte sie sofort, als dieser klopfte und rief: »Mach auf, Maria, ich bin es!«

Als sie die Türe öffnete, um ihn hereinzulassen, ließ er ihr nicht lange Zeit, um sich zu schämen. Als wäre es das Selbstverständlichste der Welt, dass sie hier in seiner Hütte lebte, sagte er, während er die schwere Kraxe auf dem Tisch abstellte: »So, da haben wir Nachschub – wir müssen noch ein wenig hamstern, falls wir den Winter hier heroben verbringen wollen. Wir sollten uns zwei Geißen eintun, oder was meinst du? Dann hätten wir immer frische Milch, wenn das Vieh von den Almen abgefahren ist.«

Er sprach so, als hätte er sich erst gestern von ihr verabschiedet. Er hatte Speck bei sich, Gerste und Mehl.

»Butterschmalz und Käse bekommen wir von der Anna und von der Hausbergalm.«

Er besah sich den Rührkübel, den Florian heute Morgen vorbeigebracht hatte und der dringend einer Reperatur bedurfte.

»Ich bleibe jetzt einige Tage hier, dann helfe ich dem Stefan, Vorräte in das Tal zu schaffen. Bis dahin kannst du dir überlegen, was du brauchst und was ich dir aus dem Tal mitbringen soll.«

Maria senkte den Kopf und sagte gar nichts, aber als sie abends nach dem Essen noch eine Weile beisammensaßen und er ihr erzählte, dass er auf dem Hausberghof geholfen hatte, die Ernte einzubringen und dass es Karl, dem Bauern, schon etwas besser gehe dank der Pflege der Moor-Lies, allerdings sei er noch immer bettlägerig, da griff sie hinüber zu seiner Hand und sagte unvermittelt: »Martl, vergelt's Gott!«

Der Mann sah sie ernst an, dann sagte er: »Gut, Maria – wir wollen darüber reden, wollen uns aussprechen. Ich weiß natürlich, was mit dir los ist, man sieht es dir auch schon an. Und ich weiß, dass der Vater dieses Kindes ein bayerischer Soldat ist. Dieser feindliche Leutnant heißt Simon Tanner, nicht wahr?«

Das Mädchen nickte. Oh, sie hatte es gewusst, er würde ihr nicht erlauben, hierzubleiben ...! Aber da sprach Martl weiter: »Nun werde ich dir einmal etwas von mir erzählen. Ich glaube, es weiß kein Mensch, wo ich vor nun fast dreißig Jahren hergekommen bin. Angefangen hat es, weil mein Bruder das Mädchen geheiratet hat, das ich selber wollte. Damals bin ich zornig und enttäuscht fort von daheim – und hierher hat es mich verschlagen. Aber weißt du denn eigentlich, wie ich heiße und wo ich herkomme?«

Maria schüttelte stumm den Kopf.

»Mein Name ist Martin Richard Tanner, und ich war in Rosenheim zu Hause. Geht dir jetzt ein Licht auf?«

Aber als das Mädchen ihn nur sprachlos anstarrte, sprach er weiter: »Ja, Maria, ich bin ein Bayer – und wahrscheinlich bin ich der Onkel von deinem Simon, also bin ich der Großonkel von diesem Kind da, das du erwartest – und wer sonst sollte sich wohl um dich kümmern, wenn nicht die Familie deines Kindsvaters? Die Moor-Lies weiß Bescheid, und auch der Korbinian, der mir schon öfter Nachricht zukommen ließ von zu Hause!«

»Ja ... aber ...«, stotterte das Mädchen, »dann wusste ja die Moor-Lies ... deshalb hat sie dich gefragt, ob ich bei dir wohnen darf? Aber sie hat mir nichts erzählt!«

»Nein, freilich nicht! Sie und Korbinian respektieren das als meine Angelegenheit. Im Übrigen liegen Geheimnisse bei diesen beiden so gut wie in einem Grab.« Nach einer Weile redete er weiter: »Es hat sich vielleicht schon mancher gefragt, warum ich nicht mit den anderen Männern ausgezogen bin. Ich helfe hier auf den Höfen, so gut ich kann und so viel ich vermag, aber ich werde nicht auf meine Landsleute schießen.«

Maria sah ihn fassungslos an, während ihr die Tränen aus den Augen kullerten, und er erwiderte ruhig und lächelnd ihren Blick, während er ein wenig spöttisch und neckend sagte: »Ich hoffe, du weinst jetzt nicht, weil du in einer feindlichen Behausung wohnen musst.«

Obwohl ihr die Tränen noch über die Wangen liefen, musste sie lachen: »Ach nein, es ist nur, weil ich so froh bin. Mir ist, als wäre ich jetzt nach Hause gekommen.«

»Wir werden schon auskommen miteinander«, meinte Martl. »Es macht nichts, wenn wir den Winter über hier heroben in der Hütte bleiben müssen, sie ist aus soliden Holzstämmen gebaut, gut abgedichtet und vertäfelt und warm im Winter, du wirst sehen – du brauchst keine Angst zu haben, dass du frieren musst mit deinem Kind. Holz ist genügend da – und später werden wir weitersehen.«

Zwei Tage später, es war der 16. September und ein Samstag, gingen Martl und Stefan schon vor drei Uhr morgens los, um mit ihren Kraxen voller Käselaibe und Butter im Tal zu sein, bevor die Sonne zu heiß wurde. Stefan wollte auf dem Hof übernachten und am Sonntag nach der Messe wieder auf die Alm steigen. Anna und Florian waren also diesen Samstag alleine, als am frühen Vormittag Florian angerannt kam und aufgeregt sagte: »Da unten kommt der Rupert aus Innsbruck, er darf mich und den Hund nicht sehen, sonst weiß er, dass auch Maria hier ist.«

Er versteckte sich in der hinteren Kammer und befahl Max, ruhig zu sein und sich hinzulegen. Max aber bellte und knurrte zornig, als Anna vor die Hütte trat und dem Mann entgegensah, der sich ihr nun näherte. Maria hatte ihr Rupert so gut beschrieben, dass sie ihn an seinem stiernackigen Aussehen sofort erkannt hätte, auch wenn ihr Florian nichts gesagt hätte.

Er war nun bei ihr angelangt und sah sie von oben bis unten an. »Das hier ist nun bestimmt die Obersteineralm und du bist die Anna«, sagte er – seine Blicke und der freche Ton seiner Rede trieben ihr die Zornesröte in das Gesicht.

»Und wenn das der Fall sein sollte, wer bist dann du und was willst du hier?«, fragte sie bissig.

»Oh, dieses Schnippische muss wohl in der Familie liegen, das kenne ich nur allzu gut«, antwortete er höhnisch und verneigte sich übertrieben tief. »Ich heiße Rupert, ich bin Bäcker bei deinem Onkel in Innsbruck, und ich möchte meine Braut, die Maria, abholen, die hier bei dir ist.«

»Wenn Maria deine Braut ist, dann müsstest du eigentlich wissen, dass sie bei ihrem Vater in Innsbruck wohnt.«

»Sie hat sich mit ihrem Vater zerstritten und ist auf und davon. Und wo sollte sie wohl sonst hin sein, wenn nicht hierher zu dir?« Er ließ seine Augen umherwandern.

»Was!« Anna brachte es fertig, Erschrecken zu heucheln. »Soll das etwa heißen, dass sie irgendwo alleine herumirrt? Was habt ihr mit ihr gemacht?«

Ruppert lachte spöttisch auf. »Was ihr geschehen ist, hat sie sich selber gemacht.« Er beugte sich vor und brachte sein Gesicht ganz nahe an das von Anna. »Sie bekommt einen Strauchbalg, und falls ihr es hier in der Gegend noch nicht wissen solltet, sie bekommt ihn von einem Bayern – einem Soldaten!«

Anna fuhr einige Schritte zurück, in der Kammer bellte und tobte der Hund.

»Ruhig, Tasso!«, rief Anna scharf und – oh Wunder, der Hund war still.

»Ah, Tasso heißt dein Hund, und ich habe schon gedacht, er könnte vielleicht ... Max heißen!«, meinte er anzüglich.

»Ha«, lachte Anna spöttisch, »du kannst gerne hineingehen und ihn beim Namen nennen.«

Er schaute sie schief an und sagte: »Wie ist es eigentlich hier bei dir mit dem guten Tiroler Brauch, dass kein müder Wanderer an einer Almhütte vorbeigeht, ohne dass ihm eine Schale Milch zur Labung gereicht wird?«

Sie ging hinein und kam alsbald mit einer Holzschale voll Milch heraus, die sie ihm reichte.

»Den guten alten Tiroler Brauch wollen wir doch nicht außer Acht lassen«, sagte sie lächelnd. Er trank die Schale aus, während er sie immerzu anblickte. Plötzlich griff er ihr unter das Kinn und meinte: »Du wärest schon eine Sünde wert. Wie wäre es denn mit uns beiden? Es käme ja nichts aus der Verwandtschaft.«

Mit einem empörten Aufschrei riss sie ihm die Schale aus der Hand, während der Hund wieder wie verrückt zu bellen begann. »Verschwinde jetzt, sonst lasse ich den Hund doch noch heraus!«, zischte sie.

»Er scheint scharf zu sein, dein Hund!«

»Ja, das ist er wohl. Ich brauche einen scharfen Hund bei dem Gesindel, das sich jetzt hier herumtreibt!«, sagte Anna barsch.

Nun war er es, dem die Zornesröte in das Gesicht stieg.

»Wenn du Maria sehen solltest, dann sage ihr, sie soll auf schnellstem Wege heimkommen, es ist alles in Ordnung.« Dann drehte er sich ohne Gruß um und ging.

Anna sah ihm erbittert nach. Was war, wenn dieser Kerl im Tal unten überall herumposaunte, dass Maria hier war und dass sie ein Kind von einem bayerischen Soldaten erwartete? Aber er hatte wohl nichts Genaues gewusst und nur auf den Busch klopfen wollen. Was für ein Glück, dass Martls Hütte abseits des Weges lag und außerdem durch hohes Erlengebüsch verdeckt war.

Zornig stürmte Rupert den Steig hinunter zu Tal. Was bildeten sich diese aufgeblasenen Weiber ein? Eine ließ ihn noch schroffer abblitzen als die andere. Aber dass Maria sich dort droben verborgen hielt, wie er gehofft hatte, glaubte er nun nicht mehr. Wenn aber Maria hier nicht war, wo war sie dann? Er musste den Meister fragen, ob da noch andere Verwandte waren oder wo sie wohl sonst untergekrochen sein könnte. Schnell ging er bergab, und er war schon fast im Mittelgebirge, als er in einiger Entfernung Schüsse hörte und schreiende Stimmen. Gleich darauf sah er drei wenig vertrauenerweckende Gestalten auf sich zukommen. Sie sahen auf eine verwegene Art so furchteinflößend aus, dass er sich schnell in die Büsche schlug. Aber sie hatten ihn schon erspäht und umschlichen nun die Sträucher, in denen er stand, zerrten ihn heraus, und während zwei ihn festhielten, durchsuchte der dritte seine Taschen. Er fand einige Kreuzer und hielt sie Rupert vor die Augen, während er ihm mit der anderen Hand einen Dolch an die Kehle hielt.

»Los, Bursche, wo hast du das andere Geld versteckt, vielleicht in den Schuhen?«

Er riss sie ihm von den Füßen, fand aber nichts. Rupert duckte sich angstschlotternd zusammen, und plötzlich fuhr ihm ein teuflischer Gedanke durch den Kopf: »Ich besitze nichts, das habt ihr doch selber gesehen. Aber ich wüsste schon, wo es etwas zu holen gäbe!«

»Willst du uns in eine Falle locken? Lüg uns nicht an, oder es ergeht dir schlecht!«

Der Schurke ritzte ihm mit dem Dolch ein wenig den Hals, und Rupert brachte mit zitternder Stimme hervor: »Ich lüge nicht, ihr werdet es sehen! Und dort gibt es nicht nur zu essen, so viel ihr wollt, auch ein bildschönes Mädchen ist dort ... ganz alleine.«

Der Strolch entblößte grinsend einen Mund voller fauliger Zähne und erklärte den anderen, was der Bäckergeselle meinte. Er redete in einer Sprache, die Rupert nicht verstand.

»Wo ist das?«, fragte nun der Landstreicher.

»Da droben«, Rupert deutete mit der Hand auf den Berg. »Aber ihr müsst einen vierstündigen Marsch auf euch nehmen.«

»Los, zeig es uns!« Sie versetzten ihm einen Stoß.

Rupert ging mit den Männern, bis sie der Alm ansichtig wurden.

»Dort ist es«, sagte Rupert. »Ihr müsst euch aber anschleichen, sie hat ein Gewehr.«

Dann drehte er sich um lief, so schnell er konnte, den steilen Pfad bergab, immer in der Angst, dass diese Verbrecher ihn einholen könnten. Ein Schauder überlief seinen Rücken, wenn er an das zierliche, schwarzhaarige Mädchen dachte. Hier war weit und breit niemand, den er ihr zu Hilfe schicken könnte. Sein Gewissen meldete sich, wenn er bedachte, dass er Anna diesen Lumpen preisgegeben hatte. Aber sein eigenes Leben hatte er damit gerettet. Und dann hatte ihm diese Schönheit dort droben ja zu verstehen gegeben, dass sie ihn für Gesindel ansah. Diese Ganoven würden ihr nun über Gesindel eine Lektion erteilen, die sie so schnell nicht vergessen würde. Vielleicht war sie dann das nächste Mal weniger stolz. Jedenfalls war es besser, nun so schnell wie möglich aus dieser Gegend hier zu verschwinden. Es war ja immerhin möglich, dass das Mädchen doch irgendwie Hilfe bekäme oder diese Strolche gefangen würden und dann vielleicht aussagten, wer sie auf die Alm geschickt hatte.

14. Kapitel

Anna ging mit Florian ein Stück in die Matten hinaus, denn es war Zeit, die Kühe zum Melken in den Stall zu holen. »Disa kommt natürlich wieder nicht«, stellte das Mädchen kopfschüttelnd fest. »Die braucht jeden Tag eine eigene Eskorte!«

Florian stieg mit Max hinauf, um das störrische Vieh herunterzuholen. Er wusste schon, wo er Disa finden würde, eine Kuh von besonders widerspenstigem Charakter, aber eine der besten Milchkühe. Sie hatte ganz oben in den Latschen ihren Lieblingsplatz, wo sie gemächlich wiederkäuend lag und wartete. Sie wusste genau, dass man sie holen würde. Außerdem hatte Florian auch noch einige Geißen zum Melken heimzutreiben, die manchmal nicht weniger störrisch waren als Disa.

Eine Kuh nach der anderen betrat gemächlich den niederen Raum und ging auf ihren Platz zu. Als letzte betrat Anna den Stall und wandte sich im Inneren um, damit sie den unteren Türladen schließen konnte, da wurde sie von brutalen Fäusten gepackt. Sie stieß einen Schrei aus, aber sogleich hielt ihr einer der Unholde den Mund zu.

Anna wehrte sich verzweifelt, und sicher wäre es einem allein nicht geglückt, das tobende Mädchen zu bändigen. Aber gegen drei vermochte sie nichts auszurichten. Die Unmenschen zerrten sie in die Ecke und warfen sie zu Boden. Anna gelang es, dem einen kräftig in die Hand zu beißen, er ließ sie fluchend einen Moment los, und sie flüchtete halb kriechend und stolpernd bis zur Stalltüre, wurde aber von den Männern gleich wieder eingeholt. Sie stieß wilde Schreie aus, die Verbrecher hielten sie an Armen und Beinen fest und einer, der einen blutigen Stofffetzen um die Stirn gebunden hatte, zog nun einen Dolch heraus und begann grinsend, ihr die Kleider aufzuschneiden.

In diesem Moment wäre es Anna lieber gewesen, er hätte ihr das Messer bis zum Schaft in das Herz gerammt, denn das wusste sie: Weiterleben konnte sie nach dem, was jetzt offenbar geschehen würde, ohnehin nicht mehr. Ihre Schreie klangen nach einem zu Tode getroffenen Tier, und fast von Sinnen vor Verzweiflung wusste sie, es war doch umsonst, sich die Seele aus dem Leib zu schreien. Florian war viel zu weit weg, um sie zu hören – und selbst wenn, was konnte der Bub gegen diese Verbrecher ausrichten?

Florian hörte tatsächlich nichts. Aber Max sträubte plötzlich seine Haare und brach in tiefes, zorniges Knurren aus. Der Junge sah ihn erstaunt an.

»Max, was hast du denn? Spinnst du?«

Der Hund aber war schon auf dem Sprung und rannte wie ein Pfeil der Alm zu. Florian hetzte, so schnell er vermochte, hinterdrein. Denn dass etwas nicht stimmen konnte, wenn sich der Hund so seltsam benahm, war ihm klar.

Als plötzlich das riesige Tier einem Schatten gleich durch die obere Türluke schoss und dem einen Strolch, der den Dolch hielt, mit einem Satz an die Kehle sprang und sie ihm von einem Ohr zum anderen aufriss, erstarrten die beiden anderen vor Schreck. Noch hatte keiner einen Laut von sich gegeben, da hatte Max schon den zweiten angesprungen und sich in dessen Schulter verbissen. Aber der Dritte kam nun wieder zu sich. Vorsichtig versuchte er sich zu den Gewehren hinzutasten und erreichte sie auch glücklich. Doch gerade als er anlegen wollte und nur noch deshalb zögerte, weil er Angst hatte, statt des Hundes seinen Kameraden zu treffen, der verzweifelt versuchte, das rasende Tier abzuwehren, traf ihn ein harter Schlag auf den Kopf.

Der Gauner ging in die Knie, trotzdem hatte er noch die Kraft, sich etwas taumelig auf den Buben zu stürzen, der ihn mit einer Mistgabel geschlagen hatte, die er nun schützend vor sich hielt. Mit ausgestreckten Armen ergriff der Mann Florians Kehle, und als der Junge zurückwich, machte er einige Schritte auf ihn zu. Da auf einmal strauchelte Florian, verlor das Gleichgewicht, und sein Angreifer ließ zu spät seine Kehle los, um nicht mit ihm zu Boden zu stürzen. Im Fallen sah er die scharfen Zinken der Gabel auf sich zukommen, und dann bohrten sie sich tief in seinen Hals. Florian, der unter dem Schwerverletzten zu liegen gekommen war, hörte ein grauenvolles Röcheln und sah entsetzt in das blaurote Gesicht über sich, aus dessen weit aufgerissenem Mund Blut und Speichel auf ihn herabtropften. Nur der Stiel der Gabel verhinderte, dass der Kopf des Sterbenden ganz auf ihn herabsank. Nach einem Moment der Erstarrung arbeitete er sich unter dem Körper des Mannes hervor, der bereits tot war. Nachdem er eine Weile nach Luft geschnappt hatte, zog er ihm die Gabel aus dem Hals.

Anna hatte unterdessen erfasst, dass in allerletzter Sekunde doch noch Hilfe gekommen war. Sie ergriff den Dolch des jetzt mit durchbissener Kehle daliegenden Toten und stieß ihn dem anderen, der noch immer den Hund abzuwehren versuchte, in den Leib, wie eine Wahnsinnige, immer und immer wieder und schrie dabei: »Und das für deine Küsse, und das dafür, dass du mit deinen Händen meinen Körper besudelt hast, und das für deine unflätigen Worte ...!«, auch als der Mann schon längst kein Lebenszeichen mehr von sich gab. Endlich sank sie erschöpft zusammen. Die Kleider hingen ihr in Fetzen vom Leib, das Haar war aufgelöst. Eine lange Zeit saß sie wie erstarrt da. Als Florian ihr zaghaft die Hand auf die Schulter legte, fuhr sie zusammen.

»Du brauchst keine Angst mehr zu haben, Anna, sie sind alle tot.« Dann mit einem Blick auf die leblos daliegenden Körper: »Wir müssen sie irgendwo begraben.«

Er sagte das so sachlich, dass sie ihn mit weit aufgerissenen Augen anstarrte. Aber sie begriff, dass er recht hatte.

»Ja, du hast recht, jetzt müssen wir uns zusammennehmen und das zu Ende bringen.« Sie taumelte hoch: »Begraben können wir sie aber nicht, hier ist der Boden überall zu felsig.«

Sie warf den blutigen Dolch, den sie noch immer in Händen hielt, zu Boden und sagte: »Hol den Radschlitten aus dem Schupfen, wir laden sie auf und fahren sie hinunter zur Moorlacke, dort versenken wir sie.«

Das Gefährt, auf das sie die toten Körper legten, war ein kleiner Radschlitten, an dem im hinteren Teil außer den Kufen noch links und rechts je ein Rad befestigt war. Wenn man den Schlitten vorne anhob, dann rollte er, wenn man ihn vorne ausließ und niederdrückte, dann bremste er. Zwei Mal mussten sie fahren, und es ging fast über ihre körperlichen und seelischen Kräfte. Als sie nach Stunden wieder die Hütte erreichten, war es schon dunkel, und sie fühlten sich beinahe nicht mehr imstande, beim Schein einer Ölfunzel jetzt noch die Kühe zu melken. Als diese Arbeit getan war, krochen sie mehr tot als lebendig auf ihre Heulager.

Florian wollte den Hund mit hereinnehmen, aber das Mädchen sagte: »Nein, nein, lass ihn nur frei herumlaufen. Gnade Gott demjenigen, der sich heute noch unserer Hütte nähern sollte.«

So müde Anna auch war, sie konnte dennoch nicht einschlafen. Ihr Körper zitterte und zitterte, ihr war, als würde eine Lawine nach der anderen auf sie herabfallen. Diese Leichen, sie waren so schwer gewesen – und dennoch versanken sie so langsam. Der eine Arm, er hatte einfach nicht untergehen wollen. Sie hatten mit einem langen Ast nachhelfen müssen. Nie würde sie diese Hand vergessen, die wie drohend aus dem Moor ragte.

Schließlich stand sie auf und tastete sich hinaus in den Stall, wo sie die Leiter zum Heuboden halb hinaufstieg, wo der Junge schlief.

»Florian, schläfst du?«, fragte sie leise.

»Nein, ich bin wach«, hörte sie ihn aus der pechschwarzen Dunkelheit antworten.

»Bitte, Florian – das darfst du nie jemanden sagen!«

»Das weiß ich selber«, antwortete der Junge still.

»Dass du mich heute gerettet hast, vergesse ich dir nicht, Florian – und dem Hund auch nicht.«

Florian gab keine Antwort. Sie öffnete die obere Luke der Stalltüre und lauschte hinaus in das Dunkel, aber nur die vertrauten Laute der Nacht drangen an ihr Ohr – die große Glocke von Meta, der Leitkuh, und die kleinere von Disa. Da ging sie zurück auf ihr Lager – und wieder starrte sie mit offenen Augen in die dunkle Finsternis.

Beim ersten Morgengrauen holte Anna Wasser und reinigte die Holzbohlen im Stall vom Blut, die Gewehre steckte sie hinter die Holzlege. Auf der Esse schlug sie Feuer und verbrannte das zerfetzte, blutbesudelte Kleid, dann ging sie hinüber zum See, zog sich aus und stieg bis zum Hals in das eiskalte Wasser, sie tauchte unter und schrubbte die Haare. Sie fühlte sich über alle Maßen beschmutzt und fürchtete, nie mehr wieder sauber zu werden. Als Florian aufstand, schickte sie auch ihn hinüber zum Wasser, damit er sich reinige – seine Haare waren ganz blutverkrustet – und da er nur dieses eine Hemd habe, solle er es auswaschen, so gut es ging. »Dann treibst du das Vieh heim, das gemolken werden soll«, rief sie ihm nach.

Patschnass und zähneklappernd, aber sauber kam er vom See zurück und lief nur noch schnell in die Hütte, um seine Joppe zu holen. Er warf dem Mädchen einen dankbaren Blick zu, denn heute Morgen war er mit einem bangen Gefühl und einem Stein in der Magengrube aufgewacht. Nun war er herzensfroh, dass alles seinen geregelten Trott ging – Anna schien nicht viel Wesens machen zu wollen aus dem gestrigen Erlebnis. Als er die Tiere in den Stall trieb, sah er, dass alle Spuren des Kampfes beseitigt waren, nur das Fell von Max sträubte sich und seine Lefzen kräuselten sich knurrend, wenn er an den nun sauberen Brettern roch.

Später beim Essen merkte Florian, dass ihm das Schlucken wehtat, er griff sich einige Male an den Hals und Anna sah, dass er dunkle Würgemale hatte.

»Das ist in einigen Tagen wieder gut«, tröstete sie ihn, sonst erwähnte sie den Vorfall nicht.

Um die Mittagszeit war Stefan wieder da, er hatte ein Saumpferd mitgebracht, das ihnen beim Almabtrieb große Lasten abnahm, und jeder ging seiner Arbeit nach. Florian sah Anna manchmal scheu von der Seite her an, jedoch das Mädchen ließ sich nichts anmerken. Allerdings war sie sehr ernst, und sie sang auch den ganzen Tag nicht, wie es sonst ihre Art war. Auch beim Melken ertönte sonst oft ihre schöne Singstimme, und Stefan brummte die zweite Stimme dazu – und seit Neuestem sang auch Florian mit, sobald er die Lieder kannte. Stumm verrichtete sie heute ihre Arbeit, und am Abend nahm sie Milch und Butter und sagte, sie gehe zum Martl hinunter.

Stefan, der alte Knecht, wunderte sich über nichts und fragte nichts. Er wusste zwar genau, dass Martl nicht heroben in seiner Hütte war, aber er vermutete, dass sich das Mädchen da unten mit Franz traf. Und was ging es ihn an? Er saß noch eine Weile mit Florian beisammen, schnitt Späne zum Feuermachen und erzählte dem Jungen allerhand Trauriges und Lustiges aus seinem Leben. Und so jung Florian auch war, er hätte Stefan ebenfalls einige spannende Geschichten erzählen können, und eine davon wäre noch nicht älter als einen Tag gewesen.

In der Wolfsklamm saßen die Mädchen erst kurze Zeit beisammen, als Maria bemerkte, dass mit Anna heute etwas nicht stimmte, darum fragte sie bald einmal: »Was ist los heute, Anna? Ist etwas geschehen?«

Anna sah blass und müde aus, sie saß da und presste die Hände im Schoß zusammen, als sie nun leise sagte: »Gestern haben mich drei Männer überfallen.«

»Haben sie dich ...?« Maria hielt entsetzt den Atem an, aber Anna schüttelte den Kopf: »Nein, Florian und der Hund sind gerade noch rechtzeitig gekommen. – Die Männer sind tot«, setzte sie plötzlich mit harter Stimme hinzu. »Wir haben sie in der Moorlacke versenkt!«

»Mein Gott«, flüsterte Maria und sah mitleidig auf ihre Schwester, »was musst du durchgemacht haben. Wer ... waren sie?«

»Ich weiß es nicht.« Anna zuckte mit den Schultern. »Vielleicht Deserteure, sie hatten Uniformstücke an.«

»Jedenfalls waren es Verbrecher!« Maria erschauerte. »Du brauchst dir keine Vorwürfe zu machen.«

»Ich mache mir keine Vorwürfe, Maria«, sagte Anna heftig. »Alles, was ich fühle, ist Ekel und Hass. Was wäre gewesen, wenn ihnen gelungen wäre, was sie vorhatten? Wenn ich es Franz nicht gesagt hätte, wie hätte ich leben können mit diesem Geheimnis? Wenn ich es überhaupt hätte verbergen können! Und wenn ich es ihm gesagt hätte, wie wäre er wohl damit fertig geworden? Ich weiß nicht, ob du verstehst, Maria – mit Franz, den ich mehr mag als mein eigenes Leben, habe ich noch nie ..., du weißt schon. Es schien alles so klar, wir gehörten ja zusammen – und ich wollte in allen Ehren mit meinem Kranz vor den Altar treten. Und da kommen diese ... diese Bestien und wagen es, einem Weib ihren Willen aufzuzwingen. Damit wäre mein Leben vernichtet gewesen, genauso gut hätten sie mich umbringen können.«

»Das hätten sie wahrscheinlich auch getan – und den Florian dazu –, und die Alm hätten sie angezündet, um die Spuren zu verwischen«, sagte Maria und sah Anna erschüttert an, die da droben mit Florian und dem Hund um das nackte Überleben gekämpft hatte.

»Ja, notgedrungen hätten sie das tun müssen!« Wut und Erbitterung klang aus Annas Stimme. »Und am Ende hätten sie auch dich noch gefunden. Nein, ich verspüre keine Reue, es sind in den letzten Monaten schon Bessere zugrunde gegangen als diese!«

An diesem Abend saßen die zwei Mädchen noch lange beisammen und schütteten sich gegenseitig das Herz aus. Längst war es dunkel geworden, und sie fuhren zusammen, als es hart an die Tür pochte. Schweigend sahen sie sich an, und Anna legte warnend den Zeigefinger an den Mund, während sie sich zur Feueresse schlich und den großen Schürhaken ergriff.

»Ich bin es«, ertönte da die Stimme Florians. Sie machten ihm auf, und der Junge sah ein wenig erstaunt auf die Mädchen, die ihn erleichtert anlachten.

»Ich habe mir gedacht, dass es dir vielleicht recht ist, wenn ich dich mit Max abhole.«

»Ja, Florian, da hast du gut gedacht.« Anna erschauerte ein wenig bei dem Gedanken, dass ihr Weg nahe an der Moorlacke vorbeiführte.

Nur noch einige kleine Flammen flackerten auf dem Feuerstein, und dunkle Schatten tanzten im Raum und auf den Gesichtern der Mädchen. Florian musste bei ihrem Anblick an jene Sage denken, die er einmal gehört hatte, von Ifra, der Hellen, und Afra, der Dunklen, wie sie in ihrem Dorf genannt worden waren. Diese beiden schönen Mädchen hatte ein mächtiger Alpengeist zu sich in den Berg gelockt und sie dort zu seinen Sklavinnen gemacht. Mit jeder der beiden zeugte er sieben Kinder.

Nach vielen Jahren kamen eines Nachts die Kinder jener Mädchen aus dem Berg – es waren sieben wunderschöne junge Frauen und sieben stattliche junge Männer. In ihren hellen und dunklen Haaren und an ihren Kleidern glitzerte es von Gold und Edelsteinen. Sie weckten den Pfarrer jenes Dorfes und baten ihn, sie zu taufen, da sie dann unter den Menschen leben dürften. Ihre Mütter waren nun tot, und ihr letzter Wunsch war gewesen, dass sich ihre Kinder als gottesfürchtige Menschen in die Welt außerhalb des Berges einfügen möchten. Der Pfarrer aber weigerte sich und sagte, er könne die Kinder eines heidnischen Berggeistes nicht taufen, und da mussten sie weinend in den Berg zurück. Als sie fort waren, lag ein glitzernder Bergkristall auf dem Boden der Pfarrstube.

Da dies alles ruchbar wurde, machten die Menschen in der Gemeinde ihrem Pfarrer Vorwürfe. Sie meinten, er hätte sofort die Glocken läuten und damit den Berggeist fernhalten müssen, bis seine Nachkommen getauft gewesen wären. Sie legten den Bergkristall in der Kirche auf den Altar und beteten inbrünstig für die Kinder von Ifra und Afra, aber es war umsonst, sie kamen nie mehr wieder. Der Pfarrer bereute später zutiefst, was er getan hatte

– und als er starb, konnte seine Seele keine Ruhe finden. In finsteren Neumondnächten hört man ihn noch heute jammernd und klagend auf dem Berg herumirren, immer auf der Suche nach den Kindern von Ifra und Afra.

Florian sah die zwei Mädchen an, Maria, die Helle und Anna, die Dunkle. Trotz der Gegensätzlichkeit ihres Aussehens sahen sie sich irgendwie ähnlich. In Marias hellem Gesicht pulsierte das Blut, und das Schönste waren ihre großen, ruhigen, grüngrauen Augen, während Annas Augen dunkelbraun waren und schneeweiße Zähne aus dem gebräunten Gesicht blitzten, wenn sie sprach oder lachte. Aber sie hatten beide dieselben vollen Lippen und das gleiche Kinn, und beiden baumelte ein langer, schwerer und ein wenig unordentlicher Zopf über den Rücken. Während der Arbeit oder wenn sie alleine waren plagten sie sich nicht mit aufwendigen Aufsteckfrisuren.

Florian ging zur Esse hin, blies auf die Glut und entzündete die Fackel, die er bei sich trug. »Draußen ist es heute dunkel wie in einem Sack«, meinte er. »Wenigstens hier in der Klamm ist es besser, wenn wir sehen, wo wir hintreten.«

»Wie bin ich nur bis jetzt ohne dich ausgekommen«, lachte Anna und legte den Arm um die Schulter des Buben, dann wandte sie sich an Maria: »Heute ist es wieder einmal so gewesen wie in früheren Zeiten, wenn wir uns unsere Heimlichkeiten zugeflüstert haben. Mein Gott – was ist das für eine schöne Zeit gewesen – und wie winzig waren die Geheimnisse, die wir damals für riesengroß und weltbewegend erachtet hatten.«

Maria stand noch eine Weile draußen und horchte auf die sich entfernenden Schritte Annas, denn Florian war barfuß, ihn und den Hund konnte sie nicht hören. Dann ging sie hinein und rastete die zwei klobigen Querbalken vor der Türe ein. Seufzend drehte sie sich um und setzte sich auf die Bank, legte die Arme auf den Tisch und vergrub das Gesicht darin. Schmerzlich kam ihr das erste Mal ihre große Einsamkeit zum Bewusstsein. Aber sie durfte ja wohl nicht klagen, sie hatte zu essen und ein Dach über dem Kopf. Wie es weitergehen würde oder daran, wie sie ihr Kind gebären solle ... daran wagte sie gar nicht zu denken. Erst einmal war sie hier, um ihre Schande zu verstecken! Ach ja, Anna hatte recht, so unschuldig wie damals waren ihre Geheimnisse nicht mehr! Jetzt schnürte ihnen das, was sie zu verbergen hatten, vor Entsetzen die Kehle zu.

In der zweiten Oktoberwoche kam Martl vom Tal herauf und machte bei seiner Hütte eine kurze Rast. Maria half ihm, den schweren Rückenkorb abzusetzen. Er wischte sich den Schweiß vom Gesicht und sagte: »Ich muss hinauf zur Anna und ihr den Viehschmuck bringen zum Aufkranzen morgen beim Almabtrieb.«

Sie setzten sich auf die Bank, und Maria deutete auf einen mächtigen, dürren Baum vor der Hütte, der kein einziges Blatt mehr trug und seine kahlen Äste weit in den Himmel reckte. »Der hat mir als Kind immer so gut gefallen«, erklärte sie.

»Dieser Baum fängt uns den Blitz ab«, meinte der Mann. »Unter ihm muss sich eine Wasserader kreuzen.«

Maria musste an einen Spätnachmittag auf dem Obersteinerhof denken. Herannahende schwarze Wolken hatten ein Gewitter angekündigt. »Aus solchen Wolken brauen die Hexen ihre Wetter«, verkündete die Leni, und da ging es auch schon los. Ein blendend heller Blitz folgte dem anderen, krachender Donner folgte den Blitzen auf dem Fuße. Reißende Wassermassen füllten den Wildbach, der Sturm peitschte die Bäume, und auf dem Dach hörte man die Schindeln davonfliegen. Auf dem Stubentisch brannte die schwarze Wetterkerze, und die Familie und das Gesinde knieten auf dem Fußboden. Vitus, der Bauer, rief Gott und die Namen der Heiligen an, und die anderen flehten im Chor: »Bitt für uns! Heilige Katharina ... bitt für uns, heiliger Johannes ... bitt für uns!« Und sie selber kniete da und dachte an die Augen dieses Bayern, der in der Kirche immer so stand, dass sie ganz nahe an ihm vorbeigehen musste. Selbstvergessen hingen ihre Blicke dann einen Moment lang ineinander, während ein Zauberstrahl in ihre Herzen zuckte. Indessen die anderen zitternd den Schutz des Himmels vor Brand und Verwüstung herabflehten, lag ein Lächeln um ihren Mund, bis Anna ihr mit dem Ellbogen einen Stoß versetzte.

Damals dankte sie nach dem Gewitter dem Herrgott extra, dass es nicht eingeschlagen hatte. Nein, auf dem Hof hatte es damals nicht eingeschlagen, sie selber aber konnte sich diesen stattlichen, bayerischen Leutnant nicht mehr aus dem Kopf schlagen – und nun ... nun erwartete sie ein Kind von ihm.

Am nächsten Tag stand Maria oben auf der Klamm hinter einem Gebüsch versteckt und sah der Almabfahrt zu. Voraus ging Anna, ihr folgten die schön geschmückten Rinder – die besten Milchkühe mit den prächtigen, öfter verwendbaren Kopflarven, die mit Spiegeln und bunten Bändern verziert waren. Das Kreuz zwischen den Hörnern war ebenfalls aus Holz. Auch Maria hatte einige nur einmal verwendbare Aufstecker aus Latschen und Kranawittstauden gemacht und Halskränze für die Kälber. Diese Arbeit kannte sie von früher. Viele Feierabendstunden hatte die Hausgemeinschaft damit zugebracht, diese Kopflarven anzufertigen und auszubessern. Der Schmuck beim Almabtrieb hatte den Zweck, das Vieh vor den Berggeistern zu schützen, und dementsprechend waren auch die Geschichten, die zu dieser Arbeit erzählt wurden.

Einmal davon abgesehen, dass jede Alm ihren eigenen Berggeist hatte, die sogenannten Kasermanndln, gab es noch mannigfaltig andere, von denen man sich erzählte. Die meisten waren den Menschen wohlgesonnen, solange man sie nicht verärgerte. Da gab es einen kleinen Kobold mit grüner Jacke und einer roten Mütze mit einer langen Quaste. Er konnte es nicht leiden, wenn jemand im Wald laut lachte oder schrie, diesen Menschen hüpfte er in die Haare und zerzauste sie so, dass man einen Monat brauchte, um den Filz einigermaßen wieder glatt zu kämmen. Meistens aber war er freundlich, und Menschen, über die er sich nie ärgern musste, führte er manchmal zu verborgenen Schätzen oder brachte ihnen gar Gold in das Haus. Denn ungeheure Mengen an Gold und Edelsteinen befanden sich wohlgehütet in den Bergen, jedoch keinem war es bis jetzt gelungen, diese Schätze zu heben.

Ein anderer, schon etwas älterer Geist brachte den schwitzenden Holzknechten frisches Quellwasser und den Almleuten Beeren, statt der Füße hat er zottelige Bocksbeine, und wie die Steinböcke erklomm er die Felsenwände. Burschen wollten gesehen haben, wie er auf den steilsten Felsen saß und sich sonnte: Er habe ein runzeliges, griesgrämiges Gesicht, aber er tue niemandem etwas zuleide, solange man ihn seines Aussehens wegen nicht verhöhne. Spottete man aber seiner, dann wälzte er ungeheure Felsen in die Tiefe und begrub ganze Gehöfte mit Mensch und Vieh.

Sehnsüchtig dachte Maria an diese Abende auf dem Obersteinerhof zurück, wo jeder seine Erzählungen zum Besten gab.

Die Almtiere wurden während des Abtriebes mit Kopflarven, bunten Aufsteckern und Kränzen verhüllt, um sie vor Verschreien und Verhexen zu schützen. Nur solche Viehabtriebe waren aber geschmückt, wo auf der Alm, auf dem Hof und in der Familie kein Todesfall oder sonst ein Unglück geschehen war. Deshalb gab es in diesem Jahr viele schmucklose Heimfahrten. Aber solche ungeschmückten Herden hatten den Neid der Berggeister nicht zu fürchten, denn diese Familien hatten in diesem Jahr schon Unheil genug gehabt, um davor sicher zu sein.

Ungefähr in der Mitte der Herde sah Maria Martl gehen, und hinten versuchte Florian, die Ziegen und Schafe im Zaum zu halten. Zuhinterst kam Stefan mit dem Saumpferd. Jeder der Männer hatte eine große Kraxe auf dem Rücken. Maria sah ihnen nach, soweit sie die Herde noch sehen konnte und bis der letzte Ton der Kuhglocken verhallt war, dann drehte sie sich seufzend um und ging wieder der Hütte zu.

Anna saß nun zu Hause auf dem Hof und wartete jeden Tag auf Nachricht von Franz. Seit der ersten Septemberwoche hatte sie ihn nicht mehr gesehen. Damals war er zu ihr auf die Alm gekommen. Er ritt einen erbeuteten braunen Hengst, wegen dem er, wie er erzählte, fast schon einmal in Gefangenschaft gekommen wäre. Das Horn im feindlichen Lager hatte nämlich zum Sammeln geblasen. Der Hengst spitzte die Ohren, und Franz gelang es gerade noch, abzuspringen und die Zügel um einen Baum zu schlingen, wo er ihn dann mit Aufbietung aller Kraft festhalten konnte. Gar nicht so wenige Burschen wurden gefangen, weil sie auf erbeuteten Pferden saßen, denn diese abgerichteten Schlachtrösser ließen es sich nicht nehmen, störrisch in die Richtung zu laufen, aus der sie das Signal des Hornes hörten, das sie zurückrief – da half kein Zerren, Schreien oder Befehlen.

Franz war nicht lange geblieben. Er war in Eile gewesen, denn er musste weiter nach Lienz – und jedes zweite Wort, das er zu ihr gesprochen hatte, war eine Lobeshymne auf seinen Hofervater gewesen. Er hatte ihr den Sandwirtszwanziger gezeigt, der in Hall geprägt wurde, und erzählt, dass Hofer diese Tiroler Landmünze eigentlich mit dem Bildnis der Gottesmutter hatte versehen wollen, die Herstellung der neuen Prägestöcke aber zu teuer gewesen wäre. Diese und noch andere Geschichten aus dem bäuerlichen Burgleben in Innsbruck berichtete er ihr. Hie und da, wenn er gerade einmal keinen Auftrag hatte, müsse er auch des Nachts in der Hofburg Wache stehen, und da könne es geschehen, dass der Oberkommandant um fünf Uhr früh, wenn er aufstand, barfuß in die Wachstube kam und die Burschen fragte, wie ihnen die Nacht bekommen sei.

Anna hätte sich am liebsten die Ohren zugehalten. Das war es nicht, was sie hören wollte, wenn er sie nur alle heiligen Zeiten einmal besuchte und dann auch noch schnell wieder weiterreiten musste. »Weißt du eigentlich, dass wir schon lange verheiratet wären, wenn alles seine Richtigkeit gehabt hätte?«, unterbrach sie ihn plötzlich energisch. »Tut es dir denn überhaupt nicht leid? Gefällt es dir in Innsbruck so gut, dass du lieber dort bist, als mit mir beisammen zu sein?«

»Was redest du denn da?«, fragte Franz verblüfft. »Seit ich denken kann, möchte ich nur mit dir beisammen sein!«

»Warum kommst du dann nicht heim?«, drängte sie.

»Aber Anna, es ist Krieg – und ich bin Ordonnanz beim Oberkommandanten von Tirol!«

»Ich sehe momentan keinen Krieg«, entgegnete sie störrisch.

»Aber wir sind in großer Gefahr, und wenn wir nicht Hilfe vom Kaiser bekommen, ergeht es uns schlecht, falls wir wieder überfallen werden sollten. Alle Kassen sind leer, wir haben nicht genügend Munition, das halbe Land ist verbrannt und kahlgeplündert, wohin man schaut, ist Not und Elend!«

»Ja, das mag alles sein«, entgegnete sie heftig, »aber was ist mit uns beiden, Franz? Ich habe Angst um dich!«

Endlich zog er sie an sich, und sie schmiegte sich in seine Arme.

»Wir werden mit unseren Eltern sprechen – und mit dem Pfarrer«, sagte Franz. »Sie sollen uns in aller Stille zusammengeben, das kommt in Kriegszeiten öfter vor, habe ich gehört. Jedenfalls könnte ich dann, wann immer es mir ausgeht, nach Hause kommen zu meinem Weib.«

Sie hatte ihr Gesicht in seiner Halsbeuge vergraben.

»Ach, wenn das möglich wäre ... aber dein Bruder ist erst seit einem Monat tot!«

»Ja, und er fehlt mir sehr ... und es tut mir leid um ihn, aber warum sollte ich deshalb nicht verheiratet sein? Spätestens bis Weihnachten müssen wir das schaffen. Du wirst dann eben keine lustige Hochzeit haben und auch keine Alpenrosen vom König Laurin.«

»Ich brauche ganz bestimmt keine lustige Hochzeit, und ich habe deine Rose aus Bergkristall!«

Dann war er fortgeritten, und bis heute hatte sie ihn nicht mehr gesehen – doch nun fasste sie einen Entschluss. Sie würde nach Innsbruck gehen. Doch zuerst musste sie hinauf zu Maria in die Wolfsklamm.

Am Lukastag, es war ein Mittwoch, war Anna um die zehnte Vormittagsstunde droben bei Maria und Martl und erzählte ihnen, was sie vorhatte. Sie wandte sich an Maria: »Ich wollte dich fragen, ob ich deinem Vater etwas ausrichten soll. Vielleicht macht er sich ja doch Sorgen um dich.«

»Sag ihm, wo ich bin und dass es mir gutgeht. Er wird sich hüten, mich jetzt in meinem Zustand nach Hause zu befehlen. Du kannst in meiner Kammer schlafen, und ich wäre dir sehr dankbar, wenn du mir meine Kleider aus der Truhe mitbringen würdest.«

»Wie willst du hinkommen nach Innsbruck?«, fragte Martl. »Diligencewagen fährt keiner mehr, die Postmeistereien sind entweder niedergebrannt und liegen in Asche, oder sie sind zerstört und vollkommen ausgeraubt. Es gibt keine Kutschen mehr, keine Geschirre und keine Pferde.«

»Es fahren immer wieder Fuhrwerke in Richtung Innsbruck, da wird mich schon einer mitnehmen«, meinte Anna.

»Ich weiß nicht, ob es nicht besser ist, wenn du zu Hause bleibst«, warnte Martl. »Von den Grenzen her kommen beunruhigende Nachrichten. Abertausende sollen bereitstehen, um an allen Pässen einzudringen, jeden Moment kann es wieder überall zu schrecklichen Kämpfen kommen! Und deinen Franz bekommst du am Ende gar nicht zu Gesicht, der wird immer unterwegs sein – er ist ja überall bekannt als einer der getreuesten und verwegensten Eilboten des Sandwirts.«

»Ich werde jeden Tag vor der Hofburg auf ihn warten.« Anna ließ sich nicht beirren. »Und zwar so lange, bis ich ihn gesehen habe.«

Sie hatte Glück, schon am Dienstag nahm sie der Sattlermeister Thomas Faller mit, der nach Matrei am Brenner musste. Von dort, dachte sie, würde sie dann schon irgendwie weiterkommen. Noch bei völliger Dunkelheit fuhren sie los. Sie waren noch nicht bis Sterzing gekommen, da erfuhren sie, dass der Oberkommandant vor drei Tagen, am 21. Oktober, die Hofburg verlassen habe und dass er sich zur Zeit in Steinach am Brenner aufhalte, denn nun sah es so aus, als stünde der Feind schon wieder vor Innsbruck. Überall standen erregt debattierende Gruppen beisammen.

Als Anna und der Sattlermeister nach Steinach kamen, hieß es, Hofer weile zurzeit in Schönberg. So fuhr das Mädchen noch bis Matrei mit. Dort verabschiedete sie sich. Die Straße nach Schönberg war voll von bewaffneten Männern, die dem Hauptquartier Hofers zustrebten, aber auch Frauen und Mädchen waren darunter. Einige trugen sogar ein Gewehr auf dem Rücken, und mit der Zeit kam Anna mit ihnen ins Gespräch. Es stellte sich heraus, dass sie bei Weitem nicht die Einzige war, die ihrem Verlobten oder Ehemann nachfolgte. Freilich handelte es sich bei den anderen vielfach um solche, deren Heimstätten abgebrannt waren und die ohnehin nicht wussten, wohin sie sollten, andere wollten wieder ihre Eltern oder sonstige Angehörige rächen, die bei den Kämpfen oftmals auf grausame Art ums Leben gekommen waren. Und dann bekamen sie bei den Lagerfeuern der Schützen und Landstürmer auch etwas zu essen.

Kurz vor Schönberg wurde sie von zwei Reitern überholt und sie waren schon vorbei, als sie sah, dass der eine davon Franz war. Sie rief ihn an und er blickte erschrocken zurück. Dann stieg er ab und wartete auf sie.

»Was um aller Heiligen willen willst du hier?«

»Ich gehe zu meinem Onkel nach Innsbruck – und dann wollte ich auch zu dir. Dünkt es dich so seltsam, wenn ich dich nach fast zwei Monaten wieder einmal sehen möchte?«

»Anna, tu mir den Gefallen und geh gleich wieder nach Hause, hier ist es viel zu gefährlich für dich! Weißt du denn nicht, dass in Hall schon der Feind steht? Schau her« – er zeigte auf die vielen Fuhrwerke, die aus Richtung Innsbruck kamen – »alle diese Leute flüchten aus dem Unterland und aus der Hauptstadt – und du willst dorthin!«

»Nein, dieses Mal gebe ich dir nicht nach, Franz. Ich gehe nach Innsbruck, und wenn du mich vielleicht doch einmal sehen möchtest, dann findest du mich im Haus meines Onkels.«

Franz sah, dass sie unnachgiebig war, und als sie Hofers Hauptquartier erreichten, bat er sie, hier eine Weile zu warten.

Anna sah sich um. Lebhaftes Treiben und andauerndes Kommen und Gehen war beim Lager des Oberkommandanten. Links und rechts von der Eingangstüre standen zwei Wachen, die aber anscheinend alle diese Männer kannten, jedenfalls hielten sie kaum einen an. Gerade fuhr eine Kalesche mit zwei Rappen vor – und da kam der Sandwirt selber heraus, um den Herrn, der nun der Kutsche entstieg, zu begrüßen. Anna hatte den Oberkommandanten noch nie gesehen, aber sie hätte ihn sofort erkannt, auch wenn sie das aufgestickte A H auf seinem Bauchgurt nicht gesehen hätte. Groß und untersetzt, der lange, schwarze Bart und der halbaufgeschlagene Hut mit dem Marienbild, genau so wurde er von jedem beschrieben.

Da kam Franz mit einem frischen Pferd, er stieg auf und setzte sich hinter dem Sattel auf das Tier, dann reichte er ihr die Hand hinunter. »Komm, ich bringe dich in die Stadt.«

Er zog sie hinauf und setzte sie vor sich in den Sattel. Nach Schönberg hielt Franz an und verschwand im Wald. Nach einer Weile kam er ohne Gewehr und Munitionstasche zurück, auch den Säbel hatte er abgeschnallt, nur sein Horn hatte er noch umhängen.

»Ich habe meine Waffen im Wald versteckt, denn ich kann mich mit dir auf keinen Kampf einlassen«, sagte er. »Wenn uns ein feindlicher Vorposten begegnet, dann sagen wir einfach die Wahrheit: Wir sind verlobt und besuchen deinen Onkel in Innsbruck.«

Nachdem sie eine Weile geritten waren, meinte Franz: »Die Maria ist zurzeit nicht in der Stadt, ich war von der Hofburg aus einige Male dort und Andreas sagte, sie sei bei Verwandten im Unterland.«

»Da hat Andreas gelogen«, antwortete Anna heftig. »Maria ist bei uns im Pustertal ... und sie bekommt ein Kind!«

»Was?«, staunte Franz. »Aber sie ist doch noch viel zu jung, sie ist doch erst ... erst ...«

»Sie ist genauso alt wie ich«, unterbrach ihn das Mädchen, »und ich könnte jetzt auch schon eines bekommen, wenn wir hätten heiraten können, wie es ausgemacht war.«

»Das wäre mir nur recht«, sagte er und drückte sie an sich. »Dann könntest du jetzt nicht so eigensinnig im Land herumlaufen und mir mit deinen Einfällen einen Schrecken nach dem anderen einjagen!«

»Nein«, lachte sie, »dann könnte ich jetzt zu Hause sitzen und Tag und Nacht um dich zittern und warten, bis du mich nach Monaten vielleicht wieder einmal besuchen kommst!«

Er schlang die Arme um sie, gab ihr einen Kuss und flüsterte ihr ins Ohr: »Der Gedanke gefällt mir ... zu dir nach Hause kommen und Tag und Nacht bei dir sein! Tag und Nacht würde ich dich nicht mehr aus meinen Armen lassen!«

»Ja, das wäre schön.« Sie schmiegte sich an seine breite Brust. »Aber unter anderen Umständen.«

»Ja, das meine ich ja, wenn du in anderen Umständen wärest«, scherzte er, und sie gab ihm lachend einen Klaps auf die Wange und zauste ihn an den Haaren.

Als sie in das Wiltener Feld einritten, sahen sie, dass am Berg Isel fieberhaft an Schanzen und Verhauen gearbeitet wurde. Leichte Geschütze, die sogenannten Doppelhaken, wurden angebracht.

»Der Feind steht schon in Hall«, sagte Franz plötzlich. »Falls es in der Stadt brenzlig werden sollte, dann lauf dem Berg Isel zu, dort sind unsere Männer. Ich werde dich jetzt an der Triumphpforte absetzen, von dort hast du es nicht mehr weit.«

Er ritt mit ihr durch das Tor und zeigte ihr ungefähr, wo fast gegenüber der Spitalskirche das Haus ihres Onkels war.

»Wo reitest du jetzt hin?«, fragte sie.

»Ich muss nach Hall«, antwortete er kurz angebunden.

»Aber sagtest du nicht, dass in Hall der Feind stünde?« Anna war alarmiert.

Ich habe meine Befehle, Anna!«

»Ich gehe mit dir!«

Aber das konnte sie ihm nur noch hinterherrufen, denn bei ihren Worten hatte er das Pferd herumgerissen und jagte davon.

15. Kapitel

Seit dem Weggang Marias führte nun Margret den Haushalt im Bäckerhaus, und sie schien nicht sonderlich erfreut über diesen Besuch aus dem Pustertal. Andreas aber hieß die Tochter seines Bruders herzlich willkommen, obwohl er sie fragte, was sie bewogen habe, gerade jetzt zu kommen, wo man nicht wisse, was einem die nächste Stunde an Schrecklichem bringen würde.

»Und wenn du Maria suchst, die ist gerade nicht hier, sie ist bei Verwandten im Unterland, aber du kannst in ihrer Kammer schlafen«, sagte er etwas verlegen mit einem Blick auf Margret.

Anna wollte nun ein paar Tage in der Stadt bleiben. Sie hatte überhaupt keine Angst – Maria war ja auch einige Male hiergewesen, wenn feindliche Truppen in der Stadt einzogen. Sie wollte zur Hofburg gehen, in der Franz zwei Monate lang beim Oberkommandanten gelebt hatte. Und dann wollte sie unbedingt das berühmte Goldene Dachl sehen, das Kaiser Maximilian anlässlich seiner Hochzeit mit seiner zweiten Gemahlin Maria Bianca Sforza im Jahre Fünfzehnhundert hatte erbauen lassen. Dann hatte ihr Maria von dem hochverehrten Gnadenbild Maria Hilf in der Sankt-Jakobs-Kirche erzählt, das Lukas Cranach der Ältere 1537 gemalt hatte und das seit 1650 in dieser Kirche hing. Vor diesem wundertätigen Muttergottesbild wollte sie für sich und ihren Franz beten. Wenn sie auf dem Lichtlmarkt eine Kerze bekam, würde sie diese für sie beide vor dem Bild abbrennen lassen. Vor allem für Franz! Sie hatte schon öfter gehört, dass er ein besonders kühner

Eilbote des Oberkommandanten sei, aber sie hatte nicht gewusst, dass er sich dabei auf solch gefährlichen Wegen befand.

Anna erlebte einige aufregende Tage in Innsbruck. Sie sah, wie die Stadtleute unentwegt durch irgendwelche Ereignisse in Beunruhigung und Angst versetzt wurden. Im Bäckerhaus in der Plattnergasse bekam sie alles an erster Stelle mit, denn die Post- und Commerzialstraße führte direkt daran vorbei. Am Tag nach ihrer Ankunft zitterten die Bürger beim Anblick der aufgeregten Volksmassen, die sich durch die Stadt wälzten. Während die Stürmer vom Unterinntal her zum Berg Isel eilten und die Flüchtlinge sich der Brennerstraße zuwandten, marschierten die Bayern gegen ein Uhr mittags in die Landeshauptstadt ein. Aber gerade in diesen Tagen übergab auch ein Bote dem Sandwirt achtzehntausend Gulden österreichischer Hilfsgelder. Ein solcher Geldbote bestärkte jedenfalls die Meinung, dass man sich auch weiterhin noch zu wehren habe.

Der 29. Oktober war ein Sonntag, und Anna ging in die fast gegenüberliegende Heiliggeistkirche zur Messe. Vom Berg Isel her kamen in Massen die Landesverteidiger in die Stadt, um dem Gottesdienst beizuwohnen. Auffallend stachen sie von den Stadtleuten ab, neben denen sie saßen oder standen. Die Schützen hatten die Gewehre und Munitionstaschen umhängen, und allenthalben sah man Morgensterne; Messer, Sensenblätter auf knorrigen Prügeln, riesige Äxte und die anderen Waffen der Landstürmer aufragen.

Anna bewunderte die Frisuren und Kleider der Frauen und die seidenen und samtenen Gewänder der Herren, von denen noch einige den Haarzopf trugen, der in der letzten Zeit aber immer mehr aus der Mode gekommen war. Freilich waren auch viele Menschen in ärmlichster Kleidung und in Lumpen zu sehen. Anna selbst hatte

Marias Sonntagstracht angezogen, die sie in der Truhe gesehen hatte, und zog in ihrer Anmut viele Blicke auf sich.

Während in allen Kirchen der Sonntagsgottesdienst abgehalten wurde, erschienen einige bayerische Kompanien nebst Kavallerie in der Stadt. Als die Kirchgänger nach der Messe das Gotteshaus verließen und die feindlichen Soldaten in Reih und Glied dastehen sahen, blieb den Städtern vor Schrecken beinahe das Herz stehen. Sie befürchteten ein entsetzliches Blutbad. Die bayerischen Truppen ließen die bewaffneten Landesverteidiger jedoch unbehelligt an sich vorübergehen. Kein einziger Schuss fiel. Dieser Anblick versetzte jeden Zuschauer in begreifliches Erstaunen, und man wusste nicht, was von all dem zu halten sei. Die bayerischen Truppen zogen sich alsbald wieder nach Mühlau zurück.

Am Rathaus war ein Manifest des Vizekönigs angeschlagen, das die sofortige Niederlegung der Waffen verlangte. Er hielt den Tirolern die vollständige Isolierung des Landes vor Augen, dass sie vom unbezwinglichen Machtbereich Napoleons umschlossen seien, das schreckliche Elend in Stadt und Land und die Gesetzwidrigkeit der Erhebung. Erfolge aber die Unterwerfung nicht freiwillig, so werde man sie erzwingen. Der Aufruf weckte bei den Stürmern laute Erbitterung, erst der Kapuzinerpater Josua konnte die lärmende Menge beruhigen, die nun wieder den Schanzen am Berg Isel zustrebten.

Kaum hatten sie die Stadt verlassen, als der bayerische Kronprinz und General Wrede einzogen. Prinz Ludwig war eine sympathische Erscheinung und zeigte vertrauenerweckende Leutseligkeit. Er wurde von vielen Stadtleuten mit Vivatrufen empfangen. Wrede trat in seiner gewohnten soldatischen Härte auf. Ludwig bezog die Hofburg, Wrede das adelige Haus der Familie Zephyris in der Sillgasse.

Am folgenden Morgen sah Anna, wie berittene Soldaten unter lautem Trompetenschall und Paukenschlägen den Frieden in der Stadt ausriefen. Vom Berg Isel her hörte man jedoch das Knallen der Schüsse, und soeben wurde ein verwundeter Kavallerist durch die Triumphpforte hereingeführt.

Ebenfalls am 29. Oktober überreichte im Schönberger Posthaus Freiherr von Lichtenthurn dem Sandwirt ein Schreiben des Erzherzogs Johann, worin stand, dass der Kaiser gezwungen worden sei, mit Napoleon Frieden zu schließen und Tirol seinem Schicksal zu überlassen. Das Volk solle sich ruhig seinem Los unterwerfen. Nach Übergabe des Briefes erlitt Lichtenthurn, der Epileptiker war, einen Anfall. Das deuteten viele als Gottesgericht, das den lügenhaften Kurier getroffen habe, und das Hauptquartier Hofers spaltete sich in zwei Teile. Ruhig und vernünftig denkende Männer mahnten zur Abrüstung und erachteten das Schreiben des Erzherzogs für wahr, trug doch der Freiherr die gelbseidene Querschärpe und den österreichischen Adler am Wehrgehänge. Andere aber meinten, mache man Bankozettel nach, so könne man auch die Unterschrift Erzherzogs Johann fälschen. Alles sei nur eine List des Feindes, der man nicht glauben dürfe.

Als das Viergespann des Oberkommandanten schon eingeschirrt und Hofer reisefertig war, um zum bayerischen Kronprinzen nach Innsbruck zu fahren, stürzte Pater Haspinger zu ihm: Er habe für gewiss gehört, dass der Erzherzog mit einer Heeresmacht im Anzug begriffen sei. Auf den Einwand Hofers, er könne das Blut, das gewiss noch fließen werde, nicht mehr verantworten, redete er so lange auf ihn ein, bis der Sandwirt doch wieder schwankend wurde. Die feindliche Armee sei bei Innsbruck mit einem Verlust von mehreren Hundert

Gefangenen von allen Seiten zurückgedrängt und eingeschlossen worden, behauptete Haspinger. Sie müsse sich der Wut des erbitterten Volkes preisgeben oder kapitulieren. Der predigenden Donnerstimme seines geistlichen Waffengefährten konnte Hofers Gemüt nicht lange standhalten. Er gab dem Pater nach und verlegte sein Quartier zurück nach Matrei ins Gasthaus zum Lamm. Etwas mehr als die Hälfte der Männer gingen mit ihm, die dem Frieden Zugänglichen blieben in Schönberg zurück.

Von weither kamen die Hauptleute, um zu erfahren, wie es weitergehen solle. Zuletzt war Hofers Zögern überwunden, und nach allen Seiten eilten die Boten mit dem Kampfrufe.

Jeden Abend saßen in der Stube des Bäckerhauses Bekannte von Andreas und besprachen die Lage. Da wurde vieles erzählt, und Anna hörte und begriff so manches, was sie vorher nicht verstanden hatte. Zum Beispiel hatte sie nie begriffen, wer der Vizekönig war, von dem jetzt so viel die Rede ging. Einer der Männer erklärte ihr das nun: »Napoleon hat auch Italien überfallen und dort mit Waffengewalt aus der Republik ein Königreich gemacht. Am 26. Mai 1805 krönte er sich selber in Mailand mit der eisernen Krone der Langobardenkönige zum König von Italien. Seinen Stiefsohn Eugene de Beauharnais ernannte er zum Vizekönig von Italien.«

»Ja«, sagte Andreas zu seiner Nichte, »und das ist nun der Vizekönig, von dem du jetzt immer reden hörst und der unser Land vom Süden her mit einer riesigen Armee bedroht. Denn ganz Europa muss dem Franzosenkaiser seine jungen Leute in den Rachen schmeißen, damit sie für ihn verbluten!«

Auf einmal klopfte es an die Hintertüre. Andreas ging und machte vorsichtig auf, dann kam er wieder in die

Stube und sagte zu Anna: »Was sagst du zu dem Gast, den ich dir da bringe?«

Hinter ihm war Franz in den Raum getreten. Anna war ganz rot geworden vor Freude, aber der Schmied fragte den Burschen: »Mann, wie bist du hereingekommen in die Stadt? Alle Eingänge sind stark mit Wachen besetzt!«

»Ich habe meine Schleichwege«, lachte Franz. Er setzte sich neben Anna. Andreas stellte ihm einen Becher Wein hin und legte einen Brotlaib samt Messer auf den Tisch, dabei fragte er, wie es im Hauptquartier zugehe.

»Es wird zum Kampf kommen in den nächsten Tagen, wenn nicht morgen, dann übermorgen«, sagte Franz und schaute sinnend vor sich hin, dann zuckte er mit den Schultern und meinte: »An der Lust zum Losschlagen mangelt es nicht – aber ich weiß nicht, es ist halt alles so anders als bei den früheren Kämpfen. Früher war der Oberkommandant im Schupfen, wo er seine Befehle geben und hie und da die Front selber abreiten konnte. Dieses Mal aber sitzt er in Matrei, vier Stunden vom Kampfplatz entfernt. Auch Speckbacher, der Generalstabschef vom Hofer, hat sich bis jetzt nicht in Matrei blicken lassen. Der dirigiert von Heiligwasser, Nock und Windegg aus seine weit ausgedehnte Aufstellung. Viele Hauptleute befürchten, dass kein Plan besteht und kein Zusammenwirken und dass es an Geschlossenheit und Ordnung fehlt. Und wir haben halt von allem zu wenig: Zu wenig Essen und zu wenig Munition.«

Dann wandte er sich an Anna, ohne sich um die anderen in der Stube zu kümmern nahm er ihre Hand und sagte in beschwörendem Ton: »Ich will, dass du an diesem Tag, an dem gekämpft wird, dieses Haus nicht verlässt! Hast du verstanden?«

Wenn schon nicht Anna, so hatten doch die anderen verstanden und verabschiedeten sich. Andreas ging hinüber in die Backstube, um die zwei jungen Brautleute ein wenig alleine zu lassen, und sie lagen sich in den Armen, sobald er den Raum verlassen hatte. Ach, Anna verstand nur, dass er wegen ihr in der Dunkelheit den weiten Weg gemacht und die feindlichen Posten überlistet hatte – alles nur aus Sorge um sie!

Gerade sagte er: »Am besten wäre es, wenn du morgen in aller Frühe nach Hause aufbrechen würdest.«

»Ach nein, Franz, ich bleibe hier. Hier bin ich in deiner Nähe.«

»Ja, aber mach einmal, was ich sage und wage es nicht, aus dem Haus zu treten, wenn am Iselberg gekämpft wird!«

»Und du?« Sie streichelte sein Gesicht. »Du wirst mittendrin sein im Kugelhagel. Und mich wird es fast in Stücke reißen aus Sorge, was mit dir geschieht!«

»Ich habe es dir schon ein paarmal gesagt: Die Kugel, die mich trifft, ist noch nicht gegossen worden.« Er presste sie an sich: »Ich werde nicht sterben, bevor du mein Weib geworden bist und ich dich ein Leben lang in meinen Armen halten kann.«

Beim Abschied standen sie umschlungen an der hinteren Türe des Hauses, genau an derselben Stelle, wo einst im April Maria und Simon gestanden waren. Ihre Herzen waren schwer, und sie trennten sich ungern.

»Jetzt hat alles bald ein Ende«, flüsterte er ihr in das Ohr. »Wir werden jetzt so schnell wie möglich heiraten ... wir warten das Trauerjahr nicht ab – das kann kein Mensch von uns verlangen!«

Endlich riss er sich los und ging. Dichter Nebel und die Dunkelheit verschluckten seine Gestalt, kaum dass er das Haus verlassen hatte. Annas ganzer Körper war wund bei dem Gedanken, dass sie ihn vielleicht nicht mehr lebend wiedersehen würde. Als er etwa eine halbe Stunde fort war, hörte man Schüsse knallen.

»Mein Gott, sie werden ihn doch nicht erschossen haben?«, flüsterte das Mädchen entsetzt.

»Aber nein, Anna, es wird doch jetzt ununterbrochen irgendwo gepulvert«, versuchte sie Andreas zu beruhigen.

In dieser Nacht saßen Anna und Andreas noch lange beisammen. Er erzählte ihr alles von Maria, von seinem Streit mit ihr und seinen in der ersten Wut ausgesprochenen, harten Worten – und sie sagte ihm, wo Maria war und dass ihr in der alten Heimat alle geholfen hatten. Er nickte und saß vollkommen gebrochen da, während ihm die Tränen über die Wange liefen.

»Gott segne euch dafür. Ich habe mir schon gedacht, dass sie bei dir ist. Trotzdem bin ich nun froh, dass ich Gewissheit habe.« Dann kam wieder der Zorn in ihm hoch: »Der soll mir unter die Augen kommen, der Wüstling, der bayerische, dann schieß ich ihn über den Haufen!«

»Damit würdest du Maria keinen Gefallen tun«, sagte Anna ernst, »sie scheint ihn zu mögen.«

»Ach was! Was versteht dieses junge Ding von solchen Sachen«, sagte Andreas ärgerlich.

»Nein, da muss ich dir widersprechen«, entgegnete das Mädchen. »Ich bin genauso alt wie Maria, aber nichts in der Welt, außer dem Tod, könnte mich von Franz trennen!«

»Bei dir ist das doch etwas anderes! Bei dir ist alles rechtens und ehrenhaft. Aber Maria hat sich mit dem Feind eingelassen! Glaubst du denn, dass auch nur ein einziger unserer Freunde oder Bekannten das verstehen würde?«

Anna schwieg, sie verstand es ja selber nicht. Aber Maria, ihre durch und durch anständige Ziehschwester, hatte dieses Unfassbare getan, sie hatte sich mit dem Feind eingelassen, so sehr eingelassen, dass sie sich und ihren anschwellenden Leib nun verstecken musste. Die Hand Ruperts hatte sie ausgeschlagen und war lieber von zu

Hause weg und in die Schande gegangen, als ihre Liebe zu jenem Mann zu verraten.

Gut, dass sie den Rupert nicht haben wollte, konnte Anna dann doch wieder verstehen. Wenn er da war, sah sie geflissentlich über ihn hinweg. Anfangs hatte er sie spöttisch von oben bis unten angesehen, doch als sie ihn kaum eines Grußes würdigte, ging er ihr zornig aus dem Weg.

Am nächsten Tag zogen Pferde eine Kanone nach der anderen durch die Neustadt und die Triumphpforte hinaus auf die Wiltener Felder, wo sie mit den Mündungen gegen den Berg Isel aufgestellt wurden. Starke feindliche Truppenverbände standen in Wilten und Hötting, und zwei Divisionen hatte man während der letzten zwei Tage in der Stadt zusammengezogen. Auf der anderen Seite sah man von Innsbruck aus deutlich, wie sich die Schanzlinien und Erdwälle am Iselberg mit den Tirolern füllten und wie sich die Massen gegen den Fuß des Abhanges vorschoben. Kein Zweifel, dass es morgen zum Schlagen kommen würde!

An Schlaf war in dieser Nacht nicht zu denken. Vor dem Haus wimmelte es von Militär. Die Neustadt war von vielen Feuern taghell beleuchtet und bildete ein einziges großes Lager. Die ganze Garnison stand die Nacht hindurch unter Waffen. Nicht weniger Feuer aber leuchteten von den Bergen herab nach Innsbruck. Anna ging immer wieder zum Fenster und sah hinaus. Die Soldaten lagerten um die Flammen und dösten vor sich hin. Gegen Morgen zu, es war noch ganz dunkel, nahm Anna ihren Umhang und öffnete vorsichtig die Hintertüre. Sie hielt es nicht mehr länger aus, sie musste irgendwie auf den Iselberg kommen und sehen, was mit Franz war.

Sie ging hinten durch die Gärten und dann der kleinen Sill entlang. Gebückt und jeden Baum und jeden Strauch als Deckung nutzend schlich sie sich vorwärts. An der Engelmühle und an der Hammerschmiede vorbei kam sie ungeschoren bis zum Stigele-Bierhäusl – und von dort war es nicht mehr weit bis zur Wiltener Klostermühle. Dort gelang es ihr, das Stück freies Feld zu überwinden, ohne dass sie jemand sah, und schon nahmen sie die Bäume des Berges auf. Sie konnte es selber nicht glauben, dass sie so weit gekommen war, denn überall leuchteten die Lagerfeuer der Soldaten.

Aber im gleichen Moment wurde sie angehalten.

»Halt, wer da?«

Mit gespannten Hähnen standen vier Schützen vor ihr. Sogleich ließen sie die Gewehre sinken, als sie beim Schein einer Fackel sahen, dass nur ein Mädchen vor ihnen stand.

»Ich suche den Hausberg-Franz«, sagte Anna etwas erschrocken. »Kennt ihr ihn?«

»Den Pusterer? Ja, den kennt wohl jeder! Das ist ein Eilbote vom Sandwirt – und zwar der verfluchteste!«, meinte einer anerkennend. »Es gibt wohl keine Stelle im Land, wo der noch nicht war. Dem ist kein Weg zu weit und kein Joch zu steil. Die Weiber schauen sich die Augen nach ihm aus – und wie ich sehe, laufen sie ihm bis zum Schlachtfeld nach. Aber er soll ja schon an einer hängen.«

»Ja«, sagte Anna errötend, »und er ist mir anverlobt, der Franz.«

»Teufel noch einmal!« der Mann musterte sie bewundernd. »Da glaube ich schon, dass der Bursche von keiner etwas wissen will, so wie du ausschaust!«

»Der Franz wird wohl weiter oben sein«, meinte ein anderer, »vor ein paar Stunden habe ich ihn noch gesehen.«

»Du hast ihn gesehen? Oh, Gott sei Dank!« Anna seufzte erleichtert auf.

Es bedurfte aber noch einiger Stunden des Fragens und Suchens. Um die neunte Morgenstunde fand sie ihn endlich in der Nähe der Sillschlucht.

Ein dichter und dunkler Nebel lag über der Landschaft, man sah keine zehn Meter weit. So konnte der französische General Drouet in aller Ruhe seine Truppen aufstellen. Die Tiroler sahen die sturmbereiten Bataillone nicht, die hinter den Kanonen warteten, aber durch den dichten Nebel klangen Kommandos und Befehle herauf und der Ton von Signalhörnern.

Anna sah das Entsetzen in den Augen von Franz, als er ihrer ansichtig wurde, und er schrie: »Um Gottes willen, geh und verschwinde, Anna! Lauf weg!«

Doch da schien rings um sie herum plötzlich die Hölle losgelassen zu sein. Ein Krachen, Heulen und Zischen erfüllte die Luft, Granatsplitter surrten ihr um den Kopf, Dreckfontänen spritzten hoch. Franz zerrte sie zu einer Mulde und warf sich auf sie, um sie vor den unaufhörlichen Einschlägen zu schützen. Vinzenz, der starke Knecht vom Hausberghof, der seinem Franz gefolgt war, lag neben ihnen. Ununterbrochen spien die vierundzwanzig Geschütze vom Wiltener Feld her und pflügten den Berg um. Bald waren die aufgerichteten Schanzwerke und Wälle zerschossen. Unendlich lange kam es Anna vor, bis die Detonationen endlich aufhörten. Doch nun stürmten schon die angreifenden Bataillone heran. Franz sprang auf und schoss – und während er kolbenschwingend mit einigen Soldaten kämpfte, schrie er rasend zu ihr zurück: »Lauf endlich! Lauf nach hinten, so schnell und so weit du kannst!«

Neben Franz kämpfte ohne jede Waffe Vinzenz auf seine altbewährte Methode: Einen Mann aufheben und auf einen anderen damit werfen. Immer näher drängten die Soldaten die zwei zur Sillschlucht, und plötzlich war Franz verschwunden.

»Er ist in die Schlucht gestürzt!« schrie Anna verzweifelt auf. Auf allen vieren kroch sie vor bis an den Rand des Abgrundes und schrie mit überkippender Stimme seinen Namen, aber nur Nebelschwaden zogen aus der Tiefe herauf zu ihr. Da wurde sie von rauen Fäusten gepackt und zu einer Gruppe gefangener Bauern gestoßen. Vinzenz, dessen kindliches Gemüt entsetzt war über die Toten, die umherlagen, kniete vor zwei leblosen, jungen Burschen, in Tiroler Tracht der eine, der andere in der blauen bayerischen Uniform. Er hielt ihre Hände und flüsterte, während ihm die Tränen über die Wangen liefen: »Du sollst nicht töten ... du sollst nicht töten ...« Soldaten stürmten an ihn heran und forderten ihn mit gespannten Hähnen auf, ihnen zu folgen. Da sprang er in seiner ganzen Größe auf, breitete die Arme aus und schrie: »Du sollst nicht töten! Ihr Ottern und Schlangengezücht, wie wollt ihr der höllischen Verdammnis entrinnen?«

Die verblüfften Soldaten zögerten. »Schon wieder einer von diesen Wilden mit religiösem Wahnsinn«, meinte einer trocken und legte auf Vinzenz an, jedoch ein anderer hatte begriffen, was mit dem Burschen los war. Er stieß ihn leicht mit dem Gewehr an und sagte: »Komm mit, ich zeig dir was!«, worauf der Riese willig mitging. Der Soldat führte ihn zu der Gruppe, wo Anna war, und zufrieden ließ sich Vinzenz neben dem Mädchen nieder.

»So einen haben wir auch zu Hause in unserem Dorf«, sagte der Soldat, gleich darauf aber fluchte er, denn Anna wollte an ihm vorbei und zurück zu der Sillschlucht. Er hielt sie zurück, und sie rangen miteinander, da stolperte er über eine Wurzel und riss sie mit zu Boden. Der andere, der Vinzenz zuvor schon hatte erschießen wollen, legte das Gewehr auf sie an, doch da kamen zwei Bauern mit beschwichtigenden Gesten herbei, sie umklammerten das tobende Mädchen und zogen es zurück in die Reihen der Gefangenen.

Wieder beruhigte der eine Soldat seinen Kameraden. »Immer sind es die Weiber, die durchdrehen und Ärger machen«, schimpfte jener mit seinem Freund, »was machst du dir überhaupt so viele Umstände wegen dieser rebellischen Brut?«,

»Ach was«, gab ihm dieser zur Antwort, »der Kronprinz hat uns doch eingebläut, wir sollen human umgehen mit den Leuten – und steht nicht in der Bibel, selig sind, die arm im Geiste sind, denn ihrer ist das Himmelreich?« Mit einem feinen Lächeln wartete er auf das Protestgeschrei seines Genossen. Und tatsächlich: »Fängst du auch noch an!«, empörte der andere sich. »Ich kann nicht verstehen, warum der Kronprinz an diesen Rebellen so einen Narren gefressen hat, dass er sie am liebsten alle begnadigen möchte.«

Zu einem Verzweiflungskampf wie in den Augusttagen kam es nicht mehr. Die Bauern verließen ihre zerschossenen Erdwälle und flüchteten durch das enge Silltal. Der ganze Kampf hatte keine zwei Stunden gedauert.

Nach einer langen Zeit, in der man immer mehr gefangene Tiroler zusammentrieb, wurden sie über das Wiltener Feld nach Innsbruck gebracht und am Innrain in einen ummauerten Hof getrieben. Außer Anna waren noch sechs weitere Frauen in diesem Hof gefangen. Vinzenz hielt sich in ihrer Nähe auf. Er hatte eine riesige Platzwunde auf dem Kopf von einem Kolbenschlag, und das Blut rann ihm über das linke Auge die Wange herab. Anna riss einen Streifen ihres Unterrocks ab und verband ihm die Wunde notdürftig. Gleich darauf opferte sie ihren Unterrock ganz, denn viele verwundete Gefangene baten um einen Stoffstreifen. Die anderen sechs Frauen taten dasselbe. Die Nacht war kalt. Anna kauerte sich hin, zog die eisigen Füße an den Leib und wickelte den Umhang um sie. Dann hörte sie den anderen Gefangenen zu, die ihre Erlebnisse schilderten.

»Wir hatten dieses Mal einfach zu wenig Leute. Wir waren ja kaum neuntausendfünfhundert – und die Bayern sind mit über zwanzigtausend da.«

»Der linke Flügel hatte überhaupt nur eintausendfünfhundert Mann. Das war dem bayerischen Kommandanten sicher nicht unbekannt, deshalb hat die Infanterie dort als Erstes gestürmt – und der ganze rechte Flügel hatte überhaupt keinen Zusammenhang mit dem Zentrum.«

»Was war denn mit dem Speckbacher?«, fragte einer, dessen Gesicht blaurot verschwollen war und der schon mehrere Male einen seiner Zähne ausgespuckt hatte. Aber keiner wusste richtig Bescheid.

»Ich habe ein paarmal unter dem Speckbacher gekämpft«, ließ sich ein anderer vernehmen. »Zu Tausenden sind wir ihm, dem verwegenen Führer, gerne gefolgt. Schon sein Erscheinen allein wirkte zündend!«

»Ja, da hast du recht – und auch der Pater Rotbart, der Haspinger, der verrückte Hund! Wo der aufgetaucht ist, war auch immer der Sieg.«

»Die Südtiroler sind uns auch abgegangen, aber die haben wohl selber zu kämpfen, die Franzosen sollen ja schon fast in Bozen sein.«

»Und vergiss nicht die Toten und die Krüppel und die noch immer Schwerverwundeten von den letzten Kämpfen her«, sagte der mit dem zerschlagenen Gesicht mühsam.

Und dann stand auch immer wieder die bange Frage auf: »Was wird mit uns geschehen? Was werden sie mit uns machen? Werden wir füsiliert, oder müssen wir in die Verbannung nach Elba oder Korsika?«

Am Morgen wurden die Frauen freigelassen. Als Anna aufstand, erhob sich auch Vinzenz und ging mit ihr zum

Ausgang. Aber wie er mit ihr das Tor passieren wollte, wurde er von den Soldaten in den Hof zurückgestoßen.

»Nur die Weiber, zurück mit dir!«

»Warum lässt du ihn nicht gehen?« Anna hörte, wie Vinzenz ihren Namen rief. »Er ist nicht ganz richtig im Kopf, das siehst du doch!«

»Aber zum Kämpfen war er schon richtig genug«, meinte der Soldat spöttisch.

»Er ist bei uns Knecht – er ist nur mir hinterhergelaufen.« Anna versuchte, ihren Hass zu zügeln und ruhig zu bleiben. »Und er hat noch nie in seinem Leben eine Waffe in der Hand gehabt!«

»Was hattet ihr dann im Kampfgebiet zu suchen?«, fragte er gehässig.

»Ich habe meinen Verlobten gesucht«, sagte das Mädchen wahrheitsgetreu. Sie hörte, wie Vinzenz noch immer nach ihr rief. »Los, lass ihn jetzt heraus, ich kann ihn nicht einfach so im Stich lassen!«

Der Soldat wurde jetzt ungeduldig: »Das übersteigt bei Weitem meine Zuständigkeit, was bildest du dir eigentlich ein, wo du bist? Das ist ein Gefangenenlager! Los, verschwinde jetzt!«, rief er böse.

»Ich gehe nicht eher, bis du mir diesen Mann mitgegeben hast«, schrie sie jetzt ebenfalls.

Der Militarist schaute sie entnervt an, doch da trat ein Leutnant heran, der durch das hitzige Wortgefecht aufmerksam geworden war. Er fragte, was denn hier los sei. Der Soldat machte Meldung und erklärte dem Offizier die Lage. Anna erkannte diesen Leutnant sofort, und als dieser sie anschaute, da gab es ihm einen Riss. Trotz des dreckverschmierten Gesichtes erkannte auch er in ihr jenes Mädchen wieder, wegen dem es bei dieser Hochzeit in Bruneck, bei der er den Aufpasser machen musste, beinahe eine Rauferei zwischen den Tirolern gegeben hatte.

Und die Schwester dieses Mädchens war diejenige, die sein Freund Simon Tanner bis jetzt verzweifelt und ergebnislos in Innsbruck gesucht hatte.

»Ich werde sehen, was sich machen lässt. Komm doch in ungefähr einer Stunde wieder her, vielleicht habe ich bis dorthin etwas erreichen können«, sagte er zu Anna.

Langsam und müde ging sie den Innrain entlang davon. Kaum aber war sie weg, da schnappte sich Leutnant Josef Bergmann den Soldaten, der mit Anna gestritten hatte, und sagte zu ihm: »Lauf so schnell du kannst in die Klosterkaserne und sag dort dem Leutnant Simon Tanner, er möge so schnell wie möglich herkommen, ich warte hier auf ihn!«

Anna ging den Innrain entlang weiter, bis sie zum Ursulinenkloster kam. Sie betrat die Klosterkirche Mariä Heimsuchung und ließ sich erschöpft auf der vordersten Bank nieder. Den Kopf auf die Arme gelegt versuchte sie, an Franz zu denken, doch es war, als weigere sich ihr Gehirn zu arbeiten. Sie wunderte sich, dass ihr Herz noch schlug, denn es schien nur noch eine einzige, schmerzende Wunde zu sein. Als sie spürte, dass ihr jemand die Hand auf den Kopf legte, zuckte sie zusammen, blickte auf und sah in das runzelige Gesicht einer alten Nonne, die sie anlächelte und ihr bedeutete, sie solle mitkommen. Sie kamen in den Küchenraum, wo es auf zwei riesigen Feueressen aus großen Töpfen dampfte. Eine jüngere Nonne stand davor und rührte gerade um.

»Ich heiße Beata und das ist Schwester Margareta«, sagte die Nonne und schöpfte aus dem Kupferkessel, der über der Esse hing, etwas Wasser in ein kleines Holzschaff. Sie reichte es Anna hin und sagte: »Wasch dich.« Sie gab dem Mädchen ein Tuch, um sich das Gesicht abzutrocknen, dann fuhr sich Anna mit den Fingern durch die offenen, wirren Haare und machte sich einen festen Zopf.

»Du hast sicher Hunger?«, fragte die Nonne, doch Anna schüttelte den Kopf. Sie hatte das Gefühl, nie wieder etwas essen zu können. Die Schwester schöpfte aus einem der Töpfe Brennsuppe in eine Holzschale und reichte sie ihr. »Setz dich und iss«, sagte sie energisch, »und dann kannst du mir helfen, die Morgensuppe auszuteilen.«

Anna setzte sich folgsam an den langen Tisch und bemerkte verwundert, wie sehr ihr die Suppe schmeckte. Als sie fertig war, drückte Margareta ihr ein Tuch in die Hand, damit sie sich nicht verbrenne, und dann wuchteten sie den schweren Eisentopf vom Dreifuß der Esse und trugen ihn in einen langgestreckten Raum, wo auf den Bänken ringsum eine Menge Leute auf die Klostersuppe warteten, Männer, Frauen und viele Kinder. Die meisten waren auf das Ärmste oder gar nur noch in Lumpen gekleidet.

»Es werden ihrer immer mehr«, seufzte Mutter Beata, während sie Anna auftrug, jedem einen großen Schöpfer voll Suppe in die mitgebrachten Geschirre zu geben. »Zu Mittag bekommt noch jeder ein Stück Brot dazu«, erklärte die Nonne.

»Die Not und das Elend sind groß heutzutage, und es wird im ganzen Land immer größer«, sagte Mutter Beata. Dann nahm sie Anna mit in den großen, von hohen Klostermauern umgebenen Garten und holte einige von den letzten Kräutern. Jeder Teil des Gartens wurde genutzt. Auf einem waren Gemüsebeete und Blumen, auf dem anderen standen Apfel- und Birnbäume und ein Kirschenbaum, und auf der sonnigsten Mauer rankten die Äste eines Marillenbaumes. Anna stellte es sich schön vor, im Sommer in der Gluthitze im Schatten dieser Bäume zu sitzen – im Frieden dieses ummauerten Gartens. Der ewige Unfriede dieser Welt schien hier weit, weit weg zu sein.

»Würdet ihr mich aufnehmen, hier im Kloster?«, fragte sie unvermittelt.

Mutter Beata schaute auf und stützte sich auf den Spaten, mit dem sie noch ein paar Rüben ausgegraben hatte. »Mein Gott, Kind, das müsstest du dir gut überlegen.« Sie schaute Anna fragend an. »Was ist mit dir? Ist dir dein Liebster gefallen?«

Anna hob die Hände und ließ sie wieder fallen: »Ich weiß es nicht! Ich bete in meinem Herzen, dass er noch lebt.«

Dann fiel ihr ein, dass sie wegen Vinzenz zu jenem Leutnant kommen sollte. Sie bedankte sich bei der Nonne und fragte, ob sie hie und da vorbeikommen dürfe, was ihr Mutter Beata gerne zusagte.

Der bayerische Leutnant Simon Tanner war nach den drängenden Worten, die ihm sein Freund hatte ausrichten lassen, sofort herbeigeeilt, und der empfing ihn mit den Worten: »Was meinst du, wen ich gesehen habe?«

»Maria!?«

»Nein, die gerade nicht, aber ihre Schwester.« Josef erzählte seinem Freund, wie es sich zugetragen hatte, dass er auf Anna aufmerksam geworden war. »Sie kommt wieder hierher, weil sie möchte, dass wir einen Mann freilassen, der dort in dem Hof gefangen sitzt.«

»Wie ich gehört habe, werden sie alle freigelassen, sofern sich nicht ein Anführer unter ihnen befindet«, sagte Simon. »Mehr Gefangene als dieses halbe Hundert sind dieses Mal nicht gemacht worden, und unser Kronprinz hat die Freilassung der Männer bei Drouet durchgesetzt. Ist es ihr Bursche, um den sie bittet?«

Josef lachte ein wenig. »Bitten ist gut, dieses zierliche Persönchen hätte unseren Mann ganz schön in die Stauden gehauen, wenn ich nicht dazwischengetreten wäre. Nein, es handelt sich anscheinend um einen Knecht, der ein bisschen kuckuck ist.« Josef tippte sich an die Stirn.

Also stand Simon da und wartete auf Anna mit der Hoffnung im Herzen, von ihr zu erfahren, wo er Maria finden würde. Er war Josef Bergmann dankbar, dass er ihm jetzt half, wo er konnte, obwohl er ihm zuerst so dringend geraten hatte, die Hände von einer Tirolerin zu lassen.

»Ich sehe ja, dass ich mit meiner Warnung ohnehin viel zu spät komme«, spottete Josef. »Ich werde dir also aus Freundschaft kaltblütig helfen, in dein eigenes Unglück zu rasseln!«

Jede freie Minute hatte Simon nach Maria gesucht. Josef war für ihn einige Male in die Bäckerei gegangen, weil ihn dort niemand und vor allem dieser Bäckergeselle Rupert nicht kannte, jedoch hatte er Maria nie gesehen. Zu guter Letzt hatte er den Burschen, der im Laden stand, nach dem Mädchen gefragt. Doch der hatte ihn nur böse angestarrt und gesagt: »Verschwinde, Blaurock! Die werdet ihr nie mehr wiederfinden«

Endlich, nachdem er schon daran gezweifelt hatte, dass Anna noch erscheinen würde, sah er das Mädchen kommen. Als sie ihn erkannte, stieg ihr die Zornesröte in das Gesicht. Sie ahnte die Zusammenhänge und kam sich genarrt vor. Aber dann nahm sie sich zusammen und sagte ruhig: »Ich möchte diesen Mann abholen, den freizulassen man mir versprochen hat.«

»Der Kronprinz hat befohlen, alle Gefangenen freizulassen«, sagte Simon, »das wird heute oder morgen geschehen.«

»Dann kann er mir ja gleich mitgegeben werden«, verlangte Anna.

»Nein, das geht nicht«, entgegnete Simon, »und das musst du verstehen! So viele Gefangene gezählt wurden, so viele müssen es auch bei der Entlassung sein, wenn die Wachmannschaft nicht große Schwierigkeiten bekommen will. Da kann ich auch nichts machen.«

»Aber in unserem eigenen Land überfallen und gefangen nehmen, das kannst du.«

»Das war nicht meine Idee! Damit musst du dich an den Kaiser der Franzosen wenden.«

»Verschwindet! Alle!«, zischte Anna. »Warum lasst ihr uns nicht in Ruhe leben? Ihr bringt nur den Tod und das Elend in das Land.«

Simon schwieg. Das war nun ein schlechter Anfang für seine Bitte, die er an dieses Mädchen hatte. Er sah sie an und fragte: »Kennst du mich?«

»Ja, dich kenne ich!« ihr Gesicht verzog sich vor Wut: »Bist du gekommen, ein weiteres Mädchen unglücklich zu machen? Oder suchst du Maria? Die suchst du umsonst, die ist nicht mehr da!«

Da war es Simon, als griffe eine kalte Hand zu seinem Herzen. Er machte erregt einen Schritt auf sie zu: »Ist ihr denn etwas geschehen? Wenn etwas mit ihr ist, dann ... sei so gut und sage es mir! Du redest ja gerade so, als würde sie nicht mehr ... mehr ...«

Anna sagte nichts, mit Augen voller Hass funkelte sie ihn an.

»Ich sehe, dass du mir nichts sagen wirst«, sagte er bitter, »und dass du deiner Schwester ebenfalls nichts sagen wirst, und wenn ich dich noch so sehr bitte, aber wenn du deine Meinung doch ändern solltest – dann sage Maria ... sage ihr ...«, er wandte sich halb ab und sagte leise: »Sage ihr, das, was wir ausgemacht haben, das gilt für alle Ewigkeit!«

Dann wandte er sich zum Gehen. Anna stand da und sah ihm nach. Tief in ihrem Herzen hatten seine Worte zu ihrem eigenen Erstaunen etwas berührt und aufgewühlt. Auf einmal rief sie ihm nach: »Bayer!«, und als er sich umdrehte, sagte sie: »Tot ist sie nicht!« Dann lief sie schnell davon.

»Dann werde ich sie finden!«, hörte sie ihn noch rufen.

Anna ging zur Bäckerei. Andreas war nicht da, nur Rupert kam aus der Backstube, in der wieder einmal Armeebäcker Tag und Nacht backten, um das viele Militär mit Brot zu versorgen. Die Innsbrucker Bevölkerung konnte sehen, wie sie auch zu etwas Essbarem kam. Anna sah, dass Rupert getrunken hatte. Leicht schwankend stand er da und musterte höhnisch ihr verschmutztes Kleid mit dem halb abgerissenen Ärmel und meinte: »Du schaust ja aus, als hätten dich diese drei Gauner doch noch erwischt!«

Gleich darauf hätte er sich am liebsten die Zunge abgebissen, aber Anna sah ihn fassungslos an: »Du also hast mir diese Verbrecher auf die Alm geschickt! Hast du wirklich geglaubt, ich sei alleine da droben?« Sie lachte spöttisch auf und tischte ihm rasch die erstbeste Lüge auf, die ihr in den Sinn kam. »Schon als ich meinen Hund freigelassen habe, sind diese Feiglinge gerannt wie die Hasen, und es hätte der beiden Senner gar nicht mehr bedurft, die noch bei mir waren! ... Aber du bist ja noch viel verkommener, als ich dachte. Pfui Teufel!« Sie spuckte aus. »Ich denke mit Schrecken daran, dass Maria dich hätte heiraten sollen.«

Zornig verschwand der Geselle wieder in der Backstube.

Anna suchte sich einen Zettel und schrieb darauf: »Ihr werdet heute oder morgen freigelassen. Der Vinzenz vom Hausberghof soll in das Bäckerhaus in der Neustadt kommen.« Dann nahm sie ihren Umhang und ging noch einmal zum Innrain hinüber. Jetzt regnete es, vermischt mit Schneeflocken, und ein eiskalter Wind pfiff um die Ecken. Sie wickelte das Papier um einen Stein und warf ihn über die hohe Mauer, hinter der die Gefangenen waren. Schon bald verkündeten einige Freudenjauchzer, dass die Botschaft angekommen war.

16. Kapitel

Die Straßen waren bei diesem nasskalten Wetter von den vielen Fuhrwerken und Pferden des Militärs aufgewühlt, besonders in der Neustadt, und Annas Schuhe versanken beinahe in der lehmigen Erde. Wieder in der Bäckerei angekommen, hängte sie ihren nassen Umhang an den Haken und wollte sich gerade bücken, um sich die schmutzigen Schuhe auszuziehen, da fühlte sie sich plötzlich von starken Armen umfasst. Im ersten Moment dachte sie, dass es Rupert sei, und stieß mit dem Ellbogen, so heftig sie konnte, nach seinem Magen und trat mit dem Fuß nach rückwärts gegen das Schienbein des hinter ihr Stehenden. »Habe ich mich vor den Bayern mit Mühe und Not retten können, damit du mich jetzt erschlagen kannst?«, hörte sie nun eine vertraute Stimme sagen. Sie griff sich an das Herz und wurde weiß bis in die Lippen. Franz, denn der war es, hob sie auf und setzte sich mit ihr auf eine Stufe der Stiege, die in das obere Stockwerk führte. Er wiegte sie wie ein Kind hin und her und sie hielt ihn umschlungen und versteckte ihr Gesicht an seinem Hals.

»Du lebst ... oh Gott ... du lebst«, flüsterte sie immer wieder.

»Freilich lebe ich«, lachte er. »Ich habe dir doch gesagt, die Kugel, die mich umhaut, ist noch nicht gegossen. Ich habe mir viel mehr Sorgen um dich gemacht, als du plötzlich auf dem Schlachtfeld aufgetaucht bist! Und dass du auftauchen würdest, das hätte ich mir denken können, niemand kennt dich ja so gut wie ich! Aber jetzt ist Schluss mit solchen Sachen! Jetzt lassen wir uns so schnell wie möglich aufbieten, denn als dein angetrauter Ehemann habe ich das Recht, dich hie und da kräftig über das Knie zu legen und dir deine verrückten Einfälle zu verbieten! Ohnehin muss ich mir etwas einfallen lassen, womit ich dich ein wenig ruhig halten kann, denn du bist ja eigensinniger als eine Herde Ziegen!«

Er schimpfte sie noch lange aus, und sie saß an ihn geschmiegt auf seinem Schoß und hörte ihm selig zu. Ach, wenn doch jetzt alles gut wäre, wenn er doch jetzt für immer nach Hause kommen könnte! Da ging die Haustüre auf und Vinzenz kam herein, denn die Gefangenen waren nun tatsächlich freigelassen worden. Er wusste sich vor Freude nicht zu fassen, als er Franz unversehrt wiedersah.

Mittlerweile war es dunkel geworden. Sie setzten sich in die Küche, Anna blies auf der Esse das Feuer an und stellte im Schein der Flammen Milch und Brot auf den Tisch.

»Vinzenz wird dich sicher nach Hause geleiten«, sagte Franz gerade. »Ich gehe morgen auf alle Fälle bis Matrei mit.«

»Nur bis Matrei?«, fragte Anna enttäuscht. »Kannst du nicht wenigstens für einige Tage nach Hause kommen?«

»Ich weiß es noch nicht«, antwortete Franz, »ich muss mich jedenfalls zuerst beim Sandwirt melden.«

Ja, sie verstand, er hatte seinem Oberkommandanten Waffenbrüderschaft und treue Gefolgschaft geschworen – und ein Hausberg-Franz brach seinen Treueid nicht!

Andreas Hofer hatte sich von Matrei nach Steinach zurückgezogen, wo sich nach der missglückten Schlacht zu Allerheiligen alles einfand, um zu erfahren, wie es weitergehen solle. Die Ratlosigkeit war mit Händen zu greifen. In dem Stimmengewirr und Getümmel hörte man vom »Wir kämpfen weiter« bis zum »Es ist alles verloren«

jede Meinung, doch überwog die Einsicht, dass es nun vorbei war. So kam man zu dem Schluss, dass der Priester Danei, der Französisch sprach, und der Langkampfener Schützenhauptmann Jakob Sieberer mit einer Unterwürfigkeitserklärung zum Vizekönig nach Villach in Kärnten reisen sollten.

In dem Schreiben, das aufgesetzt wurde, waren unter anderem folgende Punkte enthalten: die Erklärung der Unterwürfigkeit, die Bitte um gute Behandlung, die Vorstellung der Armut des Landes und besonders die Wichtigkeit der Religion und des Brauchtums. Diese Unterwürfigkeitserklärung unterzeichnete Andreas Hofer nach einem schweren inneren Kampf. Mit ihm unterzeichneten auch alle Bauernführer, die gerade anwesend waren, mit einer Ausnahme: Pater Joachim Haspinger. Außer diesem waren alle damit einverstanden, dass Danei und Sieberer mit diesem Schreiben zum Vizekönig fahrend sollten. Hofer selbst gab ihnen das Reisegeld.

Einen direkten Entlassungsbefehl an seine Mannschaften brachte Hofer aber nicht heraus. Er befahl nur, dass bis zur Antwort des Vizekönigs die Feindseligkeiten zu unterbleiben hätten, aber niemand habe seinen Posten zu verlassen, und Gewalt sei mit Gewalt zu erwidern. Diese Ausschreibung erging an alle Landesteile Tirols, und auch Franz musste sogleich losreiten. Er gab Anna Geld für Essen und Übernachtung und sagte beschwörend: »Ich bitte dich, Anna, bleib die nächste Zeit zu Hause, bis sich die Lage geklärt hat. Ich werde bestimmt bald vorbeikommen.«

Als sie am Morgen Innsbruck verließen, machten Trommler und Trompeter auf den Gassen gerade kund, dass die Bürger die bayerische Kokarde zu tragen hätten, bei Nichtbefolgung würden sie auf der Stelle arretiert. An der Triumphpforte wurden sie nach dem Woher und Wohin befragt und ob sie nicht wüssten, dass niemand mehr ohne Kokarde auf die Straße gehen dürfe. Franz antwortete, sie besäßen keine, worauf ihnen drei überreicht wurden. Zähneknirschend steckte Franz dieses fremde Abzeichen an den Hut, während Anna nur froh war, dass man sie weitergehen ließ. Als sie ein Stück auf der Brennerstraße waren, warfen sie die Kokarden alsbald in die Büsche. Franz erzählte ihr jetzt auch, wie er bei der Bergiselschlacht in der Sillschlucht verschwunden war. Er hatte gewusst, dass die Schlucht gerade dort mit sehr viel Gebüsch bewachsen war, ließ sich auf gut Glück abrutschen und hielt sich an den Stauden fest, dann kletterte er hinunter. »Und dann half mir auch dieser dichte Nebel«, lachte er.

Anna erzählte ihm von ihrem Besuch in dem Kloster. »Ich werde sicher noch oft an das gute Gesicht jener Nonne denken müssen, die mich so energisch wieder auf die Erde zurückbrachte, gerade als ich im Begriff war, vor Verzweiflung durchzudrehen«, sagte sie sinnend.

Vinzenz ging träumend neben ihnen her, er hörte sicher kein Wort, das sie redeten – und so vertraute sie Franz auch ihr schreckliches Erlebnis auf der Alm an. Da nahm er ihre Hand und ging eine lange Zeit schweigend neben ihr her. Dann sagte er: »Diesen Buben, diesen Florian mit seinem Hund, den nehmen wir auf ... der soll es gut haben bei uns!«

Am 4. November wurde General Drouet in Innsbruck die Friedensbotschaft Hofers überbracht. Der Franzose veröffentlichte sie sogleich mit dem Zusatz: »Das wird euch Tirolern doch alle Zweifel lösen.«

Die Schanzen am Berg Isel ließ er niederreißen, und die Wälder wurden abgeholzt. Alle Orte erhielten zahlreiche Besatzung.

Aber das Land war noch lange nicht ruhig. Eine Volkserhebung gleicht einem aufgepeitschten Meer. Auch wenn der Sturm sich gelegt hat, die Wogen schlagen noch lange von einem Ufer an das andere. War eine Talschaft oder ein Landesteil beruhigt, so flammte es in einem anderen wieder von Neuem auf. Die Friedensversicherungen glaubten die Bauern nicht. »Den Frieden müssen wir erst von unserem Kaiser erfahren«, hieß es. »Wäre Frieden geschlossen, so hätte er uns bestimmt eine Nachricht gesandt!«

Die zwei Friedensboten Danei und Sieberer trafen am Abend des 5. Novembers in Villach ein. Der Vizekönig empfing sie gnädig und nahm die Unterwürfigkeitserklärung Hofers erfreut entgegen. Das ganze Gespräch mit Beauharnais spielte sich in freundlichem Tone ab. Als Danei sich erlaubte, über Marschall Lefebvre, dem die Tiroler so heftig heimgeleuchtet hatten, Witze zu machen, erregte das Heiterkeit und Gelächter bei der ganzen versammelten Generalität. Teilnahmsvoll erkundigte sich der Vizekönig, was das Land für Klagen habe. Am nächsten Tag bekamen sie Pässe und ein freundliches Schreiben des Vizekönigs an ihre Landsleute. Mit einem freundlichen Gruß an Hofer, »den braven Mann«, wurden sie entlassen.

In der vollkommenen Gewissheit, ihrem Vaterland einen guten Dienst erwiesen zu haben, machten sich die zwei Freunde frohgemut auf den Heimweg. Wie erschraken sie aber, als sie schon vor der Grenze hörten, dass der Sandwirt wieder zugeschlagen habe und das Land erneut in Aufruhr sei.

Kurze Zeit später trafen sie auf ein großes Bauernlager, in dem alle in kriegerischer Stimmung waren. Spitzbuben und Vaterlandsverräter wurden sie genannt. Als Danei bemerkte, Hofer sei scheinbar durch abgehauste Lumpen zum Umfallen gebracht worden, entgegneten die Leute wild: »Was Lumpen? Uns geht kein Kaiser und kein

Bischof etwas an. Und zum Sandwirt lassen wir keinen Herrischen mehr. Macht er sich von diesen nicht los, so schießen wir ihn nieder! Hat er es angefangen, so soll er es auch ausmachen!«

Die beiden wurden wie Verbrecher nach Kiens geschleppt, wo sie ein Hauptmann, an dessen Seite Sieberer im Unterinntal gekämpft hatte, vor der Füsilierung rettete. Schleunigst setzten sie nun ihren Weg fort zu Hofers Lager, das mittlerweile in Sterzing war. Als sie am 8. November dort eintrafen und Hofer der beiden ansichtig wurde, sagte er erleichtert: »Oh, Gottlob, dass du nur wieder da bist, Paterl, um dich hab ich wohl eine rechte Angst gehabt!«

Vorwurfsvoll entgegnete Danei: »Dass ich vor dir stehe, habe ich entweder Gott oder der Großmut des französischen Generals zu danken.« Dann ergosss sich ein Schwall von Vorwürfen des Priesters über Hofer. Der Sandwirt versicherte ihm, er wäre ja selbst froh, wenn die Geschichte einmal ein Ende hätte. »Jetzt geht und macht, dass das Volk Ruhe gibt. Ich weiß mir nicht mehr zu helfen, tut meinetwegen, was ihr wollt!«

Sie entwarfen ein Manifest, das Hofer sogleich unterzeichnete. Alle schreibfertigen Hände machten sich an die Vervielfältigung, und der Inhalt lautete unter anderem: »Brüder! Gegen Napoleons unüberwindliche Macht können wir nicht Krieg führen. Von Österreich gänzlich verlassen, würden wir uns einem unheilbaren Elende preisgeben. Ich kann euch ferner nicht mehr gebieten, so wie ich nicht für weiteres Unglück und unvermeidliche Brandstätten gutstehen kann. Der Friede wurde schon am 14. Oktober geschlossen. Es kann kein Zweifel mehr sein. Nach der gegebenen Zusicherung seiner Exzellenz des Herrn Generals Rusca werden uns die Armeen je bälder verlassen, je eher wir uns unterworfen haben.«

Andreas Hofer verließ Sterzing mit seinem Passeirer Stab am 9. November, ohne zu wissen, dass er den ihm so wohlbekannten Weg über den Jaufenpass das letzte Mal in seinem Leben beschritt, und erreichte sein Gasthaus am Sand noch am selben Tage.

Ein Teil des Landes schien damit beruhigt, die Schützenkompanien und Landstürmer gingen nach Hause. Man ließ auch die Kriegsgefangenen frei und lieferte willig Schlachtvieh für die aus Bozen heranrückenden Franzosen. Aber am gleichen Tage, an dem Hofer seine Abdankung unterschrieb, kam es im Pustertal zum Kampf. Bei Tagesanbruch war General Rusca mit seiner Division von Bruneck aus weitergezogen und sofort im Kugelhagel der Bauern gestanden. Es kam zu einem schrecklichen Kampf in der Mühlbacher Klause. Doch die Bauern mussten vor der fünffachen Übermacht am Ende doch weichen und flohen in die Berge. Nun endlich konnte das verrammelte Tor aufgemacht werden, und Ruscas Division, um fünfhundert Gefallene weniger geworden, schob sich durch die mittelalterliche Festung. Die wenigen Bauern, die gefangen wurden, hatten einen schrecklichen Tod, und in Mühlbach wurde alles zerstört und geraubt. Im Pustertal und im Drautal wurden starke Besatzungen zurückgelassen, und es schien, als wären in diesen und in den umliegenden Tälern nun auch der Frieden eingekehrt.

General Vial in Bozen ging derweil das Einsammeln der Waffen zu langsam. Er drohte den Meranern, ihre Stadt niederzubrennen, wenn die Waffen nicht in den nächsten Stunden abgeliefert würden. Bürgermeister Buchmayr gehorchte und beschlagnahmte die Gewehre. An diesem Tag war aber gerade der Martinimarkt, und viel Volk war in der Stadt. Als die Burschen sahen, wie ihre Waffen, die ohnehin niemand gerne hergegeben hatte, im Rathaus zusammengetragen wurden, dauerte es gar nicht lange, und sie rotteten sich zusammen, stürmten das Haus und schleppten die Gewehre armvoll davon. Nur knappe zwanzig Stück konnte der Bürgermeister noch retten und an General Vial abliefern, der wegen dieser geringen Ausbeute nur schwer zu beschwichtigen war.

Am 12. November läuteten die Glocken um Meran schon wieder Sturm. Danei, der sich gerade in der Stadt aufhielt, versuchte die Leute zu beruhigen und konnte es fast nicht glauben, als er einen Boten traf, der Hofers Aufgebot auf dem Hute trug. Mit Aufbietung all seiner Überredungskunst versuchte er den Leuten die Gefährlichkeit ihres Tuns vorzuhalten, jedoch vergebens. »Hängt ihn auf, den Lügenpfaff!«, scholl es ihm entgegen, und nur einigen gleichgesinnten Freunden verdankte er es, dass er dem lebensgefährlichen Gedränge entkommen konnte. Er flüchtete in sein Heimatdorf Schlanders, aber sogar seine Eltern scheuten vor ihm zurück als einem Landesverräter, der sich mit dem Feind gemein mache. Er wurde festgenommen und nach Passeier geschleppt.

Seinem Freund Sieberer erging es nicht besser. Er war auf dem Weg zum Sandwirt, um ihn zu überreden, wenigstens vorübergehend nach Österreich zu fliehen. Bis Pfunds im obersten Inntal kam er, dort wurde er von bewaffneten Landsleuten angehalten. Die Männer hielten ihm die neuesten Befehle Hofers unter die Augen. Sie verfluchten ihn als Verräter, Lügner und als feindlichen Abgesandten und schlugen ihn mit ihren Gewehrkolben ohnmächtig. Dann lieferten sie ihn als Spion nach Passeier zum Oberkommandanten, wo er als Vaterlandsverräter beim unteren Wirt in ein Kellerloch gesperrt wurde. Zuvor aber beraubten ihn die Randalierer noch all seiner Habe, seiner Schriften, seiner Ehrenzeichen und seines Geldes. Sogar seine Schuhe nahmen sie ihm ab.

»Das alles brauchst du nicht mehr, denn du wirst mit Danei, dem Pfaffen, der auch schon auf dem Weg hierher ist, durch Pulver und Blei gerichtet werden!«, hieß es. Seine Bitte, man möge ihm doch erlauben, seinem Weibe einige letzte Zeilen zu senden, wurde ihm abgeschlagen.

Nach drei Tagen peinigender Einsamkeit, an denen er jede Minute seine Exekution erwartete, öffnete sich die Türe und Danei wurde zu ihm hereingestoßen. So sahen sich also die zwei Friedensgesandten, die ihre Landsleute und ihr Land vor weiterem Elend hatten bewahren wollen, als Vaterlandsverräter gebrandmarkt und den Tod vor Augen, in einem Kerkerverlies wieder. Als der Priester den gebrochenen Kameraden auf dem Boden liegen sah, gab er ihm sogleich Zuspruch: »Bruder, sei getrost. Wenn sie uns erschießen, so sterben wir unschuldig für unser Land, und man wird einst erzählen, wie wir ein Opfer der Volkswut geworden sind. Unseren Tod aber wird Gott als Sühne für das nehmen, was wir gefehlt haben.«

Teilnahmsvoll sah Danei, dass der Freund auch körperlich ganz heruntergekommen war. »Du siehst ja aus wie der Tod«, sprach er, »hast du denn kein Geld, um dir etwas zukommen zu lassen?«

Sieberer erklärte, dass ihm alles abgenommen worden sei. Danei aber hatte in seinen Sohlen einige Sandwirtszwanziger versteckt. »Ganz ausgebeutelt bin ich noch nicht, wenn ich es auch bald sein werde«, sagte er mit grimmigem Humor. Er rief durch die Wache den Wirt herbei und bestellte Essen und Wein.

Nachdem er sich gestärkt und den brennenden Durst gelöscht hatte, fühlte sich Sieberer neben seinem starkmütigen Freund schon viel besser.

Bis zum 22. November mussten sie in dem Keller ausharren. An jenem Tag wurden sie von einer bäuerlichen Korporalschaft abgeholt und glaubten nicht anders, als dass es nun zum Richtplatz gehe, aber sie wurden freigelassen, denn die Franzosen standen kurz davor, Passeier einzunehmen.

Hofers Eilboten mussten sich immer besser vorsehen, um nicht den Franzosen in die Arme zu fallen. So auch Franz, der an Pater Haspinger in das Kapuzinerkloster in Klausen einen Aufruf Hofers bringen musste. Pater Joachim ließ alles stehen und liegen und machte sich sofort auf den Weg. Zusammen erreichten sie über Sarntal Meran. Dort lief der Rotbart seinem Ordensprovinzial in die Arme, der ihn nach vielen Vorwürfen über sein gar nicht ordensgemäßes Leben in eine stille Zelle nach Münster verwies. Gehorsam machte sich der Hitzkopf auf den Weg, jedoch hielt dieser Gehorsam nicht lange an. Noch im Vintschgau drehte er um und machte sich auf den Weg in das Sandwirtshaus.

Franz hatte dasselbe Ziel etwa um vier Uhr morgens erreicht. Alles lag in tiefem Schlaf, und er selber suchte nach einem Platz, wo er eine Zeit der Ruhe pflegen konnte. Er trat in die Gaststube, wo einige Männer schnarchend auf den Bänken lagen – und da sah er Hofer im Herrgottswinkel sitzen, die Ellbogen auf dem Tisch und das Gesicht in den Händen vergraben. Franz trat zu ihm hin und setzte sich. Der Sandwirt schaute ihn ernst mit übernächtigten, blutunterlaufenen Augen an. Er sah aus, als wäre er schwerkrank. Leise sagte er zu dem Burschen: »Franz, ich gebe dich frei, lauf weg und versteck dich! Und versteck dich gut«, und als Franz ihn erschrocken ansah, sprach er weiter: »Du hast mir treu gedient, Gott segne dich dafür, aber nun ... du bist zu schade zum Fraß für dieses Gesindel da«, er deutete mit dem Kinn auf die schlafenden Männer.

Da schob sich eine Rotte von sechs Mann durch die Türe herein. Sie sahen misstrauisch auf Franz, als sie ihn so alleine mit dem Oberkommandanten dasitzen sahen. Gerade hatte ihn der Sandwirt gefragt, wie es denn im Pustertal stehe und ob dort so gesiegt würde, wie man es ihm erzähle. Franz aber schüttelte den Kopf: »Das Pustertal ist von den Franzosen besetzt, und den Kampf in der Mühlbacher Klause haben wir verloren!«

Da packte ihn einer vorne am Rockaufschlag, während die anderen drohend um ihn herumstanden. »Unterstehe dich, Bursche – und erzähle solche Lügen in dieser Stube«, warnte er.

Franz machte sich mit einem Ruck frei: »Diese Stube unseres Oberkommandanten ist gut genug und mehr als das, um ehrlich die Wahrheit zu sagen! Und haltet ja eure Hände ruhig, ich bin heikel darin, wer mich berühren darf!«

Dann wandte er sich zu Hofer: »Ich habe keine Angst vor denen da«, sagte er mit verächtlichem Gesichtsausdruck. »solange du mich brauchst, werde ich also bleiben!«

Dann nahm er sein Gewehr und ging ruhig aus der Stube.

Es war Franz schon seit längerer Zeit aufgefallen, dass sich, seit Hofer wieder zu Hause war, bedenkliche Elemente im Gasthaus am Sand tummelten und die Stimmung auch gegenüber dem Sandwirt feindselig geworden war. Er, Hofer, habe den Handel angefangen, also müsse er ihn auch ausmachen, und falls er feige sei oder ein Verräter, dann sei er gut genug für eine Kugel, so drohten sie ihm. Er müsse Kommandant bleiben und mit ihnen den Feind verjagen, und wolle er nicht mithalten, so solle er erschlagen werden!

Die gutgesinnten Freunde des Sandwirts sahen es mit Schrecken. Sie sahen aber auch, dass Hofer nicht mehr der Mann war, den sie kannten. Seit der letzten

Bergiselschlacht zu Allerheiligen lag eine seltsame Starre über ihm. Die Verantwortung für all das Elend, das dem Land vielleicht noch widerfahren würde, wenn er weiterkämpfen ließ, drückte ihm den Lebensnerv ab.

Und der Aufruhr ging weiter! Am 16. November war stürmisches Wetter, es regnete, vermischt mit Schneeflocken. Um die alte Stammfeste des Landes, das Schloss Tirol, wütete ein heißer Kampf. General Rusca sah sich in Meran beinahe eingeschlossen, und er beschloss, die Dunkelheit zu nützen und nach Bozen abzuziehen. Der General hatte jedoch keinen ruhigen Nachtmarsch. Die Straße war abgegraben, und ununterbrochen flogen die Kugeln in seine Reihen. Mit Fuhrmannswinden hatten die Bauern Steine aus der gefrorenen Erde herausgearbeitet und zu Lawinen aufgeschichtet, die nun auf die nächtlichen Marschierer herabprasselten. Schrecklich zugerichtet, mit über hundert Verwundeten auf den Karren, erreichte General Rusca gegen Mittag des 17. Novembers Bozen.

Das hob die Stimmung in den Bauernlagern. »Ein Kaiser und zwei König, die sind für uns zu wenig«, sangen sie in höhnischen Trutzliedern.

Am nächsten Tag wollten sie sich an die Eroberung Bozens machen, aber da kam ein Eilbote des Sandwirtes mit schäumendem Pferd an und brachte den Passeirern die Kunde, dass nun Franzosen vom Jaufenpass her in ihrem eigenen Tal eingefallen seien und die wenigen Verteidiger dringend Verstärkung benötigten.

Vier Tage lang wurde dort gekämpft, bis am Vormittag des 22. Novembers das französische Militär in der Dorfkirche und auf dem Friedhof zusammengedrängt war und die weiße Fahne hisste. Als General Barbou wenig später selbst über den Jaufenpass kam, um Hilfe zu bringen, fand er nur noch die Spuren des Kampfes, der das stille

St. Leonhard vier Tage lang zu einem blutgetränktem Schlachtfeld gemacht hatte.

Ende November galt Nordtirol, das durch zahlreiche Besatzung niedergehalten wurde, als beruhigt. Nicht so aber Südtirol, das die französischen Offiziere besetzt hielten. Die große Einquartierungslast, die die Höfe und Gemeinden auch um Bozen und Brixen zu tragen hatten, dazu andauernde, bösartige Ausschreitungen der Soldaten fachten die Wut der Bevölkerung an. In manchen Tälern und Gemeinden griff alles wieder zu den Waffen, noch angefacht durch die Siegesmeldungen aus Passeier. Auf den Straßen Südtirols wurde es für den Feind wieder unsicher, die französische Militärpost konnte nicht mehr verkehren.

Die Flutwelle des erneuten Aufstandes um Brixen hatte sich auch in das Pustertal ausgebreitet. Als der französische General Almeras in Bruneck am 30. November mit neunhundert Mann nach Brixen marschieren wollte, um Beistand zu leisten, sah er sich durch die Sturmglocken, die sofort nach seinem Abmarsch von einem Ort zum anderen zu läuten begannen, in kürzester Zeit solchen Massen von Stürmern gegenüber, dass er mit seinen Truppen unter ständigem Beschuss regelrecht nach Bruneck zurückflüchten musste. Bruneck wurde belagert, bis Truppen von Brixen her anmarschiert kamen, vor denen sie das Feld räumen mussten. Auch die Schützen in der zerstörten Mühlbacher Klause flohen vor der Übermacht in die Berge. Ab dem 12. Dezember galt auch der Bezirk um Bruneck als beruhigt. Die Überfälle auf französische Kuriere und auf Nachschub- und Munitionswagen hörten auf. Als Letztes widerhallten die Berge des Iseltales von den Sturmglocken.

Mit eiserner Hand hielten die feindlichen Divisionen jeden einzelnen Ort nieder, denn noch immer brodelte es in den Tälern vor Wut. Und selbst noch in den letzten

Zuckungen des Aufstandes erinnerten sich die Tiroler an das Handbillett des österreichischen Kaisers, in dem er ihnen versprochen hatte, sie nie mehr zu verlassen! Selbst jetzt noch gingen Anfragen an den Erzherzog Johann hinaus, ob es mit dem Frieden schon seine Richtigkeit hätte. Der Erzherzog musste den Frieden bestätigen und konnte nur noch seine Segenswünsche aussprechen über »Tirol, dieses Land der Treue und des Mutes!«: »Möge die Vorsehung die gerechten Wünsche der Tiroler in dem Maße erhören, wie es ein solches Volk verdient, das die Bewunderung Europas und der Nachwelt erworben hat.« Bei seinem Bruder aber, bei Kaiser Franz, beklagte sich der Prinz bitter darüber, dass man die heldenmütigen Tiroler erst gegen ihre anerkannte Regierung aufgestachelt und – nachdem sie sich nun voller Begeisterung geopfert hatten – preisgegeben hatte!

Bei dem Kampf um Bruneck hatte auch Vitus von dem Säbelhieb eines feindlichen Dragoners die Todeswunde empfangen. Er war sofort tot gewesen. Da Andreas Hofer sich endlich doch zur Flucht entschlossen hatte – er verbarg sich in den Bergen – war Franz wieder zu Hause und bei den Kämpfen um Bruneck dabei. Mit einigen Kameraden brachte er den gefallenen Obersteinerbauern heim auf seinen Hof, wo er aufgebahrt wurde. Während der drei Tage, in denen Vitus dort lag, kamen von früh bis in die Nacht hinein viele Leute zum Gebet, denn Vitus war über das Gericht Bruneck hinaus ein höchst angesehener Mann gewesen. Kathi rührte sich kaum von der Bahre ihres toten Mannes weg, sie jammerte und klagte nicht und hatte auch noch keine Träne vergossen, sie saß nur wie versteinert da und spürte kaum, was um sie herum vorging.

Am nächsten Abend ging Anna ein paar Schritte vor das Haus. Die letzte Nacht hatte sie mit der Mutter Totenwache gehalten, heute würde Regina wachen und mit ihr Karl, der blinde Hausbergbauer. Übernächtigt und etwas schwindlig von dem ununterbrochenem Gemurmel der Gebete und dem Geruch der Kerzen lehnte sie sich an die Wand der Brechlhütte. Es war schon ganz dunkel, vom Tal herauf blinkten die Lagerfeuer der Franzosen. Ohne Rücksicht auf den Toten waren die Soldaten heute hier gewesen und hatten den Hof nach Waffen durchsucht. Sogar die schwarzen Tücher der Bahre, die bis zum Boden reichten, hatten sie mit den Bajonetten angehoben, und sie drohten mit Tod und Brand, falls noch irgendwo Gewehre versteckt wären. Zähneknirschend vor Wut hatten die Hausbewohner diese Behandlung über sich ergehen lassen. Empört war die Leni in der Totenstube erschienen und hatte dem Militär befohlen, sofort zu verschwinden. »Was fällt euch Schandbuben ein, mit euren Messern hier herumzufuchteln, wenn unser Bauer auf dem Schragen liegt?« Die Soldaten würdigten die Magd keines Blickes und fegten sie beiseite, sodass sie an die Kerzen stieß, die zu Boden fielen.

»Sie haben keine Ehrfurcht vor dem Tod«, sagte Leni zu der Witwe.

»Nein, Leni, das haben sie wohl nicht«, sagte Kathi ruhig, während sie die Kerzen wieder auf die Halter steckte. »Aber lass es gut sein, es tut ihm nicht mehr weh.«

Anna dachte über diese Worte nach. Tat es ihm wirklich nicht mehr weh? Wo war der Vater jetzt? War sein Geist hier, und sah und hörte er, was geschah? Oder war er schon in unerreichbaren Fernen? Sie sah zum Himmel auf. Er war bewölkt, kein Stern zeigte sich. Vereinzelte kleine, tief gelagerte, dunkle Wolken huschten wie Schemen vorüber und sahen aus wie Pferde und Menschen. Sie erschauerte. »Männer, die im Kampf gefallen sind, ziehen beim neuen Mond nach Norden. Ihre vom jähen Tod erschreckten Seelen beruhigen sich während dieser Wanderschaft und finden durch den Nordstern Einlass in den Himmel!« Solche und ähnliche Geschichten erzählte man sich abends in den Stuben, wenn man vor dem Schlafengehen noch ein wenig beisammensaß, jeder mit irgendeiner Arbeit beschäftigt.

Da sah sie einen dunklen Schatten auf sich zukommen, doch dieses Mal war es Franz, der zum Gebet kam. Er nahm das vor Kummer erstarrte Mädchen in die Arme und hielt es fest.

17. Kapitel

Anna war nicht mehr bei Maria droben in der Wolfsklamm gewesen, seit sie aus Innsbruck zurückgekommen war. Trotz des Hasses, den sie den feindlichen Eindringlingen gegenüber empfand und der sich seit dem Tod des Vaters wieder verstärkt hatte, drückte sie ein schlechtes Gewissen vor ihrer Ziehschwester. Sie wusste nicht, wie sie Maria beibringen sollte, dass sie den Vater ihres Kindes gesehen hatte. Wie sie ihr erklären sollte, dass sie Simon nicht gesagt hatte, wo er Maria finden konnte, wusste sie erst recht nicht.

Einige Tage vor dem Heiligen Abend ging sie hinunter zur Moor-Lies, in deren Hütte es stark nach Baumharz roch. Der Geruch kam aus einem Topf, der auf dem Dreifuß der Feueresse brodelte. Lies stand davor und rührte ununterbrochen um. Die zwei Frauen sprachen erst über dieses und jenes, und endlich kamen sie auch auf Maria. Da erzählte Anna, was ihr so schwer auf dem Herzen lag.

»Jetzt ist es an der Zeit, dass du deiner Mutter die Wahrheit über Maria erzählst«, sagte die Alte, während sie den Topf von den Flammen nahm und zum Auskühlen an den Rand des Feuersteines stellte.

»Ich hätte es ihr wohl am besten gleich sagen sollen«, meinte Anna. Aber die Moor-Lies schüttelte den Kopf. »Nein, der richtige Zeitpunkt ist jetzt! Vor vier Monaten wäre noch vieles zerschlagen worden, was sich nicht mehr flicken ließe. Der jetzige Zeitpunkt hat ein anderes Einsehen! In den letzten vier Monaten ist so Arges geschehen, dass es Schrecklicheres gibt als ein lediges Kind mit einem bayerischen Vater. Zögere es nun nicht mehr länger hinaus. Marias schwere Stunde kommt immer näher, und sie braucht unsere Hilfe.«

Anna versprach, mit der Mutter zu reden, dann verabschiedete sie sich.

Es war eiskalt, und der Schnee knirschte bei jedem Schritt, den Anna tat, während sie heimwärts ging. Droben bei der Gabelung sah sie eine Fackel sich nähern.

»Ich wollte zu dir«, sagte Franz, denn er war es. »Wir werden uns jetzt längere Zeit nicht sehen, Anna. Ich muss flüchten, hinauf in das Hochgebirge. Morgen in aller Frühe werde ich mit Vinzenz auf unsere Alm hinaufgehen.«

»Was ist denn los, um Himmels willen?«, fragte Anna erschrocken.

»Broussier, das ist der für das Pustertal zuständige General, will anscheinend ein schreckliches Blutgericht abhalten – und ich stehe bestimmt auf seiner Liste.«

»Aber sie haben doch von Amnestie gesprochen!«, protestierte das Mädchen.

»Ja, ja, sprechen und versprechen können die Herren viel, wenn der Tag lang ist. Ich habe schon von mehreren gehört, die geflohen sind. Aber reg dich nicht auf, es ist ja nur zur Vorsicht, vielleicht kommt alles gar nicht so schlimm.«

An demselben Abend noch versuchte Anna mit der Mutter zu sprechen, auch wenn sie nicht wusste, wie sie es anfangen sollte. Nach dem Rosenkranz, den sie jeden Abend für Vitus beteten, wartete sie deshalb so lange, bis alle gute Nacht wünschten und – nachdem sie sich mit dem Weihwasser bekreuzigt hatten, das in einem kleinen Kessel neben der Türe hing –, ihre Schlafstätten aufsuchten. Kathi erledigte noch einiges und ging dann in die Stube, um die Lampe zu löschen. Erstaunt sah sie Anna noch immer auf der Bank sitzen.

»Was ist mit dir? Willst du heute nicht schlafen gehen?« Kathi schaute die Tochter prüfend an, dann setzte sie sich zu ihr. »Ist es die Flucht von Franz, was dich so bekümmert?«

Anna schüttelte zuerst den Kopf, dann sagte sie: »Ja, das auch! Obwohl ich ihn jetzt im Winter da droben in Sicherheit weiß.« Sie schwieg eine Weile, bevor sie weitersprach: »Ich denke an den Heiligen Abend, Mutter, an dem Maria auf unseren Hof kam.«

Die Mutter nickte: »Sie geht dir ab! Aber es ist doch erst etwas mehr als einen Monat her, dass du bei ihr in Innsbruck warst.«

»Maria war nicht in Innsbruck, Mutter. Maria ist hier! Sie ist droben auf der Hütte vom Martl.«

Kathi wartete auf eine weitere Erklärung, und als Anna schwieg, sagte sie unwillig: »Willst du mir nicht sagen, was sie zu verbergen hat, dass sie sich bei Martl droben in der Wolfsschlucht verstecken muss? Warum, wenn sie im Pustertal ist, kommt sie nicht hierher, wo sie hingehört?«

Anna saß schweigend mit gesenktem Kopf da und verkrampfte die Hände ineinander.

»Sie bekommt ein Kind?«, fragte Kathi leise.

Anna nickte.

Die Mutter schaute sie ernst an. »Das ist aber noch nicht alles – oder? Oder weshalb bleibt sie nicht in Innsbruck und heiratet in allen Ehren?«

»Sie bekommt das Kind von einem Bayern!« Ängstlich schaute Anna auf die Mutter.

Kathi saß mit zusammengekniffenem Mund da und sagte gar nichts, dann stand sie auf und ging hinaus.

»Mutter!« Anna lief ihr nach. »Bitte, Mutter, hast du gar nichts zu sagen?«

Aber Kathi ging stumm in ihre Kammer.

Am nächsten Abend saßen sie sich beim Melken im Stall mit den Rücken gegenüber. Anna legte den Kopf an das warme Fell des Tieres, sie wagte nicht zu fragen, was die Mutter über Maria dachte – doch da sagte diese plötzlich: »Wie lange wohnt sie schon beim Martl droben?«

»Gute drei Monate.«

»Und wie lange hat sie noch hin?«

»Etwa zwei bis drei Wochen«, antwortete Anna. Atemlos wartete sie auf die Antwort der Mutter. Doch lange hörte man nichts als das surrende Geräusch des Strahles, der in die Satten lief. Kathi stand auf und goss ihre Milch durch ein Tuch in einen Kübel. Dann richtete sie sich auf und sagte: »Schaut zu, dass ihr sie herunterbekommt, sie soll ihr Kind hier auf dem Hof gebären.«

Anna schossen die Tränen in die Augen. »Vergelt's Gott, Mutter!«

»Fürchtest du nicht das Gerede der Leute, Bäuerin?«, ließ sich da die keifende Stimme Lenis vernehmen. »Sie werden sich das Maul zerreißen über die Schanddirne, die du großgezogen hast! Denke daran, was Vitus sagen würde!«

»Vitus würde sagen, es hat schon einmal eine Hochschwangere zu Weihnachten umsonst um Herberge gefragt!«, sagte Kathi.

»Versündige dich nicht, Bäuerin!«, entsetzte sich Leni. »Die heiligste Mutter Jesu war verheiratet und ein ehrbares Weib!«

»Ja Himmel noch einmal!« Jetzt wurde Kathi zornig. »Spitz du lieber nicht so sehr deine Ohren, wenn irgendwo Dinge besprochen werden, die dich nichts angehen. Sag es mir, Leni, wer christlicher handelt: derjenige, der diese ledigen Kindsmütter davonjagt, oder derjenige, der sie aufnimmt. Maria ist eine Haustochter, und auf diesem Hof wird sie jeder dementsprechend behandeln, mag nun das

Gerede gehen, wie es will! Und wer weiß«, sagte sie etwas ruhiger, »es ist so viel geschehen in letzter Zeit, die Leute haben andere Sorgen.«

Etwa um dieselbe Zeit klapperte der Kraxentrager Korbinian in Innsbruck die Garnison ab und suchte nach dem bayerischen Leutnant Simon Tanner. Die Moor-Lies hatte ihm diesen Auftrag gegeben, da ihr Anna erzählt hatte, dass Simon wieder im Lande war. In der Innrainkaserne hatte man ihm nun gesagt, dass sich der Leutnant wahrscheinlich in der Klosterkaserne befand, und Korbinian machte sich auf den Weg dorthin. Die Klosterkaserne hieß deshalb so, weil dort einst zwei berühmte Klöster gestanden waren: das Kloster der Servitinnen, Innsbrucks erstes Frauenkloster, und das landesfürstliche Regelhaus mit Kirche. Im Jahre 1784 hatte Kaiser Josef II. die beiden Klöster aufgehoben, und seither wurde das freigewordene Areal als Kaserne verwendet.

Die Wachen forderten Korbinian auf, zu warten, und es dauerte gar nicht lange, da kam der Leutnant heraus. Simon war einige Zeit in das Oberinntal abkommandiert gewesen und hatte sich dort um den Posten eines Kuriers beworben, immer in der Hoffnung, dass er eines Tages nach Bruneck gesandt würde, denn dort vermutete er Maria. Verwundert sah er nun auf Korbinian, den er öfters gesehen hatte, während er in Bruneck stationiert war. Er kannte sogar seinen Namen, denn Kameraden von ihm hatten bei dem wandernden Händler manchmal etwas gekauft.

Nun standen sich die zwei Männer gegenüber und sahen sich an, bis der Alte sagte: »Ich habe gehört, dass du jemanden suchst?«

Simon fuhr ein Stich zum Herzen. »Maria!«, flüsterte er. »Wirst du mir sagen, wo sie ist?«

»Wenn ich sehe, dass es nottut, sage ich auch einmal etwas, was ich nicht sagen soll!«, meinte Korbinian, dann sah er den Soldaten vorwurfsvoll an: »Lange hast du dir Zeit gelassen mit deiner Suche nach dem Mädchen!«

»Ich wurde erst jetzt wieder nach Tirol abkommandiert«, verteidigte sich Simon, »und ich lag zwei Monate lang zwischen Leben und Tod in einem Feldlazarett bei Aspern. Aber um aller Heiligen willen, Korbinian, weißt du am Ende etwas von der Maria? So einfach ist es für mich in diesem Land nicht, jemanden zu suchen, da ich von jedermann als der bitterste Feind angesehen werde. Aber wenn du weißt, wo sie ist, dann sage es mir ... ich bitte dich!«

»Deine Maria ist in Bruneck im Pustertal, auf der Hütte vom Martl.«

Korbinian erklärte dem Leutnant, wo ungefähr diese Hütte war. Simon riss den Alten an sich und zerquetschte ihm fast die Hand: »Vergelt es dir Gott, Korbinian. Wenn du einmal irgend etwas brauchst, und wenn es der letzte Stern vom Himmel ist, dann sage es mir, ich tue für dich, was ich kann!«

»Ja, ja, den Stern hole lieber für Maria, die hat ihn nötiger als ich«, knurrte der Alte und rieb sich die Hand. »Sie ist nämlich hochschwanger!«

Simon stand da wie zur Salzsäule erstarrt.

Korbinian rüttelte ihn ein wenig: »Hast du gehört?«

»Was? Ja ... ja, a ... aber ... sie bekommt ein Kind, sagst du? Wie ist denn das möglich?«, stotterte Simon.

Der Alte sah ihn ein wenig mitleidig an: »Ja, das musst freilich du selber wissen, warum das möglich ist!«

Da stürmte Simon davon. Korbinian sah ihm kopfschüttelnd nach, während er sein rot-weiß kariertes Schneuztuch aus der Hosentasche zog. Andreas Heller durfte das nicht erfahren. Er würde ihn vierteilen, wenn er wüsste, dass er dem Bayern gesagt hatte, wo das Mädchen war.

»Ach was, Bayer hin, Tirolerin her«, brummte er seufzend vor sich hin, indem er sich geräuschvoll die Nase putzte. »Die Liebe ist ein Wolkenbruch – und es ist ohnehin nicht möglich, einen Wildbach, der über die Dämme bricht, aufzuhalten!«

Ächzend schlüpfte er in die Schlaufen seines Kastens, den er einstweilen auf einem Holzstoß abgestellt hatte, dann ging er müde der Innenstadt zu. Er dachte an die Zeit, als er und die Moor-Lies jung gewesen waren. Ihnen hatte damals niemand geholfen, bettelarm, wie sie waren – und trotzdem war er geschehen, der Wolkenbruch! Sie waren beide Dienstboten gewesen, und er hatte damals gar nicht verstanden, was sie mitmachen musste. Ihr Dienstbauer hatte es gerne übersehen, dass sie Kinder bekam, solange sie nur jeden Tag ihre schwere Arbeit machte. Und er hatte ihr nicht viel helfen können – und dann war er halt auch noch jung und ... gedankenlos gewesen. Nein, er hatte nicht viel verstanden! Sie hatte alles durchstehen müssen – und als die Kinder gestorben waren ... ach Gott! Damals war sie eine andere geworden.

Nun war sie eine weise und etwas seltsame Frau, aber trotz ihrer Verschrobenheit wusste er, sie würde ihn nie im Stich lassen. Wenn er kam, begrüßte sie ihn nicht, sie tat vielmehr so, als wäre er nie weggewesen. Sie war der Lichtblick und der Ruhepol seines Lebens. Bei all seinen Wanderungen wusste er immer, wo sie war. Von ihr gingen all seine Wege aus, und zu ihr führten sie alle zurück, und so würde das sein, bis er eines Tages nicht mehr kriechen konnte.

Dieses Jahr zu Weihnachten wollte er bei ihr sein. Seine Geschäfte in Innsbruck hatte er ja erledigt, nun wandte er sich der Brennerstraße zu. Dort würde kein Mangel an Fuhrwerken sein, die ihn mitnahmen.

Regungslos bis in den letzten Winkel lag das Land seit Mitte Dezember da, und es waren nicht die Kälte und der eisige Wind, die den Menschen das Blut in den Adern gefrieren ließen. Das blanke Entsetzen kroch durch die Täler, denn nun kam die Abrechnung der Sieger, und die Hauptleute und die Getreuen um Hofer forderten sie vor das Bluttribunal.

Das bayerisch besetzte Nordtirol blieb von Hinrichtungen verschont. Wer von den Schützenhauptleuten gefangen wurde, kam nach München in das Gefängnis, und einige Männer aus Reutte, bei denen noch Waffen gefunden wurden, kamen in die Festung Kufstein. Im April 1810 wurden noch zwei flüchtende Burschen erschossen, die sich mit ihren Waffen gegen die Militärstellung wehrten. Umso grausamer wüteten die französischen Generäle in Südtirol, ganz nach den Befehlen ihres obersten Kriegsherrn Napoleon. Hilflos waren die Tiroler den Eroberern ausgeliefert. Hoch verehrte Priester, Hauptleute der Schützenkompanien, die achtbarsten Bauern ihrer Gemeinde, Sandwirtsreiter, sogar Freiburger Studenten, die mit den Tirolern gekämpft hatten, mussten das Leben lassen. Auf der Tuchbleiche in Bozen und auf dem Domplatz in Brixen mähten sie die Salven der Exekutionskommandos nieder. Auch die Fürbitte des Bischofs konnte sie nicht retten.

Besonders schlimm tobte General Broussier. Mit fünftausend Mann und dreihundert Pferden erschien er am Heiligen Abend in Matrei, dessen achtzig Häuser diese Armee aufnehmen und verpflegen mussten. Von dort aus setzte er dann die Todeskommandos in Marsch, auch ins Pustertal. Zwischen Lienz und Bruneck wurden fast in jedem Ort Einzelne herausgegriffen und zur Richtstätte geführt. Auf den Galgen, die in den Dörfern errichtet wurden, mussten die Leichen sechs Tage lang zur Abschreckung hängenbleiben. Erschütternde Szenen spielten sich ab, und in einigen Orten rückten die Weiber gegen die Henkersknechte vor. Viele flüchteten vor dieser schauerlichen Kette von Hinrichtungen hinauf in die einsame, verschneite Bergwildnis.

Anna war froh, dass sich Franz, der als Getreuer Hofers und als dessen Eilbote sicher des Todes gewesen wäre, dem Zugriff Broussiers durch die Flucht entzogen hatte. Vom Osten des Tales her kam schreckliche Kunde. Gestern war ein Mann auf dem Hof gewesen, dessen Sohn auch auf der Todesliste der Franzosen stand.

»Broussiers Soldaten morden sich durch die Täler«, sagte er hasserfüllt und verbittert. »Fast in jedem Ort werden einige von uns umgebracht!« Zu Anna gewandt meint er: »Sei froh, dass sich dein Anverlobter in Sicherheit gebracht hat! Mein Bub ist auch geflohen. Die beiden sind so manchen geheimen Weg zusammen gegangen! Nur sein Vater, der Hausberger, soll aufpassen! Ich habe gehört, dass sie nach den Vätern greifen, wenn sie die Söhne nicht finden. – Ich gehe jedenfalls erst wieder heim, wenn die Mordbrenner weitergezogen sind!«

Das erste Mal seit drei Jahren läuteten wieder in manchen Orten die Glocken die Heilige Nacht ein. Die französischen Generäle hatten keine Lust gehabt, ein weiteres Aufbegehren des Volkes heraufzubeschwören, da nun endlich Ruhe war, und die Erlaubnis zur Mitternachtsmette gegeben. Bei manchen Dörfern drang die Erlaubnis nicht schnell genug durch, andere hielten sie für eine Finte des Feindes. So wurde in Innsbruck selber keine Mette abgehalten, aber in Hötting und in verschiedenen Dörfern ringsum wurde der mitternächtliche Gottesdienst gefeiert. Und so war es im ganzen Land, jedoch nicht in jenen Tälern, wo die Menschen die Bluttribunale über sich hatten ergehen lassen müssen und wo die froststarren Leichen an den Galgen hingen.

Trotzdem war es auch ihnen ein Zeichen, als sie davon hörten: Das Leben musste weitergehen.

Der bayerische Leutnant Simon Tanner und sein Freund Josef Bergmann in der Klosterkaserne in Innsbruck überlegten fieberhaft, wie er es nur anstellen könnte, um nach Bruneck zu kommen. Wenn er sich krank schreiben ließe und während dieser Zeit abhauen würde, dann hatte er erstens kein Pferd, und zweitens kam man keine hundert Meter ohne Pass, den zwar jeder Zivilist mit einem triftigen Grund anfordern konnte, aber nicht das Militär. Die Schleichwege der Tiroler über die Berge kannte er nicht – und dann machte in dieser Jahreszeit ohnehin der Schnee den Gang über die Joche unmöglich.

Josef war es, dem die rettende Idee kam: Er bat einige Kuriere, es ihm zu sagen, wenn einer von ihnen in das Pustertal musste. Es dauerte gar nicht lange, da meldete sich ein lustiger Bursche namens Quirin, der am nächsten Tag in das Pustertal reiten sollte. Er fragte den Leutnant, ob er ihm etwas mitnehmen oder bestellen könne.

»Ich möchte am liebsten, dass du gar nicht reitest!«, sagte Josef.

»Ja, das wäre mir selber schon auch am liebsten, aber ich weiß nicht, wie das gehen sollte.«

»Weißt du das wirklich nicht?«, fragte Josef blinzelnd. »Hast du denn gar kein Gebrechen, Quirin?«

»Jeder von uns hat ein Gebrechen, auf das er im Bedarfsfalle zurückgreifen kann«, gab Quirin, ebenfalls mit einem Zwinkern, zurück. »Ich zum Beispiel habe manches Mal schreckliche Magenschmerzen, wegen derer ich mich schon zwei Mal krankmelden musste.«

»Meinst du nicht, du könntest deinem schmerzenden Magen etwas Besseres bieten als einen Ritt nach Lienz bei dieser Hundekälte?«

Über einem gebogenen Dolch mit seltsam verzierter Scheide, den Simon besaß, wurden sie schließlich handelseinig. Quirin machte sich auf dem Ofen seines Schlafsaales heißen Lindenblütentee, der ihm im Verein mit Turnübungen und Liegestützen den Schweiß aus den Poren trieb. Dann meldete er sich zusammengekrümmt und scheinbar schwitzend vor Schmerzen im Lazarett.

Simon war pünktlich zur Stelle, um die Depeschen und Briefe entgegenzunehmen. Aber beinahe wäre es doch noch schiefgelaufen, denn der Hauptmann, der ihm die Post übergeben sollte, meinte, dass Simon bei seiner Truppe bleiben und keine Kurierdienste machen solle.

In seiner Verzweiflung platzte Simon heraus: »Ich bitte Herrn Hauptmann, dieses eine Mal in das Pustertal reiten zu dürfen!«

Der Vorgesetzte, ein älterer Mann, schaute ihn erstaunt an. Normalerweise rissen sich die Kuriere bei dieser Kälte nicht um so lange Strecken.

»Wie heißt der Ort, in welchen Sie so dringend müssen?«

»Bruneck, Herr Hauptmann.«

»Soviel ich weiß, waren Sie in Bruneck stationiert, Tanner. Wie lange?«

»Zwei Jahre und fünf Monate, Herr Hauptmann.«

Der Hauptmann lehnte sich in seinem Sessel zurück und fragte: »Es handelt sich um eine Herzensangelegenheit?«

Simon sah ihn offen an. »Jawohl, Herr Hauptmann!«

Ein feines Lächeln stahl sich in die Augen des alten Offiziers, er gab Simon die Post und sagte: »Dann reiten Sie, Tanner. Eine solche Allianz zwischen Bayern und Tirol müssen wir fördern!«

Simon schlug die Hacken zusammen. »Vielen Dank, Herr Hauptmann!«

Simon war schon bei der Türe, als ihn der Hauptmann noch einmal anrief: »Und ich werde auch nicht nachforschen, weshalb bei Korporal Quirin die Magenschmerzen so überhandnahmen!«

Simon salutierte noch einmal und war draußen.

Müde und durchfroren kam er am frühen Abend des nächsten Tages, dem Vorabend zu Silvester, in der Brunecker Kaserne an. In Lienz hatte er von den Hinrichtungen in den Tälern dort erfahren und auch, dass die Bluttribunale nun im Pustertal weitergingen. Bei seinem Ritt hatte er gesehen, dass auf dem Blutacker außerhalb von Bruneck ein Galgen errichtet wurde. Er musste wissen, wer in dieser Stadt auf der Todesliste stand. Simon dachte an den jungen Burschen, den er damals hatte verhaften müssen wegen der Böllerschüsse, die er zur Hochzeit seines Bruders abgegeben hatte. Er musste auch daran denken, dass er bei dieser Hochzeit Maria das erste Mal gesehen hatte.

Er sah und hörte sich in der Kaserne um und stieß auf den Leutnant, der am nächsten Tag mit seiner Truppe die Verhaftung der zum Tode verurteilten Rebellen vornehmen sollte. Und dieser Offizier bestätigte seinen Verdacht: Neben einigen anderen hatte er morgen auch Franz Widmer zu verhaften, den Sohn auf dem Hausberghof!

Die Hausgemeinschaft des Hofes auf dem Steinberg war schon zur Ruhe gegangen, da klopfte es laut an die Haustüre. Rosa, die Bäuerin, tastete sich im Dunkeln die Stiege herab und fragte barsch: »Wer ist da?«

»Macht auf, ich muss mit euch sprechen!«, antwortete eine Männerstimme.

Rosa machte die Türe auf und sah den dunklen Umriss eines Mannes draußen stehen, der nun sagte: »Ich heiße

Simon Tanner und habe mit dem Bauern und deinen Söhnen zu sprechen!«

»Komm herein«, sagte sie und ging ihm voran in die Küche. Dort kratzte sie die Asche auf der Feueresse auseinander und legte Holzspäne in die Glut. Im Schein der Flammen leuchtete Simons blauer Uniformrock auf.

»Was willst du?«, fragte sie ein wenig erstaunt, während sie einige größere Scheiter auf die Späne legte. »Wir sind es von euch sonst nicht gewöhnt, dass ihr höflich darauf wartet, bis man euch einlässt! Sonst pflegt ihr mit aufgepflanztem Bajonett einzudringen und das Haus bis in den letzten Winkel rücksichtslos zu durchsuchen.«

Doch nun, da das Feuer höher brannte, erkannte Rosa in dem Soldaten den bayerischen Offizier wieder, den Franz damals bei der Hochzeit von Peter und Regina angegriffen und der ihrem Sohn, als dieser abzustürzen drohte, das Leben gerettet hatte. Auch Karl tastete sich jetzt zur Türe herein und fragte, was denn los sei. Simon sagte zu ihm: »Hausberger, ich möchte deinen Sohn warnen! Er soll morgen verhaftet und kriegsrechtlich hingerichtet werden!«

Karl schwieg eine Zeitlang, dann meinte er barsch: »Die Schergen kommen umsonst, sie werden meinen Buben nicht finden!«

Simon schüttelte den Kopf: »Sie kommen nicht umsonst! Dein Sohn wurde verurteilt, und da sie ihn nicht finden, werden sie dich holen. Du musst sofort fliehen!«

»Wann werden sie kommen?«, fragte Karl gefasst.

»Morgen, wahrscheinlich ganz in der Frühe, aber jedenfalls im Laufe des Tages.«

»Das wird ein gesegneter Jahresabschluss 1809«, sagte der Bauer bitter. »Die Mordbrenner haben nichts anderes im Sinn als töten!«

Rosa fiel ihm ins Wort: »Vater, du musst tun, was er sagt!«

»Den Teufel werde ich tun! Ich werde nirgendwohin fliehen! Wenn sie an mir blindgeschossenen Krüppel ihre Freude haben, dann sollen sie mich in Gottes Namen holen! Der ältere meiner Buben ist am Iselberg in Innsbruck gestorben – und wenn ich nun meinen Jüngsten ermorden lassen soll ... was hat das Leben dann noch für einen Sinn für mich?«

»Bauer, ich bitte dich, fliehe!«, warf Simon ein. »Ewig können diese Exekutionen nicht weitergehen, und vielleicht kommt einmal eine Amnestie!«

Wütend schüttelte Karl den Kopf: »Erst wenn sie sich an uns allen gerächt haben, die wir nichts anderes als unser Recht wollten! Nein, die sind unerbittlich! An den Türstöcken ihrer Höfe und an den Galgen hängen meine Waffenbrüder – und wo man sie antrifft, werden sie erschossen! Aber wenn du etwas für mich tun willst, dann geh zu meinem Buben und bring ihm eine Botschaft von mir.«

»Vater, sei vorsichtig!«, warnte Rosa. »Vielleicht wollen sie durch ihn nur herausbekommen, wo er ist!«

»Bäuerin, ich habe mich in meiner Kaserne in Innsbruck mit einer List zum Kurierdienst hierher nach Bruneck gemeldet, weil ich jemanden suche! Nun habe ich hier in der Garnison erfahren, was ich euch ausgerichtet habe – und wenn das einer meiner Vorgesetzten erfährt, dass ich euch gewarnt habe, werde ich an die Wand gestellt und erschossen!«

»Wen suchst du hier?«, fragte Rosa.

Simon zögerte. Nachdem er von Korbinian erfahren hatte, dass Maria schwanger war und auf einer Berghütte lebte, war er sich gar nicht sicher, ob die Leute hier überhaupt wussten, dass sie sich hier im Tal befand. Aber die Bäuerin sagte ungehalten: »Wenn wir uns nun schon einmal so vertrauen müssen, dann gib eine ehrliche Antwort!«

»Ich suche die Maria vom Obersteinerhof.«

Die Frau musterte ihn verwundert. »Merkwürdig«, sinnierte sie, »heute vormittag hat schon einmal ein Bursche nach Maria gefragt. Aber ist Maria denn hier? Ich habe gedacht, die ist in Innsbruck!«

»Nein«, entgegnete Simon, »Korbinian hat mir gesagt, dass sie hier im Pustertal auf der Hütte von einem Mann ist, der Martl heißt.«

Die Bäuerin wollte gerade sagen, dass dieser fremde Mann sich von ihrer Dirn, der Mena, die er nach Maria gefragt hatte, auch den Weg hinauf in die Wolfsschlucht erklären lassen hatte, als sich Karl ein Schreckensruf entrang.

»Simon, du musst hinauf zu meinem Buben! Wenn dieser Fremde auch droben ist, dann weiß Franz vielleicht schon, dass sie mich statt seiner holen. Unsere Alm und die vom Obersteiner liegen nicht weit auseinander, und die Hütte vom Martl liegt auf dem Weg. Aber wenn man nicht genau weiß, wo sie ist, dann geht man daran vorbei. Mein Gott, wenn es ihm jemand sagt, wenn er es erfährt, dann ... ich kenne meinen Buben, auf der Stelle würde er kommen, um mich auszulösen. Das darf nicht sein!«

»Einer von unseren Knechten kann hinaufgehen, Vater!«, mahnte Rosa eindringlich.

»Du kannst mir vertrauen, Bäuerin, ich schwöre es bei meinem Leben«, versicherte Simon »Und ich gehe auf jeden Fall hinauf zu Maria.«

»Was willst du von ihr?«, fragte die Frau.

»Maria ist mein Weib!«, sagte Simon fest.

»Was? Willst du etwa behaupten, dass du mit Maria verheiratet bist? Du, ein Bayer?«

»Noch nicht, aber wir heiraten so bald wie möglich – und da schert uns weder die Meinung von euch Tirolern noch die von den Bayern etwas! Und weil es ohnehin bald jedem zu Ohren kommen wird, so magst du gerne wissen, dass sie in Kürze ein Kind von mir erwartet!«

Zu anderen Zeiten wäre des Wunderns, des Aufsehens und wahrscheinlich auch des Entsetzens kein Ende gewesen, aber die Sorge um ihren Sohn und um ihren Mann waren für Rosa doch zu groß, um sich allzu lange mit dieser Neuigkeit zu befassen. Karl wiederum schien überhaupt keine Notiz davon genommen zu haben, denn er drang immer wieder in Simon: »Ich bitte dich, geh hinauf zu Franz und sage ihm, er soll sich in Sicherheit bringen, sag ihm, es sei schon zu spät, um mich noch zu retten, sag ihm, ich hätte in meiner letzten Stunde den Segen Gottes auf ihn herabgefleht. Er ist noch so jung, er hat das Leben noch vor sich, und ich möchte, dass er glücklich wird mit dem Mädchen, das er sich schon so lange zum Weibe erwählt hat. Ich will, dass er mit seinen Kindern über seine Wiesen und Äcker gehen kann! Er soll sich nur ja gut verstecken, einmal wird doch wohl auch dieses unsinnige Morden aufhören – und ich, ich gebe gerne mein altes, unnützes Leben für sein junges!«

Es wurde ausgemacht, dass Simon diese Nacht hier im Heu schlafen sollte, Rosa würde ihm mit ziviler Kleidung aushelfen, seine Uniform würde er in der Tenne verstecken. In der Frühe vor dem Morgengrauen sollte er aufbrechen, eine Fackel würde ihm Licht geben, bis es Tag wird.

Karl erklärte Simon noch ganz genau, nach welchen Bäumen, Felsen und Zeichen er sich zu richten habe, um die Alm nicht zu verfehlen. »Eine Zeitlang kommst du mit einer Fackel aus«, meinte er. »Es hat jetzt einige Tage nicht geschneit, und du wirst Fußspuren vorfinden und auch

Spuren von Schlitten, die von den verschiedenen Almen das Almheu zu Tal gebracht haben. Aber weiter droben bei den Abgründen muss es schon hell sein, damit du sehen kannst, wo du hintrittst, denn du kennst dich ja da droben nicht aus.«

18. Kapitel

Der Fremde, der am Vormittag nach der Hütte in der Wolfsschlucht gefragt hatte, war Rupert gewesen, der Bäckergeselle von Andreas aus Innsbruck. Er hatte sich einen Pass besorgt, indem er angab, dass er seine Braut aus dem Pustertal nach Hause holen wolle. Und er hätte sich gerne beeilt, denn nach allem, was er bis jetzt erfahren hatte, war es im Süden Tirols und ganz besonders im Pustertal nicht geheuer. Von den mit unerhörter Grausamkeit durchgeführten Abschreckungs- und Rachehandlungen hatte er gehört und natürlich auch, dass für den Vater der Sohn oder für den Sohn der Vater büßen musste und füsiliert wurde. Außerdem hatte er bemerkt, dass die Franzosen hier seinen bayerischen Reisepass nicht gerne gelten ließen. Schon zweimal hatte er Schwierigkeiten bekommen, und einmal war er der Verhaftung nur ganz knapp entronnen.

So schnell wie möglich wollte er wieder zurück nach Nordtirol, aber Maria wollte er mitnehmen. Er hatte keinen Moment gezögert, sich auf die gefährliche Reise zu machen, als er das Geheimnis über des Mädchens Verbleib von Andreas erfahren hatte. Er wollte diese Bäckerei in der Neustadt haben! Nach seiner Berechnung musste Maria das Kind jetzt bald bekommen, und er nahm an, dass sie nun genug im eigenen Saft geschmort hatte. Er hoffte, sie unglücklich und von allen verachtet vorzufinden, sodass sie froh sein musste, wenn er kam und ihr die versöhnende Hand reichte. Umsonst hatte sie sich ja sicher nicht in dieser Berghütte verkrochen.

Nun war er schon seit Stunden auf dem Weg zur Wolfsschlucht; viel zu lange, wie er inzwischen eingesehen hatte. Es mochte schon um die vierte Nachmittagsstunde sein, allmählich wurde es dunkel, und eine Nacht im Freien, das war ihm klar, war im Hochgebirge tödlich. Schon jetzt war es schneidend kalt. Ein scharfer Wind blies ihm durch und durch bis in die Knochen.

Weiß der Teufel, dachte er, was für eine Schlucht die Dirn gemeint hatte, die ihm den Weg beschrieben hatte. Ihn dünkte, hier heroben bestand alles nur aus Schluchten. Aber obwohl jetzt im Winter durch den vielen Schnee alles ganz anders aussah, kam ihm die Gegend doch bekannt vor: Er befand sich auf dem Weg zu dieser Alm, wo er im Sommer nach Maria gesucht und wohin er diese drei Galgenvögel gelotst hatte, denen Anna anscheinend entkommen war. Er war also schon zu weit heraufgegangen. Aber immerhin: In dieser Almhütte würde er über Nacht eine Bleibe haben, und morgen würde er dann auch diese Hütte in der Wolfsschlucht finden.

Bei der Alm angelangt, fand er auf der Feueresse Flintsteine zum Feuerschlagen, und in einer Truhe war ein wenig Butterschmalz und Mehl. Diese Lebensmittel waren von von den Almbewohnern bewusst zurückgelassen worden, einerseits, falls ein einsamer Wanderer durch irgendwelche Umstände in diese Höhen getrieben wurde und hier Unterschlupf suchte, andererseits aber auch für die Berggeister, um sie für den nächsten Almsommer gnädig zu stimmen. Seitlich der beiden Hüttenwände war Holz aufgeschichtet, und Rupert ging gleich daran, sich eine warme Stube zu machen.

Am nächsten Morgen kniete er gerade vor der Feueresse und blies in die Glut, um die frisch aufgelegten Holzscheiter anzufachen, als die Türe aufgerissen wurde. Im nächsten Augenblick spürte er den Lauf eines Gewehres im Nacken.

»Wer bist du?«, fragte ihn der Mann, der ihn mit der Waffe in Schach hielt.

Im nächsten Augenblick fühlte er sich gepackt und zur offenen Türe geschleppt. Da die Holzläden an den Fenstern geschlossen waren und das Feuer bis auf einen Glutstock herabgebrannt war, war es in dem Raum so dunkel, dass sie sich gegenseitig nicht erkennen konnten. Beim Tageslicht sahen sie sich allerdings verwundert an!

»Was, du bist es?«, sagte Franz erstaunt, denn er hatte in dem Fremden den Bäckergesellen aus Innsbruck erkannt. Dieser wiederum sah in dem anderen den Hausberg-Franz, der, als Hofer in Innsbruck regierte, öfters zu seinem Meister in die Bäckerei gekommen war.

Von seiner Alm aus hatte Franz den Rauch aus dem Hüttendach aufsteigen gesehen und war heruntergeeilt, um zu sehen, wer sich hier herumtrieb.

»Nun kannst du ja wohl deinen Stutzen senken!«, meinte Rupert.

»Was willst du hier heroben?«, fragte Franz misstrauisch und drohend. Er musste an das denken, was ihm Anna über diesen Burschen erzählt hatte.

»Was geht es dich an, was ich hier tue?«, schnappte Rupert zurück.

»Zufällig ist diese Alm so gut wie mein Eigentum, denn ich heirate die Obersteinertochter – und da werde ich wohl das Recht haben, zu erfahren, was ausgerechnet du hier zu suchen hast!«, antwortete Franz aufgebracht. »Obwohl du ja heute ohne deine Verbrechergesellen hier bist!«

»Ich weiß nicht, was du meinst, obwohl du gut daran tätest, ein wenig freundlicher mit mir zu sein, denn wenn du die Obersteinertochter heiratest, dann sind wir ja so gut wie verwandt miteinander.« Rupert sah ihn spöttisch an.

»Das möchte ich bezweifeln.« Franz stieg die Zornesröte in das Gesicht. »Auf eine Verwandtschaft mit dir lege ich keinen Wert!«

»Du wirst es nicht verhindern können! Du wirst wissen, dass Maria ein Kind erwartet. Sie bekommt dieses Kind von mir!«

»Warum ist Maria dann hier und nicht bei dir in Innsbruck? Und warum seid ihr nicht verheiratet?«

»Weil Andreas, ihr Vater, zuerst dagegen war. Er hat das Mädchen nach dem ersten Schrecken ein wenig zu derb angefasst, als er erfuhr, was mit ihr los ist – und da ist sie davongelaufen. Aber nun hat er eingesehen, dass er etwas Besseres als mich als Eidam nicht bekommen kann, und nun soll ich sie nach Hause holen. Die Hochzeit holen wir jetzt selbstverständlich sofort nach!«

Rupert kamen diese Lügen ganz leicht über die Lippen.

Franz musterte ihn, ein wenig verunsichert war er jetzt doch. »Ich habe da etwas von einem bayerischen Soldaten gehört«, sagte er.

Rupert lachte laut auf. »Wann hätte denn Maria mit einem Bayern so nahen Kontakt bekommen sollen?«

Das konnte sich Franz eben auch nicht recht vorstellen. Der andere fuhr fort: »Bei mir war das schon ganz etwas anderes! Wenn man Tag und Nacht in einem Haus beisammen ist – da sind wir uns halt einig geworden, die Maria und ich, das verstehst du doch?« Rupert lachte dreckig.

»Nein, das verstehe ich nicht!« Franz war aufgebracht über den Ton, mit dem der Bursche über Maria sprach. »Es gibt da schon Grenzen, die du allerdings nicht zu kennen scheinst. Auf alle Fälle werde ich dich zu Maria begleiten und werde mich davon überzeugen, dass deine Reden der Wahrheit entsprechen.«

Franz stieß zwei durchdringende Pfiffe aus, die Vinzenz auf der Hausbergalm galten. Etwa eine Stunde später kam er bei den beiden an, und gemeinsam machte man sich dann auf den Weg zu der Hütte in der Wolfsschlucht.

Sie waren schon eine ganze Weile gegangen, und es war nicht mehr weit bis zu der Abzweigung, die in die Wolfsschlucht führte, als sie von ganz unten herauf einen Mann kommen sahen. Erst war er noch zu weit weg, um ihn zu erkennen. Doch je mehr sie sich einander näherten, umso ungläubiger schauten sie auf ihn.

»Den kannst du gleich erschießen, das ist ein Blaurock!«, heulte Rupert auf einmal auf.

»Ja, ich weiß. Ich kenne ihn«, sagte Franz, der ruhig wartete, bis der Bayer bei ihnen angekommen war.

»Die Fremdlinge hier auf dem Berg werden immer interessanter!« Mit einem halben Lächeln sah er den Bayern an. »Senden meine Henker jetzt dich? Glauben sie etwa, dass ich mich von dir fangen lasse? Du kannst gleich wieder umdrehen, dieses Mal gehe ich nicht freiwillig mit dir in das Tal!«

Simon zögerte mit der Antwort. Franz schien nicht zu wissen, dass man heute seinen Vater verhaften würde. Da er den Burschen nun hier getroffen hatte und nicht mehr zu ihm hinaufzugehen brauchte, sagte er nur: »Wegen dir bin ich nicht gekommen. Ich suche die Hütte von einem Mann, der Martl heißt.«

»Was willst du von ihm?«, fragte Franz.

»Auf was wartest du eigentlich noch?«, schrie Rupert dazwischen. »Schieß ihn endlich über den Haufen, den verdammten Blaurock. Es ist schon öfter in stiller Bergeinsamkeit ein Mord geschehen, der nie aufgeklärt wurde. Den vermisst kein Mensch!«

Franz deutete mit dem Kinn auf Rupert und fragte Simon: »Kennst du den?«

»Ja, er ist bei Marias Vater in Innsbruck Geselle.«

Franz sah Simon forschend an: »Maria bekommt ein Kind, und der Bäckergeselle da behauptet, er sei der Vater«

»Wir können Maria fragen«, meinte Simon ruhig. »Sie muss hier irgendwo sein!«

»Wer hat dir das gesagt?«

»Korbinian, der Kraxenträger. Er kam in Innsbruck zu mir in die Kaserne, um mir zu sagen, dass ich sie hier auf einer Berghütte finden würde.«

»Korbinian sagt nie etwas umsonst«, meinte Franz nachdenklich. »Jetzt brauchst du nur noch zu sagen, dass das Kind, welches Maria erwartet, das deine ist!«

»So ist es«, sagte Simon einfach. »Und ich suche sie seit Langem!«

»Jedes Wort ist gelogen!«, heulte Rupert wieder auf.

Franz blickte von einem zum anderen, dann sagte er spöttisch: »Manches Mädchen wäre froh, wenn sie einen Vater für ihr lediges Kind hätte, nun aber sehe ich, dass Maria deren zwei hat. Da frage ich mich, weshalb sie ihre Schande auf einer Berghütte verstecken muss, wenn sich zwei Burschen um die Vaterschaft reißen?«

»Es ist keine Schande für Maria!«, protestierte Simon. »Sie ist mein Weib.«

Franz glaubte zwar dem Bayern mehr als Rupert, dennoch aber sagte er: »Du hast recht, wir werden das Mädchen selber fragen.«

Er wusste nicht, dass er auch Anna in der Wolfsschlucht antreffen würde. Am Abend zuvor war sie heraufgekommen, um Maria den Entschluss der Mutter zu sagen, dass sie ihr Kind auf dem Hof drunten bekommen sollte. Bei der Abzweigung zu Martls Hütte hatte sie die frischen Fußspuren Ruperts geradeaus weitergehen sehen und war nun etwas besorgt, wer das gewesen sein könnte. Sie beruhigte sich aber wieder bei dem Gedanken, dass Franz mit nur einem Mann, sollte dieser feindliche Absichten hegen, schon fertig werden würde.

»Vinzenz ist bei Franz droben«, sagte Anna, »ich werde morgen hinaufgehen und ihn bitten, dass er uns hilft, dich in das Tal zu schaffen.«

Der Bursche war stark genug, dass er das hochschwangere Mädchen tragen konnte, wenn es nicht mehr weiterkam.

Maria brach vor Erleichterung in Tränen aus: »Ich weiß gar nicht, wie ich der Mutter danken soll! Martl tut zwar immer so, als wäre eine Geburt die einfachste Sache der Welt, aber ich habe das Gefühl, dass er mich nur beruhigen will. Mir selber drückt der Gedanke daran manchmal vor Angst den Atem ab!«

»Jetzt brauchst du dich nicht mehr zu fürchten!« Anna legte ihr den Arm um die Schultern. »Die Mutter und die Moor-Lies werden dir beistehen, und auch ich werde dasein, denn du wirst mir ja wohl die Ehre antun und mich zur Taufpatin für dein Erstgeborenes erwählen«, sagte sie schelmisch.

Nun konnte Maria schon wieder lachen: »Ach Anna, was würde ich wohl tun, wenn ich dich nicht hätte?«

»Du hast mich aber!«, scherzte Anna, »wenn auch vorderhand nicht lange, denn wenn du dein Kind geboren hast, dann ziehe ich zu Franz auf den Berg hinauf, und zwar so lange, wie er sich da oben verstecken muss. Vielleicht müssen wir sogar für eine Zeitlang nach Österreich flüchten. Mir ist alles recht, solange ich nur bei ihm bin. Den priesterlichen Segen können wir nachholen, wenn die Zeiten sich beruhigt haben. Seit einem halben Jahr wäre ich nun mit ihm verheiratet, wenn alles nach Fug und Recht gegangen wäre – und wer weiß, was sonst noch alles dazwischenkommt! Sein Bruder und mein Vater werden nicht mehr lebendig, wir zwei aber, Franz und ich, wir leben noch.«

Maria sah sie erstaunt an, aber Anna sprach schon weiter: »Morgen Nacht werde ich sein Weib werden«, vertraute sie der Schwester an. »Wir gehören zusammen, jetzt und für alle Zeiten, wozu also noch warten? Übermorgen komme ich dann mit Vinzenz hierher, damit wir dich hinunter auf den Hof bringen können.«

Bei ihrer angeregten Unterhaltung hatten sie gar nicht bemerkt, dass sich vier Männer ihrer Hütte näherten. Erst als sie ganz nahe waren, sprang Anna auf, schob schnell den Riegel vor die Türe und rastete die Querbalken ein.

Maria sah durch das kleine Fenster, das extra noch durch eiserne Stäbe in Kreuzform gesichert war.

»Es sind Franz und Vinzenz!« rief sie Anna erfreut zu. Dann registrierte sie am Rande Rupert – aber der andere ... nein ... das konnte nicht sein! Maria taumelte zur Türe, weiß bis in die Lippen, sie trat ins Freie, ging Simon entgegen und sank ihm einfach in die Arme. Sie hielten sich lange Zeit umfangen, dann traten sie in die Stube und setzten sich Hand in Hand auf die Bank.

»Nun, da gibt es wohl keinen Zweifel, wer der Vater ist!«, meinte Franz gut gelaunt. Er strahlte Anna an. In einer Hand hielt er das Gewehr, doch mit dem anderen Arm umfing er das Mädchen übermütig: »Aber ich bin dem Bäcker aus Innsbruck nicht böse, hat er mir doch mit seinen Lügen zu einem Wiedersehen mit dir verholfen!«

»Du wirst mich in Zukunft immer sehen können«, sagte Anna leise. »Sobald Maria ihr Kind geboren hat, werde ich zu dir hinaufziehen. Wir werden die Zeit, in der du auf der Flucht bist, gemeinsam durchstehen!«

Da zog er sie langsam und ganz zärtlich an sich und flüsterte ihr ins Ohr: »Ich hoffe, der alte Apostel da droben hat ein Einsehen und schneit uns monatelang ein!«

Rupert, der gehofft hatte, Maria kleinlaut und verzweifelt vorzufinden, sah alle seine Hoffnungen auf die

Bäckerei in der Innsbrucker Neustadt zunichte gemacht. Dieses Mädchen, das er so gerne in Unehre und Schande versunken gesehen hätte, saß da auf der Bank mit ihrem schamlos vorgewölbten Leib und war glücklich. »Ihr Landesverräter!«, machte er seiner Erbitterung Luft. »So viele gute und hochangesehene Tiroler werden jetzt noch hingerichtet und müssen für ihr Land das Leben lassen! Und ihr? Ihr macht euch mit dem Feind gemein! Ihr verdient nichts Besseres, als dass man euch allesamt auf der Stelle verrät!«

Franz wandte sich ihm zu. »Das sind große Worte von einem, der sich hinter dem Backofen versteckt und keine Hand zur Befreiung Tirols gerührt hat!«

Rupert lachte laut und höhnisch auf. »Und das sagst ausgerechnet du, der sich hier heroben versteckt, während man deinen Vater für dich zum Galgen führt?«

Plötzlich war Totenstille in der Stube. Franz stand da wie gelähmt, dann ging er auf den zurückweichenden Burschen zu und packte ihn bei den Rockaufschlägen: »Was sagst du da? Überlege dir deine Worte, du dreckiger Lügner!«

Rupert deutete mit dem Kopf zu Simon: »Frag doch den da! Er kann dir sagen, dass die Franzosen nach den Vätern greifen, wenn sie der Söhne nicht habhaft werden können!«

Franz sah Simon an: »Ist das wahr?« Als dieser zögerte, sagte er mit tonloser Stimme: »Sag mir die Wahrheit, ich finde sie ohnehin heraus!«

Da nickte Simon: »Ja, es ist wahr! Ich habe gestern Abend mit deinem Vater gesprochen ... ich habe versucht, ihn zur Flucht zu überreden, aber er wollte nicht ... sein ganzes Trachten war darauf gerichtet, dass du in Sicherheit bist ... er wollte, dass ich zu dir gehe mit einer Botschaft von ihm.« Er stockte.

»Was hat mein Vater dir aufgetragen, das du mir sagen sollst?«

»Er hat gesagt, du sollst dich ja nicht stellen, du sollst dich gut verstecken und wenn es sein muss, sollst du nach Österreich fliehen. Ich soll dir sagen, dass es schon zu spät sei, um ihn zu retten, aber er habe sein Leben gelebt, während du deines noch vor dir hast, und dass er in seiner letzten Stunde den Segen Gottes auf dich herabgefleht hat!«

»Du hast es also gewusst? Und hättest mir nichts gesagt?«

»Ich glaube nicht«, antwortete Simon ehrlich. »Dein Vater hat mich so innig gebeten, dir zu sagen, dass du dich nicht stellen sollst – und dein Vater hat recht, Franz! Überlege dir gut, was du tust! Nein, ich hätte dir nichts gesagt, dann hättest du es einfach nicht gewusst!«

»Jetzt weiß ich es aber, der da hat es mir gesagt!«

Da ließ sich Rupert vernehmen: »Lasst diesen verfluchten Soldaten verschwinden, und ich schweige wie ein Grab. Kein Mensch wird je erfahren, dass Franz gewusst hat, dass sein Vater für ihn hängen muss!«

Franz hob sein Gewehr, spannte den Hahn und legte es auf Rupert an.

»Du verschwindest jetzt – und zwar so schnell du es vermagst, oder du bist derjenige, der in stiller Bergeinsamkeit für immer verschollen ist.«

Da lachte Rupert roh auf: »Was willst du denn? Du, du selber bist doch schon so gut wie tot! Du bist tot, weil du deinen Alten nicht für dich baumeln lassen willst, habe ich recht?«

Da packte Vinzenz den Gesellen, öffnete die Türe und warf ihn über den hölzernen Altan in den Schnee hinaus. Dann setzte er ihm nach, hob ihn immer wieder auf und warf ihn ein Stück des Weges hinunter, und das ging eine ganze Weile so, bis Rupert sich endlich aufrappeln und davonlaufen konnte. In der Hütte aber lag noch immer entsetztes Schweigen.

»Wann werden sie ihn holen?«, fragte Franz.

»Heute«, antwortete Simon.

Da sank Franz auf die Bank nieder.

»Heute!«, wiederholte er. Sein Blick suchte Anna.

Das Mädchen hatte mit weit aufgerissenen Augen zugehört. Sie hatte nicht viel verstanden, oder vielmehr, ihr Verstand weigerte sich, zu verstehen. Jedoch sie fühlte, wie eine Faust, riesig und spinnenfingrig wie der Tod, nach ihrem Herzen griff und es langsam und unerbittlich zusammendrückte, bis sie vor Angst und Schmerz aufschrie. Sie warf sich Franz in die Arme, und er vergrub aufstöhnend sein Gesicht an ihrer Schulter.

»Ich kann ihn dir nicht mehr bringen, den Rosenstrauß vom König Laurin!«, sagte er, und die Tränen rannen ihm über die Wangen. »Schade ... du mein Leben, du mein einziges Gold ... ich wäre so gerne bei dir geblieben!«

»Franz, dein Vater hat recht! Bitte Franz, bleib bei mir, bleib ... ach bleib!«, wimmerte sie, ihn umklammernd. »Seit unseren Kindertagen gehören wir zwei doch zusammen! Wir wollten ... doch glücklich sein miteinander!«

»Ich wage nicht weiterzuleben ... mit dem Gedanken ... dass mein Vater für mich an den Galgen gekommen ist!« Sie hielten sich umschlungen, als wollten sie nie mehr voneinander lassen, und er flüsterte: »Ach, wenn doch alles nicht wahr wäre! Könnten wir doch noch einmal Kinder sein und die ganze Zeit noch vor uns haben!«

Sie sahen sich an mit Augen, in denen das ganze Elend eines Abschieds für immer stand. Dann presste er sie noch einmal an sich: »Verzeih mir, du mein einziges Glück, ... du ... mein ... Alles!«

Mit Gewalt riss er sich los, denn sie umschlang ihn mit ihren ganzen Kräften. Er gab ihr einen Stoß, und sie fiel. Weinend lag sie auf dem Hüttenboden, während er zur Türe hinausstürzte. Maria eilte zu ihr, aber Anna schob sie weg und schaute sie verzweifelt an: »Was tun sie mit ihm? Was werden sie ihm antun? Nein, ich lasse ihn nicht allein, ich muss zu ihm!«

Sie riss ihren Umhang vom Haken, doch als sie zur Hütte hinauseilte, da sah sie Franz schon weit unten laufen. Sie rannte, immer wieder seinen Namen rufend, hinter ihm her, rutschend und immer wieder fallend in dem tiefen Schnee. Da kam ihr Vinzenz nachgeeilt und half ihr, doch sie konnten ihn nicht mehr einholen.

Franz rannte, was seine Füße hergaben. Nur nicht stehen bleiben und nicht denken, um nicht am Ende doch schwach zu werden! Nur nicht daran denken, dass er sein ganzes Glück und seine Seligkeit da droben in der Hütte zurücklassen musste ... seinen einzigen Traum von Kindheit an. Er weinte verzweifelt vor sich hin, während er mit großen Schritten talwärts sprang. Schon vom Weitem bemerkte er den Galgen, der auf dem Blutacker aufgebaut war – und dann sah er seinen Vater, der mit nach hinten gefesselten Händen zwischen einem Trupp Soldaten mit aufgepflanzten Bajonetten dahinschritt.

»Vater!«, schrie Franz, »nein, lasst ihn in Ruhe! Hier bin ich! ... Ich bin Franz Widmer vom Hausberghof! Gebt meinen Vater frei!«

Franz lief zu ihm hin, kniete nieder und umfing ihn mit den Armen. Und Karl, der blinde Hausbergbauer, der sich gerade noch so standhaft zum Galgen hatte führen lassen, verlor jetzt die Fassung, da er die Stimme seines Sohnes vernahm – und fragte nur immer wieder halb besinnungslos: »Warum bist du gekommen, Bub, warum nur ... warum?« Und dann in aufflammender Wut: »Ich blindgeschossener Krüppel wäre gut genug gewesen für diese napoleonischen Mordbrenner!«

»Vater, segne mich!«, rief Franz, da die Soldaten sofort nach ihm griffen – und während sie ihm die Hände auf den Rücken banden, hörte man die laute Stimme des Hausbergbauern: »Ja, mein Bub, ich flehe den Segen unseres Heilandes und seiner seligsten Mutter auf dich herab, und unser Herrgott möge dich ... in Gnaden ... aufnehmen!«

Bei den letzten Worten versagte Karl die Stimme, denn er wusste, dass sie seinen Sohn nun zu dem Holzblock zerrten, der unter dem Galgen stand. Sie befahlen ihm, hinaufzusteigen – und ein Soldat, der droben auf der Leiter stand, legte ihm den Strick um den Hals. Die anderen Soldaten umstanden mit angelegten Gewehren den Galgen.

Gerade in diesem Moment kamen Anna und Vinzenz angerannt. Anna warf sich auf den nächststehenden Soldaten und rang mit ihm, um vorbeizukommen. Vinzenz aber durchbrach die Kette des Militärs, als ob es nichts wäre, und stürmte auf Franz zu. Er holte den Soldaten von der Leiter und wollte gerade selber hinaufsteigen, um seinen Jungbauern vom Strick zu befreien, als er von mehreren Kugeln tödlich getroffen zusammenbrach. Anna sah, wie einer der Schergen dem Holzblock fluchend einen Tritt versetzte und der Körper von Franz in der Luft hing. Mit der Kraft der Verzweiflung gelang es ihr, freizukommen, sie lief auf den baumelnden Körper zu, umfasste seine Füße und wollte ihn hochheben, aber es war schon zu spät. Seine Augen schauten sie zwar an, aber sie waren gebrochen.

Ein Soldat wollte sie wegzerren, ein anderer las etwas von einem Zettel ab und tat mit leiernder Stimme und in schlechtem Deutsch kund, dass der Hingerichtete von nun an sechs Tage an dem Galgen zu hängen habe als abschreckendes Beispiel für die Rebellen. Auf einmal sah sich da das Militär umringt von einer großen Schar Frauen, die drohend näherkamen. Sie hielten Knüppel, Sensen und Morgensterne in den Händen. In vorderster Reihe stand die Moor-Lies. Sie hielt dem Soldaten, der mit Anna kämpfte und der gerade ausholen wollte, um das rasende Mädchen niederzuschlagen, die scharfen Zinken einer Mistgabel vor das Gesicht und befahl: »Schneid ihn ab!«

Er fuhr zurück und schaute dieses Weib unsicher an, das da in einem zerschlissenen Umhang vor ihm stand und mit fester Stimme ihre Befehle gab. Er verstand sie nicht, aber aus ihren Gesten ging deutlich hervor, was sie wollte.

»Na, wird's!«, schnarrte sie gerade wieder und zuckte mit der Gabel. Fluchend schnitt er den Strick durch, nachdem ein Blick in die Runde gezeigt hatte, dass die Weiber mit ihrer abenteuerlichen Ausrüstung immer näherkamen und seine Kameraden Mühe hatten, sie abzuwehren.

Anna versuchte, den Körper von Franz aufzufangen, aber er war zu schwer, und sie fiel mit ihm zu Boden. Sie stand jedoch sogleich wieder auf und sprang den Soldaten wie eine Furie an: »Los, bring mich auch um, bring mich doch um! Für was hast du dein Bajonett aufgepflanzt, stich doch zu!«

Der wehrte sie unbeholfen ab und schielte nach seinen Kameraden, während das Mädchen plötzlich vor dem toten Körper ihres Verlobten auf die Knie sank. Der Leutnant, der die Truppe befehligte, wurde selbst bedrängt und war unschlüssig. Er hatte keine Order, auf die Weiber zu schießen. Außerdem waren ihrer zu viele, seine Leute würden nicht mehr zum Nachladen kommen, und dann würde es ihnen schlecht ergehen. Er hatte gehört, dass die Weiber dieser Wilden hier genau so verwegen waren wie die Männer. Und was hatte es nicht gekostet, bis dieses Volk endlich so niedergeknüppelt war, dass es sich nicht mehr erheben konnte!

Den Leichnam wieder an den Galgen zu knüpfen, war nicht ratsam, denn die Weiber umstanden Anna und ihren toten Franz wie eine drohende Mauer. Das Mädchen saß auf dem Schnee, mit dem Rücken an einen Pfeiler des Galgens gelehnt, und die Frauen hatten ihr Franz in den Schoß gelegt, nachdem sie seine Fesseln mit einer Sense durchnitten hatten. Mit vor Erschöpfung und Entsetzen verzerrtem Gesicht umfing sie ihn mit beiden Armen. Schwer lag sein Kopf auf ihrer Schulter. Sie drückte ihm die Augen zu und strich ihm das wirre Haar aus der Stirn.

»Mein armer, geliebter Bub ... du mein einziges Gold«, flüsterte sie, während sie ihr Gesicht an seines presste und gequält aufweinte, »oh mein Gott ... ja ... du hattest recht ... die Kugel für dich war nicht gegossen, ... aber an den Galgen hast du nicht gedacht!«

Nun hatten die Frauen auch den Vater herangeführt.

»Du musst dich bücken, Karl«, sagten sie.

Der Blinde kniete nieder und tastete nach seinem toten Jungen, dann hielt er ihn und das Mädchen umfangen. Vinzenz, der treue Knecht, lag ihnen zur Seite.

Der feindliche Leutnant überlegte, dass es besser wäre, mit Würde abzuziehen, als sich auf eine Schlägerei mit den Weibern einzulassen, die man womöglich gar nicht gewinnen konnte. Die Sache könnte eskalieren und ihn und seine Leute das Leben kosten. Sie würden den Toten nicht freiwillig herausgeben, ganz zu schweigen davon, dass man ihn wieder an den Galgen hängen könnte.

Die Soldaten standen noch immer mit gespanntem Hahn da und warteten auf seine Befehle, aber furchtlos stand ihnen der alte Drachen gegenüber und schnarrte: »Marschiert euch! Der Platz, auf dem wir hier stehen, heißt seit alten Zeiten der Blutacker! Schon Jahrhunderte vor euch köpfte der Scharfrichter hier Menschen. Dieser Platz ist anscheinend verflucht und fordert immer wieder seine Opfer. Wir aber wollen es genug sein lassen, darum verschwindet jetzt! Ihr habt euer dreckiges Tagewerk vollbracht!«

Die Moor-Lies gab ihren Gefährtinnen ein Zeichen, die daraufhin näher um das Militär zusammenrückten.

»Verschwindet endlich!«, schrie eine und schwang den Knüppel, »oder wollt ihr in der Luft zerrissen werden?«

Der Leutnant konnte die Worte nicht verstehen, jedoch das drohende Vorrücken der erbitterten und zorngeladenen Weiber war Sprache genug. Das einheimische Volk wusste ohnehin nie, was für einer Nationalität die Landsmänner angehörten, denen sie gerade gegenüberstanden, aber da sie ja alle Frankreich und Napoleon unterstanden, nannte man sie einfach Franzosen.

Der Offizier gab einige kurze Befehle, dann marschierte die Truppe ab.

19. Kapitel

Simon und Maria waren alleine auf der Hütte in der Wolfsklamm zurückgeblieben und schauten Anna nach, die hinter Franz her zu Tal lief, immer wieder verweifelt seinen Namen rufend.

»Was geschieht da unten im Tal, Simon?«, fragte Maria mit beklommener Stimme. »Werden sie ihn ...?«

Er nickte stumm.

»Oh nein!«, schrie sie auf. »Oh Gott ... der arme Franz! Und Anna ... ich muss sofort zu ihr! Ich muss ihr zur Seite stehen!«

»Du weißt selber, dass du das nicht vermagst«, sagte Simon und zog sie an seine Brust. »Du selbst brauchst ja nun jede Minute jemanden, der dir zur Seite steht!«

»Nein, ich kann sie jetzt nicht alleine lassen! Die Mutter hat mir erlaubt, dass ich mein Kind auf dem Hof gebären darf. Ich werde also hinuntergehen, ich muss es schaffen!«

Simon war das gar nicht geheuer. Was, wenn sie auf dem schweren Weg in dem tiefen Schnee die Wehen überfielen, oder wenn sie das Kind gar im Freien gebären würde? Es würde erfrieren! Andererseits musste er wieder fort, und da drunten auf dem Hof würde er sie und das Kind in guter Obhut wissen. Seitlich an der Hüttenwand hatte er einen alten Schlitten lehnen sehen. Er war unsinnig groß, und dicker Rost hatte sich auf den eisernen Kufen gebildet, aber trotzdem, mit ein wenig Anstrengung musste es ihm doch gelingen, den Schlitten hinüberzubringen auf den Pfad, der in das Tal führte.

Früher hatte er beobachtet, wie die Burschen hier mit diesem Gefährt zu Tal sausten, hochbeladen mit Almheu oder Baumstämmen. Selbst hatte er so etwas freilich noch nie gemacht. Dennoch gelang es ihm, den Schlitten startklar zu machen. Er trat zwischen die Holme, fuhr einige Meter und betätigte die Tatzen. Sie griffen sofort, und der Schlitten stand.

Er beschloss, es zu wagen. Die Ladefläche polsterte er gut mit Heu und band es mit einem Strick fest, an dem sich Maria auch festhalten konnte. Er legte ihr eine Decke um die Schultern und hieß sie aufsitzen. Ein ungutes Gefühl hockte ihm jedoch in der Magengegend. Was, wenn er die Herrschaft über dieses Gefährt verlieren würde? Mit einem Stoßgebet fuhr er los. Anfangs kroch er mehr, als er fuhr. Erst als er langsam das Gefühl bekam für dieses ungewohnte Fahrzeug, ließ er es ein wenig schneller laufen, war aber froh um jeden Meter, den er talwärts kam. Wenn bei flachen Stellen oder wenn es ein wenig aufwärtsging das Mädchen absteigen wollte, ließ er es nicht zu:

»Streng dich jetzt nicht an, Maria, du musst vielleicht noch lange genug laufen. Ich weiß nicht, wie lange ich diesem Ungetüm von Schlitten Herr sein werde!«

Als sie dann doch endlich wohlbehalten hinter dem Obersteinerhof angelangt waren, konnte er es fast selber nicht glauben. Er half Maria beim Absteigen, und sie stand etwas verloren da und schaute scheu zum Haus hinüber. Nun hatte sie doch etwas Angst davor, wie man sie wohl aufnehmen würde, und sie überlegte, ob es nicht besser sei, wenn Simon nicht mit hineingehen würde. Er aber nahm energisch ihre Hand und meinte: »Du hast gesagt, deine Ziehmutter wüsste die Wahrheit. So mögen sie und auch alle anderen gleich wissen, dass du zu mir gehörst, und ich selbst werde dich zu ihr bringen!«

Schamrot stand das Mädchen dann vor der Mutter. Diese musterte sie einen Moment und sagte einfach: »Sei willkommen, Maria!« Den stattlichen Mann an Marias Seite, der in der Tracht der Talschaft eine ebenso gute Figur machte wie in der Uniform, beachtete sie nicht, bis das Mädchen sagte: »Das ist Simon, Mutter!«

Kathi sah ihn prüfend an, ohne ein Wort an ihn zu richten. Da trat Simon an sie heran: »Ich danke dir, Bäuerin, dass du meine Familie eine Weile bei dir aufnehmen willst!«

»So, so, deine Familie«, meinte sie ein wenig spöttisch, dann jedoch sagte sie schroff: »Deinen Dank brauche ich nicht, Maria ist hier zu Hause, sie kann bleiben, so lange sie will!«

»Ich danke dir trotzdem«, meinte Simon unbeirrt, »und es ist nur für kurze Zeit. Meine sechsjährige Militärzeit läuft im April ab, dann werde ich kommen und sie holen. In der Zwischenzeit werde ich sie mit deiner Einwilligung besuchen, so oft ich es vermag.«

»Und wohin wirst du sie bringen?«, wollte Kathi wissen. »Wo willst du mit ihr hinziehen?«

»Wir werden uns in Bayern niederlassen«, antwortete er. »Mein älterer Bruder übernimmt bei mir daheim in Rosenheim den Hof und die Gastwirtschaft, mit meinem Erbteil werden Maria und ich uns irgendwo ankaufen, vielleicht am Chiemsee, das ist eine schöne Gegend.«

Kathi wollte gerade ihren Unmut darüber äußern, dass er Maria so weit weg nach Bayern mitzunehmen gedachte, da polterte Roman, der Großknecht in die Stube: »He, kommt einmal heraus und seht, was da drüben bei Regina los ist! Da bringen sie anscheinend zwei Tote auf den Hof!«

Alle eilten vor das Haus und sahen, wie sich drüben auf dem Weg zum Hausberghof eine Gruppe Menschen aufwärtsbewegte, die auf roh zusammengezimmerten Brettern zwei leblose Körper mit sich trugen. Obwohl es schon dunkel wurde, erkannte man, dass Anna und Karl hinter den Tragen hergingen.

»Mein Gott, einer davon ist Franz!«, flüsterte Maria mit bleichen Lippen.

Nun stellte sich heraus, dass die auf dem Obersteinerhof überhaupt noch nicht wussten, was da heute geschehen war. Gelähmt vor Entsetzen erfuhren sie, dass einer von den Toten da drüben warscheinlich Franz war, der hier auf dem Hof schon lange der junge Bauer hätte sein sollen, wenn alles rechtens gegangen wäre. Wie alle Tiroler fühlten auch sie die ganze Hoffnungslosigkeit ihrer Lage, hilflos mussten sie mit sich geschehen lassen, was über sie verfügt wurde.

»Wie viele unserer Burschen meinen die napoleonischen Henkersknechte, dass sie noch ermorden müssen?« Bitter wie Galle kamen diese Worte von Kathis Lippen. Da trat Roman, der Großknecht, an Simon heran, und mit einem Blick auf die zwei Schragen, die da drüben bergwärts getragen wurden, sagte er zu ihm: »Besser, wenn du gehst! – Verstehst du nicht, dass die Menschen hier zittern vor Hass bei allem, was von dem Lumpenhund Napoleon kommt?«

Maria war bei den Worten Romans zusammengezuckt und griff nach Simons Hand, doch dieser sah sie beruhigend an und entgegnete dem Knecht: »Ich unterstehe dem bayerischen König, und im Norden Tirols, das von Bayern besetzt ist, gibt es diese Exekutionen nicht! – Aber dennoch muss ich jetzt weiter«, wandte er sich an Maria, die mit den Tränen kämpfte. Sie dachte daran, dass das Kind wohl schon geboren sein würde, wenn er das nächste Mal käme. Trotz der Anwesenheit des ganzen Hausgesindes umarmte Simon das zitternde Mädchen zum Abschied, und sie hielt sich an ihm fest.

»Ist das Leben nicht sonderbar?«, flüsterte sie. »Die bitterste Stunde für Anna, da sie ihren Franz für immer verlor, ist zugleich die glücklichste für mich, da ich dich wiedergefunden habe!«

»Und auch für immer«, entgegnete er ernst. »Ich komme wieder, so bald ich es vermag, und du kannst mir glauben, dass ich Tag und Nacht an dich denke, an dich und an unser Kind!«

Als er Kathi und das Gesinde zum Abschied grüßte, prallte ihm eisiges Schweigen entgegen. Da drehte er sich um und ging.

Mittlerweile war es dunkel geworden, und er sah den Mann, der ihm entgegenkam, erst, als dieser schon ganz knapp vor ihm stand. Es war Martl, der mit schwerem Herzen seiner Hütte in der Wolfsklamm zustrebte, wo er Maria alleine wähnte. Beinahe hätte er den bayerischen Leutnant in Zivil nicht erkannt, der mit einem kurzen Gruß an ihm vorüberwollte. Er hielt ihn an und fragte ihn nach seinem Namen.

»Ich heiße Simon Tanner«, entgegnete dieser.

»Und dein Vater heißt Michael und deine Mutter Agnes?«, fragte Martl.

»Ja, das stimmt«, meinte Simon erstaunt, »aber woher weißt du das?«

»Weil dein Vater mein Bruder ist«, meinte Martl trocken.

»Aber dann wärest du ja ... dann wärest du ...«

»Ja, ich bin Martin Tanner und wie ich sehe, hast du von mir erzählen hören«, lachte Martl kurz auf. »Ich bin dein rebellischer Onkel, der eines Tages alles stehen und liegen ließ und auf und davon ist – und hierher hat es mich verschlagen. Ich habe deine Mutter geliebt und konnte es nicht verwinden, dass sie dann meinen Bruder nahm. Aber das alles gehört ja nun der Vergangenheit an, erzähle mir lieber von dir. Was machst du hier, suchst du Maria?«

Wieder wunderte sich Simon zuerst, warum Martin von ihm und Maria wusste, doch mit einem Mal konnte er sich alles zusammenreimen. Er erzählte Martin nun, was sich heute in der Wolfsklamm zugetragen hatte und dass er Maria mit dem Schlitten heruntergebracht hatte auf den Hof zu ihrer Ziehmutter. Dann aber sagte er kopfschüttelnd: »Dann – bist also du der Martl, in dessen Hütte Maria bis jetzt wohnte?«

»So ist es – und ich habe dich schon damals erkannt, bei dieser Hochzeit von Peter und Regina, als du kamst, um Franz zu verhaften wegen der Böller, die er abgefeuert hatte.« Und mit einem Blick hinauf zum Hausberghof sagte er erschüttert: »Bei allen Heiligen, wer hätte damals gedacht, dass es so enden würde!«

Da erklärte Simon seinem Onkel, dass er nun zu diesem Hof gehen müsse, um seine Uniform zu holen, die er dort in der Tenne versteckt hatte, und er gab seiner Hoffnung Ausdruck, dass ihn dabei niemand erkennen werde.

»Nur ungern möchte ich, dass mich gerade heute jemand sieht – vor allem Rosa, die Bäuerin. Ich wüsste nicht, wie ich ihr erklären sollte, dass ich das mit ihrem Sohn nicht verhindern konnte.«

Martl überlegte kurz. Da er Maria bei ihrer Mutter wusste, konnte er heute ebenfalls auf dem Hof übernachten. Da erbot er sich, die Uniform zu holen. Simon solle unten bei der Brücke auf ihn warten. Er fand die Kleidungsstücke an der Stelle, die Simon ihm angegeben hatte, und brachte sie ihm. Die Zivilsachen würde er Rosa bei Gelegenheit zurückgeben. Es war keine Gefahr gewesen, dass er von jemandem gesehen wurde, denn alles war in der Stube mit der Aufbahrung von Franz und Vinzenz beschäftigt.

Wenn Martl nicht so erschüttert gewesen wäre über dieses Elend, das den Hausberghof getroffen hatte, dann hätte er nun erleichtert aufatmen können. Der Gedanke, dass er am Ende ganz alleine bei Maria Hebamme machen solle, hatte ihm stark zugesetzt. Er verabschiedete sich von Simon mit den Worten, dass sie sich ja nun bald einmal wiedersehen würden, dann eilte dieser durch den eisigen Silvesterabend der Brunecker Kaserne zu, um sein Pferd zu holen.

Am nächsten Tag, am Neujahrstag 1810, gebar Maria einen Knaben, den sie Vitus nannte. Die Moor-Lies und Kathi und natürlich auch Anna hatten ihr beigestanden. Tagsüber hielt sich der kleine neue Erdenbürger, der noch die meiste Zeit schlief, in der Stube neben dem Ofen auf, und dort wurde er ganz schnell zum Schatz der Hausgemeinschaft. Selbst jene, die es Maria verübelten, dass sie ein lediges Kind – und noch dazu von einem Bayern – bekommen hatte, konnten sich dem Charme des Säuglings nicht lange entziehen. Sogar die Leni versäumte es nie, einen Blick in den Korb zu werfen, in dem er lag, oder ihn zu beruhigen, wenn er weinte.

Nachts teilte die junge Mutter mit Anna die Kammer ihrer Kinderzeit. Eines Abends sah ihr diese dabei zu, wie sie ihr Kind stillte und versorgte – und da sagte Anna plötzlich leise: »Ich habe dich nicht verstanden, Maria – damals, als du kamst und gestanden hast, dass du schwanger seiest. Nun wünschte ich so sehr, dass ich auch so weit wäre wie du ... dann würde ich jetzt vielleicht ein Kind von ihm erwarten ... und dann wüsste ich wenigstens, wofür ich noch lebe!«

Maria wusste nicht, was sie antworten sollte, alles hätte so nichtssagend geklungen – bei dieser Trauer gab es wohl keinen Trost. Ach, Anna tat ihr so von Herzen leid! Niemand hatte sie seit dem Tod von Franz weinen sehen, wie leblos und starr ging sie umher und tat ihre Arbeit, nur ihre dunklen Augen brannten aus dem bleichen Gesicht.

Am 22. Januar, es war Sonntag, wurde in der Kirche das Hochamt für den heiligen Einsiedlerabt Antonius, dem Viehpatron, gefeiert, und alles rüstete sich zum Kirchgang, um dem Facken Toni, wie er im Volksmund genannt wurde, die Ehre zu geben. Da fiel es Maria auf, dass sie Anna nicht bei den Kirchgängern gesehen hatte. Sie suchte sie im ganzen Haus umsonst, aber als sie das Tor zur Tenne aufmachte, sah sie im tiefen Schnee frische Spuren hinübergehen zum Bach. Sie watete den Spuren nach – und da sah sie Anna an der Stelle, an der sie sich immer heimlich mit Franz getroffen hatte. Sie stand ganz ruhig da und starrte auf den Bergkristall, den sie in der Hand hielt. Ihre ganze Körperhaltung war so von hoffnungsloser Traurigkeit erfüllt, dass es Maria in das Herz schnitt. Sie ging zu ihr hin und legte ihr von hinten die Hände auf die Schultern – da drehte sich Anna um und warf sich ihr in die Arme, und endlich fing sie an zu weinen. Sie weinte so sehr und so lange und schrie ihre Qual heraus, dass Maria, der selber die Tränen über die Wangen rannen, es mit der Angst bekam. Endlich schien sie sich zu beruhigen, und sie gingen wieder dem Hof zu. Doch bevor sie das Haus erreichten, hielt Anna sie noch einmal zurück und sagte: »Du sollst es als Erste wissen, Maria, ich werde ins Kloster gehen. Ich werde bei den Ursulinerinnen in Innsbruck eintreten.«

Später bereiteten sie in der Küche das Essen, aber seit ihr Anna ihren Entschluss mitgeteilt hatte, war es Maria, als hätte ihr jemand den Boden unter den Füßen weggezogen. Sie konnte nicht mehr an sich halten und sagte: »Überdenke gut, was du tust, Anna! Dies ist so endgültig, so unwiderruflich, dort wirst du ganz aufhören zu leben!«

Aber Anna schüttelte den Kopf. »So gut wie tot bin ich jetzt! Ich mache nur die Gebärden, die ein Lebender machen muss! Nein, gerade dort werde ich nicht aufhören zu leben. Die Schwestern kümmern sich um die Armen und Kranken.« Und nachdem sie eine Weile sinnend vor sich hingesehen hatte: »Sie haben dort einen ummauerten Garten, weißt du – in der Ruhe dieses Gartens dünkte mich damals, als wäre ich in Stille und Wärme eingehüllt!«

»Willst du sagen, dass du dort eintrittst um der Ruhe eines Gartens willen? Du hast auch hier deine Pflichten! Ich bitte dich, warte noch ein wenig ... du weißt ja nicht ... vielleicht ... eines Tages wird dich etwas trösten!«

»Ich werde nie mehr oder weniger getröstet sein als heute, das weiß ich!«, sagte Anna heftig, doch dann nahm sie das Beil aus dem Hackstock , setzte sich darauf nieder und sah verloren hinunter auf ihre Hände: »Ich gehöre in aller Ewigkeit ihm – und ich fühle, dass ich ihm gerade dort sehr nahe sein werde!«, sagte sie leise, dann sah sie auf: »Bitte, versuche nicht, mich aufzuhalten, Maria, mein Entschluss steht fest!«

Da kauerte sich Maria neben ihr nieder: »Gerade ich wünsche dir doch das Beste, das weißt du – und es liegt wohl auch viel Selbstsucht in meinen Worten, denn ... was soll ich anfangen ohne dich, Anna?«

»Du hast jetzt dein Kind – und du hast deinen bayerischen Soldaten«, setzte diese mit einem kleinen Anflug von Humor und mit einem feinen Lächeln hinzu. »Die Mutter wird es ohnehin nicht zulassen, dass du in ungewisse Verhältnisse gehst – und sie hat ihr Herz ja längst an den kleinen halben Feind verloren. Noch dazu, da er Vitus heißt, wie der Vater! Ich bin ja nicht jenseits dieser Erde, du bist dort jederzeit willkommen und kannst mich sehen. Innsbruck liegt zentral, ob du nun nach Bayern fährst oder zu deinem Vater ...«

»Du weißt, wie das ist!«, unterbrach sie Maria heftig. »Jahrzehnte könnten vergehen, bis wir uns wiedersehen!«

»Bitte, sage es noch niemanden«, bat Anna. »Ich möchte es erst der Mutter beizubringen versuchen.«

»Wann möchtest du fort?«, fragte Maria bang.

»Sobald ich es vermag!«

Schon am 24. Februar, am Apostel-Matthias-Tag, es war ein Samstag, trat Anna als Novizin in den Orden der Ursulinerinnen ein. In aller Frühe hatte sich das Hausgesinde in der Stube versammelt, und sie gab jedem zum Abschied die Hand. Maria und Florian sollten sie hinunter bis zur Landstraße begleiten. Doch bevor sie nun der Mutter Lebewohl sagte, nahm sie den Bergkristall aus der Joppentasche, den sie einmal in einer glücklichen Stunde von Franz bekommen hatte. Mit geschlossenen Augen drückte sie ihn an die Lippen, dann an die Wange und wieder an die Lippen, dann legte sie ihn im Herrgottswinkel zu Füßen des gekreuzigten Heilandes nieder.

»Warum nimmst du ihn nicht mit?«, fragte Maria leise, doch Anna schüttelte den Kopf: »Nein, er soll hierbleiben auf dem Hof ... und er soll ihm Glück bringen ... und er soll euch manchmal an uns erinnern, an Franz und mich!«

Die Mägde schämten sich der Tränen nicht, die ihnen über die Wangen liefen, und selbst die Knechte konnten ihre Rührung kaum verbergen. Die Mutter führte sie nun zu dem kleinen Weihwasserkessel, der neben der Stubentüre hing und machte ihr das Zeichen des Kreuzes auf die Stirn.

»Der Herrgott segne dich!«, sagte sie schlicht. »Und denke daran, dass du immer noch Zeit zum Überlegen hast!«

Anna hatte einen Platz in einer Kutsche bekommen, die mit mehreren Personen nach Innsbruck fuhr. Die

Reiseerlaubnis hatte sie sich schon vor einigen Tagen in Bruneck geholt.

Maria brannten die Tränen in den Augen, und Florian weinte hemmungslos, als sie dem Gefährt nachsahen, das mit Anna davonfuhr.

Seit jenem schicksalshaften Silvestertag hatte Maria nichts mehr von Simon gehört, und sie wusste nicht, was geschehen war, dass er sich so lange nicht gemeldet hatte. Korbinian hatte ihm die Nachricht zukommen lassen, dass er am Neujahrstag einen Sohn bekommen habe. Simon selber hatte er zwar nicht angetroffen, aber sein Stubenkamerad versicherte ihm, dass er dem Leutnant diese Botschaft gewisslich ausrichten werde. Und dann stand Simon auf einmal in der Stube, als Maria diese betrat, um nach dem Kind zu sehen. Er stand vor dem Korb, und der Säugling umklammerte mit dem Händchen seinen Finger.

»Das ist er wohl, unser Bub?«, fragte er lächelnd, und sie nickte, dann nahm sie das Kind und legte es ihm in den Arm. Steif wie ein Brett stand er da und wagte sich nicht mehr zu rühren.

»Er ist so klein, schau dir nur seine Fingerchen an!«, meinte er zweifelnd.

»Du kannst es ruhig wagen, ihn richtig zu halten, er ist nicht zerbrechlich«, sagte sie lachend. »Und er ist ganz normal groß für seine drei Monate«, fügte sie beruhigend hinzu.

Simon war wieder in der Tracht der Talschaft und sah wie ein Einheimischer aus. Als er ihren Blick bemerkte, erklärte er ihr: »Mein Onkel Martin hat mir durch Korbinian sagen lassen, ich solle, bevor ich zu dir käme, diese zivile Kleidung anziehen, die er bei der Moor-Lies deponieren werde. Das würde die Leute weniger aufreizen.«

Maria musste Martl recht geben. Noch immer wurde bei Androhung von Mord und Brand in Häusern und Höfen nach Bauernführern und nach Waffen gesucht, die Todesurteile gingen weiter, und der Hass der Bevölkerung war nicht geringer geworden, seit sie erfahren hatten, dass man ihren Oberkommandanten Andreas Hofer in Mantua erschossen hatte.

Kathi trat in die Stube, und Simon begrüßte sie. Er erklärte ihr, dass er mit Maria bereden müsse, ob sie nun nach seiner Abrüstung im April sogleich mit ihm nach Bayern gehen wolle, sie könnten dann einstweilen bei seinen Eltern in Rosenheim wohnen, oder ob er erst alles so regeln sollte, dass sie sofort bei ihrem Umzug nach Bayern in ihr eigenes Heim einziehen würde, was aber dann unter Umständen einige Monate länger dauern könnte.

Kathi setzte sich auf die Ofenbank und hörte den beiden eine Weile zu, die das Für und Wider dieser Entscheidung abwogen. Ungern wollte Maria mit dem Kind bei ihr fremden Leuten wohnen, und so kamen sie überein, dass er erst ein Heim beschaffen und sie dann holen würde, wenn Kathi damit einverstanden war, dass sie noch etwas länger hier auf dem Hof bliebe. Sie wandten sich beide fragend der Bäuerin zu, die plötzlich mit ganz ruhiger, aber bestimmter Stimme sagte: »Du musst den Hof übernehmen, Maria!«

Die junge Mutter fuhr auf: »Was? Aber warum denn ich? Anna ist doch da – und Regina!«

»Anna kommt nicht mehr heim, und Regina ist schon zu schwach für ihren eigenen Hof! Du kennst dich hier in- und auswendig aus und wirst eine gute Bäuerin sein. In jedem Winkel, auf jedem Fußtritt Boden liegt der Schweiß von meinem Vitus – der Hof darf nicht in fremde Hände kommen!«

»Aber Mutter, du weißt doch ... aber was werden die Leute sagen, die Nachbarn?«

»Du weißt, was sie sagen werden!«

»Wir möchten nicht gerne irgendwo leben, wo wir Ausgestoßene sind, Mutter.«

»Du hast dir diesen Mann in dieser schwierigen Zeit ertrotzt, jetzt sieh auch zu, dass du dich mit ihm durchzusetzen vermagst! Es wird nicht leicht sein am Anfang! Ihr werdet hier auf dem Hof die rechtmäßigen Besitzer sein, ihr werdet hier zusammen arbeiten und ihr werdet zusammen in die Kirche gehen, auch wenn die Leute noch so sehr die Köpfe zusammenstecken oder sogar von euch abrücken. Ihr werdet das Rückgrat aufbringen müssen und eure Köpfe hoch tragen – und mit der Zeit werden auch die härtesten Schädel einige Haare lassen.«

Sie wandte sich das erste Mal direkt an Simon: »Du bist ein Bauernsohn? Und kennst dich aus mit dem Vieh und dem Land?«

»Ja, mir ist diese Arbeit nicht fremd, ich habe sie von klein auf getan, aber ...«

Sie winkte ab und ließ ihn nicht ausreden: »Du hast gehört, was ich zu Maria gesagt habe. – Also, was ist?«

»Ich möchte mich mit Maria besprechen, denn – wie du schon gesagt hast, es wird nicht leicht sein für mich als Bayer, hier Fuß zu fassen. Freilich, auf dem Hof bin ich mein eigener Herr, aber ich muss auch die Produkte verkaufen, und ich kann nicht jedes Kalb nach Innsbruck treiben, wenn ich es in Bruneck nicht loswerden kann.«

Aber Kathi war eine willensstarke Frau. »Ich will, dass ihr euch jetzt entscheidet! Ich habe mir das lange und gut überlegt, das dürft ihr mir glauben. Der Hof soll in Familienbesitz bleiben, und da bist nur noch du, Maria, die ihn übernehmen kann. Und weil du dir trotz aller Widerstände den da ausgesucht hast«, sie deutete mit dem Kopf nach Simon, »dann wird er hier wohl oder übel Bauer werden müssen. Dass er mit einem Holzschlitten umgehen kann, hat er ja schon bewiesen«, setzte sie mit einem kurzen Auflachen hinzu.

Dann wandte sie sich an ihn: »Das Klima ist hier rauer und die Felder sind nicht so schön eben wie wahrscheinlich bei dir zu Hause, und du wirst der Erde ihre Früchte ein wenig schwerer abtrotzen müssen. Aber es ist ein guter Hof, das kannst du ja wohl selber sehen!«

Sie trat auf ihn zu und streckte ihm die Hand hin: »Also, was ist – in Gottes Namen, Obersteiner?«

Simon war aufgestanden, er fühlte sich ein wenig überfahren von diesem energischen Weib. Fragend schaute er auf Maria – und er sah sie nicken, aber er sah auch, dass sie sich freute, sie war ja hier zu Hause. Und so schlug er ein und sagte ernst: »Ja dann, in Gottes Namen!«

Kathi holte den Weihbrunnen neben der Stubentüre. Simon und Maria, die das Kind auf dem Arm hielt, hatten sich niedergekniet, und die Mutter machte jedem ein Kreuz auf die Stirn:

»Der Herrgott möge euch segnen, den jungen Vitus und eure anderen Nachkommen und den Hof!«

Nach dem Segen der Mutter fühlten sich die zwei jungen Leute ein wenig benommen und vor allem verwirrt. Zu jäh und unverhofft hatte nun ihr Lebensschiff eine ganz andere Wendung genommen, als sie gedacht hatten. Etwas verlegen standen sie vor Kathi und wussten nicht, was sie sagen sollten, doch da tönte plötzlich von der Stubentüre her die laute und keifende Stimme der Leni: »Und wann werdet ihr endlich heiraten, oder soll der arme Wurm hier als Bankert aufwachsen?«

Maria wurde rot bis in die Haarspitzen, aber Simon lachte laut heraus: »Teufel, nein, das werden wir jetzt so schnell als möglich nachholen!«

Als Simon gehen musste, begleitete Maria ihn vor das Haus.

»Nur noch dieses eine Mal verabschieden wir uns, Maria«, sagte er. »Das nächste Mal komme ich, um zu bleiben!«

Sie sah ihm lange nach, während sie das Kind besser in das warme Tuch hüllte. Der Föhn tobte um das Haus, braun hoben sich die Flecken aus dem Schnee hervor, und die Knospen an den Bäumen waren schon viel größer geworden. Bald würden die ersten Blattspitzen hervorlugen. So würde es nach diesem schrecklichen Winter dennoch wieder Frühling werden! Ein unbeschreibliches Glücksgefühl bemächtigte sich Marias. Sie trat in die warme Stube, doch bevor sie ihr Kind wieder in den Korb legte, küsste sie es viele Male auf Wangen und Händchen und drückte es an sich.

»Du bist hier daheim, mein Bübchen, daheim!«, flüsterte sie selig.

20. Kapitel

Das aus tausend Wunden blutende Land erholte sich nur langsam von den schweren Schlägen, die es im Jahre 1809 erhalten hatte. Der Verlust an Volk und an Volksgütern war ungeheuer gewesen, die Not und das Elend hatten jeden Winkel des Landes beherrscht, und viele sollten in den darauffolgenden Jahren noch Haus und Hof verlieren, da sie die von Napoleon geforderten, unsinnig hohen Steuern nicht bezahlen konnten.

Und wieder einmal war Weihnachten. Am Nachmittag des Heiligen Abends 1829 saß in der Stube des Obersteinerhofes Maria, die Bäuerin, mit Martl auf der Ofenbank. Sie hatte den Bergkristall in der Hand, den vor vielen Jahren Franz seiner Anna geschenkt hatte. Lange Zeit sprachen die beiden nichts. Maria drehte nur den Kristall hin und her, sodass er funkelte und sprühte – und ein verlorener Ausdruck war auf ihrem Gesicht.

Anna, dachte sie. Vor zwei Jahren war sie gestorben. Sie ruhte nun in diesem Garten, der ihr einmal als Inbegriff der Ruhe erschienen war, damals, nach dem Kampf am Berg Isel, als sie nicht gewusst hatte, ob Franz noch lebte.

Im Herbst vor drei Jahren war es gewesen, dass Maria ihre Ziehschwester aufgesucht hatte. Sie war mit Simon und ihren zwei jüngsten Töchtern nach Rosenheim gefahren, um die Schwiegereltern zu besuchen. Bei der Rückreise machten sie in der Bäckerei ihres Vaters einige Tage Rast.

Andreas hatte sich mit seinem bayerischen Schwiegersohn längst ausgesöhnt. »Einen Tüchtigeren hätte sie auch in Tirol nicht finden können«, pflegte er zu sagen, wenn ihn jemand darauf ansprach. Er hatte damals nach Marias Weggang und als entschieden war, dass sie im Pustertal bleiben würde, Margret geheiratet, und sie hatten einen sechzehnjährigen Sohn zusammen. Dieser Halbbruder Marias schien ein tüchtiger Junge, er würde einmal die Bäckerei übernehmen.

Rupert hätte dies bestimmt nicht gefallen. Aber er war schon vor Jahren bei einer Messerstecherei ums Leben gekommen.

Gleich am Tag nach ihrer Ankunft in Innsbruck führte Marias erster Weg zum Innrain, wo sie sich bei der Pförtnerin anmelden ließ. Man brachte sie in einen kleinen Raum, in dem außer einem Tisch und drei Stühlen nichts stand. In atemloser Spannung wartete Maria auf ihre Ziehschwester, mit der sie so viel Freude geteilt und durch so unermessliches Leid gegangen war. Wie würde es sein, ihr Zusammentreffen?

Ihre Gedanken wurden durch ein leises Geräusch unterbrochen, in dem halbdunklen Türrahmen wurde eine schwarze Silhouette sichtbar. Maria sprang auf, sie starrte diese dunkle Gestalt an und suchte deren Gesichtszüge zu erkennen. Als ihre Augen sich an dieses Halbdunkel gewöhnt hatten, sah sie, dass es Anna war. Selbst im dichtesten Menschengewühl wäre sie von Maria sofort erkannt worden, denn Anna hatte sich fast überhaupt nicht verändert. Ihr Gesicht war jetzt freilich sehr weiß, ein paar rote Flecken brannten auf ihren Wangen, und ihre Augen blickten ruhig und besonnen auf die Besucherin. Maria sah es jedoch auf den ersten Blick: Der damals so strahlende Glanz ihrer dunklen Augen, er war erloschen. Heiß schoss es Maria zum Herzen. Wie gerne hätte sie jetzt die Gespielin alter Tage einfach an ihr Herz gedrückt und gesagt: »Anna ... meine Anna, wie geht es dir? Erinnerst du dich ... weißt du noch ... gedenkst du noch unserer Kinder- und Jugendtage, als du meine liebste Schwester warst?« Noch immer hing ihr Blick wie gebannt an dem Gesicht der Nonne und sie erschrak, so ausdruckslos, ja fast gleichgültig erwiderte diese ihren Blick.

»Kennst du mich nicht mehr ... Anna?« Plötzlich erschien es ihr unmöglich, vertraut mit dieser reglosen Gestalt zu sprechen.

»Freilich kenne ich dich, Maria, grüß dich Gott.«

Maria horchte dieser Stimme nach, es war dieselbe von einst, nur lag es jetzt wie von einem Schleier darüber, gerade so, als wäre sie nicht mehr gewöhnt, viel zu reden.

»Ich war zu Besuch bei meinen Schwiegereltern in Bayern und bei meinem Vater und da dachte ich, wenn ich schon hier vorbeifahre, da könnte ich dich wohl besuchen.«

»Ja, das war schön von dir.«

»Ich wollte nachschauen ... wollte sehen, wie es dir geht ... oder ob du vielleicht etwas brauchst?« Maria stockte.

»Danke, mir geht es gut, ich brauche nichts.«

»Die Mutter ist voriges Jahr gestorben.«

»Ja, diese Nachricht ist mir zugekommen.«

»Du weißt vielleicht noch nicht, dass ich zwei Söhne und drei Töchter habe.«

»Dann musst du sehr glücklich sein, Maria, denn Kinder sind wohl ein Segen Gottes.«

Maria suchte verzweifelt nach Worten. Wie hatte sie sich auf dieses Wiedersehen gefreut, doch nun – es war, als stünde eine Fremde vor ihr. Sie hatte natürlich nicht erwartet, die fröhliche Gespielin ihrer Kindheit wiederzufinden. Dennoch hatte sie gehofft, dass sie sich mit ihr aussprechen könnte, denn nur Anna allein war ja außer ihr noch da, die Einzige, die wusste, wie es einmal gewesen war, damals, als sie noch Kinder waren und über die abschüssigen Hänge und Wälder der Heimat tollten.

Es war schwer zu glauben, dass diese dunkle Gestalt da dasselbe lebensfrische, junge Mädchen gewesen sein sollte, das nachts barfuß, um die alte Leni nicht zu wecken, aus dem Haus geschlichen war, um unter den Holunderbüschen am Bach ihren Liebsten zu treffen. Und diese schwarzgekleidete Nonne, die da mit ruhiger, ja fast gleichgültiger Stimme ihre Antworten gab, das sollte das schmerzzerissene, junge Weib sein, das mit vor Entsetzen und Verzweiflung verzerrtem Gesicht unter dem Galgen auf den Knien gelegen war, die Füße ihres Verlobten umklammernd, der vor wenigen Minuten hingerichtet worden war? ... Aber nein, begriff sie dann. Nein, es war keine Fremde, die da vor ihr stand. Dieses Herz, das jetzt anscheinend so beherrscht und kalt war, war wohl noch allzu jung gewesen, als dass es nicht dauernden Schaden davongetragen hätte. Maria wusste um dieses Leid nur allzu gut. Eine unsichtbare Hand schnürte ihr die Kehle zu, und Tränen traten ihr in die Augen.

»Anna, bist du glücklich?«

»Ich bin zufrieden. Wenn du erst einmal alt genug geworden bist, Maria, um dem irdischen Dasein samt seinen Gütern gleichgültig gegenüberstehen zu können, dann wirst du erkennen, dass Zufriedenheit viel mehr wert ist als das sogenannte Glücklichsein. Aber Glückseligkeit wohnt auch hinter diesen Mauern, besonders für die Berufenen.«

»Aber ... hast du denn alles vergessen ... ich meine ...« Plötzlich brach sich ihr Gefühl Bahn, weinend beugte sie sich vor und streckte die Hände aus:

»Anna, hast du denn alles vergessen, was früher einmal war?«

Und jetzt zum ersten Mal zuckte es in dem blassen Gesicht der Nonne. Sie ergriff die Hände der Schluchzenden und sagte leise: »Nein, Maria, ich habe nichts vergessen und niemanden. Ich erinnere mich wohl der Zeit, da wir jung waren. Voll von Vertrauen auf die Zukunft harrten wir der Dinge, die da kommen würden. Wenn sich unsere heimlichen Wünsche bei dir verwirklicht haben, dann wäre ich die Letzte, die dir dieses Glück missgönnen würde. Aber weine nicht um mich, Maria, denn auch ich bin hier auf meine Art glücklich. Ich fühle mich hier zu Hause, ja, ich wüsste gar nicht, was ich draußen anfangen sollte, mutterseelenallein. Ich habe hier meine Ruhe gefunden, und ich würde nie mehr zurückgehen in diese Welt, die ich doch nicht verstehen könnte ... und ihm ... ihm bin ich hier näher als anderswo ...« Sie schwieg eine Weile, dann sagte sie still: »Ich weiß, dass ich nicht mehr lange zu leben habe, Maria.«

Entsetzt fuhr diese auf. »Was hast du, Anna?« Sie drückte die Hände der Schwester. »Ich fühle, dass du Fieber hast, du musst einen Arzt kommen lassen!«

»Ach nein, meine Schwester, dazu ist es bei mir schon zu spät. Ich werde jetzt immer öfter vom Schüttelfrost gepackt, und immer öfter breche ich Blut.« Sie fuhr sich mit der Hand über die Stirn, gleichwohl aber erhellte nun das erste Lächeln die bleichen Züge der Nonne: »Was willst du, mir geht nur in Erfüllung, was ich mir schon lange wünschte. Allzulange musste er schon auf mich warten, er, der mir vorangegangen ist. Mein Leben ist ein immer kürzer werdender Weg zu ihm.«

Zum Abschied reichten sie sich die Hände und Maria ging zur Türe, doch bevor sie hinausging, drehte sie sich noch einmal um und sah, wie Anna still und wie verloren dastand und ihr nachschaute. Mit einigen Schritten war sie bei ihr – und dann hielten sich die beiden Frauen eine lange Zeit umschlungen.

»Leb wohl, Maria, wir werden uns in diesem Leben nicht mehr wiedersehen«, flüsterte Anna, »ich danke dir

... meine Schwester ... du weißt nicht, was ... was du mir gewesen bist!«

Wie eine Traumwandlerin ging Maria zurück in die Neustadt. Sie sah ihre Mädchen lachend am Brunnen stehen, sie hatten Blumen gepflückt, die um die Annasäule wuchsen, und weil die Blüten vom aufgewirbelten Staub der Fuhrwerke ganz grau waren, wuschen sie ihre Sträußchen im Wasser. Gott schütze die Kinder, Gott schütze die Jugend, dachte Maria, Gott schütze die jungen Leute der ganzen Welt und verschone sie vor dem unsagbaren Elend eines Krieges! Nun kamen ihre Kinder lachend auf sie zugelaufen, dann stutzten sie und sahen sie verwundert an. Maria hatte selber nicht bemerkt, dass sie noch immer weinte.

Und nun saß sie in der Stube ihres Hofes und die Tränen rannen ihr bei dieser Erinnerung über die Wangen.

»Na, na, was ist denn, Maria? Du wirst mir doch nicht wieder einmal trübsinnig werden? Höchste Zeit, dass dem Florian sein Weib mit dem Kind niederkommt, damit du auf andere Gedanken kommst.«

»Ich weiß nicht, Martl«, seufzte sie, »immer zu Weihnachten muss ich an früher denken, und diese Gedanken drücken mir fast das Herz ab.«

»An seine Kindheit sollte man mit Freuden denken – und gar du, was ist dir denn abgegangen hier auf dem Obersteinerhof?« Er verstand sie gut, aber er wollte sie herauslocken aus ihrer Starre. Schon lange spürte er, dass sie schwere Gedanken bedrückten – und nur, wenn er dieses Übel an der Wurzel fasste, konnte er sie zum Sprechen bringen.

»Das ist es ja eben, Martl, meine Kindheit war so gut, ich hatte alles, was ich mir nur wünschen konnte, eine Heimat, meine Spielgefährten ... und dann hatte ich Anna.«

Ihre Stimme brach fast, als sie diesen Namen aussprach. Sie bedeckte ihr Gesicht mit den Händen. »Aber wo sind sie alle geblieben, die Gefährten meiner Kindheit? Und für was sind sie gestorben? Wir haben nichts erreicht, damals anno neun, im Gegenteil – das Land war bankrott, kahlgeplündert und zum Teil abgebrannt. Sind alle diese Menschen damals sinnlos gestorben, sind sie für nichts zum Krüppel geworden oder haben ihre Gesundheit eingebüßt? Nur mich allein hat das Geschick verschont, obwohl es einmal so aussah, als wäre meine Lage die hoffnungsloseste ... damals mit Simon. Aber dennoch ... ich habe manchmal Angst, dass sie mir am Ende böse sind, weil ich nun hier sitze auf diesem Hof, der von Rechts wegen ihnen gehört. Sie haben sich so gefreut, hier miteinander zu leben, da denke ich mir oft, dass ich zu Unrecht hier bin.«

Sie sah nieder auf den Bergkristall in ihren Händen: »Schau nur, Martl, wie klar und rein er ist, und wie er glänzt. Er wird noch manches Auge erfreuen, doch keiner wird um sein wahres Schicksal wissen. Niemand wird wissen, dass er einst einem schönen, blutjungen Mädchen geschenkt wurde als Pfand einer großen Liebe von demjenigen, der ihr das Liebste auf der Welt war. Niemand wird wissen von dem Leid, das sie traf, von den Tränen, die auf diesen Stein fielen, als das Unheil über diese beiden hereinbrach und die Sonne in ihren Herzen unterging für immer.«

Martl legte den Arm um sie: »Was sind das für Gedanken, Maria? Wer sonst als du sollte denn hier sitzen? Dein Vater war der zweitgeborene Sohn dieses Hofes. Und wer sagt dir denn, dass Vitus, Franz und all die anderen umsonst gestorben sind? Erinnere dich, dass Tirol in unerträglichen Verhältnissen leben musste und zur Erhebung gereizt wurde. Wie eine Insel im Meer, vollkommen alleine und abgeschnitten und umgeben vom brutalen Machtbereich Napoleons, hat es Heldenhaftes geleistet, und nicht einmal dessen rohe und gewalttätige Polizeiregierung war stark genug, das Volk am natürlichen Recht der Selbstbestimmung zu hindern, wenn es Gut und Blut dafür einzusetzen bereit war. Napoleon betrachtete entfesselte Volksleidenschaften mit Verachtung, doch Tirol hat ihm über die Urgewalt, die in freiheitsliebenden Völkern liegt, eine herbe Lehre erteilt. Denke daran, dass jeder bereit war, sein Leben für sein Land einzusetzen, sie waren sich ihrer gerechten Sache vollkommen sicher. Aber warum schaust du in die Vergangenheit? Ihr hättet gar nichts anderes machen können, denn die Vorsehung hat es so gewollt. Es war euer aller unabwendbares Schicksal. Und du hast Grund genug, jeden Tag Gott zu danken für das, was er dir gegeben hat. Du hast fünf gesunde Kinder, Simon ist ein tüchtiger Mann und auf eurem Hof liegt ein Segen.«

Maria konnte ihm nur recht geben. Ja, sie wusste es ja selber – und keinen einzigen Tag der letzten zwanzig Jahre mit Simon hätte sie missen wollen, nur manches Mal und besonders zu Weihnachten überkam sie die Erinnerung. Sonst hatte sie ohnehin keine Zeit, den Kopf hängen zu lassen, denn schon allein durch ihre fünf Kinder hatte sie dauernd viel Bewegung um sich. Der Älteste, Vitus, war jetzt zwanzig, dann folgte Anna, die nun achtzehn war. Der siebzehnjährige jüngere Sohn hieß Simon, wie der Vater, dann kam die fünfzehnjährige Kathi und Maria, die Jüngste, war dreizehn.

Auf dem Obersteinerhof füllte sich nun die Stube, einer nach dem anderen kam feiertäglich gekleidet herein. Schon bald nach dem Abendessen würde Simon, der Hausvater, die Kerzen an der Krippe entzünden, und man würde den Rosenkranz beten, bis sich die Leute auf den Weg in die Kirche machten. Maria hatte dieses Beten ein wenig aufgelockert, da zwischen den Rosenkränzen Weihnachtslieder gesungen wurden. Besonders gerne sang man »Stille Nacht, Heilige Nacht«, aber auch das Andreas-Hofer-Lied »Ach Himmel, es ist verspielt« hörte man zur Zeit überall singen.

Doch vor dem Rosenkranz kam noch Florian herüber, der junge Hausbergbauer. Bei Maria und Simon war er wie ein Sohn gehalten worden. Nun war er ein stattlicher Mann geworden und hatte Veronika, die Tochter von Peter und Regina, geheiratet. Heute war er allerdings ganz aus dem Häuschen, weil sein Weib nun jede Stunde ein Kind erwartete. Am liebsten wäre er nicht mit in die Kirche gegangen.

Maria musste lachen. Es war nun sein zweites Kind – und wieder stellte er sich an, als ginge es ihm an Kopf und Kragen. Aber sie tröstete ihn auch und sagte, dass sie ja deshalb heute zu Hause bleibe und die Moor-Lies, die eine vorzügliche Wehmutter sei, bei Veronika übernachte.

»Ja, ja, aber sie ist halt doch schon recht alt, also sei so gut und pass auf, Maria! Ich habe dir heute über den Bach einen Weg ausgeschaufelt, damit du schnell drüben sein kannst bei Veronika – und vergiss nicht, eine Fackel vor dem Haus ist das Zeichen!«

Maria beruhigte den aufgeregten Mann und sah ihm schmunzelnd nach. Ach ja, es war ein langer Weg gewesen seit damals, als er wie ein zerrupfter Spatz zu ihr in die Bäckerei gekommen war, um Brot zu erbetteln, und heute, da er der angesehene Hausbergbauer war. Auf dem benachbarten Hof war sonst von den Menschen ihrer Kinderzeit nur noch Karl übrig. Seine Sehkraft hatte sich nicht wieder eingestellt, und das Leben war ihm zur Last geworden. Er verstand nicht, warum er immer noch da sein musste. Seine Schwiegertochter, die Regina, war noch vor seinem Weib gestorben, der eine Sohn war ihm am

Berg Isel erschossen, der andere am Galgen erhängt worden. Seine Urenkel hielten ihn nun aber ein wenig in Atem, und es schien, als würde er wieder etwas aufleben.

Als es Zeit war, machte sich Simon mit den Kindern und dem Gesinde auf den Weg in das Tal zur Christmette. Maria stand da und sah ihnen nach. Die Nacht war schwarz, kein Mond stand am Himmel, umso heller schimmerten die Sterne. Von allen Höhen herab sah man nun die Lichter der Fackeln sich der Kirche nähern. Es war eiskalt, Maria zog fröstelnd den Umhang zusammen, aber sie wollte noch nicht hineingehen, sie musste nachdenken.

Im April 1810 hatte Simon seine sechs Jahre dauernde Militärzeit beendet und war für immer auf den Obersteinerhof gekommen. Es hatte ein wenig gedauert, bis er von den Einheimischen als Obersteinerbauer angenommen wurde, jedoch nicht so lange, wie sie zuerst befürchtet hatten. Ein wenig half ihm, dass er der Brudersohn vom Martl war, aber richtig besser wurde es erst 1813. Da sprach der bayerische König vom Joch, das er nun lange genug getragen habe, trat vom Bündnis mit Napoleon zurück und erklärte diesem am 14. Oktober den Krieg. Bei der am 16. Oktober 1813 beginnenden Dreikaiserschlacht um Leipzig kämpften die Bayern schon auf der Seite des antinapoleonischen Bündnisses Österreich, Preußen, Russland und Schweden.

Am 3. Juni 1814 einigten sich der bayerische König und der österreichische Kaiser über die Rückgabe des 1805 an Bayern abgetretenen Landes, und am 26. Juni kam Tirol wieder öffentlich und ungeteilt zu Österreich.

Maria zuckte zusammen, als der Schall der Glocken von Bruneck zu ihr heraufklang, jetzt fielen auch die von Kiens und der umliegenden Dörfer mit ein. Niemals konnte sie viele Glocken läuten hören, ohne an die Sturmglocken von 1809 zu denken. Sie atmete tief auf. Gott sei Dank, diese Glocken läuteten die Heilige Nacht ein: »Ehre sei Gott in der Höhe und Friede den Menschen auf Erden, die eines guten Willens sind!«

Sie seufzte, drehte sich um und ging wieder in die warme Stube. Vorher warf sie noch einen Blick hinüber zum Hausberghof – eine Fackel vor dem Haus sollte das Zeichen sein, dass Veronika niederkam. Die Moor-Lies war bei ihr, und sie selbst konnte in wenigen Minuten drüben sein. Alles war aber noch dunkel und ruhig. Maria stellte das Spinnrad so zum Fenster, dass sie den Nachbarhof sehen konnte, doch sie drehte die Spindel nicht. Sie gedachte des Heiligen Abends vor vielen Jahren, an dem sie ihr Vater auf den Obersteinerhof gebracht hatte. Was für eine fröhliche Kinderschar waren sie gewesen auf dem Steinberg. Und nun? Nun waren Anna und Regina gestorben, Peter am Berg Isel gefallen, und Franz hatte am Galgen sein Ende gefunden.

»Was ist aus unseren Träumen geworden?«, flüsterte sie. Nein, sie hielt es nicht aus, sie musste wieder hinaus! Sie nahm ihren wollenen Umhang vom Haken, trat wieder vor die Haustüre und schaute hinauf zum sternenübersäten Himmel. Erschauernd ahnte sie, dass die Größe und Weite des Weltalls über alle Vorstellungskraft ging. Ihr war, als müsste sich irgendetwas ereignen, als müsste sich ihr vielleicht das Gesicht Annas zeigen oder sonst irgendeine Offenbarung zuteil werden – aber nichts dergleichen geschah. Dennoch konnte sie ihren Blick nicht von dem Gefunkel des nachtschwarzen Himmels lösen, hinter dem sie irgendwo die Gefährten ihrer Kindheit und Jugend wusste.

»Ihr seid mir doch nicht böse, nicht wahr? ... Ihr seid mir doch deswegen nicht böse, weil das Leben für mich einen versöhnlichen Ausgang gefunden hat?«

Doch dann schüttelte sie den Kopf, und ein kleines Lächeln kam auf ihre Lippen. Sie wusste, dort, wo sich ihre liebsten Freunde jetzt befanden, waren sie jenseits von Neid und Missgunst. Und hatte sie nicht Grund, Gott jeden Tag aufs Neue zu danken für all das Glück, das er ihr gegeben hatte? War sie nicht heute zu Hause geblieben, weil ein neuer Mensch geboren werden sollte? Das Leben ging weiter!

In letzter Zeit wurden schon an manchen Orten Gedenkstätten errichtet zur Erinnerung an die Freiheitskämpfer des Tiroler Aufstandes 1809, die für ihre Heimat ihr Leben gegeben hatten.

Wir, die wir die Gefallenen noch in unseren Herzen tragen, werden sterben, dachte sie. Aber die Denkmäler, die Kunstwerke der Maler und die Dichtungen werden viele Menschengeschlechter überdauern und werden den Nachkommenden berichten, was die Toten nicht mehr sagen können: Wir haben uns erhoben gegen einen übermächtigen Feind, für unser Land, für unsere Religion und für unser Brauchtum, dem wir verwurzelt waren wie die Bäume im Heimatboden. Wir haben verloren! Aber unser Sterben wird nicht umsonst gewesen sein, es wird durch die Jahrhunderte hallen als ein blutiges Fanal der Freiheitsliebe und niemals vergessen werden!

Personen

Andreas Heller – Vater von Maria, Bäcker in Innsbruck, Bruder von Vitus

Maria Heller – Tochter von Andreas, Ziehtochter auf dem Obersteinerhof

Vitus Heller und Theresia Heller – Bauern auf dem Obersteinerhof, Eltern von Anna und Regina

Anna Heller und Regina Heller – Marias Cousinen

Karl Widmer und Rosa Widmer – Bauern auf dem Hausberghof, Eltern von Franz und Peter

Franz Widmer – Sohn auf dem Hausberghof, Verlobter von Anna; Eilbote von Andreas Hofer

Peter Widmar – ältester Sohn auf dem Hausberghof, Reginas Mann

Simon Tanner – ein bayerischer Soldat

Andreas Hofer, der Sandwirt – Freiheitskämpfer (1805–1810)

Moor-Lies – eine alte Frau, die in einer Hütte am Rande des Hochmoores lebt

Martl Tanner – ein alter Mann, der als Knecht bei den Bauern arbeitet

Vinzenz Kirchmeier – Knecht vom Hausberghof

Korbinian – wandernder Händler

Weitere Historische Heimatromane

Vom Schicksal des Johann Rieder

Der junge Johann Rieder verlässt Tirol, um als Flößermeister und Kurier des Fürstbischofs von Kempten zu arbeiten. Der Zufall will es, dass Johann Rieder die Schiffe der späteren Kurfürstin von Bayern lenkt. Er gewinnt ihr Vertrauen und wird erster Hof- und Leibschiffmeister des Kurfürstentums und Bürgermeister der Stadt Rosenheim. Doch seine ständige Abwesenheit belastet sein Familienleben schwer.

Bibliografische Angaben:
Carl Oskar Renner
Vom Schicksal des Johann Rieder
448 Seiten

ISBN 978-3-475-54186-5

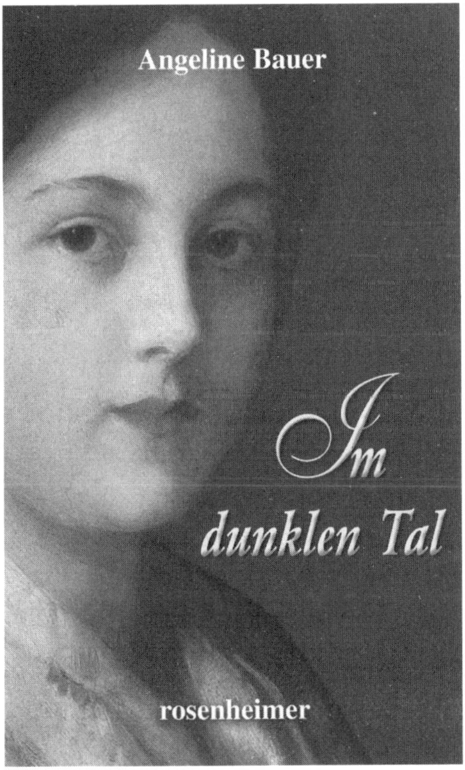

Im dunklen Tal

Im Jahr 1742 fallen die Panduren im bayerischen Niederwessen ein. Am abgelegenen Puchberger-Hof werden sechs Leichen gefunden. Einzige Überlebende ist die 11-jährige Amrei, die fortan stumm bleibt. Erst dem jungen, lebensfrohen Schulmeister Korbinian beginnt sie sich mitzuteilen. Kurz darauf wird Amrei mehrmals bedroht. In Korbinian wächst der Verdacht, dass der Anschlag auf den Puchberger-Hof einst nicht von den Panduren begangen wurde.

Bibliografische Angaben:
Angeline Bauer
Im dunklen Tal
240 Seiten

ISBN 978-3-475-54184-1

Wolfstraum

Seit dem Tod der Mutter herrschen Kälte und Bitterkeit in der Holzmühle, die auf dem Setzberg, über dem Tegernseer Tal liegt. Die einzige Tochter, Annelie, opfert sich für ihren jähzornigen Vater und die Brüder auf. Nur in ihrer Liebe zu Martin findet sie Trost. Doch als sie von ihm zutiefst enttäuscht wird, verfällt sie dem berüchtigten Wilderer Jennerwein, der in der Mühle Unterschlupf sucht. Ihr Schicksal nimmt eine dramatische Wendung …

Bibliografische Angaben:
Angeline Bauer
Wolfstraum
240 Seiten

ISBN 978-3-475-54149-0

Die Niemalsbraut

Das Leben ist nicht leicht für Karoline, die jüngste Tochter vom Niedermoosbacher-Hof. Die Mutter verlangte ihrem Mann am Sterbebett ein unseliges Versprechen ab: Die sechs Töchter müssen der Reihe nach heiraten – Johanna als Älteste zuerst, Karoline als Jüngste zuletzt. Doch Johanna beschließt, nie zu heiraten. Als sie in den Bergen verunglückt und weitere Schwestern unter rätselhaften Umständen sterben, richtet sich der Verdacht auf Karoline.

Bibliografische Angaben:
Angeline Bauer
Die Niemalsbraut
224 Seiten

ISBN 978-3-475-54124-7

Das Schicksal der Eva Faschaunerin

Im Faschaun, inmitten der Kärntner Berge, lebt ein uraltes Bauerngeschlecht, das den Namen des Berges trägt: die Faschauner. Eva, die schöne Hoferbin, verlässt den elterlichen Bergbauernhof, um im Tal den Hörl-Bauern zu heiraten. Doch über ihrer Ehe liegen von Anfang an unheilvolle Schatten. Ein in der Brautnacht ausgesprochener Fluch tut seine Wirkung und Eva gerät in die Mühlen der Justiz.

Bibliografische Angaben:
Maria Steurer
Das Schicksal der Eva Faschaunerin
304 Seiten

ISBN 978-3-475-54184-1